PLASTIC FALLOUT
LAUTLOSER ANGRIFF
SASCHA BRAUN

PLASTIC FALLOUT

LAUTLOSER ANGRIFF

THRILLER

SASCHA BRAUN

© 2024 Sascha Braun
Verlag: BoD · Books on Demand GmbH, In de Tarpen 42,
22848 Norderstedt
Druck: Libri Plureos GmbH, Friedensallee 273,
22763 Hamburg

ISBN: 978-3-7597-8334-9

Herausgeber:

Sascha Braun
c/o WirFinden.Es
Naß und Hellie GbR
Kirchgasse 19
65817 Eppstein

Website: https://sascha-braun.net
Mail: kontakt@sascha-braun.net

© Coverdesign: Buchcoverdesign.de / Chris Gilcher – https://buchcoverdesign.de
© Lektorat: Kat van Arbour / LektoKat – https://katvanarbour.com
© Korrektorat: Manuela Matzke / Elas Bücherwelt – https://elasbuecherwelt.
wordpress.com
© Buchsatz: Mary Kuniz – www.marykuniz.de/herzblut-buchsatz

Danksagung

Ein Buch schreibt man nicht ganz allein. Einige ganz tolle Menschen hatten mich dabei unterstützt, aus einer Idee diesen packenden Thriller zu erschaffen. Allen zu danken, würde den Rahmen sprengen. Und vermutlich würde ich auch einige Personen vergessen. Aber einige Menschen möchte ich dennoch dankend erwähnen.

Da wäre auf jeden Fall mein Team an tollen Power-Frauen, die meiner Geschichte den letzten Schliff gegeben und sie in Form gebracht haben: Kat, die im Lektorat die Story auf das nächste Level gehoben hat. Ela, die alle noch so kleinen Fehler im Manuskript ausgemerzt hat. Und Mary, die den Text mit ihrem Buchsatz in Form gebracht hat.

Auch ein Dank geht an meine eifrige, fleißige Riege an Testleserinnen und Testleser, die mich auf viele kleine und manchmal auch größere Ungereimtheiten hingewiesen und mir damit geholfen haben, aus einer guten eine verdammt gute Story zu machen.

Auch bedanken möchte ich mich bei allen Freunden, die mich immer wieder mit Artikeln, Beitragen und Links zu Dokus versorgt haben, in denen über Mikroorganismen berichtet wurde, die Plastik vertilgen und mich dadurch auf ein paar ganz spannende Ideen gebracht haben.

Ohne euch wäre dieser Thriller nicht das geworden, was er heute ist. **Vielen Dank.**

PROLOG

W o ist unser Junge? Verdammt noch mal, Alex. Wo ist Paul?" Mit kratziger Stimme plärrte die aufgebrachte Frau in das Smartphone. Anitas Welt brach gerade auseinander und drohte, in Bedeutungslosigkeit abzurutschen. Ihre Gedanken schlugen die entsetzlichsten Kapriolen, was mit ihrem Sohn sein mochte. Ein böser Zufall, der sich bald aufklären würde? Nein, unmöglich. Zu oft schon war der Junge alleine von Hamburg nach Genf geflogen, als das irgendetwas schiefgehen und er nicht in der Schweiz landen würde.

Während ihr Mann für eine einflussreiche Firma im Norden Deutschlands arbeitete, hatte sie vor einigen Jahren einen ebenso interessanten wie lukrativen Forschungsauftrag am CERN erhalten, um am Large Hadron Collider den Aufbau der Materie zu erforschen. Dabei handelte es sich um den weltweit bedeutendsten Teilchenbeschleuniger seiner Art. Unterirdisch sowohl auf französischem als auch schweizerischem Staatsgebiet gelegen, zog diese technische Einrichtung des

CERN, der Europäischen Organisation für Kernforschung, Wissenschaftler aus aller Welt an.

Dieser Forschungsauftrag kam Anita ebenso unerwartet wie gerufen, denn die Gefühle zwischen ihrem Mann und ihr waren schon seit Jahren versiegt. Anfangs hatte sie ihn für seinen brillanten Geist, den Scharfsinn und die Fähigkeit, abstrakt zu denken bewundert. Aufgrund seiner charmanten Art hatte sie sich in ihn verliebt und letztendlich geheiratet. Leider hatte sie zu spät begriffen, dass er in erster Linie mit der Forschung und der Wissenschaft verheiratet war und diese für ihn auch immer die Nummer eins bleiben würde, egal was immer sie auch unternehmen würde. Sie hätte es sehen müssen, denn Herrgott, sie war selbst schlau und gebildet. Was alleine schon der Forschungsauftrag am CERN bewies. Doch die Liebe hatte sie so blind gemacht wie eine Fledermaus ohne Sonar.

Auch Pauls Geburt hatte nichts daran geändert, dass Anitas Gefühle für ihren Mann irgendwann erkaltet waren, wie das übrig gebliebene Stück Pizza am nächsten Morgen.

Fast schon überstürzt hatte Anita den Auftrag angenommen, ohne es zumindest vernünftig mit der ganzen Familie zu besprechen.

Nun lebte Anita gemeinsam mit Paul in der Nähe von Genf. Doch regelmäßig flog der Junge nach Hamburg zu seinem Vater. Üblicherweise brachte Anita ihren Sohn zum Flughafen, wo sie ihn in die Obhut der Airline übergab, die einen Begleitservice für hilfsbedürftige oder minderjährige Personen anbot. Paul war auf diesem Weg bestimmt schon dreißig Mal von Genf nach Hamburg und wieder zurückgeflogen.

So auch in diesen Sommerferien, die Paul unter keinen Umständen ausschließlich in der Schweiz verbringen wollte. Lockten doch bei Papa die nahegelegene

Ostsee, gegen die der Genfer See nichts weiter war, als eine überdimensionierte Pfütze. Zwei Wochen bei Papa, so war es abgemacht, bevor er Mitte Juli wieder zurück nach Genf fliegen und anschließend auch mit seiner Mutter Urlaub machen sollte.

Doch daraus wurde nichts, denn Paul kam an diesem späten Sonntagnachmittag nicht wie vereinbart in Genf an. Als Anita um 18 Uhr am Ausgang des Gates stand, unruhig hin und her lief und beinahe sekündlich auf das Handy blickte, wurde ihre Befürchtung zunehmend zur Gewissheit. Normalerweise hatte sich Paul immer gemeldet, wenn er am Flughafen angekommen und von der Airline in Empfang genommen worden war. Und dann noch ein weiteres Mal, nachdem er in der Maschine war. Doch diesmal hatte Anita keine Nachricht von ihm erhalten. Sie erreichte ihren Sohn ebenfalls nicht. Nur die monotone Ansage der Mailbox bekam sie zu hören. Vielleicht hatte er den Akku seines Smartphones nicht aufgeladen. Oder es war ein erster Akt pubertärer Rebellion gegen die Eltern. Immerhin war Paul 13 und der Beginn einer langen Reihe von Auseinandersetzungen, die Heranwachsende mit ihren Eltern führen mussten, um sich ihrer eigenen Identität gewiss zu werden, stand bevor. Anita klammerte sich an diese Hoffnung während ihr der Mutterinstinkt mit dem Schreien einer Kreissäge zubrüllte, dass etwas nicht stimmte.

Die Reihen lichteten sich, die letzten Passagiere griffen ihr Gepäck, fielen Freunden und Verwandten in die Arme und verließen das Gate. Anita blieb in entsetzlicher Hilflosigkeit alleine zurück.

Ein Gespräch mit einer Mitarbeiterin der Airline brachte schließlich die qualvolle Gewissheit, die Anita niemals wahrhaben wollte. Mit professionellem Auftreten teilte ihr die Frau mit, dass Paul nicht an Bord der Maschine gewesen war und in Hamburg auch nicht in Empfang genommen wurde.

Mit der Verzweiflung, die Anita in die Tiefe riss, bröckelte auch die Professionalität der netten Frau, die nun spürte, dass es nicht mehr nur darum ging, einer fremden Person eine Auskunft zu geben, sondern dass gerade die Welt für diese Person auseinanderzubrechen drohte.

Tränen liefen Anita über die roten Wangen. Ihre Augen waren verquollen und die Frisur hatte sie in ihrer Panik zerzaust. Ihr eigenes Gewicht lastete schwer auf den Knien. Das dezente, am Morgen noch perfekte, Make-up war zu einer Fratze der Hysterie geschmolzen.

„Alex, es war deine verdammte Aufgabe, Paul zum Flughafen zu bringen. Und du hast ihn von irgend so einem Typen fahren lassen." Sie brüllte sich heißer. Ihre Furcht musste raus und so schrie sie weiter ihren Mann an: „Jetzt ist er verschwunden. Paul ist verschwunden, verdammt noch mal. Und du bist schuld, du ... du ..." Ihr fehlten die passenden Worte. Verzweifelt fuhr sie sich erneut durch das zerzauste Haar. „... du verantwortungsloser Scheißkerl."

Teil I

01

Mit erbarmungsloser Gleichgültigkeit zerriss das Schrillen des Weckers die morgendliche Stille und ließ Janna Petrusch hochschrecken. In hektischer Orientierungslosigkeit huschte ihr Blick durch das dunkle Schlafzimmer. Doch allmählich begriff sie, wo sie war. Sie stieß einen kraftlosen Seufzer aus. Nur mit Mühe konnte sie die Augenlider offenhalten. Ein energieloser Hieb auf den Wecker und endlich kehrte wieder Ruhe ein.

Janna vergrub den Kopf unter dem Kissen und grummelte gedämpfte Laute in die Dunkelheit. Eine unruhige Nacht lag hinter ihr, eine von unzähligen, die sie seit Jahren quälten. Die verwaschenen Überreste eines schnell verblassenden Albtraums waberten wie schwerer Dunst durch ihre Gedankenwelt.

Als der Wecker wenige Minuten später erneut tat, wofür er geschaffen wurde, musste Janna notgedrungen akzeptieren, dass eine weitere beschissene Nacht hinter ihr lag. Mit einem Stöhnen, das ihre Resignation nicht hätte besser beschreiben können, quälte sie sich aus dem Bett und schlurfte in die Küche. Die alten Dielen knarrten unter ihren Füßen. Andrea hatte bereits das Frühstück vorbereitet. Der Duft von Kräutertee und warmen Brötchen erfüllte die Wohnung.

„Du siehst echt übel aus."

„Danke, ich gebe mein Bestes", war Jannas schwache Antwort, dann ließ sie sich erschöpft auf einen der Stühle fallen. Sie vermied den Blickkontakt zu Andrea und schenkte sich Tee ein. Mit kraftlosen Händen umklammerte sie die alte Teetasse, deren Blumendekor bereits an vielen Stellen abgeplatzt war.

Die Hitze drang in Jannas Finger, die trotz des warmen Septembermorgens eiskalt waren. Die letzten Gedanken an die zurückliegende Nacht verblassten allmählich zu einer diffusen Erinnerung.

Andrea spitzte die Lippen und ein Runzeln zog Falten in ihre Stirn. „Schon wieder Albträume?"

Die Frage kam harscher, als beabsichtigt, vermutete Janna. Als Antwort zuckte sie nur mit den Schultern und wich noch immer Andreas Blick aus. Auf eine Diskussion hatte sie keine Lust, auch wenn ihr klar war, dass es ihre Freundin nicht bei einer Frage belassen würde.

„Wie auch immer ..." Janna starrte in die Teetasse, so als hoffte sie, dass die dampfende, grün-goldene Flüssigkeit alle Antworten auf ihre Fragen liefern würde, wenn sie nur lang genug hineinblicken würde.

„So kann es nicht weitergehen", stieß Andrea mit offenkundiger Verärgerung aus. „Vielleicht ist es an der Zeit, endlich über eine Therapie nachzudenken. Oder zumindest mit jemandem bei der Arbeit darüber zu sprechen, sich eine Auszeit zu nehmen."

„Mir geht es gut." Die Worte kamen härter heraus als gewollt. Janna atmete tief durch und zwang sich, ruhig zu bleiben. „Tut mir leid. Ich weiß, dass du dir

Sorgen machst. Aber ..." Sie atmete schwerfällig aus. „Ich habe das im Griff. Ich brauche nur mehr Zeit."

Andrea verdrehte die Augen. „Wie viel Zeit benötigst du denn noch?" Ihr verärgerter Blick lastete auf Janna. „Wie lange ist es her? Über vier Jahre mittlerweile, oder? Lang genug, um endlich zu kapieren, dass du dir Hilfe suchen musst, wenn du dir schon selbst nicht helfen kannst."

Autsch. Das tat weh. Janna hob den Kopf und schleuderte ihrer Freundin einen giftigen Blick zu, sagte jedoch nichts.

„Entschuldige." Auf Andreas Gesicht legte sich ein Hauch von Schuldbewusstsein. Es war offensichtlich, dass sie gerade ein wenig zu weit gegangen war. „Ich meine nur ... Ich will dir helfen, ich will für dich da sein. Aber du lässt mich nicht an dich heran. Du mauerst dich immer mehr ein, anstatt endlich deinen Frieden zu finden und die Vergangenheit ruhen zu lassen."

„Das kann ich nicht. Und das weißt du", protestierte Janna. Längst gingen ihr Andreas Vorhaltungen und ihre ständige Kritik auf den Geist.

„Okay. Aber dann versteh' bitte auch, dass ich das auf Dauer nicht mehr kann. Ich ertrage das nicht länger." Melancholie legte sich über Andreas Gesicht, dann verließ sie die Küche und ließ Janna alleine zurück.

Irritiert von dieser Aussage blickte sie ihrer Freundin hinterher. Andreas Worte schmeckten bitter. Warum nur wollte sie nicht begreifen, dass die Vergangenheit keine Ruhe gab?

Noch eine ganze Weile blieb Janna am Tisch sitzen, ohne dass ihr der Tee die Antworten auf ihre Fragen lieferte.

02

Der Betonklotz mit seinen schmalen, schießschartenartigen Fenstern erdrückte die Umgebung mit brutaler Tristesse. Auch wenn die Zentrale des Bundesnachrichtendienstes in Berlin weltweit wohl der größte Hauptsitz eines Geheimdienstes war, ein architektonisches Highlight war dieses Gebäude nicht. Grau und starr lag er da und wirkte wie ein Fremdkörper inmitten der Wohngebäude, die ihn umgaben.

Über das Design machte sich Janna längst keine Gedanken mehr, sobald sie im Inneren des trostlosen Kolosses an ihrem Schreibtisch Platz genommen hatte. An diesem Tag noch weniger, da die vergangene Nacht ihr die Konzentration raubte. Zusätzlich zerrten Andreas Worte an ihrem Nervenkostüm.

Mit strengen Gesichtszügen saß sie über den Tisch gebeugt. Ihr müder Blick klebte auf dem Monitor. Janna bemühte sich, Worte und Texte zu erfassen und ihren Sinn zu erraten, doch alles verschwamm zu einem unverständlichen Durcheinander.

Ein Unfall in einer Chemiefabrik in Belgien, Internetprobleme in Dänemark, drei abgestürzte Frachtflugzeuge, großflächige Stromausfälle entlang der deutsch-polnischen Grenze. Die junge Ermittlerin massierte ihre Schläfen. „Komm schon, reiß dich zusammen", murmelte sie in scharfem Tonfall ihrem Computer entgegen.

Wann hatte sie das letzte Mal richtig geschlafen? Vor einigen Wochen? Die Albträume waren in letzter Zeit besonders schlimm gewesen und rissen sie Nacht für Nacht aus dem Schlaf. Meist wälzte sie sich eine halbe Ewigkeit hin und her und glitt erst nach Stunden zurück in einen unruhigen Schlaf, in dem sie erneut von ihren Träumen malträtiert wurde. Wobei es eigentlich nur ein Traum war, der sie immer und immer wieder folterte: Rebeccas Gesicht, dass sie aus panischen, angsterfüllten Augen anstarrte.

Janna schauderte bei dem Gedanken. Erfolglos versuchte sie, die Erinnerung abzuschütteln. Könnte sie doch die Vergangenheit einfach hinter sich lassen.

„Du siehst scheiße aus." Eine Stimme riss sie aus ihren Gedanken.

„Guten Morgen, Maik", gab sie emotionslos zurück.

„Guten Morgen? Vielleicht auf Grönland. Bei uns ist es fast Mittag." Ihr Kollege verschränkte die Arme vor der Brust und musterte seine Kollegin mit einem schiefen Lächeln. „Hast du letzte Nacht überhaupt geschlafen?"

„Ich hatte noch viel zu tun", log sie, ohne ihren Kollegen anzuschauen.

„Ja, das kann ich mir vorstellen", war seine höhnische Antwort. „Matratzensport mit Andrea." Ein freches Grinsen machte sich auf seinem Gesicht breit.

Janna knirschte mit den Zähnen und schleuderte Maik einen vernichtenden Blick entgegen. Auch wenn sie den unbekümmerten und albernen Humor ihres

Kollegen sonst schätzte, aber wenn es um so etwas wie Feingefühl ging, war Maik Ammer schlicht und ergreifend eine Niete. Gab es im Umkreis von fünf Kilometern ein Fettnäpfchen, er würde es finden und hineintreten.

„Spar dir deine dummen Sprüche", erwiderte sie in einem Tonfall, der klar machte, dass dieses Gespräch zu Ende war.

Maik hob ergeben die Hände. „Is ja gu-huut", waren seine Worte, bevor er sich umdrehte und zurück an seinen Arbeitsplatz ging.

Janna wartete kurz, bis Maik außer Reichweite war, bevor sie ihren Kopf mit einem Stöhnen auf den Schreibtisch legte. Vielleicht wäre ein kurzes Nickerchen während der Mittagspause eine gute Idee, dachte sie. Ein Power Nap, wie man das jetzt nannte, und das von einigen ganz hippen Start-Ups als Benefit angeboten wurde. Als hätten Menschen nicht schon immer Pausen für ein kurzes Schläfchen genutzt. Aber heute kann man das manchen Menschen als Bonus verkaufen.

Bei dem Gedanken hellte sich Jannas Gemüt etwas auf. Sie nahm ihren Kopf von der Tischplatte und zwang sich in eine aufrechte Position. Sie betrachtete den Bildschirm und durchforstete ihr Kurzzeitgedächtnis. Woran saß sie gerade noch einmal? Ach ja, diese merkwürdigen Zwischenfälle in Europa. Was hatte sie dazu gelesen? Sie ging die Berichte erneut durch.

Im Grunde nichts Ungewöhnliches. Defekte und Zwischenfälle durch Materialermüdung gab es immer wieder und konnten niemals vollkommen ausgeschlossen werden. Doch die jüngsten Ereignisse riefen die Behörden auf den Plan.

Daher saß Janna nun über den Akten und Berichten und versuchte, einen Zusammenhang herzustellen, wo es womöglich gar keinen gab. Doch die Häufung der Ereignisse machte Janna stutzig. Alle Vorfälle hatten sich in der jüngsten Vergangenheit ereignet. Bestand womöglich ein Zusammenhang?

So schwer es ihr auch fiel, sich zu konzentrieren, auffällig war schon, dass sich diese Zwischenfälle immer bei Industrieanlagen und Einrichtungen kritischer Infrastruktur ereigneten.

Könnte ein Zufall sein, dachte sie. Doch Janna wollte nicht so recht daran glauben. Ihrer Auffassung nach galt es, nichts stärker anzuzweifeln, als den Zufall. „Also gut. Schauen wir, ob hier etwas im Verborgenen liegt", murmelte sie in die Stille ihres Büros. Mit einem Klick auf die Maus öffnete sie eine Musteranalyse-Software, ein Programm, das genau das tat, was der Name versprach. Es half, Muster wesentlich schneller zu erkennen und zu analysieren und konnte dadurch Ermittlungen erheblich beschleunigen. Gerade im Kampf gegen den Terrorismus war Zeit ein wertvolles Gut. Schon mehrfach konnten dank dieser Software Attentate und Anschläge verhindert werden.

Die dunkle Eingabemaske nahm beinahe den ganzen Monitor in Beschlag, in die Janna die Berichtsdateien zu den Vorfällen einfügte. Sie tippte ein paar Befehle, setzte einige Parameter, dann startete sie die Analyse. Die KI fing unvermittelt mit der Arbeit an.

Gegen die Rückenlehne ihres Bürostuhls gelehnt beobachtete Janna, wie Wort- und Textfetzen nur so über den Bildschirm flogen. Wären diese in giftigem, leuchtendem Grün, hätte man sie für eine Sequenz aus dem Film Matrix halten können. Während sie wartete, lösten sich ihre Augen vom Monitor und wanderten über ihren Schreibtisch.

Alles hatte seinen Platz. Links lagen einige Akten und Dokumente, fein säuberlich gestapelt. Auf der rechten Hälfte stand ihre Teetasse und akkurat dahinter ein Wasserglas samt Sprudelflasche. Die Mitte des Schreibtischs wurde von ihrem riesigen Monitor und der davor befindlichen Tastatur in Beschlag genommen. Janna streckte ihre Finger nach einem Kugelschreiber aus, der vor dem Bildschirm auf der Tischplatte lag und richtete ihn parallel zur Tastatur aus. Alles musste ordentlich und aufgeräumt sein. Alles hatte seinen Platz. Janna fragte sich manchmal, wie andere das Chaos auf ihren Schreibtischen ertragen konnten. Früher war ihr das auch egal, aber in den letzten Jahren wurde Ordnung für sie immer wichtiger.

Während sie noch ihren Gedanken nachhing, hatte die Software nach einigen Minuten ihre Arbeit beendet. Eine Meldung erschien auf dem Bildschirm, begleitet von einem unaufdringlichen Signalton.

Mögliche Korrelation gefunden. Siehe Details.

Janna öffnete den Bericht. Ihre Erschöpfung verflog vollends, als sie die Ergebnisse sah. Laut Bericht wurden die Zwischenfälle durch technische Defekte an Dichtungen, Leitungen oder elektronischen Bauteilen ausgelöst. Nichts Ungewöhnliches, wenn es sich um Einzelfälle gehandelt hätte. Dann hätte Janna die Sache getrost ignorieren können. Doch eine solche Häufung in kürzester Zeit? Und was noch hinzukam: alle Vorfälle ereigneten sich entweder in oder wenige Stunden entfernt von Hamburg. Spätestens jetzt war ihr klar, dass es hier keine Zufälle gab, auch wenn diese Muster noch keinen Hinweis auf ein Verbrechen oder gar auf eine terroristische Tat hindeuteten.

Am nächsten Morgen betrat Janna mit neuer Zielstrebigkeit das Büro. Sie hatte den ganzen Nachmittag und die halbe Nacht damit verbracht, weitere Daten zu analysieren und zusätzliche Hinweise zu finden, die ihre Vermutung stützen. Und nun war sie sicher, dass an der Sache etwas dran war.

„Ich habe ein Muster bei diesen ungeklärten Zwischenfällen gefunden", verkündete sie gegenüber Maik. „Es gibt einen Zusammenhang, ich kann mir nur noch nicht erklären, wie dieser zustande gekommen ist."

Ihr Kollege lehnte sich in seinem Bürostuhl zurück, legte die Arme in den Nacken und schaute Janna mit einer Mischung aus Erstaunen und Neugierde an. „Na, dann lass mal hören, meine Liebe. Und wehe, es ist Bullshit, dann geht das Mittagessen auf dich." Ein freches Grinsen machte sich auf seinem Gesicht breit.

„Dann halt schon mal deinen Geldbeutel bereit." Janna grinste vielversprechend. In knappen Sätzen klärte sie ihren Kollegen auf.

„Scheint mir ein bisschen weit hergeholt zu sein. Wahrscheinlich nur ein Zufall. Dichtungen oder elektrische Bauteile gehen ja immer mal kaputt. Technisches Versagen lässt sich halt nie ganz ausschließen."

„Ja, da gebe ich dir Recht", pflichtete Janna ihrem Kollegen bei. „Aber das sind keine Einzelfälle. Hinzu kommt, dass es eine ganze Reihe weiterer Zwischenfälle gibt, die allerdings nur geringfügige Auswirkungen hatten. Je weiter ich zurückgegangen bin, desto unbedeutender wurden diese Ereignisse. Und vor allen Dingen immer harmloser."

„Harmlos? Was meinst du damit?"

Janna entging Maiks kritischer Blick nicht.

„Bei dem Zwischenfall im belgischen Chemiewerk sind vier Personen schwer verletzt worden. Bei den Abstürzen der drei Frachtmaschinen sind jeweils die Besatzungsmitglieder ums Leben gekommen. Und der Stromausfall an der deutsch-polnischen Grenze hat für ein riesiges Chaos gesorgt." Mit ihren Armen verlieh Janna ihren Worten Kraft. „Diese Ereignisse sind allesamt in den letzten drei Wochen passiert. Davor gab es lediglich Sachschäden."

„Darum ist uns das zuvor auch nicht aufgefallen. Es gab keine Anzeichen für eine Bedrohungslage." Maik kraulte seinen Bartansatz und blickte dabei schief zur Decke.

Er schien noch nicht überzeugt zu sein, wie Janna feststellte.

„Und du denkst, dass das kein Zufall ist?"

„Blödsinn. Die statistische Wahrscheinlichkeit, dass es sich um Zufälle handelt, ist vernachlässigbar."

„Oder ein Wunschgedanke. Ich weiß ja, dass du um nichts auf der Welt an Zufälle glauben magst."

„Maik, was soll das jetzt? Schau dir die Daten und die Berichte der Software an." Gereizt lehnte sie sich über Maiks Tastatur und tippte ein paar Befehle ein. Wenige Sekunden später erschienen die Berichte auf seinem Monitor. „Ich bin überzeugt, dass an der Sache was dran ist. Sieh dir die Listen an. Ich konnte eine Vielzahl solcher ungeklärten Zwischenfälle innerhalb der letzten sieben Monate ausfindig machen. 67 an der Zahl. Je näher die Ereignisse an die Gegenwart heranreichen, umso drastischer werden die Folgen. Und sie passen allesamt in das Muster."

Janna beobachtete, wie Maiks Augen über den Monitor wanderten. Mit seinen Kiefern machte er merkwürdige Bewegungen, so als würde er die Luft in seinem Mund kauen. Dann wendete er den Blick zu ihr.

„Okay, du hast gewonnen." Er zuckte mit den Schultern. „Indisch oder Thai?"

03

Mit einem schweren Schnaufen schob Maik den leeren Teller von sich. „Boah, die haben einfach das beste Makhani Chicken der Welt. Jetzt noch 'nen Lassi und ich bin knüppeldickesatt." Die Wahl war schließlich auf Indisch gefallen und beide saßen nun während ihrer Mittagspause in einem modern eingerichteten Restaurant, das den bedeutungsvollen Namen Brahmaputra trug. Im Gegensatz zu anderen indischen Restaurants kam dieses ganz ohne kitschiges Elefanten-Dekor und die obligatorischen Vishnu-Statuen aus. Das Lokal wirkte vielmehr wie eine Lounge mit großen gepolsterten Stühlen, die eher an Sessel erinnerten. Das Innere war in gedeckten Braun- und Grautönen gehalten. Vergoldete Ornamentik sorgte dann aber trotzdem dafür, dass man sich daran erinnerte, wo man gerade speiste.

Die beiden waren regelmäßig hier. Wegen der leckeren Gerichte und da das Restaurant nur etwa zehn Minuten Fußweg vom Gebäudekomplex des BND entfernt war. Gerade bei diesem ungewöhnlich schwülen

Septemberwetter waren beide froh, dass sie nur einen kurzen Fußweg durch die drückende Mittagshitze zurückzulegen mussten.

Nachdem der Kellner Espresso für Janna und den Lassi für Maik gebracht hatte, lenkte sie das Gespräch zurück auf die Arbeit.

„Was mir nicht so ganz einleuchten will: warum einmal Dichtungen, dann Elektrokabel und danach wieder elektrische Bauteile?"

Maik nahm einen kräftigen Schluck, bevor er antwortete: „Vielleicht lassen sich diese Bauteile leicht manipulieren." Jannas Kollege wischte sich mit dem Handrücken die Reste des Lassi aus dem Gesicht. „Stand nicht in einem der Berichte, dass die Untersuchungen ergeben hätten, dass die Dichtungen an einer Pumpe in diesem belgischen Chemiewerk stark porös waren?"

Mit einem leichten Nicken bestätigte Janna die Aussage. „Der technische Sachverständige meinte, dass die Anlage recht neu sei und die Dichtungen gar nicht porös sein dürften."

„Vielleicht doch technisches Versagen? Beispielsweise durch einen Fabrikationsfehler."

Janna verneinte. „Die für die Zwischenfälle verantwortlichen Bauteile stammten allesamt aus unterschiedlichen Fabriken und waren von verschiedenen Herstellern."

„Was, wenn ..."

Janna sah, wie Maiks Blick unruhig durch den Gastraum des Restaurants wanderte und er nervös auf seinem gepolsterten Stuhl hin und her rutschte.

„Was, wenn die Bauteile vollkommen in Ordnung waren. Aber dann, vielleicht mit Hilfe einer Chemikalie, dazu gebracht wurden, sich aufzulösen."

„Guter Gedanke, aber wie bringt man diese Chemikalie dann dort an?" Janna nippte an ihrem Espresso.

Maik schnaufte. „Keine Ahnung. Es ist erst mal nur eine Idee. Und ich wüsste auch nicht, welche Chemikalie das sein sollte. Die müsste wahnsinnig aggressiv sein und nicht gerade unproblematisch im Umgang, wenn sie in der Lage ist, Kunststoff anzugreifen."

Janna stutzte. „Was hast du gerade gesagt?" Dass ihr dieser Gedanke noch nicht gekommen war.

Maik blickte sie überrascht an. „Dass ich keine Chemikalie kenne, die das problemlos kann? Oder was genau meinst du?"

„Das mit dem Kunststoff." Nachdenklich ließ Janna ihren Blick über das dunkle Holz der Tischplatte wandern. „Wir haben uns nicht auf das Material konzentriert."

„Na ja, Plastik eben", war Maiks lapidarer Kommentar.

„Da ist noch mehr." Ein Gedanke in Jannas Kopf nahm allmählich Gestalt an. Mit geschlossenen Augen wollte sie den Prozess beschleunigen. Und dann war ihr klar, dass es nur Sabotage oder ein Angriff sein konnte.

Zwei Stunden später saßen Janna und Maik im Büro des Abteilungsleiters, um ihn über ihre Ergebnisse in Kenntnis zu setzen. Dr. Kilian Peters blickte die beiden mit unbewegter Miene an, doch seine wachen, stechenden Augen verrieten, dass sein analytischer Verstand auf Hochtouren lief.

„Wir wissen, dass es sich nicht um Fabrikationsfehler handelt, sonst hätten solche Ereignisse in ganz unterschiedlichen Bereichen stattfinden müssen", erläuterte Janna.

„Petrusch, Ammer, ich teile ihre Einschätzung bis hierher nicht. In der Industrie werden Hochleistungswerkstoffe eingesetzt, die für spezielle Einsätze konzipiert sind. Die finden Sie nicht in einem normalen

Haushalt. Oder bei billiger Elektronik aus dem Discounter. Kommen Sie also bitte auf den Punkt." Auch weiterhin regte sich nichts in Dr. Peters Gesicht. Doch seine Stimme mahnte dazu, sich kurz zu halten.

„In Ordnung." Janna blickte zur Decke, um ihre Gedanken zu sortieren und ihre nächste Erläuterung möglichst ohne Umschweife vorzutragen. Mit einem kräftigen Atemzug setzte sie ihre Ausführungen fort. „Gerade bei elektronischen Bauteilen, bei Mikrochips und Prozessoren, die vor allem aus Fernost kommen, hätten sich Fabrikationsfehler in vielen Bereichen zeigen müssen. Bei normalen Pkws, Haushaltselektronik, Computern. Das ist nicht der Fall." Janna entging nicht, dass ihr Vorgesetzter fast unmerklich nickte, also machte sie schnell weiter. „Selbst, wenn die Produktion dieser Bauteile bereits manipuliert wäre, so wäre es noch immer schwierig, dafür zu sorgen, dass genau dieser oder jener Prozessor an der gewünschten Stelle zum Einsatz kommt."

„Zumal so auch nur Objekte betroffen sein konnten, die etwa gleich alt waren", ergänzte Maik. Seine Worte wirkten fast etwas überhastet. „Aber die Zwischenfälle ereigneten sich bei Anlagen und Gegenständen, die sowohl erst ein paar Jahre alt waren, aber auch bei solchen, die schon einige Jahre auf dem Buckel haben."

„Eine der abgestürzten Frachtmaschinen war erst vor zwei Jahren in Dienst gestellt worden. Eine andere jedoch bereits vor zehn Jahren. Die ältere Maschine hat auch in der jüngeren Vergangenheit kein technisches Update erhalten. Das haben wir bereits überprüft." Janna blickte ihren Vorgesetzten mit einer Mischung aus Unsicherheit und Herausforderung an. War er jetzt überzeugt? Er war so unglaublich schwierig zu lesen.

Während ihrer Ausbildung bei der Anti-Terror-Einheit wurde Janna darin geschult, Menschen zu lesen und anhand ihrer Körpersprache zu entschlüsseln, was diese dachten und was sie vor den Ermittlern verbergen wollten. Doch bei Dr. Peters waren ihre Fähigkeiten wirkungslos. Ihr Vorgesetzter ließ sich nicht in die Karten blicken. So wie sie ein psychologisches Training erhalten hatte, um ihr Gegenüber zu lesen, hatte er vermutlich eines erhalten, um sich nicht lesen zu lassen.

„Ich verstehe", war seine nüchterne Antwort. „Gehen Sie der Sache nach. Versuchen Sie herauszufinden, wer dafür verantwortlich ist. Und was die Urheber bezwecken wollen." Dr. Peters lehnte sich über den Schreibtisch. Sein stechender Blick drang in Janna ein wie eine glühende Stricknadel. „Und denken Sie daran, dass wir eine Anti-Terror-Einheit sind und nicht die Arbeit der Polizei machen. Bringen Sie mir handfeste Beweise, dass an der Sache was dran ist und es sich möglicherweise um terroristisch motivierte Taten handelt. Ich erwarte, dass Sie mir regelmäßig Bericht erstatten."

Sie hatten die Tür zu Dr. Peters Büro gerade hinter sich zugezogen, da konnte Maik bereits nicht mehr an sich halten. „Mann, der hat ja heute wieder eine Laune. Der wurde bestimmt mal von Aliens entführt und die haben ihm all die guten, positiven Gefühle und Emotionen ausgesaugt."

Noch bevor Janna etwas erwidern konnte, ging die Tür auf. Dr. Peters sah Maik mit einem durchdringenden Blick an.

„Ammer, Sie wissen schon, dass ich Sie hören kann, wenn Sie direkt vor meiner Tür über mich lästern?"

Fettnäpfchen. Da war es und Maik trat zielsicher hinein. Er vergrub seinen Kopf zwischen den Schultern. Das Gesicht nahm im Bruchteil einer Sekunde die Farbe von reifen Erdbeeren an. „Ich ... ähm ... ich wollte nur ...“

„Tun Sie uns alle einen Gefallen und ersparen Sie sich das. Gehen Sie zurück an die Arbeit und bringen Sie mir Ergebnisse."

Noch immer peinlich berührt, wendete sich Maik ab und trottete zurück an seinen Schreibtisch.

Janna hielt sich die Hand vor den Mund, um ihre Belustigung zu verbergen. Sie konnte nicht anders. Die Szene hatte sie amüsiert. Sie wollte sich ebenfalls auf den Rückweg machen, als sich für einen kurzen Moment Dr. Peters und ihre Blicke trafen. Janna bildete sich ein, ein flüchtiges, kaum merkliches Grinsen in seinem Gesicht zu sehen. Doch da war er bereits wieder im Büro verschwunden und hatte die Tür hinter sich zugezogen.

Mit flottem Schritt folgte sie ihrem tollpatschigen Kollegen. Mit einem leichten Hieb schlug sie ihm gegen den Hinterkopf, gerade so viel, dass es nicht weh tat.

„Du Idiot", lachte Janna. Sie machte kein Geheimnis daraus, dass sie die Situation noch immer amüsierte.

„O Mann, wieso passiert das immer mir?" Maik blickte betroffen auf den Boden. „Is' aber eh egal. Wenn ich die Abteilung wechsle, dann muss ich mir ja keine Gedanken machen, was Peters denkt."

Hatte sich Janna gerade verhört? Was faselte Maik da? Er wollte die Abteilung wechseln? Und das erwähnte er einfach mal so nebenbei, auf dem Flur? Janna packte ihren Kollegen an der Schulter und drehte ihn zu sich. „Kannst du mir mal erzählen, was du da gerade von dir gibst?"

Maik stieß einen tiefen Seufzer aus und blickte nervös zu Boden. Er begann, sich die Hände zu massieren. Ein Zeichen von Verunsicherung, wie Janna wusste.

„Ich ... ich habe mir meine Arbeit beim Geheimdienst, speziell hier bei der Anti-Terror-Einheit irgendwie anders vorgestellt. Ich sitze den ganzen Tag im Büro und analysiere Daten und Berichte. Obwohl ..." Er hielt kurz inne, so als müsste er seine Gedanken sortieren. „Eigentlich schaue ich sogar nur den Programmen dabei zu, wie sie das machen. Ich füttere die lediglich und werte dann die Ergebnisse aus."

Janna musterte sein Gesicht, während sie seinen Worten lauschte.

„Ich hatte irgendwie etwas mehr erwartet. Für einen typischen, langweiligen Bürojob bin ich nicht gemacht."

Janna konnte sich gut vorstellen, was er ihr sagen wollte. Doch wie hatte er sich das vorgestellt? Seine Karriere bei der Bundeswehr musste er aufgrund einer schweren Knieverletzung aufgeben. Genauso wie das Klettern oder das Mountainbiken.

Eigentlich war Maik ein Abenteurer, was seine häufig unbekümmerte, und manchmal recht flapsige Art erklärte. Doch aufgrund seiner Verletzung war Maik für den Dienst an der Waffe untauglich.

Aufgrund seiner Fähigkeiten als Datenanalyst war er schließlich hier beim Bundesnachrichtendienst gelandet.

Doch nun offenbarte er, dass er gehen wollte. Das überraschte Janna. Es fühlte sich wie ein Stich in die Magengrube an. Sie kam problemlos mit allen Kollegen und den wenigen Kolleginnen, die es gab, klar. Aber nur mit Maik hatte sie eine Vertrautheit entwickelt, die über das rein Professionelle hinausging. Maik konnte rigoros unbefangen sein, mit dem Ergebnis, dass er unangebrachte Sprüche, wie zuvor, von sich gab.

Janna musste sich eingestehen, dass es auch an ihm und seiner meist unbekümmerten Art lag, dass sie ihren Job mochte. Seit fast zwei Jahren arbeiteten sie schon zusammen und hatten direkt einen Draht zu einander, als Maik in die Abteilung kam. Dass er nun vielleicht gehen wollte, würde Janna nicht so ohne weiteres akzeptieren.

„Was hast du denn erwartet, Maik? Du bist Q und stattest 007 mit coolen Spielereien aus? Mit Kugelschreibern, die einen Minitorpedo abfeuern konnten? Oder mit einem Feuerzeug, das in Wirklichkeit ein handlicher Fusionsreaktor ist?"

„Jetzt übertreib mal nicht, Janna. Ich hab' mich noch nicht entschieden. Aber das Thema beschäftigt mich schon eine ganze Weile."

Maik warf ihr ein schiefes Lächeln zu, dann ging er weiter und Janna blieb in ihrer Ratlosigkeit zurück.

04

Als Janna endlich das Büro verließ, stand die Sonne tief und tauchte die Straßen in goldenes Licht. Ein kurzer Schauer hatte zuvor dafür gesorgt, dass schwüle Luft durch die aufgeheizte Stadt waberte wie nach einem Saunaaufguss. Die feuchten Straßen und Fassaden reflektiert das Sonnenlicht und Berlin sah für einen Moment aus, wie eine gigantische Diskokugel.

Für die einzigartige Magie des Augenblicks hatte Janna jedoch keinen Sinn. Ihre Gedanken kreisten um den Fall und um das, was Maik ihr beiläufig gegen Mittag mitgeteilt hatte. Nicht genug, dass sie aufgrund ihrer Albträume ohnehin schon angespannt war. Nun fühlte sie eine eigenwillige Unruhe, die sich langsam über ihren ganzen Körper ausbreitete und ihren Verstand zu vergiften schien. Ein ungutes Gefühl beschlich sie. Eins, das nicht zu greifen war und sich dennoch als Vorbote von Chaos und Verfall ankündigte.

Irgendwann fasste Janna den Entschluss, das Büro zu verlassen und Feierabend zu machen. Trotz mehrerer Tassen bitteren Kaffees und einigen an sie selbst gerichtete Appelle, sich endlich auf die Arbeit zu fokussieren, war es ihr nicht gelungen, die Ermittlungen mit der erforderlichen Konzentration fortzuführen. In der Hoffnung, dass sie später ihren Fokus wieder finden würde, machte sie sich auf den Weg nach Hause und nahm sich vor, am späteren Abend weiterzuarbeiten.

Als sie nach wenigen Minuten die U-Bahn-Station erreichte, war die Stadt bereits in ein spätsommerliches Grau gehüllt. Ein fernes Grollen kündigte ein Gewitter und damit den nächsten Schauer an. Janna stieg die Treppen zur Station hinunter und stand wenige Sekunden später auf dem Bahnsteig. Stickige und nach Metall schmeckende Luft stieg ihr in die Nase. Ein Stimmengewirr aus Sprachfetzen in allen erdenklichen Sprachen, Dialekten und Akzenten hüllte sie ein. Der Bahnsteig kam ihr heute ungewohnt trubelig vor, was vielleicht dem vorangegangenen Regenguss geschuldet war.

Wenn es das Wetter zuließ, fuhr sie lieber mit dem Fahrrad zur Arbeit. Mit dem Drahtesel war sie wesentlich schneller. Mit der U-Bahn musste sie zweimal umsteigen. Mit dem Rad konnte sie direkt nach Hause fahren und war meist eine Viertelstunde früher am Ziel. Jede Minute zählte nun einmal für gestresste Großstädter.

Die riesigen, aggressiv strahlenden LED-Werbewände, welche gegenüber den Bahnsteigen auf der jeweils anderen Seite des Gleisbetts angebracht waren, fingen Jannas Blick ein. Was nicht weiter verwunderlich war, denn es gehörte schon einiges dazu, sie zu ignorieren.

Werbung für verschiedene Berliner Sehenswürdigkeiten wechselten sich mit lokalem Klatsch und Tratsch sowie Nachrichten aus aller Welt ab. Eine Meldung fing Jannas Aufmerksamkeit ein.

Neuer Streit um Langlütjen 3

Noch bevor sie die Details zur Meldung erfassen konnte, flimmerte bereits Werbung für die Berliner Verkehrsbetriebe über den Monitor. Aber Janna erinnerte sich ansatzweise, was es mit der Bohrinsel auf sich hatte. Im Wattenmeer vor Bremerhaven gelegen hatte man ein großes Ölfeld entdeckt und mit dem Bau einer Bohrinsel begonnen. Aufgrund der in der Wesermündung gelegenen künstlichen Inseln Langlütjen 1 und 2, welche man im 19. Jahrhundert als Wehranlagen aufgeschüttet hatte, wurde die Plattform Langlütjen 3 getauft. Das Genehmigungsverfahren und der Bau waren jedoch überschattet von Betrug und Vetternwirtschaft und schließlich wurde der Betrieb gerichtlich gestoppt, ehe auch nur ein Liter Öl aus dem Bohrfeld gepumpt wurde. Über Jahre zog sich der Prozess hin, bis schließlich das endgültige Aus für die Plattform kam. Schließlich hatte eine Firma die Rechte an der künstlichen Insel erworben und plante nun, die Plattform für maritime Forschung mitten im Wattenmeer zu nutzen.

Noch bevor die Meldung ein weiteres Mal auftauchte, wurde es unruhig um sie herum. Die U-Bahn zwängte sich aus dem Tunnel und blieb quietschend am Bahnsteig stehen.

Wenig später betrat Janna die Wohnung und wurde endlich von Stille empfangen. Ihr Zuhause strahlte Ruhe, Ordnung und Stabilität aus. Vor einigen Jahren hatte sie begonnen, Dinge aus ihrem Alltag und ihrem Zuhause zu verbannen, die sich über die Jahre angesammelt hatten, üblicherweise aber nur Staub ansetzten. Alles, was nicht benötigt wurde, war auf dem Sperrmüll oder dem Flohmarkt gelandet oder wurde in abgewetzten Kartons mit einem selbstgekritzelten Hinweisschild „zu verschenken" auf die Straße gestellt.

Bereits seit einigen Jahren versuchte Janna, sich von allem Ballast zu befreien, den sie ihrer Auffassung nach unnötig mit sich durch das Leben schleppte. Aber im Grunde hoffte sie nur, durch ein Weniger an Dingen und Besitz ein mehr an Kontrolle zu erlangen. Kontrolle, die ihr nie wichtig war, bis zu jenem Tag, an dem Rebecca vom Meer verschlungen wurde.

Davor war Janna mit naiver Gelassenheit durchs Leben gegangen, ließ sich treiben und war sich sicher, dass sich schon alles fügen würde.

Bilder stiegen in ihr auf, an Portugal, an das kleine Fischerdorf Paúl do Mar auf Madeira, das bei Surfern so beliebt ist.

Der auch als *Ribeira das Galinhas* bekannte Strand war weltberühmt für seine Reefbreaks und Tunnelwellen und beliebt bei Profis als auch bei Freizeitsurfern. Surfen war Jannas Leidenschaft, seitdem sie 17 war. Auf Madeira hatte sie vor neun Jahren Andrea kennengelernt. Im Alter von 24 Jahren war sie das erste Mal ganz alleine in den Urlaub geflogen, natürlich zum Surfen. Sie entfloh dem grauen, verregneten November in Deutschland und stürzte sich in den Atlantik, der rund um die Insel zu dieser Jahreszeit noch immer etwa zwanzig Grad hatte. Die Wellen waren heftig und verlangten Janna alles ab. Trotz ihrer Erfahrung brachte sie das Meer an ihre Grenzen. Es zerrte an ihren Kräften. Nach einer langen Runde auf dem Board stieg sie entkräftet und müde aus dem unruhigen Atlantik. Es war anstrengend und in einigen Situationen wurde sie so rabiat vom Brett gerissen, dass sie für einen kurzen Moment die Panik ergriff. Doch ihre Erfahrung gewann die Oberhand und wenige Augenblicke später stand sie wieder obenauf und bezwang eine Welle nach der nächsten. Sie liebte es.

Erschöpft ließ sie sich schließlich in ihrem schwarzen Neopren-Anzug auf den schmalen Kiesstrand sinken und beobachtete die Wellen, das Treiben der anderen Surfer und genoss die Weite des Meeres. Ihre nassen Haare lagen schwer auf ihrem Kopf und einige Strähnen klebten ihr an der Stirn. Das Salz kribbelte in ihrem Gesicht und sie genoss einfach den Moment.

Sie hatte die andere Frau gar nicht bemerkt, die von der Seite an sie herangetreten war und sie mit einem frechen Grinsen ansprach.

„Hab' dir vorhin beim Surfen zugesehen. Hast es echt drauf." Ein Lächeln legte sich auf ihr Gesicht. „Was dagegen, wenn ich mich zu dir setze?"

Wow, dachte Janna und war sofort hin und weg. Nein, sie hatte definitiv nichts dagegen, wenn sich diese Frau neben sie setzte. Sie sah erschöpft und von den Wellen gebeutelt aus. Doch sie hatte dieses Glühen in den Augen und diesen zufriedenen Gesichtsausdruck, den nur Menschen haben, die lieben, was sie tun und tun, was sie lieben.

Noch bevor Janna etwas erwidern konnte, hatte sich die Fremde bereits zu ihr gesetzt.

„Ich bin Andrea. Hi."

Andrea, wo war eigentlich Andrea? Sie hätte doch längst zu Hause sein müssen. Nach ihrem Streit war sie nach Hamburg gefahren, um mit einem wichtigen Kunden einige Gespräche zu führen und wollte über Nacht bleiben. Eigentlich hätte sie längst wieder zurück sein müssen.

Andrea hatte sich vor einigen Jahren gemeinsam mit ihrem besten Freund aus Jugendtagen und ihrer Schwester mit einer Werbeagentur selbstständig gemacht, die auf Firmen im medizinischen Sektor spezialisiert war. Andrea hatte Medizintechnik studiert und schon immer einen guten Riecher für Trends gehabt, weshalb die Agentur schnell gewachsen war und sich zügig einen guten Ruf in der Branche erarbeitet hatte, der über die Grenzen der Hauptstadt hinausging. Selbstverständlich führte Andrea Gespräche mit wichtigen Geschäftspartnern immer noch selbst.

Aber das Meeting, einschließlich Mittagessen, hätte spätestens um drei Uhr beendet sein müssen. Eigentlich müsste Andrea bereits seit Stunden wieder zu Hause sein. Ob es länger gedauert hatte? Janna checkte ihr Smartphone. Doch außer ein paar Meldungen zu Social Media und aus ihrem E-Mail-Postfach gab es keine Benachrichtigungen. Janna wählte Andreas Nummer. Doch sie wurde direkt an die Mail-Box weitergeleitet.

Merkwürdig, dachte sie.

Es kam immer wieder vor, dass Gespräche mit Kunden länger dauerten, als sie das ursprünglich geplant hatte. Bei einigen von Andreas Kunden war es nicht unüblich, dass man diesen erst einmal genau erläutern und erklären musste, warum man Werbung heute anders machte, als noch vor zehn oder fünfzehn Jahren, wenn man junge Leute erreichen wollte. Gerade in eher traditionell und konservativ geprägten Firmen dauerten Andreas Beratungsgespräche meist länger, als sie geplant hatte. „Diese Kerle: konservativ, spießig, sowas von gestern. Ich komme mir vor, wie eine Antilope in einem Rudel hungriger Löwen. Ich soll deren Geschäft voranbringen, aber die würden mich am liebsten zerfleischen. Die haben einfach keine Ahnung vom Internet, die verstehen Social Media nicht. Für die sind die Rolling Stones wahrscheinlich noch so richtig revolutionär", gab Andrea dann spöttisch von sich, wenn sie mal wieder von einem dieser anstrengenden Meetings nach Hause kam und sich zur Belohnung ein Glas Weißwein gönnte.

Üblicherweise erhielt Janna immer eine kurze Info von ihrer Freundin, wenn es unvorhergesehen später wurde. Dennoch, Janna wollte sich keine Sorgen machen. Vielleicht war nur der Akku von Andreas Smartphone leer.

Janna nahm sich einen Joghurt aus dem Kühlschrank, griff ihr Notebook und setzte sich an den Küchentisch. Sie versicherte sich selbst, dass alles in Ordnung sei. Vielleicht war es ja wegen des Streits, den beide vorgestern hatten, dass Andrea sich jetzt nicht meldete. Doch Janna, wollte sich keine Gedanken mehr machen.

Sie surfte ziellos durch das Internet, überflog einen Online-Blog über das Wellenreiten, checkte den Wetterbericht, in der Hoffnung, dass der ein wenig Abkühlung ankündigen würde und blieb schließlich auf einem Nachrichtenportal hängen. Die Schlagzeile klärte ihren Verstand mit einem Schlag.

Großraum Hamburg seit dem frühen Nachmittag ohne Strom

Mit aufgerissenen Augen las Janna die knappen Informationen, die unterhalb des Artikels standen.

Ein Stromausfall im Großraum Hamburg hält seit dem Nachmittag die Behörden in Atem. Wie ein Sprecher der Stadt mitteilte, kam es gegen 14:15 Uhr zunächst zu einem technischen Defekt in einem Umspannwerk östlich der Stadt. Gegen 16 Uhr seien an zwei weiteren Umspannwerken ebenfalls Defekte aufgetreten. Daraufhin sei das Stromnetz rund um die Hansestadt zusammengebrochen. Auch die Städte Lüneburg, Elmshorn sowie Stade sind betroffen. Der Zugverkehr auf der wichtigen Bahnstrecke zwischen Hamburg und

Hannover ist eingestellt. Flüge in Richtung Hamburg werden nach Hannover oder Bremen umgeleitet. Die Behörden raten den Bürgern, zu Hause zu bleiben. Laut Polizei gab es eine Vielzahl von Unfällen, jedoch blieb es bisher nur bei Leichtverletzten. Ein Krisenstab ist eingerichtet.

Das Ereignis weckt Erinnerungen an den Stromausfall, der sich vor wenigen Tagen entlang der deutsch-polnischen Grenze ereignete. Dort gab es rund um die Städte Cottbus und Görlitz fast zwei Tage lang keinen Strom.

Janna ließ sich gegen die harte Rückenlehne des Küchenstuhls fallen. Stromausfall in Hamburg, ausgerechnet. Das erklärte womöglich, warum Andrea nicht zu Hause war. Wahrscheinlich steckte sie gerade irgendwo zwischen den Landungsbrücken und der Binnenalster im Chaos fest. Vielleicht war das auch der Grund, warum sie Andrea nicht erreichen konnte und von ihr ebenfalls kein Lebenszeichen kam. Die Mobilfunknetze waren möglicherweise komplett überlastet, da jeder gerade damit beschäftigt war, seine Liebsten zu erreichen oder Informationen erhalten wollte, was los war. Dass der Strom ausfiel, kam selten genug vor. Aber meistens war das Problem bereits nach wenigen Minuten behoben und alle konnten zur Normalität zurückkehren, noch bevor das System angefangen hatte, ins Stocken zu geraten. Doch wenn es länger dauerte, wurden die Ersten schnell unruhig. Das traf vor allem auf eine Großstadt wie Hamburg zu, in der ohne Strom gar nichts ging.

Janna kam ein Gedanke. Defekte an drei Umspannwerken zur gleichen Zeit: das konnte kein Zufall sein. Sie würde es überprüfen müssen, aber sie war sich ziemlich sicher, dass man bei der Planung und dem Bau dieser Anlagen Sicherheitsvorkehrungen getroffen hatte, so dass beim Ausfall eines Umspannwerks der Normalbetrieb dennoch aufrechterhalten werden konnte. Immerhin handelte es sich hier um kritische Infrastruktur. Wie wahrscheinlich war es also, dass gleich an drei solcher Anlagen zeitgleich Defekte auftraten?

Nein, das konnte Janna ausschließen. Sie vermutete, dass es mit ihrem Fall zu tun hatte. Zu Maik hatte sie ja selbst gesagt, dass die Ereignisse immer harmloser wurden, je weiter sie in der Vergangenheit lagen. Umgekehrt hieß das, dass alle zukünftigen Ereignisse immer heftiger werden würden. Ein Angriff auf Umspannwerke, welche eine der größten Städte Deutschlands lahmlegte, wäre somit die nächste Stufe.

Der Gedanke machte Janna unruhig. Sie musste mehr darüber erfahren, doch hier in ihrer Wohnung hatte sie, auch mit ihrem Dienst-Notebook, nur eingeschränkte Möglichkeiten. An ihrem Arbeitsplatz könnte sie der Sache besser nachgehen.

Hastig schrieb Janna eine Notiz für Andrea, für den Fall, dass sie in der nächsten Zeit wieder nach Hause kommen würde. Dann schnappte sie sich Schlüssel und ihr Smartphone und hastete Richtung Wohnungstür. Als sie die Tür aufriss, blickte sie in Andreas gleichermaßen erschöpften wie zornigem Gesicht.

Sie wollte ihre Freundin gerade auf ihre Verspätung ansprechen. Doch diese winkte nur mit einem gereizten „Frag nicht!" ab.

05

Die Stadt war bereits in Dunkelheit gehüllt, als Captain Sam Reigh das klimatisierte Terminal des BER verließ und in die schwüle heiße Nacht hinaustrat. Das Rattern seines Rollkoffers fiel in der regsamen Geräuschkulisse vor dem Flughafengebäude kaum auf. Sam hasste den Rollkoffer. Er zog eine Tasche vor, die er schwungvoll über die Schulter werfen konnte. Doch er würde vermutlich mehr Ausrüstung benötigen, als er in einer Tasche tragen konnte, weshalb er sich notgedrungen für den silbrigen Kasten entschieden hatte, den er nun hinter sich herzog. Zudem hatte er eine Uniform dabei, die er unter Umständen tragen müsste. Und die würde den Transport in der Reisetasche nicht ohne Falten überstehen. Wie sähe das aus: ein Soldat in zerknitterter Uniform? Das kam nicht in Frage. Sam Reigh repräsentierte die Weltmacht USA und keine rückständige Bananenrepublik.

Mit kräftigen Schritten lief er zum Taxistand. Sam wählte eines der Fahrzeuge aus, dass nach seiner Ansicht nach frei war, da der Fahrer lässig an sein Fahrzeug gelehnt dastand und an einer Zigarette zog. In knappen Worten gab er dem Fahrer Anweisungen. „US-amerikanische Botschaft."

Noch bevor der Taxifahrer reagieren konnte, hatte Sam bereits den Kofferraum geöffnet und beförderte den Koffer hinein. Dann ging er zielstrebig zur Beifahrertür und nahm in dem Fahrzeug Platz.

Der Fahrer, gleichermaßen irritiert wie überrumpelt von Sams Auftreten, schnippte den glimmenden Stängel auf die Straße und stieg in das Auto ein. „Wohin?", erkundigte er sich nochmals.

„Zur US-amerikanischen Botschaft", gab Sam ein weiteres Mal zu verstehen. Mit ausdruckslosem, strengem Gesicht musterte er den Fahrer.

Sam verzichtete darauf, ihm die Adresse zu nennen. Er ging davon aus, dass die Taxifahrer eine so wichtige Einrichtung wie die amerikanische Botschaft auch mit verbundenen Augen finden würden, selbst wenn die Adresse nicht bekannt war. Zumal sie sich direkt neben dem Brandenburger Tor befand und das alleine schon ausreichen musste, um ihren Standort zu kennen.

„Wie ist ihr Name?", wollte Sam wissen, noch bevor der Fahrer zur Abfahrt bereit war.

„Pavel", war die Antwort auf die unerwartete Frage.

Mit unberührter Miene legte Sam den Sicherheitsgurt an, wendete sich vom Fahrer ab und blickte über die Motorhaube auf die Straße. Sam hatte kein Interesse, ein Gespräch mit Pavel zu beginnen. Aber er wusste gerne, wer die Menschen waren, mit denen er zu tun hatte. Außerdem genügten Sam nur wenige Informationen, um sich einen ersten und meistens auch treffenden Eindruck von einer Person zu verschaffen.

Pavel startete den Taxameter und lenkte das Taxi raus aus dem Lichtkegel, von dem der BER umhüllt war.

Nur wenige Minuten, nachdem sie den Flughafen hinter sich gelassen hatten, fuhren sie auf der Autobahn in die Mitte der Hauptstadt. Am Autobahndreieck Neukölln führte sie die Autobahn in Richtung Westen weiter zum Zentrum. Pavel betätigte den Blinker und lenkte das Taxi sanft auf die Abfahrt zur Bundesstraße 96a, die sie zunächst in den Ostteil der Stadt führen würde.

„Bleiben Sie auf der Autobahn bis zum Tempelhofer Damm", durchschnitt Sams Stimme den Innenraum, der nur vom Brummen der Reifen erfüllt würde. Ganz offensichtlich wollte Pavel den Wagen auf einem anderen, längeren Weg ins Zentrum lenken, um sich ein paar Euro extra zu verdienen. Der Fahrer ging wohl davon aus, dass sein Fahrgast keine Ahnung davon hatte, wo sie gerade wahren, mutmaßte Sam.

Pavel zuckte zusammen. Er spürte, den durchdringenden Blick seines Fahrgasts, der nun auf ihm haftete.

„Oder möchten Sie, dass ich ihr Trinkgeld behalte?", ergänzte Sam.

Kommentarlos brachte der Fahrer das Fahrzeug wieder zurück auf die A 113.

Sam behielt den Fahrer noch für ein paar Sekunden im Auge, dann drehte er sich wieder nach vorne und zog sein Smartphone aus der Tasche. Er überflog einige weniger wichtige Nachrichten und Mails, bevor er sich mit einem kurzen Memo befasste, dass ihm seine Behörde während des Fluges zugesendet hatte.

BND an der Sache dran
Zusammenarbeit wird vorbereitet
Sicherstellen, wenn möglich

Wenige Sekunden, nachdem Sam die Nachricht gelesen hatte, löschte sie sich automatisch. Er dachte nach. Die Agenten des deutschen Geheimdienstes hatten also nur etwa einen Tag länger benötigt, um herauszufinden, dass hier gerade etwas im Gange war. Da war es klug, direkt auf eine Zusammenarbeit abzuzielen, bevor sie einen Informationsvorsprung erhalten würden. Immerhin war das für sie ein Heimspiel. Gerade im Hinblick auf sein eigentliches Missionsziel hielt Sam es für vorteilhaft, mit den Deutschen zu kooperieren. Seine Vorgesetzten waren sich sicher, dass mehr hinter diesen merkwürdigen Vorfällen steckte. Sie vermuteten eine neuartige Technologie. Und es war klar, dass es Sams Aufgabe war, die Urheber ausfindig zu machen und diese Technologie, sofern es sie tatsächlich gab, in den Besitz des US-Militärs zu bringen. „Sicherstellen", wie es im Memo hieß.

Der Amerikaner schickte sein Smartphone in den Ruhezustand, vergrub es in seiner Hosentasche und lehnte sich im Beifahrersitz zurück. Die Augen geschlossen, lauschte er dem Rollgeräusch der Reifen, während Pavel den Wagen zügig und nun ohne Umwege in das Zentrum Berlins lenkte.

Als Janna am nächsten Morgen im Büro ankam, erwartete Maik sie bereits an ihrem Schreibtisch.

„Hast du mitbekommen, was gestern Abend noch los war?", fragte er und konnte seine Aufregung kaum zurückhalten.

„Ja, der Stromausfall in Hamburg." Mit einem leichten Nicken bekräftigte sie Ihre Antwort.

„Ey, ich hab' das gestern erst gegen halb elf oder so mitbekommen." Maik machte eine entschuldigende Geste.

„Ich auch erst, als ich zu Hause war. Ich wollte dann nochmal ins Büro, um zu prüfen, ob es was mit unseren Ermittlungen zu tun haben könnte."

„Oh, echt? Was hast du herausgefunden?" Sein neugieriger Blick haftete auf Janna. Gerade führte er sich auf, wie ein Kind kurz vor der Bescherung.

„Nichts", gab sie zu verstehen. „Gerade als ich zur Tür rauswollte, kam Andrea nach Hause. Sie hatte gestern einen wichtigen Geschäftstermin in Hamburg und ist bei ihrer Heimfahrt in das Chaos geraten. Sie hatte mir erzählt, dass der Zug etwa eine halbe Stunde nach Abfahrt auf offener Strecke stehen geblieben war. Und dann ging für Stunden nichts mehr."

Maik schaute sie verwundert an. „Hat die Bahn nicht ihr eigenes Stromnetz?"

„Das dachte ich auch. Anscheinend war der Stromausfall so weitreichend, dass die Signale und die Kommunikation mit den Leitwarten und Stellwerken gestört gewesen war."

„Krass. Und wie ging es weiter? Wie ist Andrea da rausgekommen?" Sein Blick wurde fordernd.

„Andrea meinte, dass es zunächst nur das typische Geschimpfe auf die Bahn gab." Mit einem Schulterzucken unterstütze Janna ihre Aussage. „Doch nach etwa einer Stunde wurde die Stimmung zunehmend gereizter. Die Klimaanlage sei ausgefallen und die Luft wurde immer schlechter. Aus Sicherheitsgründen durfte aber niemand den Zug verlassen." Eine abwehrende Geste verstärkten ihre Worte. Irgendwann fingen die ersten Leute, an aggressiv zu werden und beschimpften eine Zugbegleiterin und zerrten an ihr herum. Die Leute wollten wissen, was los ist und wann es endlich weiterging. Als ein weiterer Zugbegleiter dazu kam, kam es zu einem Handgemenge mit einigen Fahrgästen. Andrea meinte, es gab einige Verletzte."

„Klingt echt heftig." Maik sah sie mit einer Mischung aus Faszination und Entsetzen an. „Wie ging es weiter?"

„Nach etwa drei Stunden kamen Einsatzkräfte der Feuerwehr und des THW sowie einige Sanitäter und haben die Insassen nach und nach aus dem Zug evakuiert und zum nächsten Provinzbahnhof gebracht. Irgendwann rollte dann der Zugverkehr wieder an. So kam dann auch Andrea nach Hause. Fast sechs Stunden später, als geplant."

Von Maik kam kein Kommentar. Er nickte nur.

„Wissen wir bereits mehr über den Stromausfall?" Janna lehnte ihren Körper leicht nach vorne. Ihre Gesichtszüge verrieten die Ungeduld, während sie auf unausgesprochene Worte wartete, die irgendwo in der Luft verloren gegangen waren. Die Erwartung, mehr über das Chaos zu erfahren, in das Andrea geraten war, füllte den Raum zwischen ihr und ihrem Kollegen.

„Ich habe bereits begonnen, alle möglichen Informationen zusammenzutragen. Wir wissen, dass sich der Stromausfall durch technische Defekte an drei Umspannwerken rund um Hamburg ereignet hat. Die Defekte traten mehr oder minder zeitgleich auf, in einem Zeitfenster von etwa 90 Minuten." Er verschränkte die Arme vor der Brust. „Zufälle können wir wohl ausschließen."

Janna nickte zur Bestätigung und deutete ihm mit der Hand, dass er fortfahren solle.

„Abgesehen vom Chaos gab es zunächst keine größeren Folgen. Ein paar Unfälle mit Leichtverletzten. Doch gegen Abend schien sich die Stimmung aufzuheizen. Ein Krisenstab wurde eingerichtet und hatte gegen 20 Uhr die Menschen aufgefordert, nach Hause zu gehen oder dort zu bleiben."

„Was wahrscheinlich recht sinnlos war. Viele waren bestimmt noch unterwegs, um überhaupt erst einmal heimzukommen", ergänzte Janna die Ausführungen ihres Kollegen.

„Ja. Viele steckten in der Hochbahn fest oder standen mit ihrem Auto im Stau. Zwar wurden die Straßen irgendwann leerer, aber in den späteren Abendstunden und in der Nacht kam es zu einer Vielzahl an Einbrüchen. In einigen Stadtteilen gab es kleinere Krawalle. Insbesondere Gruppen junger Männer nutzten die

Situation, um ihrer Aggression ungehemmmt freien Lauf zu lassen."

„Mit welchen Konsequenzen?", wollte Janna wissen.

„Ach, das Übliche", gab Maik mit ernster Miene zu verstehen. „Eingeschlagene Scheiben. Fahrzeuge und Müllcontainer, die in Brand gesetzt wurden. Sowie mehrere Verletzte bei Zusammenstößen mit der Polizei. Vorhin hieß es, die Polizei habe 237 Personen festgenommen. Im Laufe der Nacht habe sich die Situation dann wieder beruhigt. Der Strom ist aber erst in Teilen wieder hergestellt. Die Gebiete südlich der Elbe sind noch immer ohne."

Janna warf einen Blick auf ihre Smartwatch am linken Handgelenk. 8:23 Uhr strahlte es ihr in leuchtendem hellblau entgegen. „Wann war der Stromausfall?", wollte sie wissen.

„Der war auf die Minute genau um 16:23 Uhr", war Maiks Antwort.

„Das ist jetzt 16 Stunden her." Jannas Blick wanderte ziellos durch das Büro.

„Was meinst du damit?"

„Der Black-Out in Hamburg startete vor 16 Stunden. Zu den ersten Krawallen kam es bereits wenige Stunden danach. Wahrscheinlich gegen acht oder neun, nach Einbruch der Dunkelheit." Jannas Miene verfinsterte sich. „Es braucht also nur ein paar Stunden ohne Strom, bis die Ersten anfangen, durchzudrehen."

Mit einem zaghaften Nicken verdeutlichte Maik, dass er verstand, worauf sie hinauswollte. „Stell dir vor, hier ist großflächig der Strom weg, vielleicht vier, fünf Tage. Dann fallen wir zurück in die Barbarei."

Jannas Augen weiteten sich. Gänsehaut machte sich auf ihren Armen breit. „Was, wenn die Urheber dieser Ereignisse genau das Erreichen wollen?"

06

Rebecca. Rebecca", schrie Janna ihrer Freundin entgegen. Sie erkannte die Todesangst in ihren Augen. „Greif meine Hand, greif meine Hand." Mit ächzender Stimme brüllte Janna gegen die wütenden Naturgewalten an. Doch die hatten kein Erbarmen und rissen die beiden Frauen immer weiter auseinander. Hilflos sah Janna mit an, wie Rebecca mit aller Kraft gegen ihr entsetzliches Schicksal ankämpfte. Zu sehen, wie sie um Hilfe rief, schrie, brüllte, während die Worte vom Toben der Wellen und vom Peitschen des Sturms verschlungen wurden. Mitansehen, wie sie sich mit aller Kraft gegen das Unvermeidliche stemmte, um letztendlich doch von der Endlichkeit verschlungen zu werden.

Panik und Entsetzen durchrollten Jannas Körper. „Rebecca", brüllte sie mit hysterischer Stimme. Sie blickte in die angsterfüllten Augen ihrer Freundin.

Dann schreckte sie hoch. Jannas Atem ging heftig, ihre Wangen glühten und Schweißperlen standen auf ihrer Stirn.

Für einen Moment fehlte ihr die Orientierung. Nur langsam verstand sie, dass sie im Büro war. Ihr Atem wurde langsamer und die Spannung wich aus ihrem Körper. Nur ihr Inneres blieb aufgewühlt wie die raue See, die Rebecca verschlungen hatte.

„Scheiße." Sie vergrub das Gesicht in ihren Händen. Unter einem tiefen Seufzer versuchte sie, das Bild von Rebeccas angsterfüllten Augen abzuschütteln.

Janna war über der Arbeit eingeschlafen und ärgerte sich darüber, dass es ihr nicht gelungen war, sich wach zu halten. Unmut machte sich breit, weil ein solches Verhalten unprofessionell war und sie sich nicht eingestehen wollte, einen Moment allzu menschlicher Schwäche erlebt zu haben. Noch dazu wühlten sie Rebeccas angsterfüllte Augen auf, in die sie noch wenige Sekunden zuvor gestarrt hatte.

„Komm schon, reiß dich zusammen", forderte sie in harten Worten von sich selbst. Sie warf einen Blick auf die Uhr.

„Oh, Mist", rief sie aus und sprang schwungvoll aus ihrem Bürostuhl auf. Umgehend machte sie sich auf den Weg zu einer Besprechung, die kurzfristig für den Nachmittag angesetzt wurde.

Es war bereits 14:03 Uhr, als sie den Konferenzraum betrat. Drei Minuten zu spät. Janna hasste es, zu spät zu kommen. Auch wenn die Sitten und Gebräuche heute viel entspannter waren, so war sie der Meinung, dass Pünktlichkeit ein Wert war, den es zu bewahren galt. Immerhin arbeitete sie bei einer wichtigen Behörde und man durfte von ihr ein professionelles Auftreten erwarten.

Sie war jedoch nicht die Einzige, die den Konferenzraum unpünktlich betrat. Direkt vor ihr gingen einige Kollegen und Kolleginnen durch die breite Flügeltür. Und auch hinter ihr folgten noch weitere Personen.

Hallten im langen Flur vor allem kräftige Schritte und hohe Absätze durch die Luft, waberte im Konferenzraum das Gemurmel und Gerede von Kollegen, Vorgesetzten, hochrangigen Beamten und von Vertretern der Bundesregierung. Janna meinte, eine Referatsleiterin des Innenministeriums zu erkennen sowie Vertreter verschiedener Verfassungsorgane, mehrere Polizeipräsidenten und jemanden vom Katastrophenschutz. Außerdem eine ganze Reihe von Personen, die sie zuvor noch nie gesehen hatte. Ihre Gesichter waren von professioneller Besorgnis gezeichnet. Selbst wenn man es nicht gewusst hätte, so verriet die unruhige Atmosphäre im Saal, dass das kein Branchentreffen war, sondern eine Krisensitzung.

Janna entdeckte Maik auf einem Stuhl in einer der hinteren Reihen, vertieft in einen Stapel Dokumente. Kommentarlos setzte sie sich neben ihn.

„Das ist ja echt der Shit hier. Die Creme de la Creme der Staatssicherheit", drangen seine Worte in ihr Ohr.

„Ernsthaft? Was Besseres fällt dir nicht ein?"

Maik löste sich von den Papieren und drehte seinen Kopf zu Janna „Hätte ich dir besser über die neuesten Trends auf Tiktok berichten sollen? Was hätte ich sonst sagen sollen?"

Sein flapsiges Mundwerk löste in Janna eine Woge der Erschöpfung aus. „Wie wäre es, wenn du einfach die Klappe hältst?"

Ein Schulterzucken, dann widmete er sich wieder seinen Unterlagen.

Mit scharfem Blick musterte Janna die Anwesenden. Sie entdeckte einen großen Mann, der auf der anderen Seite des Raumes stand. Mit emotionslosem Gesichtsausdruck und stoischem Blick folgte er einem Gespräch zwischen dem Militärattaché der US-amerikanischen Botschaft und einem Vertreter des Innenministeriums.

Janna taxierte den großgewachsenen Kerl. Sie kannte ihn, das wusste sie. Bereits in der Vergangenheit hatte sie sich mit ihm unterhalten. Aber ihr wollte einfach der Name nicht einfallen.

Sie gab Maik einen Stupser. „Wer ist das in der dunkelblauen Militäruniform?"

„Captain Sam Reigh, Terrorismusexperte des US-Militärs." Ohne von seinen Unterlagen aufzuschauen, machte Maik mit seinen Erklärungen weiter. „Soll im Zuge einer bilateralen Ermittlungskooperation in dieser Angelegenheit mit unserer Behörde zusammenarbeiten."

Gleichermaßen verblüfft wie anerkennend schaute Janna ihren Kollegen an. „Na, du bist aber gut informiert."

„Was denkst du eigentlich, was ich hier tue, meine Liebe?" Maik löste seinen Blick von den Unterlagen und deutete mit seiner Hand darauf. „Hast du das Briefing nicht erhalten?"

Auf Maiks Stichelei ging Janna nicht näher ein. Ihr Blick wanderte zurück zu Sam Reigh. Kurz und akkurat geschnittene Haare, starre Haltung: das war ein Soldat durch und durch.

Eine Erinnerung an ihr erstes Zusammentreffen mit dem Amerikaner wurde wach. Vor drei Jahren hatte sie Dr. Peters zur Münchener Sicherheitskonferenz begleitet, der dort einen Vortrag über die Zusammenarbeit der westlichen Geheimdienste hielt. Dort traf sie auf Sam, mit dem sie nur am Rande einige wenige Worte gewechselt hatte, die sich vor allem auf Höflichkeitsfloskeln begrenzten.

Bereits damals war ihr sein prägnantes Auftreten aufgefallen. Ein wandelndes Klischee, wie in einem Actionfilm aus Hollywood, hatte sie damals gedacht. Aber jedes Klischee hatte nun einmal einen wahren Kern, weshalb Janna nicht sonderlich verblüfft über sein Auftreten war.

Die Tür fiel ins Schloss und das Gerede und Gemurmel verstummten augenblicklich. Eine erwartungsvolle Stille füllte den Raum, als die Versammlung begann.

„Kommen wir gleich zur Sache", sagte Dr. Peters ohne Umschweife und gab einige Erläuterungen zu den bisherigen Vorfällen und dem aktuellen Kenntnisstand wieder. Die harten, ernsten Gesichtszüge ließen keinen Schluss zu, ob er womöglich unter Druck stand, schnellstmöglich eine Antwort zu finden. Seine Stimme war ruhig und fest. Wie üblich ließ sich Dr. Peters nicht in die Karten blicken.

„Nach aktueller Kenntnislage müssen wir davon ausgehen, dass diese Vorfälle sowohl in ihrer Häufigkeit, als auch in ihrer Intensität zunehmen werden. Und zwar europaweit." Er hielt inne und suchte mit seinen Augen den Raum ab. „Wir brauchen Antworten. Und zwar schnell."

„Welche Hinweise liegen Ihnen bereits vor, wer dafür verantwortlich sein könnte?" Eine Frau mit aschblonden, schulterlangen Haaren ergriff das Wort. Eine Aura der Unnahbarkeit umgab sie. „Wie sind diese Angriffe ausgeführt worden? Und ich betone hier, dass ich entsprechend aktueller Kenntnislage von einem gezielten Angriff ausgehe", fuhr sie fort.

„Derzeit ist es zu früh, hierüber eine Aussage zu treffen", gab Dr. Peters zu verstehen.

„Maik, wer war die Frau, die gerade gesprochen hatte?", flüsterte Janna ihrem Kollegen zu. „Ich habe sie schon ein paar Mal gesehen."

„Viktoria Nolte. Verfassungsschutz."

Sie bedankte sich mit einem knappen Nicken und widmete sich wieder der Besprechung.

„Entsprechend geheimdienstlicher Informationen können wir jedoch ausschließen, dass die Vorfälle in Zusammenhang mit den Handlungen einer anderen Regierung stehen." Ein hagerer, groß gewachsener

51

Mann in einem schwarzen Anzug meldete sich zu Wort. „Selbstverständlich werden wir unsere bundesnachrichtendienstlichen Aktivitäten fortführen."

„Wer nimmt sich dieser Angelegenheit an?", wollte ein Vertreter des Kanzleramts von Dr. Kilian Peters wissen.

„Petrusch und Ammer sind unsere Experten für solche Angelegenheiten", erwiderte der Direktor und nickte Janna und Maik zu. „Sie konnten bereits erste Erkenntnisse gewinnen und das Muster entschlüsseln, nachdem die Intensität der Vorfälle zunimmt."

„Captain Reigh wird sich ihnen anschließen", fügte der Vertreter des Kanzleramts hinzu. „Im Zuge einer internationalen Kooperation ist seine Expertise bei dieser Untersuchung von unschätzbarem Wert."

„Großartig", flüsterte Janna vor sich hin, „ein Soldat in unserem Team." Die Vorstellung, mit jemandem zusammenzuarbeiten, der wahrscheinlich mehr Tote auf dem Gewissen hatte, als sie in ihrem Leben zu Gesicht bekommen hatte, trübte ihre Stimmung weiter.

„Hab' ich doch gesagt." Maik blickte sie rechthaberisch an.

„Petrusch, Ammer, sie haben es gehört. Reigh wird sie unterstützen. Sie erhalten im Anschluss weitere Details von mir." Dr. Kilian Peters sah Janna in die Augen. „Finden Sie heraus, was die Ursache dafür ist."

„Verstanden", erwiderte Janna mit fester Stimme. Sie warf Sam einen Blick zu. Sein Gesicht war eine unbewegte Maske.

Während einer kurzen Pause näherten sich Janna und Maik Sam Reigh. Sie straffte sich und brachte ihren Körper in eine Haltung wie aus dem Lehrbuch von Physiotherapeuten, bevor sie die Hand ausstreckte. „Janna Petrusch. Das ist mein Kollege Maik Ammer."

Maik tat es ihr nach.

„Sam Reigh." Sein Griff war fest, was Janna nicht verwunderte.

„Es freut mich, sie wiederzusehen", waren die Worte des Amerikaners und Janna konnte nicht deuten, ob er es wirklich so meinte, oder dies nur eine Höflichkeitsfloskel unter Kollegen war.

„Ich hoffe, Ihre Expertise hilft uns weiter. Die Verantwortlichen werden sich ja etwas dabei gedacht haben", sagte sie und machte kein Geheimnis daraus, dass sie wenig begeistert war, mit jemandem vom US-Militär zusammenzuarbeiten.

„Davon bin ich überzeugt. Ich bin Experte für militärische Terrorbekämpfung, sie beide für geheimdienstliche. Nach allem, was wir wissen, müssen wir von einer terroristischen Bedrohung ausgehen. Es ist sinnvoll, unsere Fähigkeiten zu bündeln", antwortete er, sein Deutsch fast makellos, bis auf einen marginalen Anflug eines amerikanischen Akzents.

Die kurze Pause hatte Janna gutgetan, auch wenn sie die Begegnung mit Sam Reigh befremdlich fand. Seine kalte, emotionslose Aura zeugte vom Drill, den er vermutlich jahrelang durchlaufen hatte. Und von der Fähigkeit, seine Gegner ohne mit der Wimper zu zucken aus dem Weg zu räumen, wenn es die Sache erforderte. Sie verabscheute den Gedanken, mit einem potenziell kaltblütigen Killer zusammenzuarbeiten. So wirklich wollte Janna nicht einleuchten, warum. War die Bundeswehr tatsächlich in einem so desolaten Zustand, dass sie nicht über einen vergleichbaren Experten verfügte? Hatte man deshalb um Amtshilfe gebeten? Die Amerikaner hätten sich vermutlich in diese Ermittlungen nicht einfach so eingemischt.

Obwohl ... Es waren immerhin die Amerikaner. Und dass diese ihre eigenen Interessen auch gegenüber der

Bundesrepublik, ihrem angeblich so engen und verbundenen Partner, verfolgen würden, war spätestens klar, seitdem die National Security Agency NSA das abhörsichere Diensthandy von Angela Merkel abgehört hatte. Also, was hatte dieser Kerl hier zu suchen?

Janna wusste, dass sie darauf heute und morgen keine Antwort erhalten würde. Aber sie mahnte sich selbst, wachsam zu sein und Sam im Auge zu behalten. Doch zunächst galt es erst einmal, sich wieder auf die Besprechung zu konzentrieren, die genau in diesem Moment fortgesetzt wurde.

Bilder wurden auf eine Leinwand projiziert. Grabesstille machte sich im Saal breit. Ein Vertreter des Verfassungsschutzes, der sich als Samuel Bosswick vorstellte, schilderte die durch die mysteriösen Vorfälle verursachten Schäden in allen Details.

Es gab Zwischenfälle in Kopenhagen, Warschau und Amsterdam. Und immer war die Ursache eine defekte Dichtung, ein beschädigtes elektronisches Bauteil oder ein Kurzschluss an einer Leitung.

„Und das hier ist einer unserer jüngsten Fälle, der sich kurz vor dem Stromausfall ereignete", sprach der Mann und ließ eine Drohnenaufnahme eines havarierten Containerschiffes an die Wand werfen.

Ein einziges Durcheinander war zu erkennen. Container, die wild durcheinander lagen. Als hätte Gott eine Bowling-Kugel zwischen die riesigen Metallboxen geschleudert. Ebenso war das verbogene Gerippe eines Verladekrans zu erkennen.

„Die MERES SHIPPING EAGLE ist ein Containerschiff mittlerer Größe und hatte vorgestern am späten Abend den Hamburger Hafen verlassen. Auf der Höhe von Helgoland musste das Schiff jedoch wegen eines Maschinenschadens umkehren und zurück nach Hamburg fahren", führte der Vertreter des Verfassungsschutzes aus.

„Gibt es einen Zusammenhang zu den bisherigen Vorfällen?", wollte Sam wissen. Seine Stimme klang, als hätte ein Computer jegliche emotionale Regung herausgefiltert.

„Nach bisherigen Kenntnissen nicht. Offenbar handelte es sich tatsächlich um einen maschinellen Schaden an der Antriebswelle."

„Warum hat die Crew das Schiff nicht in das näher gelegene Wilhelmshaven oder nach Brunsbüttel gebracht? Das hätte dieses Unglück möglicherweise verhindert?" Ein junger, Janna nicht bekannter Mann, mit schmalem, kantigem Gesicht und dünnem Haar stellte die Zwischenfrage. Auf Anhieb hätte sie nicht sagen können, welche Behörde er vertrat.

„Das klären wir gerade. Offenbar fühlte man sich vor Ort nicht zuständig. Eine Verkettung unglücklicher Umstände führte dazu, dass der Anschlag eine solche Intensität entfalten konnte", ergriff Bosswick wieder das Wort. Er ließ ein anderes Foto an die Wand werfen, welches das defekte Bauteil zeigte.

Janna konnte nichts Auffälliges oder Ungewöhnliches erkennen. Aber sie war ja auch keine Mechanikerin.

„Der Kapitän berichtete, dass es bei der Fahrt über die Elbe zunehmend zu Beeinträchtigungen und Störungen an den Instrumenten kam. Bei der Einfahrt ins Hafenbecken sei das Schiff dann nicht mehr manövrierfähig gewesen." Bosswicks Blick wanderte durch den Raum und bedachte jeden der Anwesenden mit einem eindringlichen Blick. „Dabei hat es zunächst das Schleppschiff gerammt, das es eigentlich sicher an den Anlegeplatz bringen sollte. Im Anschluss ist es fast ungebremst gegen die Kaimauer gefahren und hat dabei den Verladekran sowie eine Vielzahl von Containern umgeworfen." Bosswick wechselte ein weiteres Mal ein Bild, das den verursachten Schaden aus der Nähe zeigte. „Sabotage oder Terrorismus? Wir müssen herausfinden, was dahintersteckt."

„Terrorismus", gab Sam leise zu verstehen, aber laut genug, dass Janna es mitbekam.

Prüfend beobachtete sie ihn, während seine Augen die Bilder nach Hinweisen absuchten.

„So oder so, wir müssen herausfinden, was los ist", sagte Dr. Peters mit strenger Stimme. „Wir können uns keine weiteren Vorfälle dieser Art leisten. Allein schon wegen der Auswirkungen auf die Weltwirtschaft. Von der Sicherheit der Bürgerinnen und Bürger ganz zu schweigen."

Während die Anwesenden weiter über die Vorfälle diskutierten und über mögliche Ursachen spekulierten, wurde Janna das Gefühl nicht los, dass diese Vorfälle nur die Spitze des Eisbergs waren. Sie konnte es sich nicht erklären, doch irgendetwas versuchte ihr mitzuteilen, dass mehr auf dem Spiel stand als die kritische Infrastruktur. Die Vorfälle wurden häufiger, sie wurden heftiger und sie schienen sich immer weiter auszubreiten. Was steckte bloß dahinter?

„Petrusch", rief eine strenge Stimme und lenkte ihre Aufmerksamkeit von dem Chaos auf der Leinwand ab. Dr. Peters stählerner Blick war auf sie gerichtet. „Sie fahren morgen gemeinsam mit Reigh nach Hamburg", rief ihr Vorgesetzter über die Köpfe der anderen Konferenzteilnehmer hinweg. „Sie selbst sind der Auffassung, dass die Stadt im Zentrum der Ereignisse liegt. Sie untersuchen das Schiff. So tragisch die Ereignisse im Hamburger Hafen auch sind, vermutlich ist es für uns ein Glücksfall, dass das Schiff zurückkehren musste. Finden Sie heraus, was dort passiert ist."

Janna nickte, sagte jedoch nichts.

Daraufhin richtete Dr. Peters seinen Blick auf Maik. „Sie werden eng mit den beiden zusammenarbeiten und sich auf Recherche und Analyse konzentrieren."

„War ja klar", murmelte Maik leise, sichtlich enttäuscht darüber, dass er hinter die Kulissen verbannt wurde. „Wahrscheinlich nimmt er mir meinen Kommentar von gestern doch übel."

Janna sah ihn prüfend an, erwiderte aber nichts.

„Fangen Sie sofort an!", befahl ihr Chef, bevor er die Besprechung beendete und die Versammlung verließ. Unruhe machte sich zwischen den Sitzplätzen breit, während sich der Raum allmählich leerte.

Eine halbe Stunde später saßen Janna und Maik gemeinsam mit Sam Reigh zusammen. Ihre Bedenken gegen die Zusammenarbeit mit einem Militärangehörigen versuchte sie, beiseite zu schieben. Ihre Aufgabe war es, die Bedrohung auf professionelle Art und Weise abzuwenden. Menschenleben standen auf dem Spiel, würde sich diese Serie weiterhin so entwickeln. Dennoch gelang es ihr nicht, dieses Unbehagen abzuschütteln.

Sie drehte sich dem Amerikaner zu. „Dann erzählen Sie mal etwas über sich. Mit welchen Ressourcen und Fähigkeiten können Sie unsere Arbeit unterstützen?"

„Mit allem, was erforderlich ist." Sein Tonfall war ruhig, aber bestimmend.

„Danke. Ich komme darauf zurück", sprach sie mit leiser Stimme. Noch einer, der sich nicht in die Karten blicken lässt, dachte Janna und hoffte insgeheim, dass sie von Sams Fähigkeiten, welcher Natur auch immer sie sein möchten, keinen Gebrauch machen musste.

„Ich werde Ihnen jede Hilfe bieten, die Sie brauchen. Wir bündeln unsere Ressourcen und lösen diesen Fall", ergänzte Sam.

Janna nickte kaum merklich.

Maik blickte von seinem Computer auf, nach wie vor sichtlich enttäuscht von seiner Rolle als graue Eminenz im Hintergrund. „Was ist mit mir?", fragte er und versuchte, die Frustration in seiner Stimme zu verbergen. „Ich will auch helfen."

Janna konnte erkennen, wie sich die Unzufriedenheit auf seinem Gesicht abzeichnete. Sie musste an seine beiläufige Bemerkung vom Vortag denken. Sollte er tatsächlich in Erwägung ziehen, sich versetzen zu lassen, so war es nicht hilfreich, dass er einmal mehr auf den Innendienst festgelegt war. Aber Maik war nun einmal der beste Analytiker, den sie kannte. Niemand konnte so schnell Datensätze auswerten und verborgene Muster darin erkennen.

„Deine Fähigkeiten sind hier gefragt, Maik", versuchte Janna mit fester, aber verständnisvoller Stimme zu beschwichtigen. „Du kümmerst dich um die Recherche und Analyse, während Sam und ich vor Ort ermitteln. Es ist wichtig, dass wir hier einen Experten und Ansprechpartner haben."

„Na, gut", grummelte Maik und wandte sich mit einem resignierten Seufzer wieder seiner Tastatur zu.

Janna beobachtete ihn einen Augenblick und bemerkte, wie sein Körper zusammensackte. Dann widmete sie sich wieder ihrem neuen Teammitglied.

„Ich habe nicht erwartet, dass Sie perfekt Deutsch sprechen", gab sie zu verstehen und versuchte dabei zu lächeln. Was ihr jedoch nicht richtig gelang.

„Danke", antwortete Sam mit kaum wahrnehmbarem Akzent. „Meine Großmutter kommt aus Deutschland und mit ihr habe ich Deutsch gesprochen. Außerdem war ich mehrere Jahre in Deutschland, stationiert. In Heidelberg und in Wiesbaden, um genau zu sein."

„Ich verstehe." Janna nickte.

„Da wir ja jetzt einige Zeit zusammenarbeiten, schlage ich vor, dass wir uns auf das Du einigen."

Janna zögerte einen Moment. Warum bot er so schnell das Du an? Weil die Amis keine förmliche

Anrede kannten? Oder war es eine Art psychologischer Trick, eine Taktik, um Vertrauen aufzubauen? Sie spürte, wie ihr Misstrauen das Ruder übernahm. Ihr Beruf brachte das mit sich und schließlich konnte man nicht vorsichtig genug sein. Aber vielleicht sollte sie sich dennoch ein bisschen locker machen.

„Einverstanden", erwiderte sie schließlich, während Maik zur Bestätigung nickte, ohne von seinem Bildschirm aufzublicken.

07

Es war bereits halb zwölf am nächsten Tag, als Janna und Sam das Container-Terminal erreichten, in dem sich das Schiffsunglück ereignet hatte. Während die beiden durch die Stadt gefahren waren, fing das Leben an, sich zu normalisieren. Mittlerweile war die Stromversorgung wieder komplett hergestellt und die Folgen des Blackouts schienen nicht so gravierend zu sein, wie zunächst befürchtet. Die Hansestadt fand schnell zur Normalität zurück und tat in ihrer nordischen Gelassenheit so, als sei nie etwas gewesen.

Für Janna stand jedoch fest, dass der Stromausfall keine einmalige Sache war, sondern der Auftakt zu dem, was da noch kommen mochte. Sollte sie recht behalten, würden sich Hamburg, und noch viele weitere Städte, auf eine wesentlich größere Katastrophe gefasst machen müssen.

Ein angenehm frischer Wind umströmte sie, als sie aus dem Auto stieg. Durch die Nähe zur Küste waren die Temperaturen erträglicher als in Berlin, wo sich die Hitze staute und wie eine Glocke auf der Stadt lastete. Ein leichter Wind trug den unverkennbar würzigen Geruch von Regen auf trockener Erde mit sich. Ein Schauer schien sich in der Ferne anzukündigen. Aber noch strahlte die Sonne zwischen flockigen Wolken hindurch, was die Ankunft für Janna jedoch kaum erträglicher machte.

Seitdem klar war, dass die Ermittlungen sie nach Hamburg führen würden, hatte sich ein stechendes Unbehagen in ihrer Magengrube festgesetzt. Und es gelang ihr nicht, dieses Gefühl abzuschütteln. So sehr sie sich auch darauf einschwor, sich zusammenzureißen.

Hamburg – allein der Name reichte aus, um Erinnerungen an Rebecca wachzurufen. Dort hatten sich die beiden während des Studiums kennengelernt. Die Chemie zwischen ihnen passte sofort und recht schnell verband die beiden eine innige Freundschaft.

Von Hamburg aus waren sie damals auch zu einem Segeltrip in Richtung Büsum gestartet. Ein Segeltrip, von dem nur eine zurückkehrte: Janna.

Über dem Hafen hing das Brummen und Vibrieren der Schiffsmotoren und Verladekräne. Janna bildete sich ein, salzige Luft zu atmen, obwohl Hamburg fast einhundert Kilometer von der Küste entfernt lag. Vereinzelt konnte sie Möwengeschrei hören, das die Wand aus mechanischen Geräuschen durchdrang.

Die maritime Atmosphäre weckte Erinnerungen an unzählige Trips zu den besten Surfspots in Europa, zu fantastischen Wellen und wunderbaren Stunden auf dem Surfbrett. Eine Zeit, an die Janna nur selten zurückdachte. Seit die Nordsee Rebecca verschlungen hatte, hatte Janna nicht mehr auf ihrem Brett gestanden.

Früher war das Meer wie ein Vertrauter. Wild, unbezwingbar, eigensinnig, aber immer wie ein Freund, der eine Sehnsucht in ihr stillte, die sie in sich trug, seitdem sie denken konnte. Doch nachdem sich das Meer Rebecca geholt hatte, verlor Janna das Vertrauen in diesen Freund. Sie hatte sogar Angst vor ihm. Erinnerungen wurden wach. Rebeccas panische Augen, kurz bevor sie in der aufgebrachten See zwischen dunklen Wellenbergen verschwand. Ein brennendes Kribbeln durchschoss Jannas Körper.

Sie blinzelte das schmerzhafte Bild weg und konzentrierte sich auf die anstehende Aufgabe. Sie schloss die Augenlider und nahm einen tiefen Atemzug.

„Alles in Ordnung?", fragte Sam und musterte sie emotionslos.

„Ja, alles bestens", antwortete sie schnell, um ihre innere Zerrissenheit nicht preiszugeben. „Lass uns anfangen." Mit festem Schritt wollte sie sich Sams prüfenden Blick entziehen und spürte doch, wie er sie weiterhin beobachtete. Ein Augenblinzeln später setzte auch er sich in Bewegung.

Sie ließen das Auto zurück und näherten sich der Unglücksstelle. Das Hafenbecken lag links, zu ihrer rechten hingegen türmten sich die Containerstapel in schwindelerregende Höhen. Janna und Sam marschierten in Richtung Absperrung, mit der die Polizei die Unglücksstelle weiträumig abgeriegelt hatte.

Dahinter tat sich das pure Chaos auf. Die Ordnung der Containerstapel war zerrissen. Unzählige Metallboxen lagen wild durcheinander. Der Verladekran musste mehrere Stapel mit zu Boden gerissen haben, als er umgestürzt war. Sein einst stolzer, mächtiger Körper lag verbogen zwischen, über und unter Containern. Ein einziges Durcheinander. Es würde Tage, gar Wochen dauern, bis hier wieder Ordnung herrschte, mutmaßte Janna, während sie sich der Unglücksstelle näherten.

Janna und Sam erreichten die Absperrung. Ein junger Polizist, sie schätzte ihn auf Mitte Zwanzig, kontrollierte die Dienstausweise der beiden und holte sich anschließend über sein Funkgerät das Okay aus der Leitstelle. Einen Augenblick später ließ er sie passieren.

„Ein ziemliches Chaos", bemerkte Sam gänzlich unbeeindruckt, während er die Szene überblickte.

„In der Tat", antwortete Janna kurz und bündig, begierig darauf, mit ihren Nachforschungen zu beginnen und Antworten zu finden.

Sie näherten sich einer groß gewachsenen Frau mittleren Alters mit aristokratischer Ausstrahlung. Ihr ergrautes Haar war streng nach hinten gebunden. Die Art, wie sie mit zusammengekniffenen Augen die Situation überblickte, ließen für Janna keinen Zweifel daran, dass sie die leitende Beamtin vor Ort sein musste.

Als Janna und ihr Kollege von ihr bemerkt wurden, wendete sie sich ihnen zu. In ihrem Gesicht spiegelte sich eine Mischung aus Neugier und Skepsis wider.

Mit einem schnoddrigen „Moin" begrüßte sie Janna und Sam. „Ich bin Sonja Neumaier und leite die Ermittlungen hier vor Ort. Sie sind die beiden Kollegen des BND, richtig?"

„Janna Petrusch. Das ist Sam Reigh."

„Dann erzählen Sie mal, was sie zu uns führt. Meine Vorgesetzten haben mich lediglich darüber informiert, dass Mitarbeiter vom Geheimdienst zu den Ermittlungen dazustoßen würden."

Okay, die hält sich schon mal nicht mit belanglosem Small Talk auf, dachte Janna. Was ihr gar nicht so unrecht war.

„Wir untersuchen eine Reihe ungeklärter Zwischenfälle, die europaweit aufgetreten sind und sich vor allem an Einrichtungen der Infrastruktur ereignet hatten."

„Wir vermuten einen Zusammenhang und müssen derzeit von Sabotage oder Terrorismus ausgehen", ergänzte Sam.

Neumaier, der der Akzent des Amerikaners nicht entgangen zu sein schien, zog die Augenbrauen hoch. „Da muss ich Sie wohl enttäuschen. Wie ein Terroranschlag sieht das hier nicht aus. Auch wenn es das offensichtliche Chaos vermuten lässt."

„Was macht Sie da so sicher?" Ein Hauch von Skepsis schien sich in Sams Gesicht widerzuspiegeln. Zumindest bildete Janna sich das ein.

„Die Aussagen vom Schiffspersonal lassen keinen Rückschluss auf einen Terroranschlag zu." Die leitende Beamtin blickte zu einem der Einsatzwagen am Rande des Chaosfelds. „Aber fragen sie die Crew doch einfach selbst. Wir haben die Kommandocrew, die zum Zeitpunkt des Unglücks auf der Schiffsbrücke war, herbeordert. Drüben im Einsatzwagen." Neumaier deutete auf ein größeres Fahrzeug, das in kurzer Entfernung stand.

„Vielen Dank." Janna nickte ihr flüchtig zu und sie und Sam ließen Sonja Neumaier hinter sich.

Im Einsatzwagen, der auch als mobiles Büro diente, befanden sich neben zwei Polizeibeamten drei weitere Personen.

Während die beiden Polizisten über ein Fußballspiel diskutierten, saß die Crew des havarierten Schiffes an einem langen Tisch in der Mitte des Wagens. Zwei Männer und eine Frau. Mit unruhigen, nervösen Blicken wurden Janna und Sam begrüßt, während die Polizisten ihr belangloses Gespräch desinteressiert fortsetzten.

„Guten Morgen, mein Name ist Janna Petrusch vom BND. Das ist mein Kollege Sam Reigh." Sie bedachte alle drei mit einem eindringlichen Blick. „Bitte schildern Sie uns die Ereignisse des gestrigen Tages."

Die drei tauschten flüchtige Blicke, dann straffte sich die älteste der drei Personen und fing mit ihrem Bericht an. „Nach dem wir einen Motorschaden festgestellt hatten, sind wir zurück in den Hafen nach Hamburg …"

„Stellen Sie sich zunächst vor, damit wir wissen, mit wem wir es zu tun haben", forderte Sam den

Mann auf. Jannas Kollege machte keinen Hehl aus seiner militärischen Autorität.

„Entschuldigen Sie. Mein Name ist Torben Johansson. Ich bin Kapitän der MERES SHIPPING EAGLE" Durch Sams Kommando wirkte Johansson nun deutlich nervöser. Johansson war ein Mann mittleren Alters, der in seiner Karriere als Kapitän sicherlich schon einiges gesehen und erlebt hatte. Doch die Eindrücke des Vortags und in der Gegenwart eines Militärs wirkte dieser Mann auf Janna verunsichert wie ein Teenager, der seinen Eltern beichten musste, dass er etwas getan hatte, von dem ihm Mama und Papa vehement abgeraten hatten.

Sie strafte ihren Kollegen mit einem mahnenden Blick, dann drehte sie sich zum Kapitän und forderte ihn, auf wesentlich sanftere Art, auf, mit seiner Darstellung der Ereignisse fortzufahren.

Johansson zögerte einen Moment, sein Blick schweifte zwischen Janna und Sam hin und her. Doch einen tiefen Atemzug später setzte er seinen Bericht fort. „Als wir noch etwa 30 Kilometer von Hamburg entfernt waren, war alles in Ordnung. Abgesehen vom Maschinenschaden, weswegen wir eigentlich zurückkehrten", erinnerte er sich mit angespannter Stimme. „Doch als wir in den Hafen einfahren wollten, fiel die Steuerung aus. Auch konnten wir das Schiff nicht mehr bremsen."

„Ist davor etwas Ungewöhnliches passiert?" Jannas tadelnder Blick hatte Wirkung gezeigt und Sam formulierte seine Frage weniger streng, blieb aber weiterhin bestimmend. „Irgendwelche kleinen Vorfälle oder Anzeichen dafür, dass etwas nicht stimmen könnte?"

„Nach und nach fielen einige Systeme aus, andere begannen, unzuverlässig zu arbeiten", meldete sich der andere Mann zu Wort. „Jakob Schulze, mein Name. Ich bin der Steuermann und erster Offizier."

Janna folgte seinen unruhigen Augen, die sich vor allem auf Sam konzentrierten.

„Zuerst betraf es nur einige Anzeigen und Messinstrumente. Nach und nach fielen einige Monitore aus und das Radar zeigte Störungen. Dann ging alles sehr schnell." Er stieß einen tiefen Seufzer aus. „Bei der Einfahrt in den Hafen war der Kahn dann plötzlich nicht mehr manövrierfähig."

„Chaos, pures Chaos", antwortete die junge Frau. „In der einen Minute ist alles normal, in der nächsten ist die Hölle losgebrochen. So etwas habe ich noch nie gesehen."

„Und Sie sind ...?" Janna konnte das Fordernde in Sams Blick spüren, obwohl sie selbst die Crew des Schiffes nicht aus den Augen ließ.

„Entschuldigen Sie." Verlegen blickte sie auf die Tischplatte. „Ich war als nautische Offizierin auf der Brücke. Nadine Leibrand ist mein Name."

Janna nickte zur Bestätigung, bis ihr auffiel, dass jemand fehlen musste. „Wo ist eigentlich der Lotse?"

„Hat sich beim Aufprall so heftig den Kopf gestoßen, dass er bewusstlos wurde", antwortete Jakob Schulze. „Er liegt jetzt im Krankenhaus, wo er ein paar Tage bleiben wird."

Verdammt, dachte Janna. Nun hatte man schon alle herkommen lassen, um kostbare Zeit zu sparen. Und jetzt fehlt doch jemand.

„Okay. Wir werden den Lotsen separat befragen." Janna drehte ihren Kopf zu Sam. „Schauen wir uns die Brücke an." Dann richtete sie sich zur Crew. „Sie begleiten uns", forderte sie die Crew auf und klang strenger, als sie es beabsichtigt hatte. Mit festem Schritt verließ sie den Einsatzwagen, gefolgt von der Crew. Sam trat als letztes hinaus ins Freie und folgte der Truppe.

Die Trümmer der Katastrophe ragten vor der kleinen Gruppe auf. Verbogenes Metall und zerbrochene

Container lagen wie weggeworfenes Spielzeug über den Kai verstreut. Das Geripppe des umgestürzten Krans wirkte wie ein erschlagenes Tier. Das einst mächtige Stahlskelett war nun nichts weiter als verbogenes Altmetall. Eine kühle Brise trug den Geruch von Brackwasser und Schiffsdiesel mit sich.

„Sie wissen, dass ihre Schiffshavarie drei Tote zur Folge hat?" Janna lief neben dem Kapitän her.

Mit schweren Worten antwortete er auf Jannas Frage „Der Kranführer." Johansson blickte mit eisiger Miene über das Trümmerfeld. „Und zwei Hafenarbeiter. Sie wurden in einem Fahrzeug von den umstürzenden Containern erschlagen."

Als sie an Bord des Schiffes gingen, verspürte Janna ein schleichendes Unbehagen. Was um alles in der Welt hatte diese Katastrophe verursacht? Und was noch wichtiger war: was wäre, wenn es wieder passieren würde? Sie erschauderte bei dem Gedanken daran und schob ihn beiseite.

Die Gruppe erreichte das Brückendeck, von wo sie direkt zur Kommandobrücke gingen, in dem sich die Steuer- und Navigationsinstrumente befanden. Sofort nach dem betreten beäugte Janna das Chaos. Bei der Kollision mit der Kaimauer war hier oben einiges durcheinandergeraten. Dokumente, Ordner und Mappen lagen verstreut auf dem Boden. Und auf dem Boden knirschten hörbar die Überreste von Gläsern und Flaschen, die beim Aufprall offenbar zu Bruch gegangen waren.

Nach einigen Minuten blieb ihr Blick auf der Oberfläche der riesigen Instrumententafel hängen. Janna beugte sich ein wenig herab und beäugte kritisch die Oberseite, dann strich sie sanft mit ihren Fingern darüber.

Soll das so sein? Sie wurde stutzig. Etwas an der Oberfläche störte sie.

„Sam, schau dir mal die Instrumententafel an."
Ihre Finger zeigten zur Oberfläche. „Ich bin zwar heute
das erste Mal auf einer Schiffsbrücke, aber ich bin mir
ziemlich sicher, dass das so nicht sein soll."

Mit forschendem Blick beobachtete sie Sam, der
sich nun ebenfalls für die Tafel interessierte. „Seltsam."

Ohne seinen Blick abzuwenden rief er den Kapitän
zu sich. „Ist das normal? War das schon immer so?"

Johansson trat an die Instrumententafel heran
und verstand zunächst nicht, was Sam von ihm wollte. Doch dann fing er an zu begreifen, dass hier etwas
nicht stimmte. „Das ist ...", er kniff die Augen zusammen, „das ist merkwürdig. Das sah gestern noch nicht
so aus."

„Wie meinen Sie das?" Mit entschicdener Stimme
drängte Janna auf Antworten. Sie erkannte die Verwirrung in Johanssons Gesicht.

„Gestern war die Oberfläche glatt und nicht rau
und porös." Seine Augen wanderten über die Kommandobrücke. „Und hellgrau", sagte er mit einem
Anflug des Erstaunens. „Jetzt sieht es fleckig und ver-
gilbt aus, als wäre es uralt." Johansson winkte Schulze
und Leibrand zu sich und deutete auf die Instrumente.
„Habt ihr so etwas schon mal gesehen?"

Doch auch die anderen beiden schüttelten erstaunt die Köpfe, Janna spürte die Ratlosigkeit, die
den Raum füllte.

Sam räusperte sich: „Ich habe etwas Ähnliches
schon einmal gesehen. So etwas tritt nicht spontan
auf. Da sind meistens Chemikalien beteiligt."

Erstaunen machte sich auf Jannas Gesicht breit.
„Hast du eine Idee, was genau es ist?" Ihre Neugier
war geweckt.

„Schwer zu sagen", gab Sam zu und musterte nachdenklich die anderen. Dann lehnte er sich zu Janna
und sprach mit leiser Stimme: „Aber ich würde meinen

letzten Dollar darauf verwetten, dass mehr dahintersteckt, als man auf den ersten Blick sieht, wir entnehmen auf jeden Fall eine Probe."

„Den Gedanken hatte ich auch schon", murmelte Janna und holte ein kleines Set aus ihrer Tasche. Mit einem Wattestäbchen strich sie über die Oberfläche und ließ das Stäbchen anschließend in einem kleinen Röhrchen verschwinden. Außerdem ließ sie sich vom Kapitän ein Messer geben und kratzte einige Späne von der Oberfläche ab. „Das müssen sich die Kollegen anschauen, die auf Materialprüfung spezialisiert sind. Bis aber der Papierkram erledigt ist und die mit der Arbeit anfangen, verlieren wir womöglich wertvolle Zeit." Janna hielt das Röhrchen gegen das Licht und betrachtete es mit zusammengekniffenen Augen. „Ich lasse diese Probe von Maik analysieren. Das geht schneller. Und vielleicht werden wir daraus schlauer."

Die weitere Besichtigung der Kommandobrücke hatte keine zusätzlichen Erkenntnisse gebracht.

Als Janna und Sam auf dem Rückweg zum Fahrzeug waren, wendete sie sich an ihren amerikanischen Kollegen. „Sam, was hältst du von all dem? Was sagt dein Bauchgefühl?"

„Ich denke, das ist etwas, dass wir noch nie erlebt haben. Auch wenn ich nicht sagen kann, was es ist."

Sie musterte ihn mit kritischem Blick. „Darf ich dich etwas fragen?" Sie wartete die Antwort nicht ab. „Warum hast du dich für diesen Beruf entschieden? Was treibt dich an?" Sie versuchte ihm ein wenig auf den Zahn zu fühlen.

Sichtlich überrascht von ihrer Frage antwortete er nach kurzem Zögern. „Ich hatte die Überzeugung, dass Werte wie Freiheit und Demokratie verteidigt werden müssen."

Die Antwort überraschte Janna. Von den Amis hatte sie immer das Bild, das diese für sehr viel, was schief ging, verantwortlich gewesen waren und es auch noch heute sind. Aber vielleicht war das auch eine Sache der Perspektive. Und vermutlich war Sam ein Patriot, wie fast alle US-Bürger.

„Das erklärt aber nicht, warum du beim Militär bist", fasste Janna nach.

„Ich komme aus einer Soldatenfamilie. Mein Großvater hatte gedient, mein Vater, ebenso weitere Verwandte."

„Und darum hast du dich auch für den Dienst am Vaterland entschieden?"

Sam nickte. „Bereits als Kind war mir klar, dass ich zum Militär gehen werde."

Das leuchtete Janna ein. Die Amerikaner hatten eine ganz andere Beziehung zum Militär als die Deutschen.

„Und du?", gab er die Frage zurück. „Was treibt dich an. Warum bist du beim Geheimdienst?"

„Früher war ich Idealistin und wollte die Welt retten", antwortete sie leise. „Heute versuche ich vor allem, meine Welt zu retten. Zumindest das, was es noch zu retten gibt."

Ihr entging Sams fragender Blick nicht. Janna war sich nicht sicher, ob sie das hätte sagen sollen. Ob sie überhaupt etwas hätte sagen sollen, denn noch immer war sie misstrauisch, was ihn betraf. Doch sie ging davon aus, dass er durchaus in der Lage war, seine Schlüsse zu ziehen. Und sie nahm an, dass Sam seine Hausaufgaben gemacht hatte und über Rebeccas Tod Bescheid wusste.

08

„Maik", sprach Janna in knappen Worten in das Smartphone, „ich schicke dir ein paar Proben. Ich brauche so schnell wie möglich Ergebnisse."

„Wow, meine Liebe", erwiderte Maik. „Was soll die Eile? Bist du auf das Geheimrezept von Coca-Cola gestoßen?"

„Maik, spar dir deine flapsigen Sprüche", erwiderte sie mit angespannter Stimme. „Diese Proben könnten der Schlüssel sein, um herauszufinden, was gerade passiert. Ich will, dass du sie sofort analysierst."

„Okay, okay", beschwichtigte er. „Ich kümmere mich darum, sobald sie da sind."

„Danke, ich schicke sofort einen Kurier los. Der Abstrich sollte dann heute Abend ankommen. Setz' dich bitte umgehend dran."

„Na, das hört sich ja nach Überstunden an", seufzte Maik.

„Sieht so aus", erwiderte Janna und gab Maik einige weitere Anweisungen. Daraufhin beendete sie das Gespräch und stieg in den Wagen.

Die Sonne hatte fast ihren Zenit erreicht und brannte unbarmherzig vom Himmel. Einzig die Nähe zur Küste machte das Wetter erträglich. Dennoch kletterten die Temperaturen unaufhörlich in die Höhe. Daher war sie dankbar über die Klimaanlage, die das Fahrzeug auf ein erträgliches Maß herunterkühlte.

Janna lenkte den Wagen in den Norden von Hamburg, in Richtung des beschädigten Umspannwerks. Sie hoffte, dort weitere Spuren auf die Urheber zu finden und vielleicht zusätzliche Proben entnehmen zu können. Jeder Hinweis, jedes Indiz schien hilfreich.

Doch zunächst entschied sie sich für einen kleinen Umweg. Mit Unbehagen war sie zurück in diese Stadt gekehrt, unfreiwillig und gezwungenermaßen. Doch jetzt, da sie nun schon einmal hier war, konnte sie sich auch gleich um eine Sache kümmern, die sie bereits seit Jahren vor sich herschob.

Mit einem flauen Gefühl stieg sie aus dem Auto, nachdem sie Sam in unverbindlichen Worten erklärt hatte, dass sie kurz was erledigen müsste. Sie ignorierte seinen prüfenden Blick, der wie lästiger Schmutz an ihr haftete, als sie zunächst den kleinen Blumenladen betrat und sich wenige Minuten später der Pforte des Friedhofs näherte.

Das schwere Eisentor reckte sich der strahlenden Sonne entgegen. Als Janna das Gelände betrat, meldete sich ein schmerzliches Ziehen in der Magengrube. Seit Rebeccas Beerdigung war sie nicht mehr hier gewesen. Doch nun fühlte sie sich regelrecht dazu verpflichtet, herzukommen.

Jeder Schritt, der sie näher an Rebeccas letzte Ruhestätte brachte, fiel ihr schwerer. Ihre Hände zitterten und unwillkürlich wurde ihr Atem heftiger. „Verlier' jetzt bloß nicht die Nerven", murmelte sie in strengem Tonfall in die Stille des Friedhofs.

Trotz der sommerlichen Hitze kroch eine fiese Kälte Jannas Rücken hinauf und holte Erinnerungen an ihre beste Freundin zurück – ihr Lachen, ihre unbekümmerte Art, ihre lebhaften Augen.

„Verdammt", fluchte Janna mit schwacher Stimme und presste den Kiefer zusammen. Die Schuldgefühle lasteten auf ihrem Körper, als wollten sie sie zu Boden zerren. Sie wusste, dass sie sich dem stellen musste. Doch wie nur war es möglich, diese Schuld von sich zu waschen?

Der Kies, der unter ihren Schuhen knirschte, wirkte hart und spröde wie die Fassade, die sie über die Jahre aufgebaut hatte. Mit jedem Meter, der den Abstand zwischen ihr und Rebeccas kaltem Grab verkürzte, wurden ihre Schritte schwerer.

Schließlich stand Janna vor der letzten Ruhestätte ihrer besten Freundin, ihr Blick auf das steinerne Kolumbarium gerichtet.

„Geliebte Rebecca, wir werden dich nie vergessen", war für alle Ewigkeit auf poliertem, weißem Granit eingraviert, die Rebeccas Urnennische abschloss. Für Janna fühlten sich diese Worte wie ein Vorwurf an, der sich tief in ihre Eingeweide bohrte.

Mit zitternden Händen legte sie den Blumenstrauß auf das kleine Beet vor dem Urnengrab. Ein hartes „Es tut mir leid" glitt über ihre Lippen. Doch die Worte fühlten sich wie Tausend Nadelstiche an, die ihren ganzen Körper malträtierten. „Es tut mir so leid."

Die Erinnerungen an jenen schicksalhaften Tag auf der Nordsee stieg in ihr auf.

„Verdammt ...", flüsterte sie mit unsicherer Stimme. „Wenn ich es doch nur ungeschehen machen könnte." Schwer zischend blies sie die Luft durch ihre Zähne. „Verlier' jetzt bloß nicht die Nerven."

Mit aller Kraft bohrte sie ihre Fingernägel in die Handflächen. Ein verzweifelter Versuch, dem inneren

Schmerz einen äußeren entgegenzusetzen, bevor die Gefühle sie überrollen würden.

Regungslos stand sie da, bis sie die hochkochenden Emotionen fast vollständig wieder unterdrückt hatte. Ihre Augen waren auf das Urnengrab gerichtet. Was hatte sie sich eigentlich davon versprochen, hierherzukommen? Hätte es irgendwas ändern sollen? Hatte sie gehofft, dass es ihr besser gehen würde, dass sie antworten auf Fragen finden würde, auf die es einfach keine Antworten zu geben schien?

Sie schüttelte den Kopf. In diesem Moment kam sie sich so lächerlich vor. „Das war so unnötig", sprach sie zu sich selbst und wollte sich gerade auf den Rückweg machen, da riss sie eine Stimme aus ihrer Gedankenwelt.

„Janna? Bist du das?"

Sie zuckte zusammen. Janna drehte sich um und blickte in Phillipps Augen, die sie gleichermaßen überrascht wie fragend musterten. Rebeccas Bruder. Sein athletischer Körper zeichnete sich unter einem enganliegenden Poloshirt ab, dass er bis zum letzten Knopf geschlossen hatte. In seinen Augen spiegelte sich die Überraschung wider, sie hier anzutreffen.

„Phillipp." Verwunderung lag in ihrer Stimme. Sie straffte ihren Körper. „Ich habe nicht damit gerechnet, dich hier zu sehen."

„Ich auch nicht", antwortete er und verkürzte die Distanz zwischen ihnen mit langen, zielstrebigen Schritten. „Es ist eine Ewigkeit her."

„Allerdings", seufzte sie. Jetzt, in der Anwesenheit von Rebeccas Bruder wuchsen die Schuldgefühle zu neuerlicher Größe an.

„Sind die von dir?", fragte Phillipp und deutete auf den Strauß aus weißen Dahlien und roséfarbenen Gerbera, die Janna mitgebracht hatte.

„Ja", stieß Janna mit kaum hörbarer Stimme hervor.

Er deutet auf das Grab. „Ich komme regelmäßig her und sehe nach dem Rechten." Sein Blick verharrte für einige Sekunden auf dem Kolumbarium.

Janna nickte verhalten und wollte sich gerade auf dem Rückweg zum Auto machen. Die Nähe zu Phillipp steigerte ihr Unwohlsein und ihre Schuldgefühle zogen heftiger an ihr. Doch dieser hatte seinen Blick vom Grab gelöst und blickte nun auf sie.

„Hör zu!" Seine blauen Augen bohrten sich in Jannas Verstand. „Wir haben zwar seit einer Ewigkeit nicht mehr miteinander gesprochen, aber ... na ja, vielleicht können wir in den nächsten Tagen zu Abend essen?"

Phillipp steckte die Hände in die Hosentasche, seine Haltung war starr und verriet nichts von der Wärme, die seine Worte zu vermitteln schienen.

„Ähm", war Jannas überraschte Antwort. Ein heftiger Knoten schnürte ihren Magen zusammen.

„Ich habe keine Hintergedanken. Ich möchte mich nur mit dir unterhalten. Immerhin verbindet uns etwas." Er richtete seinen Blick nochmals zu Rebeccas Grab.

„Sicher", stimmte Janna mit schwacher Stimme zu, obwohl sie am liebsten abgelehnt hätte. Doch sie konnte nicht anders. Sie wusste nicht warum? Hoffte sie, vielleicht endlich einen Abschluss zu finden? Oder wollte sie sich davon überzeugen, dass Phillipp tatsächlich keine Hintergedanken hatte? Sie konnte nicht anders. Widerwillig ging sie darauf ein, alleine schon, weil sie überzeugt war, dass dieses Zusammentreffen kein Zufall war. Nie geschah etwas aus purem Zufall heraus.

„Sollen wir gehen?", fragte Phillipp und brach in Jannas Gedanken ein. Seine Stimme war sanft, aber sie verstärkte nur ihr Unbehagen.

Mit einem kurzen Nicken bestätigte sie seine Frage. Nur schwer konnte sie seinem Blick standhalten.

„Janna, ich sehe, dass du immer noch damit zu kämpfen hast." Eine eigenwillige Milde machte sich auf seinem Gesicht breit, die Janna nicht zu deuten wusste. „Wir können Erinnerungen austauschen und vielleicht einen Abschluss finden."

„Ja, das wäre gut", sprach Janna mit zögerlichen Worten.

„Ich denke, dass es Rebecca so gewollt hätte. Dass wir zusammenkommen und uns an sie erinnern."

Mit einem vorsichtigen Nicken stimmte Janna zu. Was ging im Kopf von Rebeccas Bruder vor? Was dachte er? Sie hatte Phillipp nie so gut kennengelernt, dass sie aus ihm schlau wurde. Rebeccas großer Bruder wirkte immer ein wenig abgehoben und elitär. Sie hatte ihr einmal erzählt, dass er Dinge von sich gab, die ein wenig nach Verschwörungstheorien klangen und dass ihr Vater ihn nicht für geeignet hielt, das Familienunternehmen zu leiten.

Kurz bevor die beiden das Portal des Friedhofs erreichten, hatte Janna urplötzlich das Gefühl, dass sie in eine viel größere, dunklere Welt eintrat. Rebeccas Bruder umgab eine Aura, die sie hätte nicht beschreiben können. Anziehend und abstoßend zugleich. Phillipp war einer der Menschen, die in einer Gruppe auffielen, die einen Raum betraten und sofort alle Blicke durch die bloße Anwesenheit auf sich lenkten. Sie konnte sich diesen plötzlichen Wechsel ihrer Wahrnehmung nicht erklären.

Janna zögerte für einen Moment. Sollte sie die Frage stellen, die ihr gerade in den Sinn gekommen ist oder ging sie damit zu weit? Aber was würde im schlimmsten Fall passieren? Phillipp würde wütend und die Verabredung zum Abendessen dann doch noch absagen.

„Wie geht es eurem Vater?"

Phillipp seufzte schwer. „Nicht gut."

„Oh, warum das denn?" Überraschung sprach aus ihrer Stimme. War ihm vielleicht etwas passiert? Phillipps Vater musste etwa 70 Jahre alt sein. Und in Jannas Erinnerung hatte er immer eine gute körperliche Verfassung gehabt. Sie hatte ihn aber auch seit über fünf Jahren nicht gesehen. In der Zwischenzeit konnte alles Mögliche passiert sein.

„Das erzähle ich dir dann", gab Phillipp als beiläufige Antwort. Er streckte ihr eine Karte entgegen. Phillipp Emanuel Theisen war in schnörkellosen Lettern aufgedruckt. Und eine Telefonnummer. Mehr nicht.

Nach kurzem Zögern nahm Janna die Karte an sich. Mit einem verhaltenen Nicken verabschiedete sich Phillipp und verschwand kurz darauf durch den Eingang des Friedhofs.

Janna blieb ratlos zurück. Sie betrachtete die Visitenkarte. Was um alles in der Welt war das? Sie versuchte ihre Gefühle und Emotionen zu sortieren, während ihr geschulter Verstand sie davon zu überzeugen versuchte, dass hier irgendetwas nicht passte. Sie war sich jedoch nicht sicher, ob sie wirklich wissen wollte, was das sein mochte.

09

Janna hatte kaum Zeit, die merkwürdige Begegnung mit Phillipp zu durchdenken. Bereits wenig später erreichten sie und Sam eines der beschädigten Umspannwerke. Zunächst sah es nicht danach aus, als würde die Anlage ihre Geheimnisse preisgeben. Weder die Untersuchung des Geländes, die Gespräche mit dem Personal noch das Begutachten der Reparaturarbeiten ließen Rückschlüsse zu, was passiert sein mochte.

Ein Kurzschluss an einem der Hochspannungstransformatoren hatte einen Brand verursacht, wodurch sich die Anlage selbst abschaltete. Das Feuer hatte offenbar auch alle Hinweise vernichtet. Sofern es welche gegeben hatte.

Janna war fest davon überzeugt, dass es so sein musste. Sie sah keinen Grund, einen Zufall als Ursache anzunehmen. Zusätzlich versicherte ihr der leitende Techniker vor Ort, dass ein solcher Zwischenfall höchst ungewöhnlich sei. Ein Grund mehr, den Zufall auszuschließen.

Der Techniker war ein gedrungener Mann. Sein schmutziges Shirt spannte über dem Bauch. Dunkle Schweißflecke zeichneten sich unter seinen Achseln ab. Auf der knallroten Stirn stand der Schweiß aufgereiht in glänzenden Perlen.

Der Mann stellte sich als Marco Buhr vor. In knappen Worten erklärte er, wie die Anlage funktionierte. „Wenn die Transformatoren die Spannung umwandeln, entsteht viel Wärme. Deshalb werden die Dinger gekühlt." Buhr deutete auf einen länglichen, olivgrünen Zylinder, der sich oberhalb des Spannungswandlers befand und mit allerlei Rohren verbunden war. „Man macht das mit Öl. Das isoliert auch gleichzeitig die Bauteile im Inneren."

„Danke für den Crash-Kurs in Elektrotechnik", warf Sam ein, „aber kommen Sie bitte auf den Punkt." Der Ami kniff die Augen zusammen, während er den Mann zur Eile mahnte.

„Ruhig, Cowboy!", erwiderte der Techniker unbeeindruckt, dem die ganze Aufregung um den Zwischenfall ohnehin schon nicht zu passen schien und der offenbar jeden zusätzlichen Stress vermeiden wollte. Mit einem schmierigen Tuch wischte er sich den Schweiß vom krebsroten Schädel, bevor er seinen Vortrag fortsetzte. „Wie es aussieht, hat die Steuerung für die Kühlung versagt. Das Öl zirkuliert dann nicht mehr. Der Trafo ist immer heißer geworden und in Brand geraten."

„Und daraufhin hat sich die ganze Anlage abgeschaltet?", wollte Janna wissen, wobei ihre Frage eher eine Feststellung war.

„Ja, richtig." Buhr schnappte nach Luft. „Das wäre eigentlich auch kein Problem. Das System ist so konzipiert, dass der Ausfall einer Anlage überhaupt keine Auswirkungen hat. Jetzt sind aber mehrere Anlagen gleichzeitig vom Netz gegangen, bevor wir in der Lage waren, das aufzufangen. Das hat dazu geführt, dass die Stromversorgung zusammengebrochen ist."

Janna blickte den Techniker an. „Haben Sie eine Idee, wie der Schaden verursacht wurde?"

„Oder wer das getan haben könnte?", ergänzte Sam.

Überraschung machte sich in Buhrs Gesicht breit. „Wie meinen Sie das? Warum hätte das jemand tun sollen?" Der Techniker hielt seine Hände mit einer fragenden Geste vor seinen runden Körper. Mit schiefem Blick starrte er Janna an.

„Denken Sie, das geschieht einfach so? Sie haben selbst gesagt, dass das höchst ungewöhnlich ist." In Sams Gesicht regte sich wie üblich nichts.

Aus seinem Tonfall konnte Janna jedoch deutlich heraushören, dass ihn das Gespräch mit diesem Mann reizte. Sie konnte nur nicht deuten, ob es die behäbige Art war, mit der er sich mitteilte oder an dem schmutzigen, verschwitzten Erscheinungsbild lag.

Mit ausgestrecktem Arm zeichnete der Techniker die Grenzen der Anlage nach. „Sehen Sie das? Den Zaun? Er umgibt das ganze Gelände. Außerdem sind überall Kameras." Buhr deutete auf einige Standorte. „Wenn hier jemand versucht hätte, reinzukommen, hätten wir das bemerkt. Das habe ich ihren Kollegen von der Polizei aber schon erzählt."

Da hatte der Mann recht, dachte Janna. Wer immer dafür verantwortlich war, hatte einen Weg gefunden, Zaun und Kamera zu umgehen, ohne großes Aufsehen zu erregen. Aber wie?

„Danke für Ihre Unterstützung." Mit diesen Worten beendete Janna das Gespräch. Sie und Sam ließen den Techniker zurück, der sich direkt wieder den Reparaturarbeiten anschloss.

Gerade als sie das Tor der Anlage passiert hatten, fiel Janna ein alter Mann auf, der im Schatten von Holunderbüschen am Rande einer Kleingartenanlage stand, die sich auf der anderen Straßenseite ausbreitete. Das Treiben rund um die Anlage schien seine Aufmerksamkeit zu erregen. Immerhin war hier Hochbetrieb, seitdem die Techniker ein- und ausgingen und zwei Streifenwagen vor der Einfahrt standen.

Janna vermutete, dass es sich bei dem Mann um einen der Kleingärtner handelte. Wahrscheinlich war hier nie was los, schließlich waren sie ganz im Norden der Stadt, wo Hamburg sein städtisches Flair gegen eine ländliche Atmosphäre eingetauscht hatte. Der Mann hatte etwas an sich, dass sie nicht so ganz deuten konnte. Das war nicht einfach nur ein Schaulustiger. Seine Neugier an dem Geschehen war von einer anderen Art, was wiederum ihre Neugier weckte.

Nach kurzem Überlegen entschied sie, dass ein kurzes Gespräch nicht schaden konnte. Mit festen Schritten überquerte sie den kochenden Asphalt und war dankbar über den Schatten, der auf der anderen Straßenseite ein wenig Schutz vor der erbarmungslosen Sonne bot.

Janna formte ihren Mund zu einem sanften Lächeln und sprach den alten Mann an. „Hallo. Ich bin Janna Petrusch. Ich habe Sie vorhin schon gesehen, als wir gekommen sind. Ist Ihnen die Hitze nicht zu viel?"

„Junge Frau, die Hitze macht mir nix aus." Seine wachen Augen hafteten an ihr. In den tiefen Furchen seines gealterten Gesichts spiegelte sich wider, was sie schon von Weitem gesehen hatte. Dieser Mann war nicht nur neugierig. Er wusste etwas, hatte etwas beobachtet oder mitbekommen und suchte nun nach der richtigen Person, um sich mitzuteilen. Ein langes Leben hatte diesem Mann sicher eine Vielzahl wunderbarer Erinnerungen beschert, aber vermutlich auch genügend, um Fremden gegenüber misstrauisch zu sein. Wie alt mochte er sein? Janna schätzte ihn auf etwa 80 Jahre.

„Sie sind nicht von der Polizei. Und auch nicht vom Betreiber vom Umspannwerk. Hab' ich recht?" Seine Worte waren kratzig, aber seine Stimme kräftig.

„Stimmt, Sie haben recht."

„Und auch nicht von der Zeitung." Der Mann warf einen flüchtigen Blick zu Sam, der sich nun den beiden näherte. „Wer sind Sie dann?"

Was sollte Janna dem Mann antworten? Wäre es sinnvoll, irgendein Ammenmärchen aufzutischen, nur um irgendetwas von ihm zu erfahren? Das hielt sie nicht für klug, zumal es auch kaum glaubhafte Geschichten gab, in welcher sowohl ihre als auch Sams Anwesenheit Sinn ergeben hätten. Außerdem wollte Sie sein Misstrauen nicht nähren. Sie entschied sich, die Frage so wahrheitsgemäß zu beantworten, wie es ihr eben möglich war.

Mit einer lockeren Bewegung zog sie ihren Dienstausweis und streckte ihn dem Alten entgegen. „Ich bin vom Bundesnachrichtendienst. Bei solchen Anlagen …", sie drehte sich um und deutete auf das eingezäunte Gelände, „… handelt es sich um kritische Infrastruktur. Wir müssen ausschließen, dass hier ein gezielter Angriff stattgefunden hat."

„Ich verstehe." Der Alte wendete sich an Sam, der die beiden mittlerweile erreicht hatte, und musterte ihn mit zusammengekniffenen Augen. „Und Sie sind …?"

„Sam Reigh, ich bin der Kollege von Frau Petrusch."

„Roland Clement mein Name. Ich habe da vor Kurzem was gesehen. Das könnte sie vielleicht interessieren."

„Bitte erzählen Sie uns, was Sie beobachtet haben, Herr Clement." Mit einer leichten Handbewegung signalisierte Janna dem Mann, dass sie bereit war, ihm zuzuhören.

„Ja, aber lassen Sie uns doch in meinen Garten gehen. Da ist es etwas kühler."

Kaum hatte der Rentner das ausgesprochen, lief er bereits los. Janna warf Sam einen fragenden Blick zu, bevor sie ihm mit einem Schulterzucken in die Gartenkolonie folgte.

Während sie entlang der gepflegten Parzellen gingen, spürte sie den Kies unter ihren Schuhen. Eine angenehme Brise strich ihr durch die Haare und trug das würzige Aroma frisch geschnittenen Grases mit sich. In den liebevoll gepflegten Gärten leuchteten akkurat angelegte Blumenbeete in kräftigen Farben.

Janna entdeckte einige weitere Gärtner bei ihrem emsigen Versuch, auch noch den letzten Rest an natürlicher Unordnung zu vertreiben. Einige Leute saßen vor ihren Häuschen und Lauben, aber auch sie schienen eher besorgt darüber zu sein, dass jede Blüte an ihrem Platz blieb, anstatt die Natur zu genießen. Diese perfekt inszenierte Kulisse wirkte auf Janna ein wenig zu kontrolliert und festgefahren. Selbst das Lachen der Kinder, die irgendwo auf dem Gelände spielten, klang gedämpft und wie von einem unsichtbaren Regelwerk gelenkt.

Sie warf einen flüchtigen Blick zu Sam, der dem alten Mann mit aufrechtem Gang hinterherlief. Mit analytischem Blick schien er die Szenerie zu mustern. Kannte er so etwas? Gab es solche Kleingartenanlagen auch in den USA? Oder befand er sich gerade in einer für ihn fremden Welt, die den abgedroschenen Spruch „Hier ist die Welt noch in Ordnung" in seiner engstirnigsten Form repräsentierte? Noch während sie ihren Gedanken nachhing, erreichten sie Clements Garten, der ebenfalls akkurat angelegt und penibel gepflegt war.

Der alte Mann deutete auf eine Sitzgruppe im Schatten und verschwand in dem kleinen Gartenhäuschen.

Janna und Sam nahmen auf der Garnitur sonnengebleichter Gartenmöbel Platz. Der Rentner erschien mit einer Flasche Wasser und drei Gläsern. Kaum hatte er den Tisch erreicht, fing er an zu erzählen. „Ich bin im Sommer meistens hier draußen. In der Stadt ist es mir zu heiß, da wird es auch abends nicht kühler. Hier draußen ist es angenehm, sobald die Sonne tief steht."

„Ja, da haben sie Recht. Auch jetzt am Mittag ist es bereits angenehmer als in der Innenstadt." Janna hoffte, dass ihre zustimmenden Worte helfen würden, Vertrauen zu dem alten Mann aufzubauen. Sie wünschte sich aber insgeheim, dass er sich nicht allzu lange mit den Vorzügen eines Kleingartens aufhalten würde.

„Seit meine Frau verstorben ist, habe ich ohnehin keinen Grund mehr, mich in der Wohnung in der lauten Stadt aufzuhalten."

„Oh, mein Beileid. Dass Ihre Frau gestorben ist, tut mir leid."

„Das muss es Ihnen nicht, junge Frau. Wir waren seit fast 60 Jahren verheiratet und hatten uns schon lange nichts mehr Wichtiges zu sagen. Irgendwann ist man halt aus Gewohnheit verheiratet."

Ein leichtes Zucken erfasste Jannas Körper. Sie wusste nicht, was sie mehr irritierte: das, was der alte Mann gerade gesagt hatte oder die Gleichgültigkeit, mit der er es gesagt hatte.

Sam wiederum schien der Kommentar des Alten zu amüsieren. Ein subtiles, und doch deutliches Grinsen legte sich um seine sonst so unbewegten Mundwinkel.

„Was ich Ihnen aber sagen wollte", fuhr Clement fort, „ich war auch die letzten Tage hier. Ich bin nachts einmal wachgeworden und raus gegangen. Da habe ich ein komisches Surren gehört."

„Ein Surren?", wollte Sam wissen.

„Ja, wie von einer Wespe. Nur viel lauter." Der Alte kratzte sich an der Stirn. „Und es klang mechanisch."

Janna zog eine Augenbraue hoch. „Können Sie das näher beschreiben?"

„Ich habe es hier nur leicht gehört. Ich bin dann zur Straße gegangen. Da, wo wir gerade hergekommen sind. Dort wurde es lauter."

„Und dann? Haben Sie herausgefunden, was das Geräusch verursacht hatte?" Sams Stimme klang sanfter als sonst.

Clement nahm einen Schluck Wasser, bevor er weitersprach. „Nein. Als ich am Eingang zur Kolonie war, verstummte das Geräusch. Nur die Grillen waren zu hören."

„Ist Ihnen sonst noch etwas aufgefallen?" Janna betrachtete den Mann mit vorsichtiger Skepsis. Er war ein alter Mann. Gut möglich, dass die Sinne ihm einen Streich gespielt hatten.

„Vor der Anlage habe ich erst nichts gesehen. Aber draußen, die Straße hinunter ist mir dann ein Fahrzeug aufgefallen. Ein Transporter. Kurz nachdem ich ihn gesehen hatte, hat der Fahrer den Wagen gestartet und ist weggefahren."

„Können Sie das Fahrzeug beschreiben?" Janna nahm einen kräftigen Schluck Wasser. „Oder haben Sie das Kennzeichen erkannt?"

„Es war ein Transporter. Ich glaube, das Fahrzeug hatte eine helle Farbe gehabt. Vielleicht weiß. Ich habe es aber nicht richtig erkannt. Die Straße ist ja kaum beleuchtet."

„Hat der Fahrer Sie gesehen?", wollte Sam wissen.

„Nein, das glaube ich nicht. Der Wagen war vielleicht 100 Meter weg." Clement machte eine entschuldigende Geste. „Darum kann ich Ihnen auch das Kennzeichen nicht nennen, tut mir leid."

„Das muss Ihnen nicht leidtun", waren Sams nüchterne Worte. „Haben Sie das surrende Geräusch noch einmal gehört?"

„Nein. Nachdem das Fahrzeug weg war, war es hier draußen wieder totenstill."

„Können Sie uns noch etwas sagen?"

„Nein, leider nicht. Vielleicht irre ich mich auch und es ist unwichtig." Ein entschuldigendes Lächeln legte sich auf das Gesicht des Mannes. „Wissen Sie, ich bin 79. Da bringt man manchmal etwas durcheinander."

„Das ist nicht schlimm. Sie haben uns trotzdem weitergeholfen." Aus ihrem Portemonnaie zog Janna eine Karte. „Falls Ihnen noch etwas einfällt, rufen Sie mich gerne jederzeit an." Daraufhin verabschiedeten sie und Sam sich von Roland Clement und gingen zurück zur Straße.

Kurz darauf saßen Sie in ihrem Fahrzeug, dass sich in der Mittagssonne in einen rollenden Brutkasten verwandelt hatte. Die Klimaanlage quetschte mit aller Kraft kühle Luft aus dem Armaturenbrett und hatte größte Mühe, die Hitze aus dem Wagen zu drängen.

„Was hältst du von der Geschichte des Alten?" Konzentriert lenkte sie den Wagen zurück auf die Straße, während sie auf Sams Antwort wartete. Ein befremdliches, surrendes Geräusch, ein Transporter, der mitten in der Nacht von der Kleingartenanlage wegfährt. Und das alles in unmittelbarer Nähe eines beschädigten Umspannwerks. Sie hatte eine Idee, wie sich der Angriff abgespielt haben musste. Aber sie war sich nicht sicher. Ein vergleichbares Ereignis, das ihre Vermutung bestätigen konnte, war ihr nicht bekannt, auch wenn es sie mit Sicherheit gab. Janna spürte, dass alles zusammenpassen musste. Wie Sam die Situation wohl beurteilte?

Nur das gleichförmige Schnauben der Lüftung war zu hören, während er eine gefühlte Ewigkeit benötigte, um ihre Frage zu beantworten. Doch endlich reagierte er auf ihre Aussage. „Das klingt alles recht schlüssig."

„Tut es das?" Obwohl Janna nicht wirklich erstaunt war, riskierte sie einen kurzen Blick zu ihrem amerikanischen Kollegen, bevor sie wieder auf die Straße schaute.

„Ja!" Sam zückte sein Smartphone und wählte eine Nummer. „Ich muss etwas überprüfen. Aber ich denke, ich weiß, was der alte Mann beobachtet hat." Mit dem Telefon am Ohr ergänzte er: „Und wie die Terroristen den Anschlag ausgeführt hatten."

Janna nickte, ohne den Blick von der Straße zu lösen.

10

Maik hatte ungeduldig auf den Kurier mit den Proben gewartet und in der Zwischenzeit bereits alle Vorbereitungen für die anstehenden Untersuchungen getroffen. Da Janna als auch Sam eine Chemikalie als Auslöser für die Verwitterung an den Instrumententafeln des Schiffs vermuteten, wäre eine chemische Analyse der erste Schritt. In der Hoffnung, schnellstmöglich Ergebnisse vorweisen zu können, hatte sich Maik an alle verfügbaren Chemiker gewandt und versucht, diese von einigen Überstunden zu überzeugen. Doch wie er fast schon befürchtet hatte, ließ sich niemand breitschlagen, den sommerlichen Abend im Labor zu verbringen. Anscheinend war er der Einzige, der blöd genug war, nicht zeitig die Arbeit zu verlassen.

Zumindest wollte er wenigstens dafür sorgen, dass am nächsten Tag direkt mit der Untersuchung angefangen werden konnte. Kaum dass die Proben kurz nach sechs Uhr endlich im Haus waren, stürzte er sich direkt in die Arbeit. Mit der weißen Box aus Styropor eilte er durch verwaiste Flure in das Labor, in dem sich um diese Uhrzeit niemand mehr befand.

Zuvor hatte er bereits den leidigen Papierkram erledigt, der ihm den Zugang zum Labor garantierte. Es musste alles seine Ordnung haben, und da er nicht zum regulären Labor-Team gehörte, benötigte er eine Sondergenehmigung. Natürlich, wie sollte es auch anders sein.

Dort angekommen, zog er Einweghandschuhe über und öffnete die kleine Box aus Styropor. Heraus beförderte er ein Glasröhrchen, in dem sich ein Wattestäbchen befand. Ein gummierter Plastikpfropfen hätte das Gefäß eigentlich verschließen sollen. Doch dieser lag lose in der Box und wirkte porös.

„Mensch, wie schlampig kann man denn eine Probe sicherstellen?" Maik schüttelte den Kopf. „Alter, Janna. Hast du denn nichts gelernt in deiner Ausbildung?" Er würde seiner Kollegin auf den Zahn fühlen. Er hatte nicht damit gerechnet, eine so schlechte Probe zu erhalten. Von ihr erwartete er wesentlich mehr Professionalität, gerade weil sie so einen Ordnungsfimmel hatte.

„Es sei denn ..." Mit Verwunderung und Neugier musterte er das Röhrchen. Fragend stand er da. „Was ist das für ein Zeug?", murmelte er in die Einsamkeit des Labors. Hatte die Beschädigung des Pfropfens womöglich was mit der Probe selbst zu tun? Wenn der Stoff, was immer es sein mochte, ein ganzes Schiff manövrierunfähig machte, dann wäre es für diese Substanz ja ein Leichtes, auch diesen Stöpsel zu beschädigen.

Maik stieß einen schweren Seufzer aus. Er würde wohl heute keine Antwort auf die Frage bekommen. Er selbst war kein Chemiker und hätte vermutlich keine zufriedenstellende Analyse durchführen können.

Eigentlich war Maik Mikrobiologe und bei der Bundeswehr in einer Spezialeinheit für biologische

Kampfstoffe tätig. Wegen einer komplizierten Verletzung am linken Knie musste er jedoch seinen Dienst bei der Bundeswehr beenden. Aufgrund der Verdienste und seiner Expertise führte ihn sein Weg zum Bundesnachrichtendienst. Seine Vorgesetzten, allen voran Dr. Peters, hatten recht schnell seine analytischen Fähigkeiten erkannt und ihn bereits nach wenigen Monaten entsprechend anderen Aufgaben zugeteilt, anstatt ihn im Labor einzusetzen. Während seine Vorgesetzten nach wie vor davon überzeugt waren, Maik mit den richtigen Aufgaben betraut zu haben, empfand er sich fehl am Platz.

Für ihn war diese Untersuchung nun eine gelungene Abwechslung zu den langweiligen Aufgaben am Computer. Daher frustrierte es ihn umso mehr, dass er nun nicht weiterzukommen schien. Aber er wollte nicht vollkommen unverrichteter Dinge das Labor verlassen und bereitete die Probe für die kommenden Untersuchungen vor.

Mit größter Vorsicht erstellte er mehrere Teilproben, so dass unterschiedliche Untersuchungen gleichzeitig möglich waren. Nun hatte er fünf einzelne Glasröhrchen, die er mit Stöpseln aus Kork versiegelte. Untypisch bei einer unbekannten Substanz, aber sie hatten bisher keinen Hinweis, dass außer Kunststoffen weitere Materialien betroffen waren. Und nach allem, was sie wussten, schien der unbekannte Stoff auch keine Gefährdung für Menschen darzustellen. An allen Orten, an denen sich die Zwischenfälle ereignet hatten, wurden keine ungewöhnlichen Auswirkungen auf die Gesundheit von Personen beobachtet.

Trotzdem hatte Maik die Idee, einen Blick durch das Mikroskop zu wagen. Wenn er nun schon einmal in einem Labor war. Außerdem ließ das Mikrobiom manchmal zumindest ansatzweise Rückschlüsse auf diverse Substanzen oder Verunreinigungen zu.

Sein Blick wanderte durch das verwaiste Labor. Heute würde niemand mehr kommen. Er war ganz alleine. Und würde es auch bleiben.

„Soll ich ...?", fragte er in die Stille des sterilen Raums und ein breites Grinsen machte sich auf seinem Gesicht breit. Er zückte sein Smartphone aus der Hosentasche und startete eine Playlist.

Kurz darauf war das Labor erfüllt von aggressiven Nu Metal der 2000er Jahre. Limp Bizkit, System of a Down und Linkin Park lieferten den Soundtrack für Maiks Untersuchung. Die harte Musik half ihm dabei, sich zu konzentrieren. Außerdem hatte er einfach Lust darauf. Schließlich bot ihm seine Arbeit sonst nicht genug Action.

Maik präparierte die Proben für die Untersuchung mit dem Mikroskop. Auf einem Monitor daneben wurde sichtbar, was sich unter der Linse befand: eine komplexe Welt winziger Organismen, die unkontrolliert und willkürlich umherhuschten. Oder sich einfach gar nicht bewegten.

„Wollen wir mal sehen, was wir hier haben", murmelte Maik mit neugierigen Augen beim Anblick der Lebewesen, die über die Oberfläche des Materials schwärmten. Ein zufriedenes Lächeln legte sich auf seine Lippen beim Betrachten diese Welt, auch wenn sie zunächst keine Überraschungen bereithielt. Natürlich kannte er nicht alle Mikroorganismen, die unter dem Mikroskop hin und her huschten. Was auch gar nicht möglich war. Geschätzt wurde, dass es allein über 100.000 Bakterien gab, von denen lediglich 5.000 tatsächlich bereits bekannt waren. Der bloße Blick in diese Welt würde also unmöglich die Antwort bringen. Minutenlang beobachtete er den Monitor und der Anblick bescherte ihm eine tiefe Zufriedenheit.

Jannas Beschreibung zur Instrumententafel und zur Verwitterung kam ihm in den Sinn. Plötzlich hatte er einen Geistesblitz. Er erinnerte sich an mehrere Fach-artikel, die von Bakterien berichteten, die in der Lage waren, Kunststoff zu zersetzen. „Absurd!", sprach er zu sich selbst. Er misstraute seiner eigenen Einge-bung. Schließlich löste er den Blick aber vom Monitor.

„Einen Versuch ist es wert." Suchend blickte er durch das Labor, bis er einen Laborstuhl mit gepols-terter Sitzfläche entdeckte.

Mit einer Pinzette bewaffnet zog er eine dünne Faser aus der Oberfläche. Als hätte er das letzte Exemplar ei-ner seltenen Spezies gefunden, ging er damit langsam zurück zum Mikroskop. Maik ging davon aus, dass es sich um eine Kunstfaser handelte: Nylon, Polyester oder einen anderen Stoff.

Was er nun tat, stellte einen absoluten Regelbruch dar. Mit aller Vorsicht schob er diese eine Faser in die quirlige Welt, womit er eigentlich die Probe verun-reinigte. Sein Instinkt sagte ihm jedoch, dass er das Richtige tat.

„Komm schon, Baby, zeig's mir", drängte Maik und trommelte dabei mit den Fingern zum Rhythmus der harten Rockmusik auf die Arbeitsplatte, während er gebannt in diesen Kosmos starrte.

Zunächst passierte nichts. Aber nach einigen Minu-ten schien die ersehnte Reaktion einzusetzen. Kleine, längliche Bakterien, die bisher träge und unauffällig waren, wurden auf einmal aktiv. Die Geißel, der kleine dünne Faden am Ende des Körpers, fuchtelte bei eini-gen Exemplaren wild hin und her und schob die Bak-terien zur Faser.

Maiks Gemütszustand veränderte sich schlagartig von neugierig zu aufgeregt. Noch war ihm nicht klar, was jetzt genau passieren würde. Aber Jannas Probe schien in diesem Augenblick ihre Geheimnisse preis-zugeben. Immer mehr dieser länglichen Bakterien, die die Form von Erdnussflips hatten, bewegten sich zur Faser. Und dann passierte es. Die erste Zelle teilte sich, kurz darauf bereits die nächste. Aus einem Bakterium wurden zwei, aus zwei vier, aus vier acht.

Immer mehr Bakterien breiteten sich unter dem Mikroskop aus, nahmen zunehmend die ganze Welt in Beschlag. Maiks Aufregung schlug um in Ungläubigkeit. Seine Augen wurden groß und der Unterkiefer klappte herunter. So etwas hatte er noch nie gesehen.

Er sah in Echtzeit zu, wie die Bakterien dieses kleine Stück Kunststofffaser auflösten und gleichzeitig von anfänglich wenigen einzelnen Mikroorganismen auf eine riesige Population heranwuchs.

Sein Atem stockte. Ein Adrenalinschub begleitete seine Entdeckung. Noch nie zuvor hatte Maik eine so rapide und rabiate Zellteilung gesehen. Das waren keine gewöhnlichen Bakterien.

Hastig suchte Maik das Labor nach etwas anderem ab. In einer Ecke entdeckte er ein kleines Stück Plastikfolie, mit der er das Experiment wiederholte. Er schob einen Streifen unter das Mikroskop. Auch das wurde umgehend von den Bakterien zersetzt.

Er führte den Versuch ein drittes Mal durch, diesmal mit einem kleinen Stück der Gummidichtung, mit der das Glasröhrchen verschlossen war. Die Bakterien hatten mittlerweile ihren Kosmos vollständig in Beschlag genommen und alle anderen Mikroorganismen verdrängt. Und auch dieses Mal konnte Maik zusehen, wie sich der Kunststoff auflöste.

Diese Dinger schienen einen unersättlichen, aggressiven Appetit auf Plastik zu haben. Maik würde weitere Versuche durchführen müssen, um sicher zu sein. Könnte das die Erklärung für die merkwürdigen Zwischenfälle sein? Aggressive Bakterien, die Kunststoffdichtungen und Kabelisolation auffraßen?

„O nein", fluchte Maik in die Einsamkeit des Labors, als ihm das ganze Ausmaß bewusst wurde. Seine

Augen weiteten sich. Entsetzen ergriff Besitz von ihm. Nicht auszudenken, wenn jemand diese Bakterien in großem Stil freisetzen würde.

Die Menschheit war in den letzten siebzig Jahren so abhängig von Kunststoffen geworden, wie ein Junkie von seiner täglichen Dosis. Und es gab kein Zurück mehr. Plastik hatte Einzug in sämtliche Bereiche der modernen Existenz gehalten. Mit allen Vor- und Nachteilen. Die Menschheit war süchtig geworden nach diesem Stoff. Und diese Bakterien hatten das Potenzial, die Menschheit auf einen ebenso radikalen wie zerstörerischen Entzug zu setzen. Und in Windeseile zurück ins Mittelalter zu katapultieren.

Maiks Hände wurden schwitzig. „Beruhig dich, beruhig dich, beruhig dich", zwang er sich zur Konzentration. Diese Entdeckung löste in ihm gleichermaßen Faszination wie Entsetzen aus. Doch für den Moment galt es, Ruhe zu bewahren und sich auf die Sache zu fokussieren.

Vorsichtig verfrachtete er die restlichen Teilproben in einen Gefrierschrank. Mit den Kollegen wollte er am nächsten Tag weitere Untersuchungen anstellen.

Anschließend kippte er eine Ladung Desinfektionsmittel in den Mikrokosmos. Auf dem Monitor erkannte er, wie alles Leben in kürzester Zeit erstarb. Immerhin, damit ließ sich das zumindest begrenzen. Damit auch am nächsten Tag ein Labor vorhanden war, desinfizierte er alles, womit er oder die Bakterien in Kontakt gekommen waren. Zudem leuchtete er alles mit einer UV-Lampe ab. Zur Sicherheit, denn auch UV-Licht konnte Mikroorganismen töten.

Beunruhigt blickte er sich in dem Labor um. Er hoffte, alles sterilisiert zu haben. Sonst würde morgen das halbe Gebäude fehlen, sollten die Bakterien tatsächlich dieses Potenzial haben, dass ihm den Schweiß auf die Stirn trieb.

Maik überlegte, wer nun alles darüber in Kenntnis gesetzt werden und welche Behörden informiert werden mussten. Gab es für so etwas einen Plan, Vorkehrungen, Maßnahmen? Galten die Notfallpläne für ABC-Waffen? Was musste für den Schutz der Zivilbevölkerung beachtet werden?

Maik wurde schwindelig. Schlagartig fühlte er sich überwältigt und hilflos durch seine Entdeckung. Noch einmal wusch und desinfizierte er sich die Hände. Er wurde das Gefühl nicht los, dass die Bakterien bereits überall auf seinem Körper krabbelten und er nun Patient 0 war, der die schlimmste Seuche übertrug, die die Welt jemals gesehen hatte.

Maik war in eine Welt eingedrungen, deren Urgewalt die seine zu verschlingen drohte. Ihm war, als hätte er eine Bresche zwischen zwei Dimensionen geschlagen, von denen eine in der Lage war, die andere komplett auszulöschen.

11

Ein Regenguss jagte über Hamburg. Janna und Sam eilten in eines der Hotels in der Nähe des Jungfernstiegs. Beim Betreten der Lobby empfing sie eine angenehme Ruhe, die einen wohltuenden Kontrast zur lärmenden Stadt und dem Prasseln des Regens bildete. Warmes, bernsteinfarbenes Licht hüllte sie ein. Die Formalitäten an der Rezeption dauerten nur kurz, so dass sie wenige Minuten später bereits auf dem Weg in ihre Zimmer waren.

„Wir sehen uns in einer halben Stunde", sagte Sam in beinahe militärischem Befehlston.

„Bis gleich", gab Janna als Antwort und hielt ihre Schlüsselkarte an das elektronische Schloss. Ein mechanisches Klacken später war sie in ihrem Zimmer angekommen. Sie griff nach ihrem Smartphone und wählte Andreas Nummer.

„Hey, ich bin's", begann Janna, „ich habe gerade im Hotel eingecheckt."

„Okay", gab Andrea von sich. „Wie laufen die Ermittlungen?"

Janna kam ihre Freundin reserviert vor, aber sie konnte sich auch irren. Vielleicht lag es einfach daran, wie sie durch das Telefon klang.

„Langsam", gab Janna zu und sah sich in ihrem durchgestylten Hotelzimmer um. „Aber wir machen Fortschritte. Mehr kann ich dir nicht sagen."

Ihr Blick wanderte über die Ansammlung von Kissen und Decken auf dem Bett. Die Wand über dem Kopfende dominierte ein Ausschnitt des Hamburger Stadtplans in vielfältigen Grautönen. Milchglas trennte das Bad vom restlichen Zimmer. Warmes Holz und kühle Blautöne schufen wohnliche Hotelatmosphäre.

„Natürlich!", war Andreas Antwort. Janna bildete sich ein, dass Enttäuschung in ihrer Stimme mitschwang. Immerhin wusste ihre Freundin nichts über ihre Arbeit, nur dass sie für den Geheimdienst arbeitete und Teil einer Anti-Terroreinheit war. „Pass auf dich auf", schob Andrea hinterher.

„Das werde ich", versicherte Janna und beendete das Gespräch.

Irrte sie sich, oder war Andrea reservierter und distanzierter als sonst? War es wegen des Streits von neulich? Hatte ihre Freundin vielleicht recht und sie mauerte immer mehr? Früher hatten sich die beiden ausgesprochen und alles anvertraut, doch seit Rebeccas Tod hatte Janna dieses Gefühl, mit ihrem Schmerz und den Schuldgefühlen allein zu sein. Alle möglichen Leute wollten ihr versichern, dass sie keine Schuld hatte an dem, was geschehen war, aber diese Leute waren nicht dabei gewesen. Weder Andrea noch Phillipp hatten in diese panischen Augen geblickt, bevor das Meer sie verschlungen hatte. Was wussten sie schon?

Janna legte ihr Smartphone beiseite, breitete die Arme aus und ließ sich rücklings auf das große Bett fallen. Sie starrte zur konturlosen Decke des Hotelzimmers. Doch auch diese wollte ihr nicht die Antwort auf dieses Warum geben? Warum musste Rebecca sterben? Warum hatte sie ihre Freundin nicht gerettet? Und warum wollte niemand sie verstehen?

Sie schloss die Augen und gab einen ächzenden Laut von sich.

Kurz bevor es Zeit war, wieder zurück in die Lobby zu gehen, spritze sich Janna kaltes Wasser ins Gesicht. Mit den noch feuchten Händen und einer Bürste strich sie durch ihre Haare. Gerade so viel, dass die Frisur nicht zu akkurat, aber auch nicht zu unordentlich wirkte. Sie wollte sich Sam gegenüber nicht anmerken lassen, dass sie gerade mit sich selbst und ihren Erinnerungen zu kämpfen hatte. Zumindest wollte sie es versuchen. Der Amerikaner war scharfsinnig, wusste sie bereits. Hinter der harten, gedrillten Fassade schien ein präziser Verstand zu arbeiten. Daher wollte sie ihm ihre Gefühlswelt nicht direkt auf dem Silbertablett präsentieren.

Janna entdeckte Sam, der sich mit dem Rezeptionisten unterhielt. Sein stoischer Gesichtsausdruck verriet keine Emotion. Sie konnte nicht sagen, ob er gerade gekommen war oder hier bereits seit geraumer Zeit wartete.

„Hey", sagte sie zur Begrüßung und näherte sich ihm mit einem Nicken. „Wie wäre es mit Abendessen?"

„Sicher", antwortete Sam knapp.

Das Hotel stellte ein kleines Besprechungszimmer zur Verfügung, in das sich Janna und ihr Kollege zurückzogen. Es diente als Hauptquartier, solange sie ihre Ermittlungen in Hamburg durchführen würden. Dort waren sie ungestört und konnten auch über heikle Details sprechen, ohne das Außenstehende etwas mitbekamen. Der Raum war ausgelegt für acht Personen und bot auch Beamer und Leinwand für Präsentationen oder Live-Übertragungen. Das freie WLAN nutzten sie jedoch nicht. Janna und auch Sam griffen auf abgeschirmte Kanäle zu, um zu verhindern, dass verfrüht irgendwelche Informationen an die Öffentlichkeit gelangten.

Die beiden ließen sich Essen in das Besprechungszimmer bringen und widmeten sich dann wieder den Ermittlungen.

„Ich denke, dass das Surren, das Roland Clement beschrieben hatte, von einer Drohne stammte", äußerte Janna ihre Vermutung.

„Möglich. Terrororganisationen verwenden kleine, handliche Drohnen bereits seit Jahren."

„Kinderspiel, seitdem es die Dinger für kleines Geld in jedem Online-Shop zu kaufen gibt." Janna kniff die Augen zusammen. „Ich habe Berichte von solchen Angriffen gelesen. Mir ist aber nicht bekannt, dass in Europa oder in einem anderen westlichen Land solche Angriffe stattgefunden hatten."

„Bei Einsätzen gegen islamistische Terrorgruppen wurden unsere Teams immer zur Vorsicht gemahnt." Sam sog die Luft scharf in seine Lungen.

Janna nickte. „Es wäre also möglich, dass die Umspannwerke mit einer Drohne angegriffen wurden."

„Korrekt. Terrorgruppen bringen die Drohnen über ihr Einsatzziel und lassen dann etwas fallen. Einen kleinen Sprengsatz, eine Brandbombe. Da gibt es viele Möglichkeiten."

„Das könnte auch den weißen Transporter erklären, den Clement gesehen hatte. Der Drohnenpilot könnte damit unterwegs gewesen sein." Janna kam ins Grübeln. Jemand fährt mit einem unauffälligen Fahrzeug mitten in der Nacht an eine unbelebte Stelle, startet von dort eine Drohne und lässt von dieser irgendetwas auf das Umspannwerk, fallen, was zu dessen Ausfall führte. Auch wenn es bisher rein spekulativ war, für Janna ergab dieses Szenario einen Sinn. „Ich denke, wir können ausschließen, dass es sich um eine Bombe handelt. Sonst hätte der alte Mann sicher auch eine Explosion gehört.

„Aber was könnte es dann gewesen sein?", ergänzte Sam.

„Gute Frage." Janna blickte suchend umher. „Es gibt aber eine Sache, die mich stört."

„Die wäre?"

„Was ist auf dem Schiff passiert? Die Beschädigungen waren an den Instrumenten auf der Brücke. Das ist ein geschlossener Raum, kein offenes Gelände wie beim Umspannwerk. Gehen wir davon aus, dass die Umspannwerke mit Drohnen angegriffen wurden, ist es trotzdem recht unwahrscheinlich, dass das Schiff damit angegriffen wurde."

Sams Augen verengten sich zu zwei schmalen Schlitzen. Sein subtiles Kopfschütteln signalisierte Janna, dass sie auf der richtigen Spur war.

„Irgendetwas passt hier noch nicht", murmelte sie und schob ihren Salat geistesabwesend auf dem Teller herum. „Vielleicht sollten wir die Schiffscrew noch einmal befragen, aber diesmal einzeln."

„Was bringt dich zu dieser Einschätzung?"

Als er seine Bestellung aufgegeben hatte, war Janna ein wenig überrascht gewesen. Ihr Kollege wählte eines der veganen Gerichte auf der Karte, einen Teller mit Falafel, Hummus, gegrilltem Gemüse und frittierten Süßkartoffeln. Sie hatte erwartet, dass ein jemand wie Sam ein Steak verputzen würde, aber womöglich dachte sie zu sehr in Klischees.

„Ich kann es nicht sagen", beantwortete sie die Frage. „Ich habe aber irgendwie das Gefühl, dass eine der drei Personen uns etwas nicht mitgeteilt hat, was aber wichtig gewesen wäre."

„Du meinst, dass sie uns etwas vorenthalten haben?", bohrte er nach.

„Nein, das meine ich nicht." Sie legte ihr Besteck zur Seite und blickte ziellos durch den Raum. „Ich versuche es mal so. Ich glaube, dass eine der Personen etwas weiß, ihr aber nicht bewusst ist, dass es für uns relevant sein könnte."

„Und es deshalb nicht erzählt hat", ergänzte Sam ihre Worte.

„Oder gar nicht daran gedacht hat."

In diesem Moment summte Jannas Telefon und unterbrach das Gespräch. Das Smartphone zeigte Maiks Gesicht, seine Augen tanzten hektisch über den Bildschirm.

„Leute, ich habe Ergebnisse", sagte er ohne Begrüßung. „Der helle Wahnsinn. Gleichermaßen faszinierend wie erschreckend."

„Na, da bin ich aber gespannt." Janna versuchte, ruhig und fokussiert zu bleiben. Neben ihr rückte Sam näher heran, sein Gesicht war eine Maske der Konzentration.

Maik sog scharf die Luft ein, dann berichtete er von seiner Entdeckung und welche Schlüsse er daraus zog. Während er sprach, spürte Janna, wie es ihr fröstelnd den Rücken empor kroch.

„Bist du dir ganz sicher?" Sams Stimme war fest, doch Janna entging nicht, dass ein Hauch von Besorgnis mitschwang.

„Soweit ich das ohne weiterführende Analysen beurteilen kann, ja. Ich habe die Tests mehrmals durchgeführt, und die Ergebnisse sind immer die gleichen. Die Bakterien futtern Plastik wie kleine Kinder Süßigkeiten", war seine Antwort. „Sobald morgen das Laborteam da ist, mache ich mich direkt an die Arbeit. Sofern das Labor dann noch da ist", ergänzte Maik. Janna entging nicht, dass Maik beunruhigt wirkte.

„Hältst du die Bakterien für so aggressiv?" Die Worte aus Sams Mund waren kühl.

„Weiß ich nicht." Hektisches Kopfschütteln bei Maik. „Wenn diese Bakterien tatsächlich der Übeltäter sind, können wir froh sein, dass sie sich offenbar nicht im großen Stil ausbreiten. Zur Sicherheit habe ich aber das ganze Labor desinfiziert und mit einer UV-Lampe abgeleuchtet. Trotzdem habe ich das Gefühl, dass diese Viecher überall auf mir sitzen."

„Beruhig dich und werde jetzt nicht paranoid", sagte Janna mit ruhiger Stimme, obwohl Maiks Bericht sie besorgt gestimmt hatte.

„Wie ist deine Einschätzung, Maik. Stellen die Bakterien eine Gefahr für Menschen dar?" Sam hatte die Arme vor der Brust verschränkt und starrte stoisch auf das Display des Smartphones.

„Ein entschiedenes Jein", war die Antwort. Maik rieb sich den Nacken. „Ich denke, dass die Bakterien nicht pathogen sind und von ihnen keine Gesundheitsgefährdung ausgeht." Seine Augen wurden schmal und eine ungewohnte Strenge legte sich auf sein Gesicht. „Die Gefahr besteht vielmehr dadurch, was diese Bakterien anrichten können. Stellt euch mal vor, die werden in großem Stil freigelassen. An einem Flughafen oder so."

Jannas Verstand lief auf Hochtouren. „Wie wahrscheinlich ist es, dass es sich hierbei um einen Zufall handelt? Eine natürliche Mutation, oder so etwas?"

„Dazu kann ich leider ohne weitere Analysen nichts sagen." In Maiks Augen war ein Anflug von Panik zu erkennen. „Aber ganz ehrlich, so wie sich diese Dinger über das Plastik hergemacht haben, kann ich es mir nicht vorstellen. Ich ... ich glaube nicht, dass das natürlich ist."

„Okay. Gehen wir einmal davon aus, dass jemand diese Bakterien gezielt eingesetzt hat. Dann verfolgt dieser Jemand auch eine Absicht." Janna fuhr sich nervös durch die Haare.

„Was denkst du, könnte das sein?", wollte Sam wissen. „Wir brauchen mehr Informationen. Wir können diese Bakterien aber nicht ignorieren."

„Zumindest haben wir jetzt eine Idee, was die Terroristen mit ihrer Drohne freigesetzt haben", ergänzte Janna.

„Wie? Was? Drohne?" Maik wurde hektisch. „Hallo, klärt mich mal bitte auf!"

„Wir haben durch eine Zeugenbefragung Hinweise darauf, dass die Angriffe auf die Umspannwerke möglicherweise mit einer kleinen Drohne durchgeführt wurden." Nach wie vor bemühte sich Janna, ruhig zu bleiben. „Ein Rentner hatte in der Nacht ein mechanisches Surren gehört und ein unbekanntes Fahrzeug in der Nähe eines Umspannwerks beobachtet."

„Krasse Scheiße", gab Maik zu verstehen, noch immer sichtlich überrascht. „Sobald morgen das Laborteam da ist, versuche ich alles darüber herauszufinden. Um welche Bakterien es sich handeln, unter welchen Umständen sie ideale Bedingungen vorfinden, wie man sie am besten transportierten kann. Einfach alles."

„Guter Gedanke, versuche so viel über diese Bakterien herauszufinden, wie möglich. Und prüfe auch, wer in der Lage ist, so etwas zu entwickeln", wies Janna ihren Kollegen in Berlin an. „Wir werden unsere Ermittlungen hier fortsetzen."

„Verstanden", sagte Maik und beendete das Gespräch mit einem Nicken.

Janna sah Sam mit entschlossenem Blick an. „Wir haben keine Beweise. Aber gehen wir davon aus, dass diese Bakterien verantwortlich für dieses Desaster sind, ..."

„... dann stellt sich die Frage, wie sie auf das Schiff gekommen sind", ergänzte Sam.

„Wir haben noch eine Menge zu erledigen ...", sagte sie leise. „... und sollten die Crew tatsächlich noch einmal befragen." Nun ergab Jannas Überlegung einen

Sinn. Irgendwie mussten die Bakterien auf das Schiff gelangt sein. Aber über einen gänzlich anderen Weg. Und jemand von der Crew wusste wie, ohne dass es dieser Person überhaupt bewusst war.

„Einverstanden", erwiderte Sam mit entschlossenem Blick.

Sie beendeten ihr Abendessen schweigend, jeder in Gedanken versunken, während sie sich auf den nächsten Schritt ihrer Ermittlungen vorbereiteten.

12

Ein paar Stunden später saß Jakob Schulze in einem Raum der Hafenmeisterei, abgeschottet von anderen Mitarbeitern oder seinen Kollegen. Gemeinsam mit der Frau vom Geheimdienst und diesem merkwürdigen Typen. Merkwürdig, weil ihn eine Aura unnahbarer Kälte umgab.

Schulze war nervös und zittrig. Ihm war völlig schleierhaft, wieso er ein weiteres Mal befragt wurde. Und dann auch noch um diese Uhrzeit. Es war kurz vor Mitternacht. Hatten diese Typen eigentlich keinen Feierabend? Keine Familie, keine Kinder? Oder wenigstens einen Hund, der auf sie wartete? Was sollte das hier? Er wusste doch nichts. Vielleicht musste er auch nichts wissen. Vielleicht brauchten die nur jemanden, dem sie die Schuld in die Schuhe schieben konnten. Einen Sündenbock.

Und na klar, das sollte jetzt er sein. Immerhin hatte er in seinem Leben nie sonderliches Glück gehabt. Sein Vater war ein elender Tyrann, in der Schule wurde er gehänselt. Kaum Freunde, die sich für ihn interessierten. Und nur mit Müh und Not hatte er seine Ausbildung zum Steuermann geschafft. Für ihn war es mehr ein Zufall, dass er tatsächlich seit einigen Jahren auf der MERES SHIPPING EAGLE arbeitete. Doch damit war es nun bestimmt vorbei, nachdem das Schiff gegen die Kaimauer gedonnert war. Man würde ihm die Schuld in die Schuhe schieben. Schulze malte sich sämtliche Vorwürfe und Anschuldigungen aus, mit denen ihn der Geheimdienst konfrontieren würde.

Und es passte so in sein beschissenes Leben. Mit 42 Jahren war er noch immer nicht verheiratet, hatte ohnehin kein Glück bei den Frauen.

Daher war er verwundert gewesen, als ihn diese junge Frau vor ein paar Tagen regelrecht angebaggert hatte. Das hatte ihn zunächst erschreckt und verunsichert. Doch die Frau hatte nicht lockergelassen. Vielleicht der Alkohol. Egal, sie waren tatsächlich in der Kiste gelandet und Schulze hatte den besten Sex seit ... Ja, seit wann eigentlich? Er konnte die wenigen Male an einer Hand abzählen, in denen er mit einer Frau geschlafen hatte. Nun hatte es sich irgendwie angefühlt, als würde sich ihm das Schicksal endlich positiv zuwenden.

Doch jetzt saß er in diesem Besprechungsraum. Mit dieser reservierten Frau vom Geheimdienst und diesem kalten, unbewegten Typen, der auf ihn wirkte, wie eine Kopie des Terminators. Effizient, emotionslos und nur seiner Mission verpflichtet.

Grelles Neonlicht flutete den Raum und ließ keinen Zweifel daran, dass die beiden nicht hier waren, um sich über das Wetter zu unterhalten.

Die Frau setzte sich ihm gegenüber. Wie war nochmal ihr Name? Jakob hatte ihn vergessen, und er wollte ihm verdammt noch mal nicht einfallen. Als sie sich über den Tisch beugte und ihn mit fordernder

Miene ansah, fingen seine Hände an zu zittern. Sein rechter Fuß wippte hektisch auf und ab.

„So, Herr Schulze, erzählen Sie uns bitte noch einmal, was sie wissen."

„Und lassen Sie kein noch so kleines Detail aus", ergänzte der Terminator.

Jakob berichtete ein weiteres Mal von den Ereignissen, dem Motorenschaden, der Rückfahrt in den Hafen, den Ausfall der Instrumente, die Havarie. Alles so, wie bisher. Was wollten diese beiden nur von ihm?

„Was ist davor passiert?", wollte die Frau wissen.

Jakob schaute irritiert. „Wie meinen Sie das? Davor?"

„Bevor sie an Bord der MERES SHIPPING EAGLE gegangen waren. Was ist da passiert?"

Nichts natürlich, was hätte da schon passiert sein sollen. Wollte sie jetzt wissen, dass er unerwartet von einer attraktiven Frau abgeschleppt wurde? Obwohl ...

Jakob rieb sich nervös die Hände. Sein Gesichtsausdruck erhärtete sich.

„Was?", riss ihn der Terminator aus seiner Enttäuschung. „Woran denken Sie gerade?"

Jakob schaute die beiden an. Ihre fordernden Blicke lasteten auf ihm. Resigniert fing er an, von seiner Begegnung zu erzählen. „Ich war abends in einer Kneipe in der Nähe der Reeperbahn. Monis Kapitänstreff heißt das Lokal. Nix besonderes, eine einfache, altmodische Kneipe, in der sich Seeleute auf Landgang treffen. Da gibt es gute Hausmannskost und ein frisches Bier zu vernünftigen Preisen. Kein so abgehobener Schuppen, in dem irgendwelche Studenten Latte Macchiato und solchen tuntigen Kram bestellten."

„Danke für ihre Beschreibung. Bitte kommen Sie zum Punkt. Was ist dort passiert?", gab die Frau vom Geheimdienst gereizt von sich.

„Ich hatte schon ein paar Bier getrunken und mich mit einigen anderen Seeleuten unterhalten. Man kennt sich halt. Dann, irgendwann, es war bestimmt schon nach Mitternacht, hat mich eine junge Frau angelabert. Ich hatte sie noch nie gesehen."

„Und weiter", wollte der Terminator wissen. Er verzog keine Miene.

„Na ja, eins kam zum anderen. Wir haben uns irgendwo ein Zimmer genommen und dort hab' ich es ihr so richtig besorgt." Der Frust in seiner Stimme tat Jakob in den eigenen Ohren weh.

„Natürlich haben sie das", gab der Typ vom Ermittlerduo von sich. „Und sie haben sich nichts dabei gedacht, dass sie von einer wildfremden Frau angebaggert werden?"

„Wir sind hier in Hamburg. Und nicht auf einem kleinen Kuhdorf." Seine Antwort war patziger als geplant, aber Jakob wollte sich nichts in die Schuhe schieben lassen. „Das ist normal. Das passiert hier jeden Tag."

„Wie oft ist ihnen das in der Vergangenheit schon passiert?"

Das saß. Was für ein Arschloch, dachte Jakob und musste schwer mit sich kämpfen, diesem Typen nicht irgendwas an den Kopf zu werfen.

„Was haben Sie im Anschluss gemacht? Nachdem Sie beide intim waren?" Die Tante vom Geheimdienst verschränkte die Arme. „Hat sie ihnen was gegeben? Oder zugesteckt?"

Schulze spürte die Irritation, die sich auf sein Gesicht legte. Dann bekam er große Augen. Er spürte, wie sein Mund ein ‚Oh, nein' formte.

„Was?" Die Worte des Terminators waren harsch und unnachgiebig.

„Nachdem wir … Sie hatte erzählt …". Schulze blickte verlegen auf die Tischplatte. „Sie wollte unbedingt einmal eine Schiffsbrücke sehen. Sie hatte nicht lockergelassen. Also habe ich sie irgendwann mit auf das Schiff genommen."

„Sie haben sich von einer wildfremden Frau um den Finger wickeln lassen und ihr die Brücke gezeigt? Obwohl sie wissen, dass Unbefugte dort keinen Zugriff haben?"

Jakob nickte kaum merklich. Er wagte nicht, die beiden anzusehen.

„Warum haben sie uns eine so wichtige Information vorenthalten?" Die Worte des kalten Typen waren erfüllt von Vorwürfen.

Der Steuermann wusste nicht, was er darauf antworten sollte. Er zuckte mit den Schultern. Vor seinem inneren Auge sah er, wie sie ihn für diese Katastrophe verantwortlich machen würden, wie er seinen Job verlieren und für viele Jahre in den Knast wandern würde, um dort in einer ranzigen Zelle zu verrotten. Und dass nur, weil er sich von diesem Miststück hatte verführen lassen. Sein Leben war schon immer scheiße. Und nun wurde es noch beschissener. Er stieß einen Seufzer der Resignation aus.

„Können Sie uns die Frau beschreiben?", wollte die Tante vom Geheimdienst schließlich wissen.

Jakob zögerte einen Moment, antwortete dann aber mit einem zaghaften Nicken.

13

Kapitän Mikka Rasmussen hasste es, wenn er gestört wurde. Vor allem hasste er es, wenn man ihn bei seinem Mittagsschlaf störte, den er jeden Tag zwischen 13 und 14 Uhr machte. Für gewöhnlich zog er sich nach einem leichten Mittagessen in seine Kajüte zurück und überließ das Schiff seiner Crew. Er hatte ein erfahrenes Team. Zudem waren Sie auf dem Nordatlantik, irgendwo zwischen den Britischen Inseln und Island, wo nur wenig Schiffsverkehr herrschte.

Die raue See beeinträchtigte Rasmussens Schlaf nicht. Er fuhr bereits 25 Jahre zur See und hatte noch nie einen Wellengang erlebt, bei dem er nicht hätte schlafen können, wenn er gewollt hätte. Aktuell war der Wellengang höchstens fünf Meter hoch. Das brachte das Schiff nur geringfügig zum Schaukeln, so dass er auch heute gänzlich unbeeindruckt in einen leichten Schlaf wegdämmerte.

Bis ihn das heftige Klopfen aus seinen Träumen riss.

„Kapitän, wir haben ein Problem", rief der Steuermann Hauke Jansen durch die geschlossene Tür.

Die Worte kamen nur gedämpft bei Rasmussen an, doch das laute Hämmern gegen die Tür hatte ihn schlagartig wachwerden lassen. Fluchend und zornig warf er sein Hemd über und zog die Hose über den breiten Bauch. Gerade als er zur Tür wollte, hielt er inne.

Das Schiff hob und senkte sich im Rhythmus der Wellen. Das hatte sich nicht geändert. Aber etwas war anders. Anders, als noch vor einer halben Stunde, als er sich hingelegt hatte.

Trotz der dumpfen Geräuschkulisse, die der Ozean machte, konnte er es deutlich heraushören. Weil es nämlich nicht da war.

Rasmussen riss die Tür auf und taxierte seinen Steuermann mit festem Blick. „Jansen, warum haben die Maschinen gestoppt."

„Das wissen wir nicht, Kapitän."

„Wie? Was soll das heißen, Sie wissen es nicht?" In schroffem Tonfall drängte er den Steuermann zu einer Antwort.

„Wir ... Wir wissen das nicht. Vor wenigen Minuten haben die Maschinen gestoppt. Es scheint auch ein Problem an der Elektronik zu geben. Einige Instrumente sind ausgefallen."

Nur wenige Minuten später erreichte Rasmussen gemeinsam mit Jansen die Brücke.

„Schadensbericht", rief der Kapitän dem ersten Offizier zu, noch bevor er die Tür komplett durchschritten hatte.

„Vor etwa 15 Minuten ist einer der Schiffsmotoren ausgefallen, weil der Öldruck schlagartig gesunken ist." Troy Snyder war ein groß gewachsener Mann mit schlankem Körper und kantigem Gesicht. „Kurz darauf ist auch der zweite Motor ausgefallen. Die Maschinen haben automatisch gestoppt."

„Ursache?"

„Wissen wir nicht. Der Öldruck war auf einmal Weg. Die Mechaniker sind vor Ort."

„Machen Sie den Kerlen Druck. Ich will umgehend einen Schadensbericht haben. Schauen Sie, dass das Problem schnellstens behoben wird. So lange müssen wir die Gäste an Bord bei Laune halten. Zur Not werfe ich mich in die schickste Kapitänsuniform und unterhalte mich mit den Leuten." Rasmussen hasste es, das Klischee des Kapitäns abzugeben, der zum Captains-Diner einlud, mit den bestbetuchtesten Gästen an einem Tisch saß und die immer wieder gleichen Abenteuer auf den Weltmeeren zum Besten gab. Denn im Grunde war es das längst nicht mehr. Die Seefahrt war so durchtechnisiert, dass es von einem Abenteuer nichts mehr hatte. GPS, modernste Bordelektronik und hochsensible Messgeräte machten das Lenken von Schiffen zu einer Routineaufgabe. Währenddessen herrschte in den Köpfen der meisten Menschen noch immer die Vorstellung vor, Seefahrt sei hart, rau und eben ein entbehrungsreiches Abenteuer. „Und wo zum Teufel ist eigentlich der Safety Officer?"

Während Rasmussen noch auf eine Antwort wartete, kündigte sich bereits das nächste Problem an.

„Wir haben ein weiteres Problem, Kapitän", rief Jansen durch die Kommandobrücke. „Eine der Kühlwasserpumpen ist ausgefallen."

„Wie bitte?" Entsetzen spiegelte sich in Rasmussens Gesicht.

Dass die Schiffsmotoren ausfielen war bereits katastrophal genug, da das Schiff dadurch nur noch schwer zu steuern war. Die Motoren produzierten zudem den Strom für das ganze Schiff. Fielen diese aus, gab es Generatoren sowie mehrere größere Batterien, um die Stromversorgung zu sichern. Doch diese Systeme mussten gekühlt werden. Die Dieselgeneratoren

112

brauchten Wasser für die Kühlung, ebenso wie die Batterien, wenn sie stark belastet wurden. Und da Wasser ein knappes Gut auf einem Schiff war, saugten die Pumpen Meerwasser zur Kühlung ein und gaben es wieder ab. Doch bei einem Ausfall würde das System immer heißer werden. Und es gab eine Sache, die niemand auf einem Schiff wollte: einen Brand.

„Okay", gab Rasmussen nach einem kurzen Moment von sich. „Nehmen Sie alles vom Netz, was nicht gebraucht wird. Veranlassen Sie, dass die Passagiere ihre Rettungswesten anziehen. Bereiten Sie die Rettungsboote vor."

Jansen und die übrigen Mitglieder blickten Rasmussen ungläubig an. Für einen Augenblick reagierte niemand.

„Was starren Sie mich so an?", blaffte der Kapitän. „Habe ich mich undeutlich ausgedrückt?"

Er deutete auf einen der Anwesenden. „Suchen Sie den Safety Officer und kümmern Sie sich mit um die Passagiere."

„Jawohl!", war die knappe Reaktion, bevor der junge Mann von der Brücke stürmte.

„Nehmen Sie Kontakt mit den Behörden auf und teilen Sie denen mit, dass wir Unterstützung brauchen. Umgehend." Er deutete auf eine weitere Person. „Und kontaktieren Sie auch Schiffe in der Umgebung." Rasmussen drehte sich zu Jansen. „Wo ist der Bordingenieur?"

„Im Maschinenraum. Er wollte den Schaden begutachten."

„Okay. Ich gehe runter zu ihm und schaue mir diese Scheiße an. Sie halten die Stellung hier. Sie haben nach wie vor das Kommando über die Brücke."

Rasmussen war gerade dabei, die Brücke zu verlassen und in Richtung Maschinenraum zu laufen, als ein lauter Warnton den Raum flutete.

Hektisch drehte er sich um, und suchte nach der Quelle des Geräusches, das irgendwo aus der Konsole mit den unzähligen Instrumenten und Monitoren drang.

„Was?", wollte er wissen. „Was ist jetzt schon wieder passiert?" Dabei ahnte er schon, was dieser schmerzhafte Warnton ankündige. Der Albtraum, von dem er bis vor wenigen Sekunden hoffte, dass er nicht Wirklichkeit werden würde, war nun drauf und dran, zur bitteren Realität zu werden.

„Ein weiterer Kühlkreislauf ist zusammengebrochen." Mit weitaufgerissenen Augen starrte der erste Offizier den Kapitän an. Nun schien auch er zu begreifen, welche Katastrophe ihren Anfang genommen hatte.

14

Nichts ahnend vom Desaster, das sich im Nordatlantik anbahnte, hatten Janna und Sam entschieden, eine Pause einzulegen.

Bereits in den frühen Morgenstunden hatten die beiden ihre Arbeit fortgesetzt und sich auf die Suche nach der ominösen Frau gemacht, die Jakob Schulze mutmaßlich für die Sabotage an der MERES SHIPPING EAGLE ausgenutzt hatte. Janna hatte veranlasst, dass ein Phantombild von ihr angefertigt wird. Außerdem hatte Maik mehrmals angerufen. Ihre Hoffnung, dass er bereits Ergebnisse vorweisen konnte, hatte sich jedoch nicht erfüllt. Somit hatte sich der Vormittag in die Länge gezogen und vor allem aus staubiger Recherchearbeit bestanden, die sie aber kaum weiterbrachte.

Nun saßen sie in einem hippen Café, in dem es nach frischem Brot und warmen Backwaren duftete. Während Janna einen Kräutertee und ein Stück Schokoladenkuchen bestellte, orderte Sam lediglich ein Glas Wasser. Wenig Kohlensäure, keine Zitrone, ohne Eis.

„Ein Genussmensch scheinst du ja nicht zu sein."

Sam musterte sie mit einem undurchdringlichen Blick. „Was bringt dich zu dieser Aussage?"

Janna deutete auf das Wasserglas. „Gestern hast du dir außerdem ganz gezielt ein veganes Gericht bestellt." Ein schiefes Lächeln legte sich auf ihr Gesicht. „Vielleicht denke ich zu sehr in Klischees. Bei einem Kerl wie dir hätte ich aber erwartet, dass du zu Steak oder Burger greifst. Oder etwas ähnlichem."

Sam kniff die Augen zusammen und blickte sie eine gefühlte Ewigkeit an, bevor er zu einer Antwort ansetzte. „Ich arbeite für eine Spezialeinheit des US-Militärs. Das würde ich nicht tun, wenn ich mich den fragwürdigen Genüssen einer verweichlichten und degenerierten Zivilbevölkerung angeschlossen hätte."

Wow, ganz schön abgehoben, Kollege, dachte Janna und zog dabei die Augenbrauen hoch.

„Wer wie ich freiwillig seinen Dienst für das Land leistet, legt wenig Wert auf Genuss und Annehmlichkeiten", ergänzte Sam. „Außerdem essen wir nicht nur Steak und Burger. Manchmal darf es auch Pizza sein."

Janna wusste nicht, ob der letzte Satz als Witz gemeint war. Der Amerikaner verzog keine Miene. Was sie aber wusste, war, dass sie den Patriotismus der Amis immer wieder unterschätzte. Gleichzeitig imponierte ihr Sams Disziplin und sie strauchelte einen Moment, ob sie das riesige Stück Schokoladenkuchen tatsächlich verputzen sollte. Aber, welchen Grund gab es, dies nicht zu tun? Nur weil dieser Vorzeige-Soldat wohl vergessen hatte, was Genuss bedeutete, musste sie doch nicht darauf verzichten. Hey, sie war doch selbst ein sportlicher Mensch. Sie schwang sich bei jeder Gelegenheit auf das Fahrrad, machte Yoga, manchmal zumindest. Und vielleicht würde sie sich irgendwann auch wieder auf das Surfbrett schwingen. Vielleicht.

Janna ließ die Gabel durch den Kuchen gleiten und ein Stück in ihrem Mund verschwinden. Dennoch, nach Sams Vortrag, schmeckte das Stück bitter. Der Ami hatte etwas an sich, dass sie nicht richtig zu deuten wusste. Sam war unglaublich schwer zu lesen. Und doch meldete sich ihr Instinkt. Konnte es sein, dass er versucht, hinter seiner harten Schale etwas zu verbergen?

„Ich bewundere deine Disziplin, Sam. Und deine Standhaftigkeit." Janna ging ein Risiko ein, das wusste sie. Wenn es schiefgeht, würde sie es nie herausfinden, ob sie Recht hatte. Aber dennoch, sie wollte es drauf ankommen lassen. „Ich habe aber die Erfahrung gemacht, dass Menschen, die immer stark sind, keine Schwächen zulassen wollen."

Keine Regung. Sams Augen waren so emotionslos, wie die eines Lebenden nur sein konnten.

„Du sprichst aus eigener Erfahrung, nehme ich an."

Überrascht blickte Janna den Amerikaner an. „Was meinst du damit?"

„Was ist eigentlich in Hamburg vorgefallen, Janna? Seit wir gestern hier angekommen sind, wirkst du angespannt. Und das liegt nicht daran, dass du mit mir zusammenarbeiten sollst."

Ihre Verwunderung wurde größer. War sie so ein offenes Buch, dass jeder dahergelaufene Soldat sie lesen und Rückschlüsse auf ihr Seelenleben schließen konnte? Unwille machte sich in ihr breit. „Hast du dazu bei deinen Recherchen nichts gefunden?" Ihre Frage war harscher, als sie hätte sein sollen.

„Sicher", erwiderte Sam. „Aber ich möchte deine Geschichte hören. Und nicht das, was in den Berichten steht."

Janna blickte ihn skeptisch an. Was wollte er? Ihre Geschichte hören? Warum? Was hätte er davon? Sie fühlte sich hin und her gerissen. Nur widerwillig wollte sie ihm ihre Geschichte erzählen. Aber vielleicht schadete es nicht, ihm etwas zu geben, um Vertrauen aufzubauen, um leichter hinter sein Geheimnis zu kommen. Sofern es denn eins gab.

„Rebecca war eine alte Schulfreundin. Auch nach dem Ende der Schulzeit hielt unsere Freundschaft." Janna trank einen Schluck vom Kräutertee. „Sie war eine leidenschaftliche Seglerin. Einige Male hatte ich sie begleitet. So auch an diesem Tag. Wir fuhren von Büsum raus ins Wattenmeer. Wir sind aber zu weit rausgefahren und waren am Rande zur offenen See. Und wurden dann von einem Unwetter überrascht."

„Ihr seid in einen Sturm geraten und Rebecca ging über Bord."

Mit einem schwachen Nicken bestätigte sie die Aussage des Amerikaners. „Ich hätte sie retten müssen. Ich habe versucht, sie in das Boot zurückzuholen. Doch sie war bereits zu weit weg." Janna atmete schwer. „Ich hätte etwas unternehmen müssen. Doch ich habe nichts getan." Sie blickte in Sams unbewegtes Gesicht. „Fünf Tage später wurde sie aus dem Wasser gezogen. Da war sie bereits tot." Nervös fuhr sich Janna durch die Haare. Sie presste die Lippen aufeinander.

„Hattet ihr kein Funkgerät an Bord? Warum habt ihr keine Hilfe angefordert?"

„Das Funkgerät hatte während der Tour den Geist aufgegeben. Wahrscheinlich hatte es eine ordentliche Ladung Salzwasser abbekommen."

„Ich verstehe", erwiderte Sam. „Ihr wart mitten in einem Sturm. Ihr hattet kein Funkgerät. Noch dazu warst du die im Segeln Unerfahrene. Während Rebecca mit Sicherheit die Risiken kannte. Was hättest du also tun können?"

Janna bildete sich ein, einen Anflug von Milde in Sams Gesicht zu erkennen. Und auf eine eigenartige Weise spendeten seine Worte ein wenig Trost. Und dass, obwohl sie diese, oder ähnliche Worte schon von so vielen Leuten gehört hatte. Aber gerade aus Sams

Mund klangen sie anders. Ehrlicher, aufrichtiger. Ohne dass sie vor Mitleid und der absurden Behauptung von Verständnis triefen würden.

„Danke." Ihre Stimme war leise und kratzig.

„Keine Ursache." Emotionslos und dennoch aufrichtig. So klangen Sams Worte in Jannas Ohren.

„Lass uns zurück an die Arbeit gehen."

Hatte die Pause zumindest etwas Gutes, dann, dass Janna nun nicht mehr auf Maiks Bericht warten musste. Zurück im Besprechungsraum des Hotels, machten sie sich direkt daran, die neuesten Erkenntnisse zu studieren.

„Das Laborteam hat das Bakterium als Ideonella Sakaiensis identifiziert", sagte Janna mit angespannter Stimme. „Die Bakterien sind für ihre Affinität zum Abbau synthetischer Materialien bekannt. Maik geht davon aus, dass die Bakterien genetisch verändert wurden."

„Damit haben wir unseren Übeltäter", sprach Sam mit leiser Stimme. „Aber was macht Maik so sicher, dass die Bakterien gentechnisch verändert wurden?"

„Er meinte, dass die Eigenschaft dieser Bakterien bereits seit Jahren wissenschaftlich erforscht werden. Ihre Fähigkeit, Plastik zu zersetzen, hat aber offenbar Grenzen und konnte bisher nur für PET, nicht aber für andere Kunststoffe nachgewiesen werden." Mit offenen Handflächen bewegte Janna ihre Hände nach außen und unterstrich so ihre Worte „Maik ist davon überzeugt, dass die Bakterien genetisch modifiziert wurden. Anders sei der aggressive Abbau nicht zu erklären, den er uns gestern Abend geschildert hatte. Das wäre auch die einzige Erklärung, warum diese Bakterien nun auch Appetit auf andere Kunststoffe haben."

„Damit hätten wir zumindest eine mögliche Erklärung für die Schäden an der Steuerung des Schiffes. Und die übrigen Schäden." Sam verschränkte die Arme.

„Maik veranlasst weitere Untersuchungen. Er hat wohl das halbe Laborteam darauf angesetzt. Zudem hat er Kontakt zu anderen Forschungseinrichtungen aufgenommen, um mehr über diese Bakterien zu erfahren." Konzentriert blickte Janna auf den Monitor ihres Notebooks, auf dem sie den Bericht überflog. „Er überprüft gerade den aktuellen Stand der Forschung und wer auf diesem Gebiet aktiv ist. Vielleicht kommen wir so an die Urheber ran."

Sam wirkte zufrieden. „Hoffen wir, dass er bald etwas findet. Je länger das andauert, desto mehr Schaden können die Terroristen anrichten."

„Tatsächlich hat er schon was interessantes herausgefunden." Mit zusammengekniffenen Augen überflog Janna erneut die Informationen, die ihr Maik gesendet hatte.

„Professor Doktor Alexander Lohbrecht ist der führende Wissenschaftler in Deutschland für plastikzersetzende Bakterien."

„Offenbar hat er vor einigen Jahren ein paar bahnbrechende Entdeckungen auf diesem Gebiet gemacht."

Sam positionierte sich hinter Janna und starrte nun ebenfalls auf den Monitor. „Arbeitet für Baltic Bio Technologies, kurz BBT, einem weltweit führenden Biotechnologie-Konzerne mit Sitz in Kiel." Sam rieb sich das Kinn. „Er müsste die Branche einigermaßen gut kennen. Vielleicht kann er uns einige Hinweise geben, die uns weiterbringen."

„Das sehe ich genauso", stimmte Janna zu. „Wir sollten uns mit ihm unterhalten." Ihre Miene spiegelte Entschlossenheit wider.

Sam nickte, erwiderte jedoch nichts.

15

Janna hatte sich und Sam bei BBT und dem Professor angekündigt. Um dem Berufsverkehr zu entgehen und da sie mindestens eine Stunde nach Kiel benötigen würden, waren sie bereits zeitig losgefahren. Am Ziel angekommen erhob sich nun die futuristische Glas- und Stahlkonstruktionen des Kieler Campus von BBT vor ihnen.

Janna war der Auffassung, dass Biotechnologie in der öffentlichen Wahrnehmung noch immer ein rotes Tuch war und in der EU strengsten Regularien unterworfen war. Dafür sprach, dass sie weder dieses noch irgendein anderes Unternehmen aus der Branche kannte. Anscheinend wurden die Bestimmungen in den letzten Jahren nach und nach und ohne großes Aufsehen gelockert, um den Anschluss an die Amerikaner und Asiaten nicht zu verlieren. Daher standen sie und Sam nun vor dem imposanten Gebäude, das nicht einfach nur eine Forschungseinrichtung war, sondern gleichzeitig auch eine Demonstration des eigenen Erfolgs zu sein schien.

Wie sie vor der Fahrt nach Kiel von Maik erfahren hatte, gab es eine Vielzahl von Unternehmen, die im Bereich des Bio-Engineerings tätig waren und überall dort Büros und Labore hatten, wo es Talente und Know-how gab. Außerdem berichtete er, dass überall dort, wo relevante Forschung betrieben wurde, auch immer Wege gefunden wurden, um mögliche Einschränkungen zu umgehen. Bio-Technologie war trotz aller sterilen Labore und durchgestylten Firmenzentralen ein Geschäft, in dem es um viel Geld ging. Was offensichtlich war, als sie und Sam den hochmodernen Gebäudekomplex betraten.

Ein junger schlanker Mann in einem schneeweißen Anzug und farblich perfekt abgestimmten Sneakers nahm die beiden in Empfang. Janna schätzte ihn auf Mitte zwanzig, sein Gesicht war markant und gleichermaßen androgyn. In der linken Hand hielt er ein Tablet mit vergoldetem Gehäuse.

„Willkommen bei Baltic Bio Technologies. Sie sind Janna Petrusch und Sam Reigh. Habe ich recht?" Seine Stimme war weich und dennoch kräftig.

Janna nickte anerkennend. Offenbar war man hier gut vorbereitet. „Sie haben Recht. Wir hatten uns angekündigt, da wir mit Herrn Professor Lohbrecht sprechen möchten. Er kann uns möglicherweise bei unseren Ermittlungen weiterhelfen."

„Richtig. Mein Name ist Niklas. Ich bin Mitarbeiter in Alexanders Team. Er ist gerade noch in einem Gespräch und hat mich gebeten, Sie in Empfang zu nehmen. Sehen Sie mich als ihren persönlichen Assistenten während ihres Aufenthalts auf unserem Campus an."

Janna musterte den hochgewachsenen jungen Mann, der mit seinem makellosen Äußeren, seiner drahtigen Figur und den feingliedrigen Fingern irgendwie perfekt in diese futuristische Kulisse passte, so als wäre sie nur für ihn gestaltet worden.

„Unser Geschäftsführer ist ebenfalls über Ihr Kommen informiert. Er bittet darum, ein paar Worte mit Ihnen zu wechseln. Bitte folgen Sie mir."

Niklas ging voraus und nach kurzem Zögern folgten sie und Sam dem jungen Mann. Janna war neugierig, warum der Geschäftsführer mit ihnen sprechen wollte. Wollte er sie vorsichtshalber zur Diskretion anhalten, um die Interessen der Firma zu wahren? Sorgte das Auftauchen der Behörden generell für Nervosität in diesem Unternehmen? Oder wollte er vielleicht Details von den Ermittlungen erhalten, die ihm einen möglichen Vorteil verschafft hätten?

Sie war gespannt darauf, ob sie auf ihre Fragen eine Antwort finden würde.

Nach einigen Metern erreichten sie ein weitläufiges Atrium, in dem exotische Gewächse bis zur Decke ragten. Überspannt wurde der Innenhof von einem gewölbten Glasdach. Tageslicht flutete das Innere. Es war fast wie in einem tropischen Gewächshaus, jedoch ohne die schwere und schwüle Luft.

Verrückt dachte Janna. Warum gibt man für so etwas Geld aus?

„Nicht übel", murmelte Sam, ohne erkennen zu lassen, ob er es tatsächlich so meinte.

„Mit Geld kann man alles kaufen", antwortete Janna mit abschätzigem Unterton.

Als die Drei den künstlichen Dschungel durchschritten hatten, erreichten sie den Fahrstuhl, der genau in diesem Moment seine Türen auseinandergleiten ließ.

Den hat er bestimmt mit seinem Tablet gerufen, auf dem er immer wieder herumtippte, dachte Janna und folgte Niklas, der bereits in den verspiegelten Glaskasten eingetreten war.

Sanfte, unaufdringliche Lounge Music umhüllte das Trio. Geräuschlos glitten die Türen zu. Bernsteinfarbenes Licht erleuchtete die Kabine, von der Janna

123

nicht wusste, ob sie sich bereits bewegte. Nur die Musik war zu hören, sonst nichts. Ebenso waren keine Vibrationen zu spüren.

„Dieser Aufzug führt sowohl zu den Büros der Geschäftsleitung als auch in die Labore. Wie Ihnen sicher bereits aufgefallen ist, gibt es hier keine Knöpfe. Der Aufzug kann nur mittels Smart Device gesteuert werden."

Skeptisch musterte Janna den jungen Mann. Sie war sich nicht sicher, ob er das erzählte, weil er Stolz auf diesen imposanten Firlefanz war. Das futuristische Gebäude, das abgefahrene Atrium, ein Aufzug, der nur mit Hilfe eines Tablets gesteuert werden konnte. Der junge Mann wäre nicht der erste, der in demütiger Ehrfurcht alle Errungenschaften seines Arbeitgebers feiern würde, so wie ein Sektenmitglied die Prophezeiungen des Anführers.

Unerwartet öffnete sich die Tür und vor ihnen tat sich ein riesiges Panoramafenster auf, das den Blick hinunter ins Atrium ermöglichte. Die Aussicht war faszinierend und ließ keinen Zweifel daran, dass es den Verantwortlichen um mehr ging, als nur einen zeitgemäßen Arbeitsplatz für moderne Mitarbeitende zu schaffen. Hier ging es darum, Größe und Einfluss zu demonstrieren.

„Folgen Sie mir bitte", waren Niklas' Worte, der einen geschwungenen Korridor entlang ging. Dieser führte wie ein Rundgang um den Innenhof herum.

„Die Gestaltung des Atriums wurde nach neusten Erkenntnissen zur Arbeitspsychologie entwickelt. Man geht davon aus, dass Personen, die die Möglichkeit haben, regelmäßig Kontakt zur Natur aufzubauen, produktiver, ausgeglichener und kreativer sind." Niklas drehte sich im Gehen zu ihr und zu Sam.

Janna bildete sich ein, ein angeberisches Lächeln in seinem Gesicht zu sehen.

„Tatsächlich haben wir an diesem Standort den niedrigsten Stand an Krankentagen in der ganzen Branche."

Ist es das, was man dir erzählt? Janna war sich nicht sicher, ob der junge Mitarbeiter wirklich glaubte, was er gerade gesagt hatte, oder ob die Leute dazu angehalten wurden. Eine gut angelegte Grünfläche vor oder hinter dem Gebäude hätte es sicher auch getan. Zumal das wesentlich kostengünstiger und leichter zu pflegen gewesen wäre, um die Zufriedenheit der Belegschaft zu fördern.

Nach wenigen Metern erreichten sie eine breite Tür aus Edelholzfurnier, die Niklas geräuschlos aufgleiten ließ. „Phillipp, die beiden Behördenvertreter sind da."

Phillipp? Die Überraschung stand Janna ins Gesicht geschrieben. Rebeccas Bruder saß hinter einem überdimensionierten Schreibtisch, auf dem problemlos ein Mittelklassewagen Platz gefunden hätte.

Er blickte von seinem Computer auf, bedankte sich bei Niklas und wendete sich dann an Janna und Sam.

„Hallo, Janna. Schön, dich so schnell wieder zu sehen. Wenn auch etwas überraschend hier in meiner Firma." Phillipp selbst schien wenig überrascht über Jannas Anwesenheit zu sein. Ihr Besuch war angekündigt, und darum hatte er also darauf bestanden mit ihr und Sam zu sprechen. Die Fragen nach dem Warum erübrigten sich damit.

„Etwas überraschend ist gut." Jannas Erstaunen war in jeder Silbe zu hören. „Ich dachte, du hattest die Firma deines Vaters übernommen."

„Wie ich sehe, kennt ihr euch", mischte sich Sam in die Unterhaltung ein.

„Wie unhöflich von mir." Phillipp erhob sich aus seinem Lederstuhl und umrundete den Schreibtisch. Mit dynamischem Schritt ging er auf Sam zu und streckte ihm schließlich die Hand entgegen. „Phillipp

Emmanuel Theisen, sehr erfreut ihre Bekanntschaft zu machen, Herr ... Reigh?"

„Korrekt. Sam Reigh", antwortete er auf Phillipps Frage.

Janna begutachtete die Begrüßung zwischen den beiden mit kritischem Blick. Ihr war nicht entfallen, dass Phillipp kurz zögerte, als er sich bei Sams Namen unwissend stellte. Dabei war sie davon überzeugt, dass Phillipp genau wusste, wen er vor sich hatte. Sicherlich eine Masche, um sein Gegenüber kennenzulernen.

„Um Ihre Frage zu beantworten: Janna und ich kennen uns schon seit einigen Jahren. Wir hatten uns über meine Schwester kennengelernt." Er ging zurück an seinen Platz und bot ihnen an, sich auf die beiden großen Lederstühle vor dem Schreibtisch zu setzen.

„Janna und ich", fuhr Phillipp fort, nachdem alle Platz genommen hatten, „hatten uns aber lange nicht mehr gesehen und uns erst vor kurzem zufällig wieder-getroffen."

„Auf dem Friedhof." Sams Blick klebte auf Phillipp, welcher diese Bemerkung mit einem knappen Nicken bestätigte.

Janna mischte sich in das oberflächliche Gespräch der beiden Männer ein. „Erklär' mir bitte, was du hier machst, Phillipp. Was ist mit der Firma deines Vaters?"

Phillipp lehnte sich in aller Ruhe in seinem Stuhl zurück. Mit im Nacken verschränkten Händen wan-derte sein Blick zur Decke.

Es dauerte einige Sekunden, bevor er erneut das Wort ergriff. „Mein Vater hatte sich vor ein paar Jah-ren aus der Firma zurückgezogen. Seither leite ich das Unternehmen."

„Oh, ich verstehe." Janna war verwundert.

„Unser Unternehmen wurde groß mit der Produk-tion von Spezial-Chemikalien und Vorprodukten für die pharmazeutische Industrie. Vor einigen Jahren hatte ich erkannt, dass ein Einstieg in die Bio-Technologie vielversprechend sein würde." Er machte eine entschuldigende Geste. Mit schiefen Mundwinkeln führte er seine Ausführungen fort. „Letztendlich konnte ich ihn davon überzeugen, diesen Campus zu eröffnen und hier in Kiel die Forschung aufzubauen."

„Ich verstehe." Janna spitzte die Lippen. Sie überlegte kurz, ob sie taktvoll vorgehen sollte, entschied sich schließlich aber für den direkten Weg. „Was ist mit deinem Vater? Was macht er jetzt?"

Phillipp musterte sie eindringlich, dann richtete er seinen Blick für einen kurzen Moment auf den Amerikaner.

„Wir wollten uns doch zum Abendessen treffen. Lass uns das bei dieser Gelegenheit besprechen." Ein forderndes Lächeln legte sich auf sein Gesicht. „Wie wäre es morgen Abend, gegen 19 Uhr."

„Tut mir leid, wir bleiben nicht in Kiel. Wir fahren in Kürze wieder zurück nach Hamburg", gab Janna zu verstehen, in der Hoffnung, sich aus dem Abendessen mit Phillipp herauswinden zu können. Dann erst kam ihr der Gedanke, dass eine Verabredung mit ihm eine gute Möglichkeit wäre, mehr über Rebeccas Vater und seinen aktuellen Aktivitäten herauszufinden. Das hätte zwar nichts mit ihrem aktuellen Fall zu tun, aber sie wunderte sich trotzdem, dass Phillipp das Unternehmen leitete. Das hatte sie nicht erwartet, konnte sich aber nicht so recht erklären, warum. Immerhin hatten die beiden nie einen engen Kontakt zueinander.

Bevor sie weiter darüber nachdenken konnte, räumte Phillipp ihr eine zusätzliche Möglichkeit für ein Treffen ein. „Das trifft sich gut. Ich muss ohnehin nach Hamburg, weil ich dort etwas Geschäftliches zu erledigen habe. Das kann ich dann mit unserer Verabredung verbinden."

Janna blickte in erwartungsvolle Augen. Nach kurzem Zögern stimmte sie mit einem Nicken der Verabredung zu.

„Wunderbar." Ein Lächeln legte sich auf sein Gesicht. „Kommen wir aber zurück zur leidigen Arbeit. Ihr wolltet ja mit Alexander sprechen."

„Genau, darum sind wir hier. Wir hoffen, dass er uns mit seiner Expertise bei unserer Arbeit helfen kann."

„Alex ist einer der führenden Bio-Genetiker. Ich bin mir sicher, dass er das kann." Phillipp machte eine entschuldigende Geste. „Der Umgang mit Menschen ist jedoch nicht seine Stärke. In Gesellschaft wird er schnell unruhig und nervös."

Janna kniff die Augen zusammen. „Ist das so?"

„Na, du weißt ja. Ein wissenschaftliches Genie, aber sozial eine Niete. Auf manche Menschen trifft dieses Vorurteil tatsächlich zu." Phillipp warf einen Blick auf seine Armbanduhr.

„Wenn ihr beide mich nun entschuldigen würdet, ich habe leider gleich eine wichtige Besprechung." Phillipp erhob sich aus dem Stuhl, womit er unmissverständlich signalisierte, dass das Gespräch zu Ende war. „Vielen Dank, dass Sie sich die Zeit genommen haben", richtete er sich gezielt an Sam und begleitete beide zurück auf den Flur, wo sie erneut von Niklas in Empfang genommen wurden.

Schweigend gingen die beiden hinter dem jungen Mann her.

Janna war in Gedanken versunken und versuchte sich einen Reim darauf zu machen, was Phillipp über die Firma und seinen Vater gesagt hatte. Über Rebecca hatte Janna erfahren, was die Firma ihres Vaters hergestellt hatte, dass sie Marktführer für bestimmte Chemikalien waren und dass ihr Vater ihr die Firma übergeben wollte, sobald er entschied, sich aus dem Tagesgeschäft zurückzuziehen.

Dass nun Phillipp die Firma führte, verwunderte sie. Soweit sie sich erinnern konnte, wollte ihr Vater ihm die Firma nicht übergeben. Er hatte Phillipp für ungeeignet gehalten. Angeblich war Phillipp schon immer großspurig und angeberisch. Der prahlerische Campus löste nun wesentlich weniger Verwunderung aus als noch bei ihrer Ankunft vor einer knappen Stunde.

Während Janna noch ihren Gedanken nachhing, bewegte sich das Trio wieder zurück ins Erdgeschoss und ging vom Fahrstuhl aus einen langen Korridor entlang, der mit warmem Licht geflutet wurde. Sie erreichten ein Büro mit offener Tür.

Niklas klopfte sanft gegen den Türrahmen. „Alex? Die Behördenvertreter sind da", kündigte er den Besuch an, bevor er sich zurückzog.

Sam eröffnete das Gespräch. „Professor Doktor Alexander Lohbrecht?", fragte er und reichte dem Mann die Hand.

Janna musterte den Wissenschaftler mit beruflicher Neugier. Ein Mann Ende Vierzig, angegraute Haare und eine Brille mit feinem Metallgestell. Sein weißes Hemd spannte ein wenig über dem Bauch. Müdigkeit und Erschöpfung zeichneten sich auf seinem Gesicht ab.

„Ja, das bin ich", antwortete er und schüttelte Sams und dann Jannas Hand. Sein Griff war schwach und die Finger zittrig. „Sie müssen Janna Petrusch sein. Und sie Sam Reigh. Ich habe sie erwartet." Er deutete auf eine Sitzgruppe. „Bitte setzen Sie sich."

Die drei nahmen Platz.

„Vielen Dank, dass sie sich die Zeit genommen haben. Wir halten Sie auch nicht lange von der Arbeit ab. Daher komme ich gleich zur Sache", sagte sie kurz und bündig. Die nervöse Energie, die vom Professor ausging, war deutlich zu spüren.

„Wir sind hier, um mehr über Ihre Forschung zu erfahren, weil Sie uns vermutlich bei unseren Ermittlungen helfen können. Wir müssen davon ausgehen, dass kunststoffzersetzende Bakterien für terroristische Zwecke eingesetzt werden."

„Ja." Der Professor zögerte und fummelte an den Knöpfen seines Hemds herum. „Ihre Behörde hatte mich bereits informiert."

„Dann ist Ihnen bewusst, wie dringend diese Angelegenheit ist?", warf Sam ein.

„Selbstverständlich", stammelte Lohbrecht und rückte seine Brille zurecht. „Ich helfe Ihnen gerne, wo ich kann", antwortete der Wissenschaftler, doch seine Augen wichen Jannas forschem Blick aus. „Aber ich muss zugeben ... Es gibt Grenzen, was die Fähigkeit dieser Bakterien betrifft."

„Grenzen?" Sam wiederholte die Worte und runzelte die Stirn.

Janna hatte das Gefühl, dass sich das Unbehagen des Professor Lohbrechts zunehmend steigerte. War er wirklich nur nervös, so wie Phillipp sagte? Oder gab es da mehr? Jannas Interesse war geweckt. Sie würde ihn nicht mehr aus den Augen lassen.

„Herr Lohbrecht, bitte klären Sie uns auf. Besteht die Möglichkeit, dass solche Bakterien missbräuchlich verwendet werden könnten?" Jannas Frage hing in der Luft wie elektrische Energie kurz vor einem Sturm.

Mit unruhigen Händen griff er nach einer Fernbedienung, dimmte das Licht und ließ die Leinwand gegenüber der kleinen Sitzgruppe zum Leben erwachen. Der unheimliche Schein des Projektors durchschnitt den Raum. Feine Staubpartikel tanzten darin. Die erste Folie zeigte eine mikroskopische Vergrößerung von Mikroorganismen.

„Ideonella Sakaiensis. Japanische Wissenschaftler haben diesen Bakterienstamm im Jahr 2016 entdeckt und festgestellt, dass er in der Lage ist Kunststoffe abzubauen." Er wechselte die Folie und einige chemische Formeln erschienen. „Die Bakterien nutzen hierfür Enzyme, welche die Polymerketten der Kunststoffe in ihre Einzelteile aufspalten: Wasser und Kohlenstoffdioxid." Lohbrechts Stimme wurde fester. Die Nervosität verschwand. Nun befand er sich auf seinem Gebiet, dass ihm Sicherheit zu geben schien. „Seither wurden weitere Bakterien, aber auch Pilze, entdeckt, die in der Lage sind, Kunststoffe abzubauen. Die Wissenschaft setzt große Hoffnungen in einen möglichen Einsatz gegen Plastikmüll."

„Aber ...", fragte Sam vorsichtig.

„Es geht nur langsam voran", fügte der Professor mit bedachten Worten hinzu. Er klickte sich durch mehrere Folien, auf denen verschiedene Forschungsentwicklungen gezeigt wurden. „Solche Bakterien sind schwer zu manipulieren und die Forschung kommt langsamer voran, als wir das noch vor Jahren gehofft hatten. Häufig sind die Bakterien lediglich in der Lage, einen ganz bestimmten Kunststoff zu zersetzen. Im Falle von Ideonella Sakaiensis etwa ist es Polyethylenterephthalat, dass Sie vermutlich unter der gängigen Bezeichnung PET kennen."

„Sie gehen also nicht davon aus, dass diese Mikroorganismen für terroristische Zwecke eingesetzt werden können?", fragte Janna und lehnte sich in ihrem Sitz nach vorne, die Augen auf den Wissenschaftler gerichtet.

Lohbrecht zögerte und rückte mit zitternder Hand seine Brille zurecht. „Ich bin ... Ich bin mir nicht sicher", gab er zu und blickte unruhig zu Boden. „Wir, äh ... Wir haben noch ..." Er räusperte sich und richtete anschließend seinen Blick wieder auf sie und Sam. „Einen so schnellen Abbau, wie sie beschrieben haben, konnten wir in unserer Forschung bisher nicht beobachten. Auch von anderen Kollegen sind mir ähnliche Ergebnisse nicht bekannt. Es scheint ... unwahrscheinlich."

„Unwahrscheinlich, aber nicht unmöglich", murmelte Janna. Ihr Verstand lief auf Hochtouren, als sie den nervösen Mann vor sich musterte. Sie spürte, dass es da noch mehr gab. Aber was?

„Ich kann Ihnen nur sagen, was der Stand der Forschung ist. Zumal die Bakterien bei der von Ihnen beschriebenen Aggressivität eine so hohe Zellteilungsrate aufweisen müssten, dass die Bakterien daran zugrunde gingen."

„Wie meinen Sie das?" Sam blickte den Wissenschaftler fragend an.

„Jede Zelle teilt sich, unabhängig davon, in welchem Organismus sie sich befindet. Aber eine Zelle kann dies nicht unbegrenzt wiederholen. Irgendwann ist sie ... sagen wir ‚aufgebraucht'. Dann stellt sie die Zellteilung ein und stirbt ab." Erneut rückte Lohbrecht seine Brille gerade.

„Interessant", kommentierte Sam die Ausführungen des Professors. Seine Augen wurden zu schmalen Schlitzen, aus denen er den Wissenschaftler kritisch beäugte.

„Herr Lohbrecht", sagte Janna leise und ihre Augen verengten sich, als sie sein Gesicht musterte. „Gibt es Ihrer Meinung nach noch etwas, das wir wissen sollten?"

Mit schwachem Kopfschütteln verneinte der Wissenschaftler dies.

„Vielen Dank, dass Sie sich die Zeit genommen haben. Sie haben uns sehr geholfen." Janna reichte ihm eine Karte. „Sollte Ihnen noch etwas einfallen, dass für unsere Ermittlungen von Bedeutung sein könnte, teilen Sie uns dies bitte unverzüglich mit."

Nachdem Lohbrecht die Karte entgegengenommen hatte, begleitete er die beiden noch zum Ausgang. Irgendwie schien in diesem riesigen, futuristischen Gebäude niemand von außerhalb auch nur einen Meter ohne Begleitung machen zu dürfen, dachte Janna, während sie hinter dem Professor herging.

Seine Schultern hingen nach vorne und sein Rücken krümmte sich. Die Körperhaltung zeugte von einer Last, die ihn bedrücken musste.

Janna war überzeugt, dass Lohbrecht mehr wusste, als er gesagt hatte. Und dass er gute Gründe hatte, dieses Wissen für sich zu behalten. Gründe, die seine gedrungene Haltung erklären würden. Und seine Nervosität?

Mit einem kurzen Handschlag verabschiedeten sich Janna und Sam, als sie die riesige Glastür des Eingangs erreichten.

Wenige Sekunden später hatten sie das Gebäude verlassen und waren auf dem Weg zu ihrem Wagen. Die Sonne stand hoch und brannte auf den sorgfältig angelegten Campus nieder. Während landesweit Trockenheit und Dürre zu einem alljährlich wiederkehrenden Ritual wurden, erstrahlten die Beete und Rasenflächen auf dem Gelände in saftigem Grün. Als hätte man die Pflanzen in einen Farbeimer getaucht. Das Surren und Rattern von Rasensprengern lag in der Luft. Die Bewässerung sorgte für eine würzige Frische, die über den Campus waberte.

Jannas Gedanken kreisten um das Gespräch. „Nervös war er. Aber nicht, weil er nicht mit Menschen kann."

Sam hob eine Augenbraue und sein Blick traf den ihren. „Sehe ich auch so."

„Ist dir aufgefallen, dass er nicht nach Details über die Bakterien gefragt hat?", wollte Janna wissen, ihre Worte erfüllt von Skepsis. „Oder gar eine Probe zur Untersuchung angefordert hat? Bei einer solchen Nachricht würde doch jeder Wissenschaftler umgehend Proben haben wollen. Oder wie siehst du das?"

„Vielleicht vertraut er unseren Erkenntnissen", schlug der Amerikaner vor, doch es war offensichtlich, dass ihm das Verhalten des Wissenschaftlers ebenfalls aufgefallen war und er sich seine Meinung dazu bildete.

„Vielleicht weiß er mehr, als er zugibt." Der Gedanke nagte an ihr und ließ sich nicht abschütteln. Der kalte Schweiß, der sich auf der Stirn des Professors gebildet hatte. Die Art und Weise, wie seine Hände zitterten, als er seine Brille zurechtrückte. Seine gekrümmte, Körperhaltung.

„Ich könnte ihn zur Rede stellen."

„Langsam Cowboy, lass uns keine voreiligen Schlüsse ziehen", erwiderte Janna. Ihr Gesichtsausdruck verfinsterte sich. „Wenn er etwas zu verbergen hat, finden wir es heraus."

Sie zückte ihr Smartphone, nahm Kontakt zur Zentrale auf und beantragte die Überprüfung und Überwachung des Professors. Vollständige Observation. Janna wollte wissen, welches Geheimnis Professor Lohbrecht hatte. Egal was es war, dass er vor ihnen verbarg, sie würde dahinterkommen. Es war nur eine Frage der Zeit.

16

Janna stand am Fahrzeug und blickte auf den Campus von BBT. Aus der Entfernung wirkte der durchgestylte Gebäudekomplex wie ein Fremdkörper in dem sonst so nüchternen Gewerbegebiet. Während sie in Gedanken das Gespräch mit dem Professor durchging, klingelte Sams Telefon. Er entfernte sich vom Wagen.

Nachdem er außer Reichweite war, griff Janna selbst zum Smartphone.

„Hey, Maik. Janna hier."

Ohne Umschweife eröffnete er direkt das Gespräch. „Leider gibt es noch keine neuen Ergebnisse. Sowohl die Experimente mit den Bakterien als auch meine Datenbankrecherchen gehen nicht so schnell voran, wie erhofft." Aus seinem Tonfall konnte sie heraushören, dass es ihm fast unangenehm war, noch nichts vorweisen zu können.

„Kein Problem." Sie machte eine kurze Pause. „Ich benötige noch weitere Informationen. Wir haben gerade mit diesem Professor gesprochen, Alexander

Lohbrecht. Such mir bitte sämtliche Informationen zu ihm, die du finden kannst. Lebenslauf, Familie, was du eben finden kannst."

Maik kam ins Grübeln. „Oha, wieso das denn? Was hat er verbrochen?"

„Sein Verhalten während des Gesprächs war eigenartig. Es ist bisher nur eine Vermutung, aber es schadet nicht, etwas mehr über ihn zu erfahren."

„Ich verstehe. Ich such' dir alles zusammen, was ich finden kann. Dauert aber. Uuuuund ..."

„Und was?"

„..., das kostet dich was. Das nächste Mittagessen geht auf dich", fügte er mit jovialer Stimme hinzu.

„Einverstanden." Ein leichtes Lächeln legte sich auf ihr Gesicht.

„Gut. Ich melde mich, wenn ich weitere Infos habe. Zu welchem Thema auch immer." Daraufhin beendete er das Gespräch.

Genau in diesem Moment kam Sam zurück „Ich habe neue Informationen erhalten. Von einer neuen Terrorgruppe."

„Na, da bin ich aber gespannt." Janna musterte Sam mit einem fordernden Blick.

„Die Gruppe nennt sich Green Nemesis, ist bis jetzt noch nicht auffällig geworden, weshalb die Geheimdienste sie bisher nicht auf dem Schirm hatten."

„Nemesis. Noch dramatischer ging es wohl nicht", erwiderte Janna. Sie wusste, dass Nemesis eigentlich die Göttin des gerechten Zorns und der ausgleichenden Gerechtigkeit war, später aber zur Rachegöttin umgedeutet wurde.

„Soweit wir wissen, ist die Gruppe aus ehemaligen Mitgliedern von Fridays for Future, Letzte Generation und Extinction Rebellion hervorgegangen."

Janna runzelte die Stirn. „Gehst du davon aus, dass diese Gruppierung für die Anschläge verantwortlich ist?"

Sam nickte. „Das wäre möglich. Die Mitglieder haben sich zunehmend radikalisiert. Fast alle sind vorbestraft. Und dass nicht aufgrund zivilen Ungehorsams oder Widerstand gegen die Staatsgewalt. Es geht um Körperverletzung und unerlaubtem Waffenbesitz."

„Wenn sie bisher noch nicht im Visier der Terrorfahndung waren, wie seid ihr auf diese Gruppe aufmerksam geworden?"

„Unsere Finanzbehörden haben mehrere auffällige Transaktionen ausgemacht, woraufhin wir mit den Nachforschungen begonnen haben. Es geht um hohe Millionenbeträge. Woher das Geld kommt, ist unklar. Es scheint anonyme Spender zu geben."

„Anonyme Spender?" Janna blickte gedankenverloren in der Umgebung herum. „Das könnte daraufhin deuten, dass die etwas Großes planen. Gibt es Informationen zu ihren Zielen?", fragte sie mit ernster Stimme.

„Unklar", gab Sam zu und suchte mit seinen Augen die Gegend ab, als hoffte er, irgendwo die Antwort zu finden. „Ein Statement von Green Nemesis ist, dass sie Mutter Natur dabei helfen wollen, zurückzuholen, was ihr gehört."

„O Mann, das klingt wie aus einem schlechten Hollywood-Film." Janna rieb sich das Kinn.

„Betrachtet man sich die Herkunft der Mitglieder, müssen wir davon ausgehen, dass es sich um eine Gruppe von Öko-Terroristen handelt.

„Großartig", sprach Janna mit leiser Stimme. „Genau das, was wir brauchen."

Ohne weitere Worte zu verlieren stieg sie in das Fahrzeug ein.

Zurück in Hamburg saßen sie über ihren Notebooks und gingen die Informationen durch, die sie nicht nur von Sams Kollegen, sondern auch von weiteren, befreundeten Geheimdiensten erhalten hatten. Auch der BND hatte einige Informationen zu Green Nemesis gesammelt.

„Vor zwei Jahren tauchte die Gruppe das erste Mal auf." Sam hatte sich in seinen Stuhl zurückgelehnt und die Arme verschränkt. „Und sie verfügt bereits über beträchtliche Ressourcen."

„Da steckt mehr dahinter. Bei den Geldgebern handelt es sich nicht nur um ein paar Sympathisanten, die etwas Geld locker machen." Die Mittel, die dieser Gruppe zur Verfügung standen, beunruhigten Janna. Woher waren sie gekommen? Wer finanzierte diese Öko-Terroristen? Für Janna war es glasklar, dass sie diese Unsummen sammelten, um damit etwas Gewaltiges durchzuführen.

„NSA und CIA hatten einige von ihnen unter Beobachtung", fuhr Sam fort und kniff die Augen zusammen. „Aber die sind untergetaucht. Von den meisten kennen wir nicht einmal den aktuellen Aufenthaltsort."

„Natürlich nicht. Wäre ja auch zu einfach gewesen." Janna rollte mit den Augen.

„In der Tat", stimmte Sam zu. „Das gilt ganz besonders für die Anführerin." Sam rief das Bild einer Frau auf. „Emily Reed."

„Ein Alias, ohne Zweifel." Janna lehnte sich näher an den Bildschirm. Sie blickte einer Frau mit durchdringenden dunklen Augen entgegen, aus denen fanatische Rücksichtslosigkeit sprach. Ein Schauer jagte über ihren Rücken.

„Sie ist ein Gespenst." Sam kniff die Augen zusammen. „Ihre Spur verliert sich vor etwa einem Jahr. Niemand weiß, wo sie sich aufhält."

„Dann spielen wir Geisterjäger, nicht wahr?" Janna öffnete ein Foto auf ihrem Notebook und positionierte es neben der Datei von Emily Reed. „Auf dem Rückweg nach Hamburg erhielt ich von der Polizei das Phantombild der Frau, die Jakob Schulze beschrieben hatte. Bisher hatte ich noch nicht die Möglichkeit, es mir anzuschauen."

Sam richtete seinen Blick auf Jannas Monitor und verglich das Phantombild mit einigen Fotos potenzieller Gruppenmitglieder. „Interessant. Zwar ist der Seemann von einer Terroristin verführt worden ..." Sam deutete auf das Bild einer jungen Frau mit kurz geschorenen Haaren. Ein schiefes Lächeln zuckte um seine Mundwinkel.

„Aber nicht von Emily Reed", bemerkte Janna und war fast ein wenig enttäuscht. Sie räusperte sich. „Würde es sich um ein und dieselbe Person handeln, hätten wir einen Beweis, dass diese Gruppe hinter den Anschlägen steckt."

Sie vergrößerte Reeds Foto und starrte gebannt auf das Antlitz dieser Frau. Emily Reeds Gesicht brannte sich in Jannas Verstand ein. Hinter diesen dunklen, fanatisch leuchtenden Augen braute sich ein Sturm zusammen.

„Wir müssen herausfinden, was sie planen. Und für den Fall, dass diese Terroristen tatsächlich hinter den Angriffen stecken, müssen wir sie aufhalten, bevor es zu spät ist." Janna blickte mit ernsthaftem Gesicht zu ihrem Kollegen.

„Dann lass uns wieder an die Arbeit gehen", erwiderte Sam mit leiser Stimme.

Sie nickte zur Bestätigung und wollte gerade etwas erwidern, als das schrille Klingeln ihres Smartphones das Gespräch abrupt beendete.

„Janna Petrusch." Mit ruhiger Stimme nahm sie das Gespräch entgegen.

Dr. Peters antwortete auf der anderen Seite. „Petrusch, es hat einen weiteren Zwischenfall gegeben. In einer halben Stunde findet eine Videokonferenz statt." Seine Stimme klang ernst.

„Okay. Wir schalten uns zu."

„Nein, bitte begeben sie sich umgehend zum Sitz der Hamburg Port Authority in der Speicherstadt. Man erwartet sie dort bereits." Unvermittelt legte er auf.

In Jannas Verstand schrillten die Alarmglocken. Unbehagen ergriff Besitz von ihrem Körper. Ruckartig sprang sie auf und setzte sich in Bewegung. „Es gibt Probleme."

17

Eine halbe Stunde später erreichten Sam und sie den roten Klinkerbau in der Speicherstadt und wurden direkt in Empfang genommen.

Im Konferenzraum hatten sich zwölf weitere Personen eingefunden, die teils hitzig miteinander diskutierten und intensive Gespräche führten. Die Stimmung im Raum war angespannt, die Luft stickig und schwer. Janna schaute sich um, sie kannte niemand von den Anwesenden.

Noch bevor sie die Gelegenheit hatte, sich jemandem vorzustellen, startete die Videokonferenz und Dr. Peters erschien auf der großen Videoleinwand.

„Guten Abend. Bitte entschuldigen Sie diese übereilte Zusammenkunft." Er wirkte nervös. „Vorgestern hat die Hanseatic Dream den Hamburger Hafen verlassen. Seit dem Vormittag berichten Crew und der Kapitän von zunehmenden Störungen der Instrumente und Zwischenfällen an Bord. Das Schiff nahm aus Sicherheitsgründen Kurs auf Reykjavik. Vor etwa zwei Stunden ist der Kontakt zur Brücke abgebrochen."

Im Konferenzraum wurde es unruhig. Offensichtlich wussten die anderen genauso viel wie Janna, was sie aus den kritischen Blicken und den fragenden Gesichtern schlussfolgerte.

„Wir wissen jedoch, dass bereits vor dem Abbruch des Kontakts auf dem Schiff Panik ausgebrochen war. Noch nicht bestätigt sind die Informationen zu einem Brand auf dem Schiff sowie zu Verletzten." Dr. Peters Miene verfinsterte sich. „Die Isländische Küstenwache hat mehrere Schiffe entsandt, zusätzlich sind zwei Helikopter auf dem Weg. Die Royal Navy hat ebenfalls eine Fregatte entsendet. Zudem ..." Dr. Peters unterbrach seine Ausführungen. Offenbar erhielt er neue Informationen von einer weiteren Person, die aber nicht im Bild zu sehen war. Dann wendete er sich wieder der Kamera zu. „Ich höre gerade, dass einer der Suchhelikopter das Schiff gefunden hat."

Das Bild wurde für einen Moment schwarz, dann erschien die Ansicht aus dem Hubschrauber.

Janna starrte gebannt auf die riesige Videoleinwand. Ihr Blick war gefangen von der unfassbaren Größe der brennenden Hölle, die irgendwo auf dem Nordatlantik tobte. Das Schiff trieb auf dem Wasser, umtanzt von orangeroten Flammen, die sich gierig an der weißen Haut des Schiffes entlang fraßen. Das Heck der Hanseatic Dream schien bereits vollständig Opfer des Feuers zu sein. Überall züngelten Flammen aus den Öffnungen des Schiffs. Eine tiefschwarze Rauchsäule schraubte sich aggressiv in die Höhe und hüllte den Himmel in tiefschwarzes Chaos.

Signalraketen stiegen nach oben, doch ihr rot leuchtender Funkenregen wurde vom Rauch umgehend verschluckt. Bestürzung machte sich im Konferenzzimmer breit und Stille füllte den Raum.

Janna hatte das Gefühl, das heiße Knistern der Flammen zu hören und den beißenden Gestank des

Rauchs zu riechen. Wenn auch nicht zu erkennen, so musste vor Ort entsetzliches Chaos und unbeschreibliche Panik herrschen. Ein eisiger Schauer durchrollte ihren Körper. Die Bilder frästen sich in ihr Gedächtnis und ihre Gedärme zogen sich zusammen. Es war wie in einem schlechten Film.

„Um Himmels Willen", sagte einer der Anwesenden. Ansonsten herrschte um sie herum eine bedrückende Stille. Die anderen Personen wirkten gleichermaßen fasziniert wie schockiert über die Geschehnisse auf der Leinwand. Die distanzierte, rationale Professionalität, die üblicherweise in solchen Runden herrschte, war einem Gefühl der Benommenheit gewichen. Janna wagte es kaum, ihren Blick von der Videoleinwand zu lösen. Doch für einen ganz kurzen Moment schaute sie zu Sam. Aber auch er starrte auf die Leinwand.

In dem Moment, als sie ihren Blick wieder auf das Schreckensszenario richtete, erhellte sich das Bild schlagartig, bevor es ruckartig durchgeschüttelt wurde. Erst als die Piloten den Hubschrauber wieder stabilisiert hatten und die Druckwelle abgeklungen war, begriff Janna, dass sich auf dem Schiff eine Explosion ereignet hatte. Flammen schossen in den Himmel, als wäre die Hölle selbst im Bauch des Ozeanriesen explodiert. Auch wenn das Bild ohne Ton übertragen wurde, hatte Janna das Gefühl, das Dröhnen der Explosion in ihren Ohren zu hören und die Vibrationen des Knalls tief in ihrem Brustkorb zu spüren.

Entsetzen erfüllte den Konferenzraum. Die Anwesenden waren gelähmt von einer Ohnmacht des Schreckens. Janna wusste sich nicht anders zu helfen, als die Heftigkeit des Gesehenen durch eine Frage an Sam, erträglicher zu machen. „Denkst du, dafür sind die Bakterien verantwortlich?", flüsterte sie ihm zu. Doch sie wusste die Antwort längst.

Sams Gesicht verfinsterte sich. „Da bin ich mir sicher."

18

Als die Konferenz nach einiger Zeit zu Ende war, standen Janna und Sam allein in dem schwach beleuchteten Konferenzraum, da Dr. Peters mit den beiden noch alleine sprechen wollte.

Ihre Blicke waren auf die Bilder des Infernos gerichtet, die auf die Leinwand projiziert wurden. Das Feuer hatte sich immer weiter zum Bug des Schiffes gefressen und ließ eine glühende Stahlhülle zurück, die nun kurz davor war, auf den Grund des Nordatlantiks zu sinken.

„Bisherige Schätzungen gehen von etwa 100 Toten aus. Das schnelle Handeln der Crew verhinderte wohl eine noch größere Katastrophe. Aber wir müssen davon ausgehen, dass noch wesentlich mehr diesem Inferno nicht entkommen sind. Außerdem gibt es viele Verletzte", gab Sam mit flacher Stimme die verheerenden Zahlen wieder, die die isländische Küstenwache kurz zuvor übermittelt hatte. „Die Überlebenden wurden von anderen Schiffen aufgenommen. Die Schwerverletzten werden mit Hubschraubern nach Reykjavik gebracht."

Jannas Magen krampfte bei dem Gedanken an die Angst und die Panik, die an Bord geherrscht haben mussten. Das Unverständnis über diesen Anschlag äußerte sich in einem Kopfschütteln.

„Das ergibt überhaupt keinen Sinn." Janna suchte Blickkontakt zu ihrem Kollegen.

Sam nickte und seine Augen verengten sich, als er die Bilder überflog. „Bisher hatten die Terroristen nur Infrastruktur angegriffen. Doch dieser Anschlag richtete sich gezielt gegen Menschen. Gegen Unschuldige."

„Aber warum?" Händeringend suchte sie nach einer Antwort. Was immer der Plan der Terroristen war, sie wollten, dass das passiert.

Die Bilder verschwanden und Dr. Peters erschien erneut auf der Leinwand. „Petrusch, Reigh." Seine Stimme war streng. „Sofern dieses Unglück im Zusammenhang mit den bisherigen Vorfällen steht, hat die Entwicklung eine neue Dimension erreicht. Bisher hat sich außer den Betroffenen niemand dafür interessiert. Doch morgen früh werden die Titelseiten aller Zeitschriften voll damit sein. Die Presse wird Antworten wollen. Und ihre Aufgabe ist es, diese Antworten zu liefern. Und zwar schnell. So etwas darf sich nicht noch ein weiteres Mal ereignen. Greifen Sie auf alle verfügbaren Ressourcen zurück."

Die Leinwand verdunkelte sich und eine ätzende Stille kehrte in den Konferenzraum ein. Dr. Peters Worte waren klar und unmissverständlich. Sie waren keine Aufforderung oder Anweisung, sie waren ein Befehl.

Und Jannas Verantwortung war es, diesen Befehl auszuführen. Sie fühlte die Gewalt, mit der diese Verantwortung an ihr rüttelte. Ihr Verstand lief auf Hochtouren, als sie versuchte, die Eindrücke zu sortieren. Die Bakterien waren wahrscheinlich für die Katastrophe verantwortlich und hatten sich vermutlich großräumig über das Schiff verteilt.

Eine vage Idee formte sich in Jannas Gedankenwelt. Sie hielt die Hände vor ihren Körper, so als wollte sie etwas greifen. Ihr Blick ging ziellos zwischen ihren Fingern hindurch. Und nach einigen Augenblicken nahm der Gedanke endlich die erhoffte Gestalt an.

„Alle Geretteten müssen sofort ihre Kleidung und sämtliche Habseligkeiten abgeben, die sie noch bei sich tragen."

Überrascht musterte Sam sie. „Wieso das?"

„Überleg' doch mal, Sam. Das Schiff ist ausgebrannt und damit sind alle Hinweise auf die Bakterien vernichtet. Und selbst wenn nicht, das Schiff wird in Kürze auf den Grund sinken."

„Wenn es also noch Hinweise auf diese Bakterien gibt, dann weil die Geretteten sie mit ihrer Kleidung von Bord genommen haben."

Janna nickte zur Bestätigung. „Und ebenso müssen alle Rettungsboote sichergestellt werden."

„Ich werde das veranlassen. Da die isländische Küstenwache und die Royal Navy die Rettungsaktion koordinieren, kommen mir meine militärischen Beziehungen zugute."

„Sorge auch dafür, dass Maik ebenfalls Proben erhält. Ist das möglich?" Doch die Frage war eigentlich gar keine. Für Janna stand es außer Frage, dass Maik ebenfalls Untersuchungen anstellen musste. Immerhin war er der Erste, der das mit den Bakterien herausgefunden hatte. „Außerdem müssen wir dafür sorgen, dass sich die Bakterien nicht ausbreiten. Sofern sie der Auslöser sind. Es wird erforderlich sein, alle an der Rettungsaktion beteiligten Hubschrauber und Schiffe zu reinigen."

„Ich leite alles in die Wege", erwiderte Sam.

Wie so häufig dauerten die Dinge länger als erhofft. So kamen sie weder am Abend noch am nächsten Tag weiter.

Während das Sichern, Verschicken und Auswerten der Proben einige Zeit in Anspruch nehmen würde, versuchten sie anhand der Zeugenberichte zu rekonstruieren, was genau auf dem Schiff passiert war und wie die Bakterien dort hingekommen sind. Allerdings gab es kaum brauchbare Informationen, die sie und Sam weiterbrachten. Die Überlebenden sprachen von Chaos, Panik, hilflosen Passagieren und heldenhaften Crew-Mitgliedern. Und das nach der Explosion auf einmal jeder nur noch ans nackte Überleben dachte.

Die Presse in ihrer Sensationsgier stürzte sich auf das Desaster und schlachtete es aus. Online-Nachrichtenportale überschlugen sich beinahe mit reißerischen Schlagzeilen, die an Aufmerksamkeitsgeilheit nicht zu überbieten waren.

Die Katze war nun aus dem Sack und machte sich nun daran, ein riesiges Chaos anzurichten. Bisher hatte sich die Öffentlichkeit nicht sonderlich für die Zwischenfälle interessiert. Der Stromausfall in Hamburg war schnell aus den Medien verschwunden. Und auch das Schiffsunglück im Hafen hatte bereits am Tag danach nicht mehr für die große Story getaugt. Ein Glücksfall für die Behörden.

Doch die Katastrophe auf dem Nordatlantik änderte das schlagartig. Man würde Antworten wollen, und zwar schnell. Doch solange die Proben des Schiffs nicht vorlagen und die Zeugenberichte keine brauchbaren Informationen lieferten, fühlte Janna sich in diesem Moment machtlos. Die Bedrohung wuchs wie eine Freak-Wave, eine große, starke Welle, bei der sich zuvor die Spitzen und Täler von zwei Wellen vereinigt hatten. Diese Freak-Waves konnten sehr gefährlich werden und auch für fortgeschrittene Surfer herausfordernd sein. Im Angesicht der Bedrohung, die gerade auf Janna zurollte, fühlte sie sich unsicher wie eine blutige Anfängerin.

Das Vibrieren ihres Smartphones riss sie aus ihren Zweifeln. Sie war dankbar für die Ablenkung. Mit schnellen Augen überflog sie die Informationen, die sie von einer Kollegin erhalten hatte. Die Überwachung des Professors brachte erste Ergebnisse.

„Hey, Sam? Ich habe gerade die Aufzeichnungen eines Gesprächs zwischen Professor Lohbrecht und einer Frau erhalten."

„Lass hören." Sams Äußerung war wie üblich auf das Nötigste begrenzt. Das Schaben des Stuhls drang an ihr Ohr, als ihr Kollege ihn unter dem Tisch hervorzog und ihr gegenüber Platz nahm.

Fordernd blickte er auf das Handy und Janna startete die Aufnahme. Lohbrechts kratzige Stimme erfüllte den Raum und hallte von den Wänden wider. Er sprach hastig, die Verzweiflung war in jeder Silbe zu hören. Eine Frau schrie, ihre Stimme war heiser und wütend.

„Ich will, dass das aufhört, Alex", rief sie. „Ich will unseren Sohn zurück! Ich will, dass diese Leute uns in Ruhe lassen!"

„Was soll ich machen?", brüllte Lohbrecht zurück. „Wenn ich nicht tue, was sie sagen, sehen wir Paul nie wieder."

Ihr Schluchzen unterbrach ihn, legte sich über seine Worte und machte es unmöglich, dem Gespräch zu folgen.

Dann endete die Aufnahme. Sie hatten nicht viel gehört, doch es war genug, um die richtigen Schlüsse zu ziehen.

„Erpressung", flüsterte Sam und rieb sich nachdenklich das Kinn. „Sie müssen Paul als Druckmittel benutzen."

Janna trommelte mit den Fingern gegen die Tischplatte. „Das erklärt auch, warum Lohbrecht so angespannt war. Er wusste, dass er seinen Sohn in ernste

Gefahr bringen würde, wenn er uns etwas Falsches sagen würde."

Sam sprang von seinem Stuhl auf und ging unruhig im Raum auf und ab.

Kritisch beäugte Janna die für Sam ungewohnte Gefühlsregung des Amerikaners, widmete sich aber direkt wieder den Ermittlungen. „Wenn die den Professor zwingen, die Bakterien zu entwickeln, was passiert dann, wenn die Entwicklung abgeschlossen ist?"

„Abgeschlossen?"

„Die Terroristen setzen die Bakterien ja bereits ein. Und trotzdem halten Sie den Jungen noch gefangen." Sie fuhr sich durch die Haare. Der Gedanke bereitete ihr Unbehagen.

„Normalerweise wird die Geisel freigelassen." Sams Gesicht war eine emotionslose Maske, wie immer. Seine Stimme ruhig und gefasst, als ob der kurze Gefühlsausbruch eben nie stattgefunden hatte. Doch Janna konnte es in seinen Augen sehen, die jetzt, in diesem Moment, so tief blicken ließen.

„Oder …?", bohrte Janna und zweifelte, ob sie die Antwort, die sie längst kannte, tatsächlich hören wollte.

„Oder liquidiert."

Ein Stich fuhr ihr in die Magengrube, und breitete sich von dort in jede Zelle des Körpers aus. Sie kannte die Antwort längst, doch dass Sam es ausgesprochen hatte, machte aus einer abstrakten eine echte Bedrohung. Der Junge war in Gefahr und sie mussten ihn möglichst schnell befreien. Das stand fest.

„Wir müssen herausfinden, wo sie ihn festhalten", sinnierte Janna, während ihre Finger einen Stakkato-Rhythmus auf den Tisch klopften. „Solange Paul nicht in Sicherheit ist, wird uns der Professor nicht erzählen, was wir hören wollen."

„Korrekt", antwortete Sam. „Aber wie finden wir heraus, wo der Junge ist?"

„Die Entführer müssen sich irgendwie mit Lohbrecht in Verbindung setzen."

Sam nickte. „Um ihm Anweisungen zu geben."

Janna fing zu grübeln an. Sie ließ sich gegen die Lehne ihres Stuhls fallen. Die Hände im Nacken verschränkt, wanderten ihre Augen über die Decke. „Ich vermute, dass der Sohn an einem Ort festgehalten wird. Und zwar bereits, seitdem er entführt wurde. Ein Transfer wäre zu riskant." Sie ließ die Luft zwischen ihren Zähnen entweichen. „Und um den Professor davon zu überzeugen, dass es seinem Sohn gut geht, müssten sie regelmäßig von dort berichten."

Sam dachte einen Moment darüber nach, dann nickte er langsam. „Ja, das ergibt Sinn. Aber ...", sagte er nachdenklich, „die Terroristen haben sicherlich Maßnahmen ergriffen, um eine Nachverfolgung zu verhindern."

„Das sollte für die NSA ja kein Problem sein", antwortete Janna mit einem Anflug von Sarkasmus. Sie bildete sich ein, ein fast unmerkliches Grinsen über Sams Gesicht huschen zu sehen.

„Wie wahrscheinlich ist es, dass die Terroristen einen separaten Kanal nutzen, den sie nur für die Kommunikation mit dem Professor eingerichtet haben?" Das ergab für Janna sogar mehr Sinn, als aufwendig verschlüsselte Nachrichten an den Wissenschaftler zu schicken.

„Du denkst an ein Handy, das den einzigen Zweck hat, die Verbindung zwischen Professor und Kidnappern zu ermöglichen?"

Ein fast unmerkliches Nicken ging von Janna aus, als wäre es irrelevant, Sams Aussage zu bestätigen, da beiden ohnehin klar war, dass es so sein musste.

„Sag mir, was du denkst", drängte Janna. Eine widerliche Unruhe machte sich in ihr breit, als sie darüber nachdachte, was auf dem Spiel stand.

„Wir setzen ein Team darauf an, um den Jungen zu finden. Peters hatte doch gesagt, dass wir alle verfügbaren Ressourcen nutzen sollen."

„Stimmt", antwortete Janna, und ihre Stimme kam kaum über ein Flüstern hinaus. „Ich veranlasse, dass eine Spezialeinheit den Jungen ausfindig macht."

19

Während die Spezialisten der technischen Überwachung damit beschäftigt waren, herauszufinden, wo die Terroristen Paul Lohbrecht festhielten,
neigte sich der Tag allmählich dem Abend entgegen.

Für Janna gab es keinen Grund, die Verabredung
mit Phillipp abzusagen, abgesehen davon, dass sie
auf das Treffen überhaupt keine Lust hatte. Rebeccas
Bruder war ihr immer suspekt gewesen. Er hatte
nichts von der bodenständigen Art, für die die Nord-
deutschen bekannt waren. Sein großspuriges Gehabe
konnte sie damals schon nicht ausstehen. Rebecca
hatte immer wieder genervt als auch verärgert davon berichtet, wie sie sich mit Phillipp gezofft hatte,
weil dieser mal wieder einen seiner abgehobenen
Momente gehabt hatte. Janna war immer davon aus-
gegangen, dass das Unternehmen des Vaters und das
Vermögen der Familie für Phillipps Überheblichkeit
verantwortlich gewesen war. Beim unerwarteten Zusammentreffen auf dem Kieler Campus sah sie sich
erneut in dieser Einschätzung bestätigt.

Auf eine gewisse Art und Weise war sie neugierig, ob sich Phillipp über die Jahre dennoch gewandelt hatte. Vielleicht, so spekulierte sie, hat ihn das Führen und Leiten der Firma etwas Demut gelehrt.

Als Janna jedoch am vereinbarten Lokal ankam, wäre sie am liebsten sofort wieder zurückgefahren. Ein Widerwille regte sich in ihr. Doch nun war sie hier und abhauen war keine Option. Sie trat in das Restaurant mit dem originellen Namen *Napoli* einige Minuten zu früh ein. Das Lokal war vor allem für seine Nudelgerichte bekannt und eines von Rebeccas Lieblingsrestaurants. Janna und sie waren regelmäßig hierhergekommen. Rebecca hatte das rustikale Flair und die herzliche, lustige Art des Besitzers geschätzt und dieses Lokal jedem schicken Restaurant vorgezogen.

Der Duft von Knoblauch und köchelnder Tomatensauce weckte bittersüße Erinnerungen an gemeinsame Abende, an unzählige Gläser klebrigen Lambrusco und an endlose Gespräche über Jungs, über Mädchen, über die Zukunft und über große Träume.

An einem kleinen Tisch im hinteren Bereich des Restaurants entdeckte sie Phillipp. Unvermittelt sprang er von seinem Stuhl auf und fiel ihr zur Begrüßung um den Hals. Janna fühlte sich überrumpelt von diesem Übermaß an Zuneigung, das sich unangenehm und falsch anfühlte.

Es dauerte gefühlt eine Ewigkeit, bis Phillipp endlich die Umarmung löste und sie mit einer Geste bat, am Tisch Platz zunehmen.

„Einen netten Platz hast du da ausgesucht", sagte Janna leise. Ihre Worte übertönten kaum die Gespräche der anderen Gäste, welche wie das Brummen eines Wespennests über den Tischen lag.

„Das war Rebeccas Lieblingsplatz. Hier saßen wir meistens, wenn wir zum Essen hier waren." Phillipps Stimme war ruhig und kühl.

Janna nickte und setzte sich an den Tisch. Die Last von Rebeccas Abwesenheit füllte den Raum zwischen Phillipp und ihr. Jannas Gedanken drehten sich um die Frage, ob Phillipp das aus Sentimentalitätsgründen machte? Ob er irgendwelche Hintergedanken hegte, die ihr nicht einleuchten wollten? Die Verabredung, die Einladung zum Essen in Rebeccas Lieblingsrestaurant, Janna wurde daraus nicht schlau.

Also würde sie den Abend dazu nutzen, seine Beweggründe herauszufinden.

Nachdem die beiden ihr Essen bestellt hatten, begann Phillipp mit der Unterhaltung. „Janna, ich wollte dir doch von meinem Vater erzählen." Er nippte an seinem Rotwein. Sein analytischer Blick wich nicht von ihrem Gesicht. Auch sie ließ den Blick nicht von ihm ab.

„Er hat Rebeccas Tod überhaupt nicht verkraftet", fuhr Phillipp kühl und emotionslos fort. „Er war davon überzeugt, dass es kein Unfall war. Er gab Unsummen für Privatdetektive aus und versuchte verzweifelt zu beweisen, dass sie am Leben war." Seine Augen verengten sich. In seinem Gesicht zeigte sich eine eigenartige Strenge. „Schließlich verlor er den Bezug zur Realität und ist verrückt geworden."

Irritation erfasste Janna. Trotz der sommerlichen Temperaturen legte sich ein eisiges Frösteln über ihre Haut. Die Ermittlungen, die dieser Vorfall nach sich zog, hatten doch bestätigt, dass es ein Unfall war. Und Janna hatte Josef als rationalen Menschen erlebt, mit einem wachen Geist und gesundem Menschenverstand. Wieso glaubte er also, dass es kein Unfall war? „Hat er jemals etwas herausgefunden?"

„Nein, natürlich nicht", antwortete Phillipp. „Aber es hat gereicht, um ihn in den Wahnsinn zu treiben."

Janna zog die Augenbrauen hoch. Sie wollte nicht glauben, was sie hörte. Und dennoch wäre Josef nicht der erste, der beim Verlust eines geliebten Angehörigen den

Halt im Leben verloren hatte. Mit einem Mal fühlte sie sich noch schuldiger. Sie war für ein weiteres Leben verantwortlich, dass zerstört wurde.

„Danke, dass du es mir gesagt hast, Phillipp", antwortete Janna schließlich. Sie bemühte sich nach Kräften, sich nicht anmerken zu lassen, wie sehr ihr das Gesagte zusetzte. „Ich wünschte, ich hätte mehr tun können, um Rebecca zu helfen."

Phillipps Blick heftete sich mit einer Intensität auf sie, der ihre Haut zum Kribbeln brachte. „Wir können die Vergangenheit nicht ändern. Was geschehen ist, ist geschehen." Er nahm einen großen Schluck Rotwein, ohne sie aus den Augen zu lassen. „Nachdem mein Vater nicht mehr in der Lage war, die Geschäfte zu führen, leite ich seitdem die Firma."

Janna nickte. Sie bemühte sich, Augenkontakt zu halten, während widersprüchliche Gefühle in ihr aufwirbelten. Ihr Herz raste, pochte gegen den Brustkorb und spiegelte die Aufruhr in ihrem Inneren wider.

„Nach Rebeccas Tod ... Nun, seitdem lebt er in einem Pflegeheim." Auf Phillipps Gesicht spiegelte sich ein Anflug von Traurigkeit, aber sie konnte nicht anders, als seine Gefühle in Frage zu stellen.

Ihr Instinkt versuchte ihr mitzuteilen, dass es hier mehr gab, als offensichtlich war. Aber Janna versuchte dieses Gefühl zu ignorieren und redete sich ein, dass sie gerade einem Phantom hinterherjagen würde. „Phillipp, es tut mir leid", sagte Janna und ihre Stimme war kaum ein Flüstern. So viel Schmerz war geschehen, einzig und allein, weil sie ihre Freundin nicht aus dem Wasser gezogen hatte.

„Danke, Janna. Aber mach dir keine Vorwürfe", antwortete er in einem Tonfall, der sanft und kalt zugleich war.

Seine Stimme irritierte Janna. „Trotzdem ..." Sie zögerte, ihr Blick wanderte von Phillipp weg durch den Raum und verlor sich in der konturlosen, weißen Tischdecke. So sehr sie es versuchte, sie wurde das Gefühl nicht los, dass mehr hinter dieser Geschichte steckte – mehr, als er erzählen konnte. Oder wollte.

„Lass uns nicht in der Vergangenheit verweilen", schlug er vor. „Wir sind schließlich beide hier, um uns an Rebecca zu erinnern."

„Natürlich." Janna nickte, aber innerlich bäumten sich ihre Gedanken auf. Trotz ihrer Schuldgefühle konnte sie nicht anders, als hinter diesen durchdringenden, blauen Augen ein dunkles Geheimnis zu vermuten.

20

Während Janna die Verabredung mit dem Geschäftsführer von BBT wahrnahm, hatte Sam ein Lokal aufgesucht, das vorgab ein American Diner zu sein, aber einem solchen Lokal in den Staaten nicht ansatzweise gerecht wurde. Aber er war nicht hier, um die Unterschiede zu seiner Heimat zu kritisieren, sondern wollte einfach den Abend in Ruhe ausklingen lassen.

Wie in einem Diner üblich, gab es neben den Sitznischen an den Fenstern auch Hocker an der Bar. Sam hatte am Tresen Platz genommen und verfolgte eine Sportsendung, die auf einem großen Fernseher lief, der in einer Ecke des Diners hing. American Football wurde gezeigt, eine Wiederholung der Partie zwischen den LA Rams und den San Francisco 49ers, die am Tag zuvor stattgefunden hatte. Wie fast alle Amerikaner war auch Sam verrückt nach diesem Sport. Während er gebannt auf den Bildschirm starrte, nahm er im Augenwinkel eine Person wahr, die sich neben ihn setzte.

„Ein Pils, bitte", hörte er den Mann neben ihm sagen. „Und eins für meinen Freund."

„Ich verzichte", gab Sam zu verstehen, ohne das Spiel aus den Augen zu lassen.

„Immer noch der Alte. Gefühlskalt und distanziert."

Sam löste den Blick vom Fernseher und richtete ihn auf den Mann neben ihm.

„Ben, was willst du hier?" Feindselig musterte er den untersetzten Glatzkopf, dessen Schädeldecke glänzte wie frisch polierter Autolack.

Sam wusste, dass das Auftauchen von Bennett „Ben" Williams Ärger bedeutete. Ben arbeitete für eine streng geheime Abteilung des Militärs. So geheim, dass nicht einmal der US-Präsident davon Kenntnis hatte. Das war auch das Einzige, was Sam wusste. Obwohl er selbst in unzählige Geheimnisse eingeweiht war und über weitreichende Befugnisse verfügte. Doch offenbar nicht weitreichend genug, um mit Sicherheit sagen zu können, wer dieser Kerl war, der ihm gerade ein Bier spendieren wollte.

„Du bist aber nicht gut drauf. Freust du dich nicht mich zu sehen?"

Sam sah das Feixen in Williams Gesicht, der ebenso wie er selbst wusste, dass sich niemand darüber freute, wenn er irgendwo auftauchte.

Der Barmann brachte das Bier und stellte es vor Sams Gesprächspartner ab, der gierig nach dem Glas griff und einen ordentlichen Schluck nahm. „Ah, das hat gut getan." Mit dem Ärmel wischte er sich den Schaumbart ab. „Bier können sie, die Deutschen. Das muss man ihnen lassen."

„Lass das Geschwätz und komm' zur Sache, Bennett." Williams Auftauchen konnte eigentlich nur mit seinem aktuellen Fall zu tun haben. Ein ungutes Gefühl ergriff von Sam Besitz.

„Keine Lust auf Smalltalk?" Williams zuckte mit den Schultern und nahm einen weiteren Schluck. Sein Gesicht nahm verschwörerische Züge an.

Sam beschlich das Gefühl, dass er sich einen Spaß daraus machte, diese ganze Nummer künstlich in die Länge zu ziehen.

Schließlich stellte Williams das Glas ab und drehte sich zu ihm. „Wir wollen es haben, Sam. Wie du es anstellst, ist uns ziemlich egal. Solange es keine diplomatischen Verwicklungen gibt. Aber ..." Williams lehnte sich nach vorne, seine Miene verfinsterte sich, „... wir wollen es."

Natürlich wollten sie das. Sams ungutes Gefühl wurde bestätigt. Was hätte Williams' Auftauchen auch sonst bedeuten sollen?

„Zu gefährlich, Bennett. Das Zeug hat das Potenzial, alles zu vernichten."

„Komm schon Sam, was ist das für ein Argument." Williams machte eine entschuldigende Geste. „Das hat die Wasserstoffbombe auch. Und wie oft wurde sie bereits eingesetzt, von den Tests mal abgesehen?"

„Das hier ist etwas anderes. Es lässt sich nicht kontrollieren." Sam war klar, dass Williams nicht lockerlassen würde. Er bekam üblicherweise das, was er wollte. Oder was seine Vorgesetzten wollten.

Sämtliche Emotionen in Williams Gesicht erstarben. Seine Augen wurden schlagartig leer und kalt. „Du weißt, dass wir es brauchen. Deine Aufgabe ist, das Zeug zu beschaffen. Du hast einen Eid auf dein Vaterland geleistet. Hast du das vergessen?"

„Ich habe geschworen, die Unschuldigen zu schützen und die Vereinigten Staaten von Amerika und ihre Verbündeten zu verteidigen." Sam nahm einen tiefen Atemzug. „Ich habe nicht geschworen, Beihilfe zur biologischen Kriegsführung zu leisten."

„Denkst du, da gibt es noch einen Unterschied, wenn dieses Zeug den Russen in die Hände fällt? Oder den Chinesen?" Aus Williams Augen sprach der unabdingbare Wille, dafür zu sorgen, dass Amerika die führende Weltmacht bleibt. „Wen oder was willst du verteidigen, wenn unsere Gegner dieses Zeug auf uns niederregnen lassen? Bakterien kann man nicht erschießen."

„Du hast Recht." Sams Stimme wurde so leise, dass er sich selbst kaum mehr hörte. „Darum werde ich dieses Zeug vernichten, bevor es ernsthaft Schaden anrichten kann."

Williams gespitzte Lippen verrieten, dass er das erwartet hatte.

„Sam, ich muss dir nicht erklären, dass du dich gerade einem Befehl widersetzt." Er zuckte mit den Schultern. „Offensichtlich lässt du mir keine andere Wahl." Williams ließ seine rechte Hand in das Sakko gleiten, nur um sofort einen weißen Umschlag hervorzuziehen, den er Sam entgegenstreckte. Ein diabolisches Grinsen tanzte um seine Mundwinkel.

Sam zögerte, während sich seine Gesichtszüge verhärteten. Mit einer ruckartigen Bewegung riss er den Umschlag seinem Gegenüber aus der Hand. Seine Augen glitten über die Zeilen auf dem Dokument und blieben beim großen Wappen auf dem Briefkopf hängen. Wut stieg in ihm auf. Er presste die Kiefer gegeneinander, so dass der Druck bis zur Schädeldecke hinaufzog.

Plötzlich konnte Sam nicht anders und verlor die Beherrschung. Mit seiner freien Hand schnappte er Williams am Hemdkragen und zog ihn in einer ruckartigen Bewegung zu sich heran. Mit wütender Stimme fauchte er seinem Gegenüber ins Gesicht. „Was soll das, Bennett?"

„Hey, hey. Du wirst doch nicht den Boten töten. Ich bin nur der Überbringer der schlechten Nachricht." Auf Sams Unbeherrschtheit reagierte Williams mit Gleichgültigkeit.

Am liebsten würde er mit diesem kleinen, fiesen Schleimer den Fußboden wischen. Mit dem Kopf voran.

Doch das würde nichts bringen. Und auch nichts an der Situation ändern, in der er sich gerade befand. Williams war tatsächlich nur der Bote, wenn auch ein Widerlicher. Langsam löste Sam den Griff an seinem Hemdkragen, ließ ihn aber nicht aus dem Auge.

Willams rückte seine Kleidung zurecht, kippte das restliche Bier in einem Rutsch in sich hinein, legte einen Zehner auf den Tresen und machte sich bereit zum Gehen.

„Besorg' uns eine Probe davon. Und dieses Schreiben ist ein Fall für den Schredder. Ebenso wie die Akte." Williams drehte sich um und verließ mit kräftigem Schritt das Restaurant.

Sam starrte ihm hinterher, bis er aus seinem Sichtfeld verschwunden war. Dann las er erneut die Zeilen auf dem Papier, dass das Siegel des Departement of Defense, dem amerikanischen Verteidigungsministerium, trug.

21

Die Luft war frisch und feucht, als Janna vor dem Pflegeheim in Stade stand und über die seltsame Wendung der Ereignisse nachdachte. Das nordöstlich von Hamburg gelegene Ahrensburg, wo Rebeccas Vater einst gelebt hatte, war fast 100 Kilometer entfernt. Warum hatte man ihn hier, soweit weg von seinem Zuhause untergebracht? Zufall? Wohl kaum. Janna kam es vor, als wollte man ihn aus den Augen haben. Ein leichtes Zittern erfasste ihren Körper, aber nicht etwa vor Kälte, denn die Sonne versprach einen weiteren schwülwarmen Sommertag. Vielmehr war es ein sonderliches Unbehagen, das durch ihre Nervenbahnen zuckte.

Janna hatte Sam darüber informiert, erst später zu den Ermittlungen dazuzustoßen und sich zunächst um ein paar „private Angelegenheiten" zu kümmern. In gewohnt emotionsloser Art nahm der ihre Ankündigung zur Kenntnis, auch wenn Janna der Meinung war, eine gewisse Anspannung in seiner Stimme zu hören. Vielleicht lag es aber auch einfach nur daran, dass sich bekannte Stimmen durch das Telefon immer etwas befremdlich anhörten.

Nun war es wenige Minuten nach acht Uhr am Morgen. Sie wollte nur kurz mit Josef Theisen sprechen und würde spätestens um 10 Uhr zurück in Hamburg sein.

Das Gesagte des gestrigen Abends ließ Janna nicht mehr los und sie hoffte, irgendwie eine Antwort zu finden auf die vielen Fragen, die während der Verabredung mit Phillipp aufgetaucht waren. Gleichzeitig wusste sie gar nicht, was sie sich von diesem Besuch versprach. Angeblich war Rebeccas Vater überhaupt nicht ansprechbar, warum also war sie hier? Sie stellte sich die Frage immer wieder und fand doch keine Antwort. Ein Gefühl, dass sie nicht greifen oder benennen konnte, zog sie hierher, so wie Haie, die von wenigen Tropfen Blut angelockt wurden. Als gäbe es hier etwas, dass ein innerstes, instinktives Verlangen befriedigen würde.

Janna hatte Josef das letzte Mal auf Rebeccas Beerdigung gesehen. Sie hatte damals nicht mit ihm gesprochen. Sie hatte es nicht ertragen, in der Nähe von Rebeccas Familie zu sein und wollte nur weg. Doch nun wusste sie sich nicht anders zu helfen, als genau diesen Mann zu treffen.

Mit einem belanglosen Quietschen glitt die gläserne Schiebetür auseinander und Janna betrat den großen Eingangsbereich des Pflegeheims. Eine Atmosphäre steriler Nüchternheit empfing sie, welche aus pastellgelber Tapete und abgegriffenen Möbeln in lackiertem Buchenholz bestand. Das Pflegeheim sah aus, wie jedes andere, dass in den späten 1990ern gebaut wurde. Gegenüber der Glastür erspähte Janna den Empfangsbereich und ging zügig darauf zu.

„Guten Morgen", sagte sie zu der jungen Frau am Empfang, die sich hinter einem Monitor versteckte und gelangweilt auf ihrer Tastatur herumtippte. Die strenge Kurzhaarfrisur und eine Brille, die ihr gesamtes Gesicht dominierte, ließen die Frau älter aussehen, als sie vermutlich war. Janna versuchte, trotz ihrer Unruhe, Gelassenheit und Autorität zu vermitteln. „Ich bin hier, um Herrn Josef Theisen zu besuchen."

Die Frau schaute von ihrem Computer auf und musterte sie mit einem abschätzigen Blick, so wie spießige Touristen die Punks auf Sylt musterten, die sich einen Spaß daraus machten, für Irritation und Kopfschütteln zu sorgen. Auf einem mit Kugelschreiber beschrifteten Schild prangte der Name Birgit Schmitz, der aufgrund der strengen Frisur und der opulenten Brille mehr wie eine Drohung als eine Information wirkte.

„Sie sind ...?", wollte Frau Schmitz wissen.

„Janna Petrusch. Ich bin eine alte Freundin der Familie."

Frau Schmitz blickte wieder auf den Monitor, während ihre Finger auf der Tastatur hin und her sprangen.

„Ah, es tut mir leid", antwortete sie schließlich und scannte ihren Computerbildschirm. „Ein Besuch bei Herrn Theisen ist ... nicht möglich."

Janna entging ihre Unsicherheit nicht. „Darf ich fragen, warum?"

„Nur Familienangehörige", sagte die Rezeptionistin, die sich sichtlich unwohl fühlte mit der Situation. „Tut mir leid."

Einen Moment lang überlegte Janna, ob sie ihren Dienstausweis vorzeigen sollte. Doch sie hielt inne. Das wäre dann doch eine überzogene Reaktion.

Vor allem, wenn sie damit schlafende Hunde wecken würde. Es war schon merkwürdig genug, dass Josef in diesem Heim untergebracht war, fast hundert Kilometer von seinem Zuhause und der Firma entfernt. Noch dazu war dieses Heim ein ganz normales

Pflegeheim. Und sie war sich sicher, dass sich die Familie Theisen Besseres leisten konnte. Irgendetwas stimmte hier ganz und gar nicht. Doch um dahinterzukommen, was das war, hielt sie es für das Beste, erst einmal den Rückzug anzutreten.

„Danke", murmelte sie mit zusammengebissenen Zähnen, drehte sich auf dem Absatz um und verließ die Einrichtung.

Während sie sich Schritt für Schritt vom Heim entfernte, versuchte sie, dass zuvor Erlebte in Beziehung zu setzen, mit den Ereignissen des letzten Abends. Sie brauchte Antworten, aber im Moment hatte sie nur noch mehr Fragen in ihrem Kopf. Und sie würde hier im Moment nichts ausrichten können. Der Blick auf die Uhr verriet, dass es gerade einmal halb neun war. Würde sie jetzt losfahren, wäre sie früher zurück in Hamburg als gedacht.

Janna entschied, erst einmal das vorangegangene Erlebnis sacken zu lassen und darüber nachzudenken, was gerade passiert war. Sie steuerte ein kleines Café in der Nähe an, dass ihr bereits auf dem Hinweg aufgefallen war.

Eigentlich war es kein richtiges Café, sondern eine dieser Bäckereiketten, die ein paar Sitzplätze hatten und mit übergroßen Fotos von Kaffeebohnen und Kuchenstücken vorgaukelten, so etwas wie ein Café zu sein. Gegen ein Stück Kuchen hatte Janna aber gerade nichts einzuwenden. Sie hatte ohnehin noch nicht gefrühstückt. Das würde ihr etwas Zeit verschaffen, um darüber nachzudenken, warum Josef Theisen von der Welt abgeschnitten wurde.

Sie betrat das kleine Lokal und der einladende Duft von Kaffee und Backwaren umhüllte sie wie eine freundliche Umarmung. Janna bestellte ein Stück Linzertorte sowie einen Kräutertee und setzte sich in eine ruhige Ecke. Hier konnte sie ihre Gedanken sortieren und hatte durch das große Fenster das Umfeld vor der Bäckerei als auch den Tresen gut im Blick.

Es dauerte nicht lange, bis sich ein junger Mann vorsichtig ihrem Tisch näherte. Dabei blickte er sich immer wieder um.

„Ist dieser Stuhl noch frei?"

Eine dunkle, kraftvolle Stimme, dachte Janna. „Bitte", antwortete sie, deutete ihm mit einer Geste, Platz zu nehmen. Offensiv musterte sie den Mann, der sich an mindestens zwei leere Tische im Laden hätte setzen können. Die Alarmglocken in ihrem Inneren fingen leise zu läuten an. Wie alt mochte er sein? Fünfundzwanzig vielleicht. Die kurzen, dunklen Haare und sein akkurat geschnittener Bart verrieten, genauso wie der Akzent, seine arabische Herkunft.

„Ich bin Masoud", stellte sich der junge Mann vor und nahm Platz. Mit einem Blick nach links, rechts und über die Schulter checkte er erneut den Raum. Dann fuhr er fort. „Sie waren gerade im Pflegeheim. Ich arbeite dort. Ich bin Krankenpfleger."

Janna betrachtete sein Gesicht und versuchte, darin zu lesen. Aber alles, was sie fand, war Aufrichtigkeit und Fürsorge in seinen Augen.

„Sie waren wegen Herrn Theisen da, richtig?"

Janna nickte. Ihr Interesse war geweckt.

„Wie lange kennen sie Josef?", fragte er nach kurzem Zögern.

Janna fixierte Masoud. Warum wollte er das wissen? Ihre Neugier stieg an und so entschied sie sich, das Spiel mitzuspielen.

„Seit vielen Jahren. Wieso fragen Sie?"

„Sie sind die erste Person, die Josef besuchen will. Niemand kommt zu ihm."

„Ist das wahr?", fragte sie mit kaum mehr als flüsternder Stimme. „Josef hat einen Sohn."

„Den habe ich nie gesehen."

„Und ansonsten ist auch niemand gekommen, um ihn zu besuchen?"

„Niemand." Masoud schüttelte den Kopf. „Sie sind die Einzige, die nach all den Jahren gekommen ist." Masoud zögerte und blickte sich im Café um, um sich zu vergewissern, dass sie noch immer ungestört waren. „Herr Theisen bekommt Medikamente. Beruhigungsmittel. Aber ich glaube, es sind zu viele. Das ist nicht normal."

„Beruhigungsmittel?" Erregung machte sich in Janna breit.

„Ja, Herr Theisen ist immer wie betrunken oder müde. Er ist nicht richtig wach. Er redet fast nichts."

Der junge Pfleger beugte sich näher zu Janna und senkte seine Stimme. „Es gibt noch etwas. Ich habe gesehen, wie ein Kollege ...", er vergewisserte sich ein weiteres Mal, dass ihm niemand zuhörte, „... Geld von jemandem bekommen hatte, den ich nicht kenne."

„Geld?" Janna blickte Masoud mit großen Augen an. Wenn es stimmte, was er erzählt, dann wurde Josef mit Medikamenten ruhiggestellt. Aber nicht, weil er wahnsinnig geworden war, sondern weil ihn jemand mundtot machen wollte. Sie runzelte die Stirn, als sie diese neue Information verarbeitete. „Wissen Sie, von wem das Geld ist? Wer es ihrem Kollegen gegeben hat?"

„Ich weiß es nicht", gab Masoud zu und spielte nervös mit dem ausgefransten Rand einer Serviette. „Aber das alles kann nicht gut sein."

Janna lehnte sich in ihrem Stuhl zurück. Ein Abgrund tat sich vor ihr auf und alles, was sie tun konnte, war hineinzuschauen. „Warum haben Sie das sonst noch niemandem erzählt? Warum erzählen Sie mir das alles?"

„Ich glaube, sie sind ein guter Mensch. Sie kommen wirklich wegen Josef. Vielleicht liege ich falsch, aber bei Ihnen habe ich ein gutes Gefühl."

Janna nickte.

„Alte Menschen in Pflegeheimen ... Sie werden nicht immer gut behandelt." Masoud blickte zu Boden, die Scham stand ihm ins Gesicht geschrieben. „Ich glaube, ich habe mich daran gewöhnt, dass es nicht besser wird. Wir haben zu viel Arbeit und sind nicht genug Leute."

Unterbesetzte Teams, schlecht ausgestattete Pflegeheime und überforderte, überarbeitete Angestellte: Janna hatte schon so oft davon gehört. Auch wenn sie es nicht gutheißen konnte, aber sie verstand, dass sich viele Pflegekräfte manchmal nicht anders zu helfen wussten, als einen Teil der Patienten medikamentös ruhig zu stellen. Ein Skandal, in den er nichtsahnend hineingeraten war und den er nur ganz allmählich zu begreifen schien.

„Als Sie heute nach ihm gefragt haben, war mir klar, dass etwas nicht stimmt. Frau Schmitz, hat zu Ihnen gesagt, dass ihn nur die Familie besuchen darf."

„Ja, das stimmt." Janna nickte, um die Aussage zu bekräftigen.

„Mir wurde immer gesagt, dass er keine Familie hat, dass er ganz alleine ist."

Erstaunt zog Janna die Augenbrauen hoch.

Masoud sprach weiter. „Das ist doch toll, wenn dann doch jemand kommt. Darum hat mich gewundert, dass Frau Schmitz gesagt hat, es geht nicht."

„Darum denken Sie, dass etwas nicht stimmt? Habe ich Recht?"

Er nickte zögerlich. „Die Medikamente, das mit dem Geld. Das ist alles nicht richtig."

„Danke, dass Sie mir das anvertraut haben", sagte Janna mit aufrichtiger Dankbarkeit in den Augen. Sie griff über den Tisch und drückte Masouds Hand.

„Seien Sie vorsichtig", warnte er und erwiderte Jannas Geste. „Ich weiß nicht, wem Sie vertrauen können."

Die beiden tauschten Handynummern, bevor er das Café verließ und Janna mit ihren Gedanken allein zurückblieb.

Gerade jetzt, wo es ihre dringlichste Aufgabe war, eine gefährliche Bedrohung abzuwenden, schien eine nicht für möglich gehaltene Wahrheit von ihr entdeckt werden zu wollen.

22

Janna trat aus der Bäckerei und zog den Geruch von Kaffee und Gebäck hinaus in die schwüle Luft, die sich schwer und drückend anfühlte. So wie die neuen Erkenntnisse, die sie durch das Gespräch mit dem jungen Mann erhalten hatte.

„Irgendetwas stimmt nicht", sprach sie zu sich selbst, als müsste sie sich noch einmal vergewissern, dass es hier tatsächlich ein Geheimnis gab, dass gelüftet werden wollte. Bilder von Rebecca schossen ihr durch den Kopf.

Sie versuchte die jüngsten Eindrücke zu sortieren. Da waren die Dinge, die Phillipp über seinen Vater gesagt hatte. Und das, was Masoud über die Behandlung berichtete, die er erhielt. Laut Phillipp war Josef davon überzeugt, dass Rebeccas Tod kein Unfall war und hatte sogar einen Privatdetektiv engagiert. Und nun wusste sie, dass der alte Mann in diesem Heim gezielt sediert wurde. Aber warum? Und warum ausgerechnet hier? Man hätte Josef problemlos in seinem Zuhause versorgen und jemand einstellen können, der sich um ihn kümmert. Stattdessen war er hier, in einem gewöhnlichen Pflegeheim und noch dazu weit weg von zu Hause. Was zum Teufel sollte hier vertuscht werden?

Es wäre das Einfachste, Phillipp damit zu konfrontieren. Aber es bestand das Risiko, dass sie dadurch alle Chancen verspielen würde, herauszufinden, was vor sich ging. Nein, Janna würde sich zunächst zurückziehen und auf anderem Wege weitersuchen. Und sie hatte schon eine Idee, wo sie nachschauen würde.

„Der Autopsiebericht", flüsterte Janna, und ihr Puls beschleunigte sich. Wenn etwas mit Rebeccas Tod nicht stimmen würde, so würde sie darin vielleicht Antworten finden, war ihre Hoffnung.

Die junge Ermittlerin kramte ihr Smartphone aus der Hosentasche und wählte Maiks Nummer. „Hey, Janna hier. Ich brauche deine Hilfe."

„Schön, mal wieder was von dir zu hören", war die fröhliche Begrüßung. Sie konnte sein freudiges Grinsen durch das Telefon hören.

„Ich benötige einen Autopsiebericht. Den von Rebecca, Rebecca Theisen. Kannst du mir den besorgen?"

„Ist das nicht die Freundin, die bei deinem Segelunfall gestorben ist?" Irritation lag in Maiks Stimme. „Hat das etwas mit unseren aktuellen Ermittlungen zu tun?", war seine verwunderte Reaktion?

„Nicht direkt", druckste Janna herum. Sie stieß einen Seufzer aus. „Ich ... Ich erkläre dir das bei Gelegenheit."

„Nicht direkt! Auf die Erklärung bin ich gespannt." Maik machte eine kurze Pause, sprach dann aber weiter. „Das könnte knifflig werden. Ohne eine ermittlungstechnische Notwendigkeit erhalten wir keinen Zugang zu diesen Dokumenten."

„Komm schon Maik. Das ist wichtig", beharrte Janna und ballte ihre Faust so fest, dass sich ihre Nägel in ihre

Handfläche gruben. „Denk dir was aus. Dir fällt schon ein Grund ein, warum wir Akteneinsicht benötigen."

„Wir? Oder du?"

„Bitte. Es ist wichtig", wiederholte Janna.

„In Ordnung", gab Maik nach. „Ich werde sehen, was ich tun kann. Aber du musst dich etwas gedulden. Ich habe gerade einen riesigen Stapel an Arbeit auf dem Tisch liegen. Ich treib' mich eigentlich nur noch im Labor rum und komme gar nicht mehr an den Schreibtisch, um Nachforschungen anzustellen."

„So schnell es eben geht", antwortete Janna und atmete langsam ein.

„Aber, wenn ich dich schon am Telefon habe", warf Maik ein, „solltest du noch etwas wissen. Ich habe Bakterienproben des Kreuzfahrtschiffs erhalten. Und ich habe tatsächlich etwas gefunden."

„Nun bin ich aber gespannt." Schien, als sei heute der Tag der Offenbarungen, dachte Janna.

„Die Bakterien sind ähnlich denen, die ich bereits vom Schiff im Hamburger Hafen erhalten habe. Beide Proben haben diese seltsame genetische Mutation, die irgendwann die Zellteilung stoppt."

„Bitte, was?" Mit einem Schlag waren die Gedanken an Rebecca, an Josef und an Phillipp vergessen. Ihr Verstand war glasklar nach Maiks Ankündigung.

„Ja, die DNS ist instabil. Wenn die Bakterien eine bestimmte Anzahl an Zellteilungen hinter sich haben, gehen sie zugrunde. Ich, äh ...", Maik atmete hörbar aus, „ich denke, dass es dadurch möglich ist, lokal begrenzte Angriffe durchzuführen. Das verhindert wohl die massenhafte Ausbreitung, weshalb wir auch noch nicht zurück im Mittelalter sind. Was ich jedoch nicht verstehe, ist, ob das beabsichtigt ist."

„Lokal begrenzte Angriffe?" Janna runzelte die Stirn und ihre Gedanken rasten. Sie musste an Lohbrechts Worte denken. Davon hatte er gesprochen, als sie sich mit ihm unterhalten hatten. Aber wenn er tatsächlich von den Terroristen erpresst wurde, warum sollte er dann so eine wichtige Information weitergeben? Sie kam ins Grübeln. Vielleicht wollte er genau das, ohne das es auffallen würde. Dem Professor musste klar sein, dass sie und ihr Team die Instabilität der DNS bemerken würden.

„Es ist seltsam", fuhr Maik fort und riss sie aus ihren Überlegungen. „Es ist, als wären sie darauf ausgelegt, in bestimmten Bereichen Chaos anzurichten, sich aber nicht zu weit darüber hinaus auszubreiten."

„Könnte für jemanden mit zweifelhaften Motiven nützlich sein", murmelte Janna und dachte an die Verwüstung, die diese Bakterien bereits angerichtet hatten."

„Auf jeden Fall." Ein kalter Schauer lief ihr über den Rücken, als Maik weiterredete. „Die Bakterien könnten sich theoretisch weltweit ausbreiten, aufgrund ihrer DNS ist das aber nicht möglich."

„Die Frage ist, ob das genau das ist, was die Terroristen wollten, oder ob die Entwicklung der Bakterien einfach noch nicht so weit fortgeschritten ist?"

„Damit quäl' ich mich schon den ganzen Morgen herum. Die instabile DNS macht die Bakterien zur perfekten Waffe. Wäre das Erbgut hingegen stabil, wären diese Mikroorganismen kaum zu kontrollieren", erwiderte Maik. „Umgekehrt heißt das aber auch, dass die Bakterien für jeden Anschlag neu hergestellt werden müssen. Die können dann nicht einfach gezüchtet und vermehrt werden."

„Woraus wir schließen können, dass die Urheber über beachtliche Ressourcen und technisches Wissen verfügen."

„Sehe ich genauso", pflichtete Maik ihr bei. „Die werden sich nicht in irgendeiner Hinterhofgarage aufhalten und mit 'ner Küchenmaschine arbeiten."

Janna bedankte sich in knappen Worten und beendete das Gespräch. Ihr Blick fiel auf eine Gruppe von Kindern, die in der Nähe spielten. Sie lachten und schrien, erfüllt von Unbeschwertheit und Urvertrauen. Sie hatten keine Ahnung von der Gefahr, die ihre Welt zu verschlingen drohte.

„Dann zurück nach Hamburg", flüsterte sie und ging zurück zu ihrem Wagen.

23

Die Sonne war eine blasse Scheibe, kaum sichtbar in der diesigen, Sommerluft. Ein feuchter Schleier lag über Hamburg und erschwerte das Atmen. Gewitter kündigten sich mit leichtem Grollen an und am Horizont schraubten sich bereits die ersten Wolkenberge in die Höhe.

„Guten Morgen", grüßte Sam, als Janna ihn in der Lobby des Hotels traf. Mit knappen Worten erwiderte sie den Gruß und lief zielstrebig zu einer ruhigen Sitzgruppe, in der sie die ganze Lobby und die Rezeption überblicken konnte, aber dennoch ungestört genug war, um ihre Arbeit fortzusetzen. Zwar stand ihnen noch immer der kleine Konferenzraum zur Verfügung, in dem sie ungestört gewesen wären, doch sie verspürte aktuell nicht den Wunsch, abgekapselt von der Außenwelt die Zeit dort zu verbringen. Der gedämpfte Trubel der Hotellobby gab ihr das Gefühl, atmen zu können. Zudem betäubte er das Gedankenchaos in ihrem Kopf, das sich um die Flut an Informationen drehte, die sie bereits in den wenigen Stunden dieses Tages erhalten hatte.

Janna klappte ihr Notebook auf und durchforstete E-Mails und Notizen. Sam setzte sich zu ihr. Sie fand, dass sein Körper ungewöhnlich schwer in den Sessel einsank. Sein Gesicht sah müde aus und seine Augen spiegelten eine eigenwillige Unruhe wider, die sie bisher bei ihm noch nicht beobachtet hatte.

Was ist los, wo ist deine Disziplin, Soldat? Aus dem Augenwinkel beobachtete sie Sams Erschöpfung.

Ohne Vorwarnung öffnete sich auf ihrem Monitor ein Fenster und überlagerte alle anderen Anwendungen und Dateien, die sie geöffnet hatte.

Höchste Priorität

Ihr Gesicht wurde ernst. Sie wusste, dass der BND ein direktes, verschlüsseltes Kommunikationssystem nutzte, um die Mitarbeitenden zeitnah und unkompliziert über wichtige Ereignisse zu informieren. Doch seit Janna beim Geheimdienst arbeitete, hatte sie noch nie eine solche Mitteilung erhalten.

Sie presste ihre Kiefer zusammen. Mit schmalen Augen fokussierte sie den Bildschirm und öffnete die verschlüsselte Botschaft, die ein kurzes Video enthielt.

Janna zögerte. Ihr Blick löste sich vom Monitor und wanderte durch die Hotellobby. Wer war gerade hier? Wer kam, wer ging? Wie wahrscheinlich war es, dass sie in ihrer Ecke ungestört genug waren? Und wo waren die Sicherheitskameras?

Zu riskant. Das Video hier in der Öffentlichkeit abzuspielen, hielt sie für zu gewagt. Auch wenn es gerade ruhig in der Lobby war. Wortlos signalisierte sie Sam, ihr zu folgen und machte sich auf den Weg zum Konferenzraum.

Dort angekommen, konnte sie es kaum erwarten, bis Sam die Tür hinter sich zugezogen hatte. Sie drückte auf den Play-Button und düstere Klänge wie aus einem Horror-Film hämmerten sich in ihre Gehörgänge.

Emily Reed erschien auf dem Bildschirm. Ihr wütender, zorniger Blick durchdrang die Kamera. Hinter der Top-Terroristin flackerte das Bild einer zerstörten, verfallenen Stadt, die an einen dystopischen Albtraum erinnerte. Emilys Gesicht war fahl und ihre Mimik starr, als sie sich mit ihrer Videobotschaft an die Welt wandte.

„Ist das ...?" Sam fing an, doch Janna unterbrach ihn mit einem knappen Nicken, ohne ihren Blick vom Bildschirm zu lösen.

„Ihr habt euch lange genug über alle Grenzen hinweggesetzt", begann Emily Reed in unheilvollem Tonfall. „Ihr habt jedes Warnsignal, jeden Hilfeschrei, jedes Zeichen der Natur ignoriert. Ihr hattet eure Chance. Doch eure Gier nach mehr und mehr und immer mehr hat euch geblendet."

Jannas Hände wurden feucht. Der Konferenzraum kam ihr schlagartig zu eng vor. Die Wände schienen sich auf sie zuzubewegen.

Aber Emily Reed war noch nicht fertig. Ihre kalten Worte verstärkten die düstere, beklemmende Atmosphäre mit der sich der Raum füllte. Im Video erschienen dramatische Bilder eines explodierenden Kreuzfahrtschiffs, gefolgt von Szenen der Krawalle, die sich während des Blackouts in Hamburg ereignet hatten.

„Ihr seid schuld. Alle!", fuhr die Terroristin fort. „Anstatt die Erde zu beschützen, habt ihr sie ausgebeutet, ausgeraubt und geplündert. Nun werdet ihr dafür bezahlen. Macht euch bereit." Reed starrte in die Kamera, jedes Wort sorgfältig ausgesprochen. „Es ist an der Zeit, die Zivilisation zu Fall zu bringen."

Dann endete das Video.

Reflexartig ballte Janna die Fäuste. Die Terroristin hatte die Verantwortung für den Anschlag auf das

Kreuzfahrtschiff und für die Stromausfälle übernommen. Das Versprechen kommender Verwüstungen hing schwer in der Luft.

Eine nicht zu beherrschende Flut an Gedanken und Emotionen brach über Janna herein, während sie versuchte, die Tragweite dieser Botschaft zu fassen.

Dies war keine der üblichen Drohungen. Emily Reed hatte gerade der modernen Zivilisation den Krieg erklärt. Und Janna wusste, dass sie dafür die richtige Waffe besaß.

Sam überwand als erster seine Sprachlosigkeit. „Wurde die Echtheit des Videos schon bestätigt?"

Ohne zu antworten, wählte Janna Maiks Nummer und stellte den Anruf auf Lautsprecher. Sobald er abhob, platzte sie heraus: „Maik, sag mir, dass du das Video gesehen hast!"

„Ja, gerade eben." Seine Anspannung war deutlich zu hören. Es ist überall im Internet, Janna. YouTube, TikTok, Instagram ... Das geht gerade viral."

„Wie bitte?" Mit aufgerissenen Augen starrte sie auf das Display des Smartphones.

„Können wir davon ausgehen, dass es echt ist?" Sams Stimme war fordernd.

„Die Technik ist bereits dran und wertet das Video aus. Ich melde mich, sobald ich Infos dazu habe."

„In Ordnung." Jannas Gedanken rasten, während sie diese neuen Informationen verarbeitete.

„Ich halte euch auf dem Laufenden", waren Maiks Worte, bevor er das Gespräch beendete.

Janna wusste, dass sie schnell handeln mussten, bevor Emily Reed und Green Nemesis ihre Drohungen wahr machen würden. Aber wie? Wo würden sie als nächstes zuschlagen?

Auf das Video folgte nur wenige Stunden danach eine eilig einberufene Videokonferenz.

Es war spät am Nachmittag und Janna hatte die Vorhänge im Konferenzraum zugezogen. Das Deckenlicht warf unheimliche Schatten an die Wände und auf ihre Stirn. Die Anspannung stand ihr ins Gesicht geschrieben. Unbewegt saß sie am Konferenztisch und blickte auf die Projektion an der Wand, während Sam mit hinter dem Rücken verschränkten Armen im Zimmer auf und ab ging.

„In Ordnung, fangen wir an", knisterte Dr. Peters aus den Lautsprechern und signalisierte den Beginn der Videokonferenz. „Frau Tahlhaus, setzen Sie uns bitte über die Ergebnisse der technischen Auswertung in Kenntnis."

„Guten Abend", begrüßte eine junge Frau mit heller Haut und großen, sanften Augen die Runde. Ihre schlanke Nase zeigte leicht nach oben. Sie hatte ein rehhaftes Gesicht, zu dem die dunkelblau gefärbten Haare und das Nasenpiercing nicht so recht passen wollten.

Frau Tahlhaus versuchte trotz der angespannten Lage mit fester Stimme zu sprechen. Aber Janna spürte ihre Nervosität durch den Bildschirm hindurch.

„Wir gehen davon aus, dass das Video vollständig mit Hilfe von künstlicher Intelligenz generiert wurde. Sowohl für die Animation der Person als auch für die Gestaltung des Hintergrunds wurden KI-Tools verwendet." Die junge Frau räusperte sich. Vor Gruppen zu sprechen, selbst durch eine Webcam hindurch, war sie offensichtlich nicht gewohnt. „Auch die Stimme wurde mittels Software moduliert. Emily Reed hat das vermutlich nicht selbst eingesprochen. Allerdings ..." Die Rednerin räusperte sich ein weiteres Mal, bevor sie einen Schluck Wasser zu sich nahm. „Allerdings müssen wir festhalten, dass das Video absolut professionell gemacht ist. Da hat sich sicherlich niemand einen albernen Spaß erlaubt.

„Dafür spricht auch", mischte sich Janna in die Ausführungen ein, „dass das Video fast zeitgleich den Behörden sowie den Medien zugespielt wurde. Und es wurde auf verschiedenen Internetplattformen geteilt. Das legt ein organisiertes und geplantes Vorgehen nahe. Wir können also die Aktion eines Nachahmers ausschließen."

Ein älterer Mann mit Schnauzbart und ungesunder Gesichtsfarbe meldete sich zu Wort. Janna hatte ihn noch nie gesehen und keine Ahnung, wer das war. „Theo Kämmerer, Verfassungsschutz. Wie war es möglich, dass sich das Video so schnell im Internet verbreiten konnte?"

„Soweit wir wissen", Frau Tahlhaus nahm das Gespräch wieder an sich, „ist es den Terroristen gelungen, mehrere Profile und Accounts mit hohen Follower-Zahlen zu kapern und das Video dort zu veröffentlichen. Von da ist es dann im Internet viral gegangen."

Wenn Janna Theo Kämmerers Gesichtsausdruck richtig deutete, verstand er kein Wort von dem, was die junge Technikerin mit den blauen Haaren gerade erläutert hatte.

Aber es klang so logisch. Egal ob bei Facebook, Instagram, TikTok oder YouTube: Es gab Profile, die eine so große Anzahl von Anhängern hatten, dass sich eine solche Botschaft wie ein Buschfeuer ausbreiten würde. Das Video wurde sicher unzählige Male geteilt und verlinkt. Die Katze war aus dem Sack und würde sich nicht mehr einfangen lassen.

„Gibt es bereits erste Folgen?" Dr. Peters klang streng und fordernd.

„Ja, die gibt es in der Tat", mischte sich eine ältere Frau ein, deren Gesicht von Sorge gezeichnet war. „Kurz nachdem das Video die Runde gemacht hatte, sind die Aktienkurse beinahe sämtlicher Kreuzfahrtreedereien sowie diverser Reiseveranstalter ins Bodenlose gefallen."

„Auch die Börsenkurse verschiedener Energieversorger haben massiv eingebüßt. Hier gerät gerade etwas gewaltig in Schieflage." Ein Mann mit grauem Bart hatte sich zu Wort gemeldet. „Die Botschaft dieser Terroristin", seine Verachtung konnte man mit dem Messer schneiden, „wird zu einer beispiellosen Finanzkrise führen."

„Wir müssen davon ausgehen, dass wir kurz vor einem Börsencrash stehen, mit weitreichenden Folgen für die Weltwirtschaft", mischte sich eine andere Person ein.

„Es gibt bereits Berichte über Hamsterkäufe sowie Übergriffe gegenüber Klimaaktivisten und Politiker grüner Parteien." Die Innenministerin äußerte sich nun persönlich. Sie zögerte, dann fügte sie hinzu: „Die Sicherheitskräfte wurden in Alarmbereitschaft versetzt."

„Meine Damen und Herren", Dr. Peters ergriff wieder das Wort, „wir haben es mit einer Bedrohungslage bisher nicht gekannten Ausmaßes zu tun. Wir konnten mittlerweile auch herausfinden, wie die Anschläge durchgeführt wurden. Frau Petrusch wird Ihnen die Details erklären."

Janna atmete tief durch und schloss für einen Augenblick die Augen. „Die Terroristen sind im Besitz von Bakterien, die in der Lage sind, Kunststoffe zu zersetzen. Das betrifft Isolationen, Dichtungen, elektrische Bauteile. Die Bakterien sind sehr aggressiv und können die Kunststoffe in kürzester Zeit abbauen. Das hat nach jetzigem Kenntnisstand zu den Stromausfällen, der Schiffshavarie im Hamburger Hafen und der Katastrophe auf dem Kreuzfahrtschiff geführt."

Unruhe machte sich unter den Teilnehmenden der Videokonferenz breit.

Doch Janna machte mit ihren Ausführungen weiter. „Wir wissen, dass die DNS der Bakterien instabil ist, wodurch diese nach einiger Zeit die Zellteilung einstellen. Das hat die Anschläge bisher lokal begrenzt. Aber das muss nicht so bleiben." Sie machte eine kurze Pause, um einen Schluck Wasser zu trinken. „Meine Damen und Herren, unsere gesamte moderne Technologiegesellschaft baut auf der Verwendung von Kunststoffen auf. Wenn es den Terroristen gelingt, die DNS zu perfektionieren und die Bakterien in großer Zahl freizusetzen, befinden wir uns nach wenigen Tagen wieder im Mittelalter."

Ein ungeordnetes Durcheinander drang aus dem Lautsprecher. In den kleinen Kacheln auf dem Bildschirm war Nervosität, Entsetzen und Furcht der Teilnehmer zu erkennen. Alle sprachen wild durcheinander.

Erst ein entschiedener Zwischenruf von Dr. Peters sorgte wieder für Ruhe. „Meine Damen und Herren, ich muss Ihnen nicht sagen, was gerade auf dem Spiel steht. Sollte sich dieses Szenario bewahrheiten, brechen sämtliche staatlichen Strukturen in kürzester Zeit zusammen. Es wird zu Unruhen, Anarchie und Plünderungen kommen. Und unzählige Tote geben. Daher brauchen wir umgehend verwertbare Informationen."

„Lassen Sie uns konzentriert bleiben", forderte Janna die Gruppe auf und versuchte, die Eindrücke des Tages, die wie eine Welle über ihr hereinzubrechen drohten, zu ignorieren. „Ich werde Sie in wenigen Stunden über unsere neuesten Erkenntnisse in Verbindung setzen." Sofern es welche gab, dachte sie. Aber ihr blieb nichts anderes übrig, als unermüdlich daran zu arbeiten, die Urheber zu finden und diese Bedrohung zu neutralisieren.

Nachdem die Videokonferenz vorbei war, legte Janna ihren Kopf in den Nacken, schloss die Augen und ließ mit einem undefinierbaren Geräusch die Luft aus ihren Lungen entweichen. Diese Welt drohte von den Ereignissen verschlungen zu werden, so wie die Wellen seinerzeit Rebecca verschlungen hatten.

„Also, ich weiß nicht, wie es dir geht, aber heute Abend brauche ich auf jeden Fall ein Glas Wein." Ihr Blick verlor sich im Grau der Tischplatte. „Oder eine ganze Flasche."

„Einverstanden", erwiderte Sam mit fester Stimme.

Dass er auf den Vorschlag eingehen würde, hatte sie nicht erwartet. Aber sie hatte auch nichts dagegen, gemeinsam mit ihm das Chaos in ihrem Kopf und um sie herum in vergorenem Traubensaft zu ertränken.

24

Tristan hatte entschieden, sich dieser Sache selbst anzunehmen. Die Aktion mit dem Kreuzfahrtschiff war ein voller Erfolg. Sie rief die Öffentlichkeit auf den Plan und würde für Unruhe und Spannungen sorgen. Und bei den Behörden für Verwirrung.

Dass diese ihnen längst auf der Spur waren, war ihm klar. Und dass sie auch bereits die Bakterien identifizieren konnten, grenzte nicht gerade an ein Wunder. Zumal der deutsche Geheimdienst auch noch Unterstützung von den Amerikanern erhielt, wie Tristan wusste. Nicht schlecht, dass musste man ihnen lassen. Aber es würde ihnen nichts nützen. In wenigen Tagen würde Chaos regieren, egal, was die Behörden jetzt noch herausfinden würden. Mit diesen Ökos hatten sie den perfekten Sündenbock. Jeder wird vermuten, dass diese Truppe die Katastrophe ausgelöst hat. Und nur eine starke, autoritäre Hand wäre in der Lage, die Ordnung wieder herzustellen. Mit einem verschwörerischen Grinsen auf seinem Gesicht genoss er diesen Gedanken.

Der Wagen erreichte das weite Gelände eines alten Bauernhofs, irgendwo im Nirgendwo. Das Grundstück lag in einer Gegend, wo es neben Windrädern, verstreut liegenden Gebäuden und Kühen vor allem eins gab: Einöde. Die würzige Morgenluft waberte durch das offene Seitenfenster, während Tristan das Fahrzeug zum Stehen brachte. Die Sonne kämpfte sich zwischen immer weiter aufquellenden Wolken hindurch. Nicht lange, und sie würden den ganzen Himmel bedecken und einen Sturm ankündigen.

Tristan stellte den Motor ab und die Schiebetür flog auf. Vier weitere Männer stiegen aus dem Fahrzeug aus. Die Maschinenpistolen, die sie in den Händen hielten, zeugten davon, dass sie nicht auf einem Freizeitausflug waren. Er besprach sich kurz mit den Männern und gab die Anweisung, erst fünf Minuten später zu ihm zu stoßen.

Dann ging er mit festem Schritt auf das alte Bauernhaus zu, wo ihm bereits zwei junge Kerle entgegenkamen und sie argwöhnisch betrachteten. Doch als einer von ihnen, eine schlaksige Figur mit wilder Mähne und einer undefinierbaren Anzahl an Tätowierungen, Tristan erkannte, schien er sich zu entspannen.

„Hey, was los? Gibt es Probleme?", wollte er wissen.

„Ich habe neue Anweisungen von Emily", gab Tristan als Antwort, während er die beiden auffällig musterte. Er bemühte sich nicht zu verbergen, dass ihn das Erscheinungsbild dieser Personen störte, was die Anwesenden vermutlich als Arroganz oder Hochnäsigkeit abtaten.

Doch Tristan interessierte nicht, was diese Kerle dachten. Ihn interessierte, was er sah. Und das war nicht das, was sich sowohl er als auch sein Auftraggeber für die Zukunft dieses Landes vorstellten.

„Und warum nutzt du dann nicht einfach das Funkgerät?"

Tristan entging die schnippische Frage nicht. „Wie ist dein Name?", erkundigte er sich in strengem Tonfall. Ganz nah trat er an den jungen tätowierten Kerl heran, bis er seinen Körpergeruch wahrnehmen konnte.

„Lukas." Der junge Mann wurde sichtlich nervös.

„Also, Lukas ...", wie ein tadelnder Vater legte Tristan seine rechte Hand auf die Schulter dieses vorlauten Bengels, „... durch die Angriffe auf die Stromversorgung sowie nach dem Anschlag auf das Kreuzfahrtschiff können wir davon ausgehen, dass die Behörden auf uns aufmerksam geworden sind. Jeder Funkspruch würde uns nur verraten. Das leuchtet dir doch bestimmt ein, oder?"

Mit einem vorsichtigen, fast zögerlichen Nicken bestätigte Lukas, dass er verstanden hatte.

„Nun, nachdem wir das geklärt haben, können wir ja jetzt reingehen", woraufhin Tristan das Bauernhaus betrat.

Ein süßlicher, harziger Geruch stieg ihm in die Nase, den er nicht sofort zuordnen konnte. Nach wenigen Sekunden erreichte er die Wohnstube des alten Gebäudes, wo er auf die anderen Mitglieder der Gruppe traf, die auf einem großen Sofa oder auf dem Boden lümmelten.

Einer fläzte mit freiem Oberkörper in einem alten Sessel. Ein schwarzes A in einem Kreis hob sich von der bleichen Haut ab. Sieben Personen waren es insgesamt. Alles junge Kerle, vielleicht Mitte, Ende Zwanzig. Also im gleichen Alter wie Tristan. Und allesamt eindeutig Emilys Anhänger. Sie trugen lässige Kleidung, die teilweise aus dem Secondhandladen stammte, wie Tristan vermutete. Einige hatten wilde, teils ungepflegte Frisuren. Ein anderer Kerl hatte kurzgeschorene Haare, aber einen Vollbart. Wieder einer hatte eine Glatze. Fast alle hatten wenigstens eine sichtbare Tätowierung.

Anarchiesymbole. Tribal. Oder irgendwelche spirituellen Symbole. In einer Ecke saß ein Kerl, der an einer Gitarre zupfte. Irgendwie entsprachen sie alle dem Vorurteil radikaler Ökos und systemkritischer Alternativer.

Auf dem Tisch standen Unmengen an Dosenbier, Chips und Verpackungen von Mikrowellenfraß. Die Jungs hatten den Bauernhof zu einer schmuddeligen Wohngemeinschaft verkommen lassen. Unglaublich, dass das Terroristen sein sollten. Vielleicht waren sie aber auch einfach nur zu lange hier, unter sich, in dieser Einöde. Und irgendwann fielen dann auch die Hemmungen und das Primitive und Unzivilisierte kam zum Vorschein.

Tristan sah in dieser Gruppe junger Männer das Ergebnis einer verweichlichten, pluralistischen Gesellschaft, in der Individualität und Nonkonformität mehr zählten als Standhaftigkeit und Stärke. Doch damit würde bald Schluss sein.

„Was los, Mann? Was willst du hier?" Der Kerl mit dem Anarchie-Logo auf der Brust blickte ihn aus schläfrigen Augen an. Er machte einen benebelten Eindruck.

Jetzt erst verstand Tristan, was der süßliche Duft war, der durch die Räume waberte. Klar, dass sich diese Jungs auch noch mit Gras die Birne zudröhnten.

Die international gesuchte Top-Terroristin Emily Reed hatte solche Anhänger. Tristan schüttelte ungläubig den Kopf. Kein Wunder, dass sie es allein nicht hinbekommen hatten, eine neue Weltordnung aufzubauen und auf die Hilfe seines Auftraggebers angewiesen waren. Doch der war mittlerweile längst nicht mehr auf diese Truppe angewiesen.

„Es gibt neue Entwicklungen", sprach Tristan in beinahe befehlsmäßigem Tonfall. Er bedachte jeden der Anwesenden mit einem strengen Blick. Gleichzeitig scannte er den Raum und die Umgebung. Offenbar lag nur eine einzige Pistole auf dem Tisch zwischen all dem Verpackungsmüll. Sonst schien niemand eine Waffe mit sich zu tragen. Das würde die Dinge wesentlich einfacher machen.

Bewegung kam in die Truppe nach Tristans Ankündigung. Die Jungs richteten sich auf oder setzten sich zumindest halbwegs vernünftig hin. Die Blicke hefteten sich erwartungsvoll auf ihn.

„Phase 1 unseres Plans ist angelaufen. Wir haben dem System erste, empfindliche Schäden zugefügt und angefangen, für Verunsicherung zu sorgen. Bis dahin läuft alles so, wie geplant."

Anerkennendes Gemurmel, Kopfnicken, joviale Gesten. Den jungen Männern gefiel, was sie hörten.

„Nun gibt es aber ein Problem."

Die Feierlaune ebbte so schnell wieder ab, wie sie gekommen war.

„Was für ein Problem?", wollte einer aus der Gruppe der Bewohner wissen.

„Die Struktur unserer Gruppe, das ist das Problem."

„Was ist denn daran ein Problem? Die ganze Sache läuft doch, wie geplant. So wie sie soll." Der Kerl mit dem Anarchie-Tattoo auf der Brust war aus seinem Sessel aufgesprungen und stellte sich provokant in die Mitte des Raums. Andere stimmten ihm zu und stießen grölende Jubelschreie aus.

„Ich gebe dir Recht. Alles läuft genau, wie geplant." Tristan machte einen abschätzigen Gesichtsausdruck. „Und damit das so bleibt, benötigt unsere Operation eine Schlankheitskur."

„Alter, was faselst du Lackaffe da? Schlankheitskur? Was soll der Scheiß?" Der Kerl baute sich vor Tristan auf.

Doch dieser ließ sich davon nicht beeindrucken. Angestachelt von der respektlosen Art machte er einen schnellen Schritt nach vorne, hämmerte seine rechte

Faust in die Magengruppe dieses Typen und beförderte ihn mit einem weiteren Schlag ins Gesicht zurück in den Sessel.

Einen zähen Moment lang blickte der Kerl entsetzt zu seinem Angreifer, dann stieß er einen gurgelnden Schrei aus, während das Blut aus seiner zerschmetterten Nase quoll. Sein bekiffter Verstand klärte sich und allmählich begriff er, dass hier gerade etwas in die falsche Richtung lief.

Tristan blickte mit strenger Miene durch den Raum. Der Schock über seine Attacke flaute ab und wandelte sich in Anspannung, die sich nun zunehmend bei diesen verlotterten Kerlen breit machte. Nervosität erfüllte den Raum.

„Emily ist tot", gab Tristan zu verstehen. Das war sie zwar nicht, noch nicht, aber wie wollten diese Bengel das überprüfen. Außer ihm wusste niemand, wo sie sich aufhielt.

Unruhe brach aus, alle sprachen hektisch durcheinander, redeten aufeinander ein. Entsetzen und Unverständnis stand in den Gesichtern. Niemand lümmelte nun mehr auf seinem Sitzplatz herum. Jeder war von seinem Platz aufgesprungen.

Zwei von Emilys Anhängern gingen auf Tristan zu. Doch dieser zog eine Pistole und streckte sie den beiden entgegen. In diesem Moment erschienen zwei der Männer, mit denen Tristan hergekommen war. Mit den Maschinenpistolen im Anschlag waren sie bereit, zu tun, was immer ihr Anführer befahl.

So schnell die Unruhe im Raum ausbrach, so schnell erstarb sie auch wieder. Alle blickten schockiert und erschrocken zu Tristan, der gerade mit einer Waffe auf einen Kopf zielte.

Allmählich sickerte auch beim letzten die Erkenntnis durch, dass hier gerade etwas komplett aus dem Ruder lief.

„Seht euch an. Furchteinflößende Öko-Terroristen, die auf einem Bauernhof abhängen, kiffen, saufen und abends vermutlich Pornos mit nuttigen Weibern anschauen, während sie sich dabei gegenseitig einen runterholen." Tristan hielt seine Verachtung gegenüber diesem Pack nicht mehr zurück. „Ihr habt euch mit den falschen Leuten eingelassen. Genau wie Emily."

Ein chaotisches Stimmengewirr brach aus. Ein Gewitter aus „Nein", „Halt", „Stopp", „Bitte nicht" echote durch den Raum. Angst und Entsetzen lagen in der Luft.

Doch Tristan interessierte sich nicht für das weinerliche Gebettel, Gewimmer und Geheul dieser Weicheier.

Er drückte ab. Und auch seine Kollegen eröffneten das Feuer.

Fünf Sekunden später verstummten die Waffen und Stille erfüllte das alte Bauernhaus.

Unbeeindruckt wanderte Tristans Blick über die Leichen. Dann ließ er die Augen über seinen Anzug gleiten. Beim Anblick des Blutes, das den strahlend weißen Designeranzug ruinierte, zuckte er nur desinteressiert mit den Schultern.

Als die Truppe das Gebäude verließ, war die Sonne vollständig von düsteren Wolken bedeckt. Ein elektrisches Vibrieren erfüllte die Luft. Tristan atmete tief durch, bevor er sich wieder hinter das Lenkrad schwang und den Transporter zurück auf die Straße lenkte.

25

Regen trommelte auf das Dach des dunkelblau-
en Vans, den der Fahrer geräuschlos und ohne
Hektik in Sichtweite von Dr. Lohbrechts Wohnhaus
in eine Parklücke manövrierte. Das Sommergewitter
kam gerade recht, denn der Niederschlag spülte nicht
nur die schwüle Luft davon, sondern auch die Menschen aus den Straßen in ihre Wohnungen. So fiel es
ihnen leichter, möglichst unbemerkt zu bleiben.

Im Inneren des Fahrzeugs saß Janna, gemeinsam
mit zwei Beamten der Kriminalpolizei. Gebannt blickten sie auf eine Reihe von Bildschirmen.

Gerade als Emily Reed daran war, die Welt in Brand
zu setzen, konnte das Team, das den Wissenschaftler
observiert hatte, seine Kommunikation mit den Ent-
führern zurückverfolgen und so schließlich den Ort
ermitteln, an dem Paul Lohbrecht festgehalten wurde.
Man hielt ihn in einem verlassenen Lagerhaus am Rande
Hamburgs gefangen. Der Plan war nun, zunächst den
Jungen in Sicherheit zu bringen und dann umgehend
den Wissenschaftler in Gewahrsam zu nehmen. Dazu

musste Janna zunächst das Okay der Spezialeinheit abwarten, die den Jungen befreien sollte. Dem Team gehörte auch Sam an, der seine guten Kontakte hatte spielen lassen, um an dieser Aktion teilzunehmen.

Über Funk hatte Janna Kontakt zu Henri Eickhoff, einem drahtigen, groß gewachsenem Mann mit schmalem Gesicht und kurzen Haaren, der die Einheit des GSG 9 kommandierte. Auch mit Sam stand sie in Kontakt. Über seine Bodycam konnte sie außerdem das Geschehen vor Ort verfolgen.

„Henri, sind Sie bereit?" Jannas Stimme war kaum mehr als ein Flüstern.

„Bereit", antwortete der Gruppenführer mit fester, aber gedämpfter Stimme über die knisternde Verbindung.

Das gespenstisch beleuchtete Bild von Sams Bodycam skizzierte schemenhaft das baufällige Gebäude, das sich vor ihnen abzeichnete. Mit verschränkten Armen stand Janna im Einsatzwagen, den Blick eisern auf die Monitore gerichtet. Ihr Puls beschleunigte sich. Sie wippte unruhig mit dem rechten Fuß. Auch wenn sie es sich selbst nicht eingestehen wollte: sie war angespannt.

„Hoffentlich klappt das", flüsterte Janna und sprach mehr mit sich selbst.

Einem der Beamten entging ihre Nervosität nicht. „Noch nicht so häufig dabei gewesen, was?"

Mit einem strengen Gesichtsausdruck schaute sie kurz zu dem Polizisten, sagte aber nichts.

„Das erste Mal ist immer der reinste Nervenkitzel", gab er unbeeindruckt von sich. „Aber keine Sorge, wird schon schiefgehen." Er nickte selbstgefällig mit dem Kopf und hatte seinen Blick bereits wieder auf den Monitor gerichtet. „Meistens tut es das jedenfalls."

Janna musterte den Beamten. Sein Schnauzbart wirkte in seinem jungen Gesicht total deplatziert. Wie alt mochte er gewesen sein? Auch nicht älter als Maik. Doch dann richtete sie wieder ihren Blick auf die Monitore.

„Denken Sie daran", sagte Janna, „dem Jungen darf nichts geschehen. Sonst bekommen wir aus Lohbrecht kein Wort heraus."

„Wir wissen schon, was wir tun", erwiderte Henri in schroffem Tonfall.

Und dann ging es los. Die fünf Personen starke Gruppe setzte sich in Bewegung. Sam bildete das Schlusslicht.

Das Team näherte sich einer Tür, über der ein schwaches Licht einen gespenstischen Lichtkegel zeichnete. Nur mit Hilfe von Handzeichen koordinierten sie das Eindringen ins Gebäude. Geräuschlos öffneten sie die Tür und huschten unbemerkt ins Innere.

Sam folge als letzter und zog lautlos die Tür hinter sich zu. „Sind drin", flüsterte er in sein Funkgerät.

Langsam und geräuschlos bewegten sie sich durch einen langen Korridor und sicherten jede Nische. Einzig das leise Prasseln des Regens, der durch das undichte Dach tropfte, war zu hören. Am Ende des Gangs fiel ein schwaches Licht auf den Boden.

„Wir nähern uns einem beleuchteten Raum", flüsterte Sam fast unhörbar in sein Mikrofon, während sich das Team Zentimeter für Zentimeter durch das Gebäude arbeitete, immer darauf bedacht, im Schatten zu bleiben.

Henri streckte die Faust in Höhe und das ganze Team stoppte. Der Gruppenführer gab einige Handzeichen, woraufhin sie sich um eine weitere Tür herum positionierten.

Sam hatte die Waffe im Anschlag, genau wie seine Teamkollegen. Er wusste nicht, was sie alles im weiteren Verlauf erwarten würde. Sie alle wussten das nicht. Doch Sam ging davon aus, dass sie besser ausgebildet und ausgestattet waren, als ihre Gegner. Dennoch galt es, immer mit dem Unvorhersehbaren zu rechnen.

Henri machte erneut eine Anweisung. Mit seinen Fingern zählte er: „Drei ... zwei ... eins ...“

Dann eine schnelle Bewegung und die Tür stand offen. Ihre alten Scharniere knarzten leise. Die Mannschaft schlüpfte wie Geister hindurch.

Ein weiterer Korridor breitete sich vor ihnen aus. Der Geruch von Moder und Schimmel kitzelte Sam in der Nase. Ein weiteres Zeichen von Henri und das Team stoppte erneut. Stimmen waren zu hören. Leise zwar, aber Sam war sich sicher, dass es mehrere Personen sein mussten.

Ohne zu sprechen koordinierten sie ihre nächsten Schritte, dann setzten sie sich wieder in Bewegung. Das Team kroch nach vorne. Die Stimmen wurden lauter. Undeutliches Geplapper durchdrang die muffige Luft. Sie würden in wenigen Augenblicken zuschlagen.

Obwohl Sam bereits häufig an solchen Einsätzen teilgenommen hatte, ließ ihn eine solche Aktion nicht kalt. Auch er spürte die Anspannung und das Adrenalin, das in seine Blutbahnen gepumpt wurde. Aber Sam hatte in jahrelangem Training gelernt, seinen Körper und Geist zu kontrollieren, so dass er auch im Angesicht der größten Gefahr Ruhe bewahren konnte. Und darauf kam es nun an. Es galt, den richtigen Moment abzuwarten.

Wie eingefroren kauerten er und die anderen Teammitglieder vor dem Raum, aus dem die Stimmen kamen. Eine Diskussion war zu hören.

„Warum knallen wir den Jungen nicht einfach ab? Die Operation läuft doch.“

Ein Zucken rollte durch Sams Körper. Das würde er auf keinen Fall zulassen. Nicht dieses Mal. Nicht noch einmal. Eher würde er jeden einzeln zur Strecke bringen. Aber er mahnte sich zur Konzentration. Hier war kein Platz für impulsive Handlungen und Gefühle.

Während sich die Gegner weiter stritten war der Moment gekommen. Blitzartig schlug die Spezialeinheit zu. Schlagartig preschten sie nach vorne. Das Überraschungsmoment war auf ihrer Seite.

„Hände hoch", brüllte Henri. Seine Worte hallten durch den schmuddeligen Raum. „Waffen fallen lassen!"

Überrumpelt zögerten die Streithähne gerade lange genug, damit sich die Spezialeinheit nähern konnte. Innerhalb weniger Augenblicke waren sie überwältigt, ihre Hände hinter dem Rücken verschränkt und mit Kabelbindern gesichert.

„Kinderspiel", murmelte eines der Teammitglieder.

Sam erkannte, wie ein Hauch von Erleichterung über die Gesichter huschte.

„Bleibt wachsam", forderte Henri mit angespannter Stimme. „Wir sind noch nicht fertig."

„Jawohl", bestätigte Sam.

„Kurzer Lagebericht." Jannas Stimme knisterte durch das Funkgerät.

„Wir haben einige der Terroristen überwältigt, aber den Jungen noch nicht gefunden", antwortete Sam auf Jannas Frage.

„Ruhe jetzt!", mahnte Henri und die Spezialeinheit bewegte sich weiter durch das abgelebte Gebäude. Ihre Stiefel machten kaum Geräusche, als sie sich weiter durch die düstere Leere bewegten. Schatten klebten an den Wänden.

„Da!", drangen Henris Worte an Sams Ohren. Sie hatten den Eingang zum Keller erreicht. Licht fiel auf den Boden am unteren Ende der Treppe.

Sam hatte das Gefühl, dass sie ihrem Ziel ganz nah waren. Ohne Aufmerksamkeit zu erregen, stiegen sie die Treppe hinunter.

In jeder dunklen Ecke lauerte Gefahr, die jeden Moment loszubrechen drohte und die Mission gefährden könnte.

Doch dann erkannte Sam das schemenhafte Gesicht eines Jungen in einer Ecke. Langsam näherte er sich der Geisel, die gefesselt auf einer schmuddeligen Matratze lag. Sam leuchtete mit der Taschenlampe, die an seiner Maschinenpistole befestigt war, in Pauls Gesicht. Er blickte in weit aufgerissene, angsterfüllte Augen.

Das Entsetzen bohrte sich tief in seine Eingeweide. Er hatte so einen Blick schon einmal gesehen. Schemenhafte Bilder wurden in seinem Verstand wach. Erinnerungen an eine Mission, die er geleitet hatte. In der er von den gleichen, angsterfüllten Augen angestarrt wurde.

„Hey, Yankee?" Henris Flüsterstimme drang in sein Ohr und holte ihn aus seinen Erinnerungen zurück. „Was ist los? Wir müssen hier raus." Die Worte des Gruppenführers waren schroff.

Sam löste sich aus seiner Starre. „Ganz ruhig, Junge. Wir holen dich hier raus", flüsterte er und ging in die Hocke, um die Fesseln zu lösen. „Du bist Paul, richtig?"

Dank und Erleichterung zeichneten sich im Gesicht des Jungen ab, das Ende dieser wochenlangen Gefangenschaft in greifbarer Nähe. Mit einem schwachen Nicken beantwortete er die Frage.

„Ich bin Sam." Er sprach mit weicher, freundlicher Stimme. Doch für mehr blieb keine Zeit, da das durchdringende Knistern des Funkgeräts Neuigkeiten ankündigte.

„Ein Fahrzeug ist gerade draußen vorgefahren. Fünf Personen sind ausgestiegen. Seien sie vorsichtig."

„Verdammt." Sam biss die Zähne zusammen. Diese Mission war also noch nicht zu Ende. Er legte eine Hand auf Pauls Schulter.

„Das wird jetzt noch einmal gefährlich", sagte er in ruhigen Tonfall. „Du bleibst die ganze Zeit in meiner Nähe. Du machst, was ich sage. Und du sprichst kein Wort. Okay?"

Zögerlich nickte der Junge. Die Erleichterung, die sich zuvor in seinem Gesicht widergespiegelt hatte, wurde von neuerlicher Angst verdrängt.

„Bleib immer in der Nähe ...", flüsterte Sam. „Ich bring dich nach Hause. Zu deinen Eltern."

„Ja, wirklich ...?" Die Furcht war in jedem Buchstaben so deutlich hörbar.

„Versprochen", antwortete Sam. Und Sam war niemand, der leichtfertige Versprechungen machte. Er würde es halten und diesen Jungen hier rausbringen. Egal wie. Er würde seinen Fehler wieder gutmachen.

„Und nun sei leise", flüsterte er und legte den Zeigefinger auf seine Lippen.

Als sich das Team den Weg zurück durch das dunkle Gebäude bahnte, echote der Klang gedämpfter Stimmen in ihren Ohren. Die Neuankömmlinge hatten ihre gefesselten Kameraden entdeckt.

„Wir müssen uns bewegen", gab Henri die Order.

Als sie die Treppe hinter sich gelassen hatten, zeichnete sich die Tür in der Dunkelheit ab, wie eine Pforte zwischen Leben und Tod.

„Alpha, hier Basis. Ein Fahrzeug ist gerade vorgefahren. Fünf Personen sind ausgestiegen. Die Neuankömmlinge sind bewaffnet. Seien Sie vorsichtig!"

Auch Janna hörte den Funkspruch der Beamten, die das Gebäude weiterhin observierten, während die Spezialeinheit dabei war, den Jungen zu befreien. Nach wie vor stand sie mit verschränkten Armen vor den Monitoren und verfolgte das Geschehen, dass von Sams Bodycam übertragen wurde. Doch als der Funkspruch durch den Einsatzwagen echote, zog sie scharf die Luft ein. Sie ballte ihre Hände zu Fäusten. Janna hatte selten eine solche Anspannung erlebt.

Den jungen Beamten mit dem Schnauzbart hielt es nicht mehr auf seinem Platz. Die gleichgültige Ruhe war längst von ihm abgefallen.

„Was ist mit den Operationen, in denen es das nicht tut?", richtete Janna die Frage an ihn, ohne ihren Blick von den Monitoren abzuwenden.

Der junge Mann mit dem Schnauzbart drehte überrascht den Kopf zu ihr. Die Irritation in seinen Augen war nicht zu übersehen.

„Sie haben zuvor gesagt, dass es meistens gutgeht. Aber was ist mit den Fällen, in denen es das nicht tut?", ergänzte Janna.

Im Augenwinkel erkannte sie, wie er sie für einen Moment mit offenem Mund anschaute, bevor er sich wieder den Monitoren zuwendete.

„Macht schon. Bringt den Jungen da raus." Ihr Flüstern war so leise, dass es kaum an ihre eigenen Ohren drang.

„Haltet euch bereit."

Alle im Team wirkten hochkonzentriert. Sam hatte sich wie ein Schutzschild vor den Jungen positioniert.

Wenige Sekunden später brach die Hölle los. Die Neuankömmlinge gingen ohne Vorwarnung zum Angriff über. Kugeln heulten an seinem Kopf vorbei. Die anderen im Team feuerten zurück und arbeiteten sich weiter vor.

Plötzlich durchschnitt ein Schrei den Lärm der Kugeln. Einen der Gegner musste es erwischt haben.

In der Wand befand sich eine kleine Nische, in die Sam den Jungen schob. Hier wäre Paul halbwegs sicher. Zumindest hoffte er das. Aber es war allemal besser als in dem großen offenen Raum, in dem sie ihn gefunden hatten.

„Du wartest hier, bis ich wieder komme. Setz dich auf den Boden und mach dich ganz klein."

Der Junge nickte und tat, wie ihm befohlen. Dann schloss Sam zu seinen Kollegen auf.

Die Terroristen waren zäh und schienen über mehr Munition als die Spezialeinheit zu verfügen. Dafür feuerten sie planlos und unkontrolliert.

„Keine Ahnung von militärischer Strategie", flüsterte einer der Kameraden und erwiderte das Feuer in einem günstigen Moment.

Ein heftiger, gegurgelter Laut drang an Sams Ohren, gefolgt von einem dumpfen Poltern. Ein weiterer Gegner ging zu Boden. Der Kugelhagel ließ etwas nach.

Dann ein kurzer Schrei neben ihm. Ein Mitglied der Truppe ging zu Boden, Blut strömte auf den Beton. Sam blickte in das schmerzverzerrte Gesicht eines Kameraden. Der presste seine rechte Hand auf die linke Schulter. Nur verwundet.

Wut durchströmte Sam wie eine Flutwelle. Aber es blieb keine Zeit für Emotionen. Eine Teamkollegin wurde getroffen. Die Kugel durchschlug ihr Bein mit brutaler Effizienz. Sie sackte zusammen, prallte mit dem Körper gegen die Wand, hatte sich aber sofort wieder im Griff und feuerte zurück.

Sam, Henri und das dritte Teammitglied formierten sich neu und drückten nun mit aller Vehemenz nach vorne.

„In Bewegung bleiben", bellte Henri. Sie waren der Freiheit so nahe. Sie konnten jetzt nicht ins Wanken geraten.

Die Schießerei tobte noch einige Augenblicke weiter. Doch dann hatte das Team die Attacke beendet und den Angriff abgewehrt. Ein Gegner nach dem anderen wurde außer Gefecht gesetzt, bis nur noch einer übrigblieb. Als der seine ausweglose Situation erkannte, hob er seine Hände, ließ die Waffe fallen und gab seine Deckung auf.

Wenige Sekunden später hatte das Team auch ihn überwältigt und in Gewahrsam genommen.

Als klar war, dass von den Gegnern keine Gefahr mehr ausging, lief Sam zurück zu Paul, packte seinen Arm und ging mit ihm zum Ausgang. „Es ist vorbei."

„Haben wir ... Haben wir es geschafft?", keuchte der Junge, als sie in die regnerische Nacht hinausstolperten.

„Wie ich es dir versprochen habe", erwiderte Sam und ein Lächeln zuckte um seine Mundwinkel.

„Wir sind draußen", drang Henris kratzige Stimme aus dem Funkgerät.

Janna machte einen tiefen Atemzug. Die Spannung wich aus ihrem Körper und die Arme vielen schwer nach unten. „Sam, bist du okay? Wie ist die Lage?"

„Ich bin okay. Zwei Teammitglieder wurden getroffen, sind aber nicht in Lebensgefahr. Zwei Terroristen sind tot. Die anderen konnten wir überwältigen. Und Paul geht es gut, soweit ich das beurteilen kann."

Gelöst fuhr sich Janna durch die Haare. „Okay, dann kümmere ich mich jetzt um den Professor. Danke, für ihren Einsatz, Henri."

Sie drehte sich zu dem Kollegen mit dem Schnauzer. „Begleiten Sie mich?"

Drei Minuten später positionierten sich Janna und der Beamte der Kripo vor der Haustür von Professor Lohbrecht. Sie drückte die Klingel und wartete auf Bewegung, die sich hinter der Glasscheibe der Eingangstür abzeichnete.

Einen kurzen Augenblick später war Aktivität zu erkennen. Die Tür ging auf und Janna sah die Überraschung im Gesicht des Professors.

„Ja, bitte?", war seine verdutzte Begrüßung.

„Guten Abend, Herr Lohbrecht." Janna blickte ihm tief in die Augen. „Wir kennen uns bereits. Janna Petrusch vom Bundesnachrichtendienst." Dann deutete sie die Person neben sich. „Das ist Michael Paus von der Kriminalpolizei."

„Bitte kommen Sie mit uns mit", gab dieser mit fordernder Stimme zu verstehen.

26

Die Befragung der Terroristen würde noch bis zum nächsten Tag warten müssen, was Janna ärgerte. Zum einen mussten einige von ihnen medizinisch versorgt werden, außerdem hielt sie es nicht für klug, die Besiegten direkt nach ihrer Niederlage zu befragen. Ihrer Meinung nach würden sie mehr erreichen, wenn sich die Verhafteten mit ihrer Niederlage arrangieren konnten und die Emotionen etwas nachgelassen hatten. Zumal es mittlerweile auch fast Mitternacht war und auch Janna die Erschöpfung in ihrem ganzen Körper spürte.

Aber sie wollte Lohbrecht unbedingt mitteilen, dass es seinem Sohn gut ging. Sie und Sam standen vor einer verspiegelten Glasscheibe und beobachteten den Professor. Seine Unruhe war durch das Spiegelglas hindurch greifbar. Rastlos ging er in dem kleinen Befragungsraum auf und ab.

Warum bin ich hier? Was wollen die von mir? Wie geht es meinem Jungen? Diese Fragen mussten ihm vermutlich durch den Kopf gehen, dachte Janna. Auf seinem Gesicht zeichneten sich dunkle Schatten ab. Seine Nervosität schien den ganzen Raum zu füllen.

„Was denkst du, Sam?", wollte Janna wissen, die Augen immer auf den Professor gerichtet.

„Wir haben ihn lange genug schmoren lassen. Sobald er weiß, dass sein Junge in Sicherheit ist, wird er bereitwillig alles sagen, was er weiß."

„Ja, das glaube ich auch." Sie blickte zu ihrem Kollegen. „Gehen wir rein."

Janna öffnete die Tür. Lohbrecht drehte sich direkt zu ihr und Sam.

„Was soll das hier? Warum bin ich hier?" Brüchig und unruhig war seine Stimme.

„Bitte, setzen Sie sich." Sie deutete auf einen Stuhl.

„Nein, ich will mich nicht setzen. Sagen Sie mir endlich, was hier los ist." Lohbrechts Protest klang wenig überzeugend.

„Bitte", wiederholte Janna die Aufforderung. Demonstrativ setzte sie sich auf einen der freien Plätze. Sam tat es ihr gleich.

Zögerlich nahm auch der Wissenschaftler Platz, ohne den Blick von ihnen zu lassen. Seine Augen tanzten hektisch zwischen ihr und Sam hin und her.

„Herr Lohbrecht, wir hatten Ihnen ja bereits während unseres Besuchs bei ihrem Arbeitgeber mitgeteilt, dass wir Ihre Hilfe benötigen." Janna presste sich gegen die Rückenlehne ihres Stuhls. Mit verschränkten Armen analysierte sie jede Regung in seinem Gesicht. „Daran hat sich nach wie vor nichts geändert."

„Aber … ich hatte Ihnen doch gesagt, dass ich Ihnen nicht helfen kann." Schweiß stand auf seiner Stirn.

„Ich kann mich ziemlich gut an unser Gespräch erinnern. Und das haben sie definitiv nicht gesagt."

„Wir glauben, dass Sie uns doch helfen können." Sam hatte sich nach vorne gelehnt.

In Lohbrechts Gesicht spiegelte sich Angst wider. Unruhig knetete er sich die Hände. „Nein, das ist ... Sie irren sich. Ich ...“

„Herr Lohbrecht“, fiel ihm Janna ins Wort, „wir wissen, dass Sie da in etwas reingeraten sind. Und dass Ihr Sohn entführt wurde. Wir verstehen, warum Sie nicht mit uns reden wollen.“

Weit aufgerissene Augen. Lohbrecht schien den Atem anzuhalten. Wie versteinert saß er auf dem Stuhl.

„Es ist uns gelungen, Paul zu befreien.“ Janna sprach mit ruhiger Stimme. „Wir werden Sie gleich zu ihm bringen, damit Sie sich vergewissern können, dass es ihm gut geht.“

„Sie haben ... Sie haben Paul gerettet?“ Erleichtert sackte der Professor auf seinem Stuhl zusammen.

Sam stand auf. „Das haben wir. Aber es war nicht einfach und wir haben dafür einen hohen Preis bezahlt.“

„Darum erwarten wir von Ihnen, dass Sie uns helfen. Es ist schon spät. Darum werden wir Sie und Ihren Jungen gleich an einen sicheren Ort bringen. Sie erhalten Polizeischutz.“ Nun stand auch Janna auf. „Und morgen früh unterhalten wir uns.“

Unkontrolliert nickte der Professor. „Ich ... ich erzähle Ihnen alles. Alles, was Sie wissen wollen.“

„Davon gehe ich aus. Wenn Sie uns bitte begleiten würden.“ Mit einer Handbewegung forderte Janna den Professor auf, ihr zu folgen. Sie verließen den Befragungsraum und gingen einige Zimmer weiter, wo sich Paul mit einer jungen Beamtin unterhielt.

„Papa“, war die erleichterte Reaktion des Jungen, als er seinen Vater sah. Er stürmte los und fiel ihm in die Arme.

„Es tut mir leid. Es tut mir so leid“, war Lohbrechts tränenreiche Antwort und drückte seinen Sohn so fest, als wolle er ihn nie wieder loslassen.

Nach dem emotionalen Wiedersehen von Lohbrecht und seinem Sohn hatte Janna veranlasst, dass die beiden an einen sicheren Ort gebracht wurden. Zudem war es ihr gelungen seine Frau zu erreichen und ihr mitzuteilen, dass es ihrem Sohn gut ging. Beamte würden Paul am nächsten Tag zu ihr nach Genf bringen, wo die Schweizer Polizei für den Schutz der beiden Sorgen würde. Den Professor würden sie während der Dauer der Ermittlungen in Gewahrsam nehmen. Denn es war noch nicht absehbar, inwieweit er tatsächlich in diese Sache verstrickt war. Unabhängig davon, wie weit das sein mochte, so hatte Janna zum ersten Mal das Gefühl, den Terroristen einen kleinen Schritt voraus zu sein.

Noch immer echoten die Worte von Pauls Befreiungsaktion durch ihren Kopf, die sie leise über das Funkgerät gehört hatte: „Warum knallen wir den Jungen nicht einfach ab?"

Während der Rückfahrt grübelte Janna über diese Worte nach. Ihr wollte das nicht einleuchten. Waren diese Terroristen tatsächlich so radikal und verblendet, dass sie ohne weiteres einen unschuldigen Jungen töten würden? Der Gedanke ließ Janna keine Ruhe. Die ganze Fahrt über schwieg sie.

Erst nachdem sie und Sam die Lobby des Hotels erreicht hatten, hatte Janna das Bedürfnis, ihre Gedanken in Worte zu fassen.

„Weißt du, was mich an dieser Sache stutzig macht?" Mit fragendem Blick starrte sie zu ihrem amerikanischen Kollegen. „Warum sollten Öko-Terroristen einen Anschlag auf ein Kreuzfahrtschiff verüben?"

Ein Hauch von Verblüffung zeichnete sich auf Sams Gesicht ab. „Die Branche steht im Ruf, sehr umweltschädlich zu sein. So abwegig finde ich das nicht."

„Das stimmt schon." Jannas blick wanderte durch die verwaiste Lobby. „Generell sind die Aktionen aber widersprüchlich. Bei den Stromausfällen besteht die Gefahr, dass dadurch eine größere Umweltkatastrophe ausgelöst wird, zum Beispiel durch ein Chemiewerk oder ein Atomreaktor, der ohne Strom nicht mehr kontrolliert werden kann." Janna fuhr sich durch ihre Haare. „Und beim Kreuzfahrtschiff liegt jetzt ein Wrack auf dem Grund des Nordatlantiks, der bestimmt mit Rückständen von Öl und anderen Stoffen verunreinigt wird."

„Vielleicht haben die Terroristen nicht soweit gedacht und ihnen ist nicht klar, was passiert, wenn mehrere Wochen der Strom ausfallen wird." Mit verschränkten Armen blickte er zu Janna. „Aber ehrlich gesagt kann ich mir das nicht vorstellen. Ihr bisheriges Auftreten war zu professionell. Die wissen genau, was sie tun."

Mit einem leichten Nicken bestätigte Janna die Aussage des Amerikaners. „Stutzig gemacht hat mich die Bereitschaft, den Jungen zu töten. Sind Öko-Terroristen wirklich so skrupellos?"

„Du könntest Recht haben. Wenn diese Terroristen ihre Agenda ernst meinen, dann wollen sie die Umwelt für die nächsten Generationen erhalten. Als Heranwachsender gehört auch Paul dazu."

Jannas Blick verfinsterte sich. „Ich werde das Gefühl nicht los, dass mehr dahintersteckt. Dass es nicht ausschließlich um radikalen Umweltschutz geht."

Sam nickte zur Bestätigung, sagte jedoch nichts.

„Wir knöpfen uns morgen den Professor vor. Jedes noch so kleine Detail, dass er uns erzählen kann, könnte hilfreich sein." In Jannas Gesicht spiegelte sich Entschlossenheit wider.

„Du hast Recht", antwortete Sam. „Wir sollten vor allem schauen, mit wem der Professor in der letzten Zeit besonders intensiv zusammengearbeitet hat."

„In Ordnung. Dann machen wir morgen an dieser Stelle weiter." Janna warf einen Blick auf ihr Smartphone.

Es war bereits kurz nach zwei in der Nacht und etwas Schlaf war längst überfällig. Das Display zeigte auch an, dass Andrea sie mehrfach versucht hatte anzurufen und ihr zudem eine Nachricht gesendet hatte.

Janna hatte sie komplett vergessen. Zuviel war am Tag passiert, als dass sie sich die Zeit genommen hätte, ihrer Freundin wenigstens eine kurze Mitteilung zukommen zu lassen.

Mit kurzen Worten verabschiedete sie sich von Sam und ging auf ihr Hotelzimmer. Sie wollte sich noch schnell eine heiße Dusche genehmigen, bevor sie zu Bett ging. Doch zunächst öffnete sie die Nachricht, die sie von Andrea erhalten hatte.

Ihre Augen wurden groß und ein flaues Ziehen breitete sich in ihrer Magengrube aus.

Hallo Janna,
eigentlich wollte ich dir das direkt sagen, aber ich habe dich nicht erreicht und ich kann auch nicht mehr warten.
Ich habe lange überlegt und tue mich damit sehr schwer, aber ich möchte erst einmal etwas Abstand zwischen uns. Ich kann dir nicht beschreiben, wie ich mich fühle, aber ich ertrage es nicht mehr, dass du so distanziert und unnahbar geworden bist. Ich verstehe, dass dich Rebeccas Tod nach wie vor sehr schmerzt. Und ich verstehe auch, dass du dich schuldig fühlst.
Was ich aber nicht verstehe, ist, dass du denkst, du musst das alles mit dir allein ausmachen, dass du mich nicht mehr an dich heranlässt, dass du eine Mauer um dich herum aufgebaut hast.
Wir haben früher alles besprochen, wir waren offen und ehrlich uns gegenüber.

Doch nun bist du so abweisend und unnahbar geworden. Das ertrage ich nicht mehr. Ich will dir eine Stütze sein und dir helfen. Was ich aber nicht will, ist einfach nur da zu sein. Das möchte ich nicht mehr.

Darum will ich diese Auszeit. Einfach, damit ich mir über meine Gefühle klar werden kann. Und ich möchte auch, dass du dir über deine Gefühle klar wirst.

Du musst dich entscheiden, ob du dich weiter einmauern willst oder ob du endlich anfängst, dich wieder zu öffnen und dir helfen lässt. So kann es nicht weitergehen. Es tut mir leid, dass ich dir damit zusätzlichen Kummer bereite, aber ich will das nicht mehr.

Bitte verstehe diese Nachricht nicht als Ende unserer Beziehung. Ich liebe dich. Aber ich habe nicht die Energie, unsere Beziehung auf diesem Wege fortzuführen.

Andrea

Kraftlos legte Janna das Smartphone zur Seite, bevor sie sich auf das Bett fallen ließ. Ein Gefühl der Hilflosigkeit ergriff von ihr Besitz, stärker, als sie es jemals erlebt hatte. In dem krampfhaften Versuch, alles zusammenzuhalten, verlor sie schlagartig die Kontrolle über die Dinge in ihrem Leben. Wieder einmal hatte sie versagt und konnte nicht retten, was ihr wichtig war.

Die Emotionen drückten mit aller Kraft an die Oberfläche und Janna fing an zu weinen, wie wahrscheinlich schon seit Jahren nicht mehr. Ihre Welt brach nun vollends auseinander.

27

Janna stützte die Arme auf die Tischplatte und vergrub ihr Gesicht in den Händen. Ihr Körper fühlte sich schwach an. Und in ihrem inneren breitete sich eine Leere aus, die schmerzlich zu allen Seiten drückte. Von allen schlechten Nächten, die sie in den letzten Wochen und Monaten erlebt hatte, lag die beschissenste hinter ihr. Nach einem stundenlangen Weinkrampf war sie irgendwann in einen unruhigen Schlaf gefallen. Nun saß sie kraftlos in diesem Zimmer, hatte bereits drei erfolglose Befragungen hinter sich und nun den vierten Gefangenen gegenübersitzen. Sie hatte keine Lust mehr darauf. Ihr gingen dafür so langsam die Kräfte aus. Sie konnte sich überhaupt nicht auf die Arbeit konzentrieren. Jetzt, im Angesicht einer drohenden Katastrophe, in der sie all ihre Kräfte hätte auf den Fall richten müssen, war ihre eigene Welt zusammengebrochen wie ein Kartenhaus in den Händen eines Einjährigen.

Mit einem schweren Ausatmen musterte sie den Gefangenen. „Herr Milzik, erzählen Sie uns von Emily Reeds Plänen."

Der Gefangene richtete seine Augen auf die Tischplatte. Nach kurzem Zögern entschied er sich, zu antworten. „Ich werde euch nichts sagen." Verachtung lag in seiner Stimme. Mit den in Handschellen gefesselten Händen klopfte er auf den Tisch.

„Warum haben sie Paul Lohbrecht entführt und festgehalten? Wer hat ihnen den Befehl dazu erteilt?" Die immer gleichen Fragen, die bei den anderen schon nichts bewirkt hatten. Janna wäre längst wütend geworden, wenn sie noch einen Rest an Kraft besessen hätte. Im Grunde ging ihr dieses Katz- und Maus-Spiel auf die Nerven. Es brachte sie nicht weiter.

Ganz offenbar hatte auch Sam die Schnauze voll. Energisch umrundete er den Tisch, und zog den Gefangenen samt Stuhl in eine leere Ecke des Raums. Anschließend schnappte er sich einen freien Stuhl, zog ihn schwungvoll zu sich heran und positionierte ihn mit einem lauten Knall vor den Befragten.

Auf beängstigend gelassene Art nahm der Amerikaner auf dem Sitzmöbel Platz und verschränkte die Arme. Sein eiserner Blick heftete sich auf den Terroristen. Sam presste die Luft aus seinen Lungen.

Erschrocken und verunsichert blickte Milzik zu ihm.

Janna beobachtete die Drohkulisse, die ihr Kollege gerade aufbaute. Unter normalen Umständen hätte sie Sam darauf hingewiesen, dass man die Dinge in Deutschland etwas anders angeht, als das vielleicht in den USA der Fall war, aber gerade war es Janna egal, welche Methoden der Amerikaner für nützlich erachtete. Im Grunde war sie froh, dass Sam die Zügel in die Hand nahm. Ihnen lief die Zeit davon und eine extreme Situation erforderte besondere Maßnahmen. Sie selbst war im Moment nicht in der Lage, den entsprechenden Druck aufzubauen. Also ließ sie Sam gewähren, in der Hoffnung, endlich voranzukommen.

Sam beugte sich nach vorne. Die kontrollierte Körperspannung ließ keinen Zweifel an seinem militärischen Hintergrund. „Sie wollen also nicht reden? Ist das so?"

Keine Antwort. Milziks Augen waren nach unten gerichtet auf das konturlose Nichts des Fußbodens.

Sam führte seine Hand knapp vor das Gesicht des Gefangenen und schnippte einmal laut mit den Fingern. „Schauen Sie mich an."

Beim Fingerschnippen hatte Milzik kurz gezuckt. Jetzt zeigte er jedoch keine Reaktionen.

„Ich wiederhole mich nur ungern. Schauen Sie mich an." Sam wurde laut, sein Tonfall war einschüchternd und aggressiv.

Zögerlich hob der Befragte den Kopf. Verunsichert richtete er seine Augen auf Sam, konnte den Blick aber nicht lange standhalten.

„Ich rate Ihnen zur Kooperation." Er presste die Handflächen auf die Oberschenkel und richtete sich auf. „Ich bin Captain der US-Army und wenn Sie nicht sofort damit anfangen, mit uns zusammenzuarbeiten, lasse ich ihre Kameraden, ...", Sam machte eine Pause, „... und natürlich auch Sie ohne zu zögern nach Guantánamo verfrachten." Er kniff die Augen zusammen. „Guantánamo. Schon einmal davon gehört?"

„Ha!", keifte Milzik und bemühte sich nach Kräften, standhaft zu bleiben. „Wir sind Europäer. Das können Sie nicht tun."

Sam ließ sich mit dem Rücken gegen die Stuhllehne fallen.

„Ist das so?" Seine Stimme klang kalt und mechanisch. „Ich bin Amerikaner. Ich versichere Ihnen, dass wir das können. Dann, wenn Sie nicht damit rechnen, stülpt man Ihnen einen Sack über dem Kopf und bringt sie klammheimlich mit dem Flugzeug nach Kuba." Langsam lehnte er sich nach vorne, bis sein Gesicht ganz nah vor Milziks war. „Waterboarding. Schon einmal davon gehört? Dabei zieht man dem Gefangenen ein feuchtes Tuch über Mund und Nase. Das Erschwert das Atmen, dass man das Gefühl hat, elendig zu ertrinken." Während seinem Gegenüber allmählich die Farbe aus dem Gesicht wich, vermied Sam es, auch nur ein einziges Mal zu blinzeln. Er intensivierte seinen Blick. „Eine widerliche Methode, um einen Terroristen wie Sie zum Sprechen zu bringen. Aber es funktioniert, das versichere ich Ihnen. Die Jungs vor Ort haben damit Erfahrung."

Sam sprang von seinem Stuhl auf. „Und jetzt reden Sie." Seine Aggressivität brachte die Luft zum Vibrieren.

Allmählich schien es Milzik zu dämmern, dass er keine Chance gegen ihn hatte und gab seine Abwehr auf. „Wir ... wir sollten nur den Jungen bewachen." Seine Augen huschten zwischen Sam und Janna hin und her. „Mehr kann ich Ihnen nicht sagen."

„Wir wissen, dass eure Terrorgruppe beachtliche Ressourcen hat. Janna war fordernd und kalt. „Woher kommen die Gelder? Und wo hält sich Emily Reed auf."

Sam nahm wieder Platz.

„Ich weiß nicht, wer das ist. Wir hatten nur den Auftrag, den Jungen zu entführen und festzuhalten."

„Wer hat euch den Auftrag gegeben?" Janna war aufgestanden und stellte sich neben Sam. Dass er es geschafft hatte, Milzik zum Reden zu bringen – wenn auch mit zweifelhaften Methoden – brachte ein wenig ihrer Kräfte zurück.

„Ein Kerl hatte uns angesprochen. Er versprach jedem von uns 100.000 Euro. Er wird nur Tristan genannt. Wir haben ihn nie persönlich getroffen." Milzik wurde nun doch redselig. „Ich weiß nicht, ob er wirklich so heißt. Wir haben unsere Anweisung über ein Handy erhalten."

„Über das Handy, mit dem ihr auch mit dem Professor Kontakt aufgenommen hattet, korrekt?" Sams Aussage war fordernd.

Zögerliches Nicken.

„Gibt es noch etwas, das du uns mitteilen willst?", knurrte Sam, ohne dass sich sein stoisches Äußeres veränderte.

Anstelle einer Antwort nur wortloses Kopfschütteln, während Stille den Raum erfüllte.

Ein bedrückendes Gefühl überkam Janna, dass wie das Echo eines Albtraums nachhallte.

„Komm schon", murmelte Janna, packte Sams Arm und verließ mit ihm den Befragungsraum.

Als Janna die Tür hinter sich zugezogen hatte, war Emily Reed noch immer eine schattenhafte Gestalt mit unbekannten Plänen. Dass diese Gruppe sogar Söldner anheuerte, machte alles nur noch komplizierter. Und wer zum Teufel war dieser Tristan? Noch eine unbekannte Figur in einem ominösen Spiel, dessen Regeln sie einfach nicht verstehen wollte.

Während sie den Flur entlang gingen, versuchte Janna das Rätsel zu lösen, dass diesen Fall zu umgeben schien. Warum heuern Öko-Terroristen Söldner an? Solche, die sogar bereit waren, einen unschuldigen Jungen zu töten. Hier stimmte etwas hinten und vorne nicht. Ihr wollte nicht einleuchten, warum. Aber sie hatte gar nicht die Energie, sich auf diesen Gedanken zu konzentrieren.

„Janna?" Sam riss sie aus ihrer Gedankenwelt. „Was ist los?"

„Was meinst du?" Ihr Tonfall war abweisend.

„Du weißt, was ich meine. Du bist heute überhaupt nicht da."

Müde zog Janna die Augenbrauen nach oben. Sie vermied es, Sam anzuschauen. „Ich habe eine beschissene Nacht hinter mir."

„Ist nicht zu übersehen."

„Wenn es so offensichtlich ist, hätten wir das ja geklärt." Womit sie unmissverständlich zu verstehen gab, dass dieses Gespräch vorbei war. Sam erwiderte nichts, doch Janna spürte seinen kritischen Blick.

Sie erreichten das Zimmer, in dem Lohbrecht auf seine Befragung wartete. Sie öffnete die Tür und begrüßte den Wissenschaftler. „Guten Morgen, Herr Lohbrecht. Entschuldigen Sie, dass Sie warten mussten."

Er nickte zur Begrüßung. Janna setzte sich ihm gegenüber an den Tisch. Sam zog es vor, stehenzubleiben.

„Wie geht es Ihrem Jungen? Wie geht es Ihnen?" Janna hatte keine bessere Idee, um das Gespräch zu beginnen.

„Gut, danke", war seine Antwort. Seine Worte waren schwach. Es war offensichtlich, dass es weder ihm noch Paul wirklich gut ging. Dieses Ereignis würde die Familie noch lange belasten und hatte bei Paul vermutlich ein Trauma ausgelöst, von dem er sich nur langsam erholen würde. Für Janna stand das außer Frage, weshalb sie nicht näher darauf einging. Sie hatte in diesem Moment auch kein Interesse, sich mit den Gefühlen anderer Menschen auseinanderzusetzen, kam sie doch im Moment mit ihrer eigenen Gefühlswelt kaum klar.

„Erzählen Sie uns, was sie mit diesen Terroristen zu tun haben. Warum haben die Sie erpresst?" Mit den Armen stützte Sam sich auf den Tisch und lehnte seinen Oberkörper Lohbrecht entgegen.

Der Wissenschaftler stieß einen tiefen Seufzer aus. Er spielte unruhig mit den Händen. Sein Blick wanderte suchend über die Tischplatte. „Vor einigen Jahren wurden die Mittel für die Forschung drastisch erhöht. Angeblich beteiligte sich ein anderer Investor daran. Aber von Finanzen verstehe ich nicht viel." Er suchte Augenkontakt zu Janna. „Unsere Forschung mit den Bakterien lieferte vielversprechende Ergebnisse, kam aber nur langsam voran. Dann standen auf einmal beinahe unendliche Ressourcen zur Verfügung und wir sollten die Erforschung dieser Bakterien schnellstmöglich vorantreiben."

„Wieso das? Mit welcher Begründung?" Sam setzte sich nun auch auf einen Stuhl.

Nach kurzem Zögern führte Lohbrecht seine Ausführungen fort. „Das weiß ich nicht. Alles streng geheim." Er machte eine entschuldigende Geste mit den Händen. „Wissen Sie, Gentechnik hat in Europa nicht den besten Ruf und in der Bevölkerung herrschen teils berechtigte, zum Teil aber auch absolut irrationale Bedenken. Viele Investoren und Befürworter halten sich daher bedeckt."

Mit einem verhaltenen Nicken bestätigte Janna die Anmerkung des Wissenschaftlers. „Weiter. Was ist dann passiert?"

„Mein Team hat mit der Forschung und Entwicklung dieser Bakterien begonnen. Entsprechend der Vorgaben dieses Investors. Am Anfang lief auch alles, wie wir uns das vorgestellt hatten."

„Und dann?", drängte Janna.

„Die DNS erwies sich als eigenwillig und widerspenstig. Sie begann sich immer wieder zu verändern. Die Bakterien wurden zunehmend aggressiver und hätten uns beinahe das Labor zerstört."

„Was meinen Sie damit, dass sich die DNS veränderte?" Sam verschränkte die Arme vor der Brust. „Es handelt sich doch um wissenschaftsbasierte Forschung und Entwicklung. Wie ist das möglich?"

„Na ja, in der Wissenschaft wird häufig nach dem Prinzip ‚Versuch und Irrtum' verfahren. Nicht alles lässt sich berechnen. Es wäre möglich, dass wir das Genom der Bakterien soweit verändert haben, dass es mutiert und es so zu diesen Veränderungen kam."

Lohbrecht rieb sich das Kinn und starrte ins Leere. „Jedoch war die ungewöhnliche Mutationsrate auffällig. Das hielt ich für sehr ungewöhnlich."

„Was haben Sie dann unternommen?" Janna wurde ungeduldig.

„Und es macht nichts, wenn Sie endlich zum Punkt kommen", ergänzte Sam in rabiatem Tonfall.

Erschrocken sah der Wissenschaftler ihn an. „Ich hatte irgendwann die Vermutung, dass die Forschung nicht meinen Vorgaben entsprechend durchgeführt wurde. Als leitender Wissenschaftler entwickle ich die theoretischen Modelle, gebe Anweisungen und überprüfe die Forschungsergebnisse. Ich stehe nicht bei jedem Experiment dabei. Dafür habe ich ein Team."

„Das heißt, ihr Laborteam hat quasi freie Hand und kann tun und lassen, was es will? Sie schauen ihren Leuten nicht auf die Finger, sondern überprüfen hinterher nur das Ergebnis?" Janna verschränkte die Arme.

„Ähm ... Nein, so einfach ist das nicht. Die Mitarbeiter sind weisungsgebunden." Peinlich berührt blickte er nach unten. Es war ihm sichtlich unangenehm, damit konfrontiert zu werden, dass er sein Team hätte besser im Blick haben sollen. „Als mir klar wurde, dass etwas nicht stimmte, hatte ich mir nochmals alle Daten, Protokolle und Untersuchungsergebnisse angesehen." Lohbrecht wurde hektisch. Er wollte sich offenbar nicht noch einmal den Vorwurf gefallen lassen, er hätte sein Team nicht im Griff. „Irgendwann verstand ich, in welche Richtung die Forschung vorangetrieben wurde. Doch das Genom war instabil, weshalb die Bakterien nur eine kurze Überlebensdauer hatten. Gleichzeitig hatten sie eine unglaubliche Aggressivität entwickelt und da verstand ich, welchen Zweck die Bakterien haben sollten. Dass jemand im Begriff war, eine Waffe zu entwickeln."

„Und damit sind Sie den bösen Jungs zu nahegekommen. Darum hatte man ihren Sohn entführt", ergänzte Sam mit unbewegter Miene.

Lohbrecht nickte. Seine Augen wurden feucht. „Sie hatten gedroht, dass sie Paul umbringen, wenn ich die Arbeit daran abbreche und zu den Behörden gehe."

„Also haben Sie weitergemacht, obwohl sie wussten, was auf dem Spiel steht." Janna bemühte sich nach Kräften, nicht anklagend zu wirken, doch es gelang ihr kaum.

Lohbrecht nickte zögerlich. Mit schwacher Stimme versuchte er sich zu rechtfertigen. „Was hätten Sie denn an meiner Stelle getan?"

Die Verzweiflung des Professors flutete den Raum.

Der kurze Moment des Schweigens legte sich wie eine glühende Hand auf Jannas Hals und schnitt ihr die Atemluft ab. Sie musste professionell bleiben und durfte sich nicht von den Emotionen des Zeugen beeinflussen lassen. Doch im Moment gelang ihr das nicht. Die Hilflosigkeit des Wissenschaftlers schmerzte, erinnerte sie an die eigene, die sie seit Andreas Nachricht empfand.

„Janna?"

Sie zuckte zusammen.

„Alles in Ordnung?"

Sie blickte in Sams Gesicht, auf dem sich ein Anflug von Besorgnis abzeichnete.

Mit einem zaghaften Nicken schüttelte Sie die Irritation ab und wandte sich wieder dem Professor zu. „Sie begleiten uns zu ihrem Arbeitsplatz. Wir werden dort alles sicherstellen, was mit ihrer Forschung zu tun hat." Janna hatte ihre unangebrachten Gefühlsregungen so gut es möglich war beiseitegeschoben. „Wir werden dort Ihre Hilfe benötigen."

28

Am Nachmittag erreichten Janna und Sam gemeinsam mit Professor Lohbrecht ihr Ziel. Der hochmoderne Campus von Baltic Bio Technologies erhob sich vor ihnen. Die Umgebung spiegelte sich in der riesigen Glasfront wider. Sam lenkte das Fahrzeug und parkte den Wagen direkt vor dem Eingang des Hauptgebäudes.

Mit dabei waren Beamte der Kieler Kriminalpolizei, die Kommissarin Jennifer Steinert mit ihrem Kollegen Felix Schmid sowie zwei Polizisten. Janna hatte auf der Fahrt nach Kiel Unterstützung bei der Polizei angefordert. Außerdem hatte sie sich in Windeseile alle notwendigen Papiere und richterlichen Beschlüsse besorgt. Manchmal erwies sich die Verwaltung doch als unglaublich effektiv und schnell.

Wenige Minuten später betrat Janna mit den übrigen Personen das imposante Atrium mit seinen balkonartigen Etagen und dem üppig angelegten Regenwald. Im warmen Kunstlicht wirkte die Halle wie das Innere eines gigantischen, bewohnbaren Raumschiffs. Durch das große Panoramadach zeichnete sich der sommerliche Himmel ab. Eine angespannte Atmosphäre füllte das Atrium. Menschen eilten gehetzt durch das Gebäude und wirkten gestresst. Die Personen schenkten den Neuankömmlingen keine Beachtung.

Jannas Instinkt schlug an. Irgendetwas war nicht so, wie es sein sollte. Spannung lag in der Luft und füllte den ganzen Innenraum des Hauptgebäudes.

Sie hatten den großen Eingangsbereich gerade hinter sich gelassen, da erspähte sie Niklas, der aus der Gruppe an Menschen heraustrat und zielstrebig auf sie zulief.

Mit schiefem Kopf blickte er die Gruppe an. „Guten Tag zusammen." Er musterte den Professor, bevor er zu Janna und Sam schaute. „Ich bin etwas verwundert, Sie bereits jetzt anzutreffen. Noch dazu in dieser Gruppierung." Sein kritischer Blick ging erneut zum Wissenschaftler sowie zu den Polizeibeamten.

„Was meinen Sie damit, uns bereits jetzt anzutreffen?" Die Aussage irritierte Janna.

„Bei uns gab es einen Zwischenfall", antwortete Niklas. „Den wir noch nicht öffentlich gemacht hatten."

„Was für einen Zwischenfall?", hörte Janna Kommissarin Steinert fragen, noch bevor sie selbst reagieren konnte.

„Würden Sie uns bitte aufklären?", ergänzte sie.

„Verzeihung. Natürlich." Niklas straffte seinen Körper. „Der Firmenjet ist vor etwa drei Stunden abgestürzt. Mit Phillipp an Bord."

„Wie bitte?" Janna hoffte, sich verhört zu haben. Für sie war es glasklar, dass dieses Ereignis weitreichende Folgen haben würde. Und noch mehr Chaos verursachen würde, als es ohnehin schon gab.

„Sie sind sicher, dass Herr Theisen an Bord war?" Die Arme verschränkt, musterte Sam den Mitarbeiter der Firma.

„Sein Flugzeug war auf dem Weg nach San Diego, Kalifornien. Dort sind viele wichtige Firmen unserer Branche angesiedelt und Phillipp sollte dort an einer Konferenz teilnehmen." Mit einer ausladenden Handbewegung deutete Niklas auf eine Frau, die einige Meter entfernt stand und bisher keine Notiz von den Neuankömmlingen genommen hatte. „Samanta hat ihn zum Flughafen gebracht."

Nun wusste Janna auch, warum alle Leute im Gebäude so hektisch wirkten.

„Warum … Ähm, warum habt ihr mich nicht angerufen? Das ist etwas, dass man mir hätte sagen müssen." Lohbrecht hatte sein Smartphone in der Hand und blickte fragend auf das Display.

„Wir haben das vor wenigen Minuten selbst erst erfahren", war Niklas harsche Antwort.

Janna richtete ihren Blick auf Sam, bevor sie sich wieder an Niklas wendete. „Entschuldigen Sie uns beide für einen kleinen Moment." Dann deutete sie dem Amerikaner, ihr zu folgen. Sie entfernten sich einige Meter von der Gruppe. Mit leiser Stimme sprach sie mit Sam und war darauf bedacht, dass niemand ihren Wortwechsel mitbekam. „Was denkst du?"

Sam räusperte sich. „Dafür, dass die erst vor einigen Minuten davon erfahren haben, herrscht hier bereits gewaltige Hektik. Und dass niemand daran gedacht hat, Lohbrecht zu verständigen, glaube ich nicht. Er ist der leitende Wissenschaftler. Er sollte einer der Ersten sein, die davon erfahren." Sein Blick wanderte zu dem Professor, der sich mit den Beamten der Kieler Polizei unterhielt. „Mir ist nicht klar, wie der Tod des Firmenchefs und die Aktivitäten der Terroristen zusammenpassen. Aber mein Instinkt sagt mir, dass es einen Zusammenhang gibt."

„Vielleicht wollten die Terroristen die Kontrolle über die Firma erlangen …"

„... und Phillipp Theisen war im Weg." Sam verschränkte die Arme.

Janna stieß einen Seufzer aus. „Gut möglich. Solange wir aber keine offizielle Bestätigung haben, dass Phillipp tot ist, könnte es auch ganz anders sein."

Sam nickte. „Stellen wir die Arbeit des Professors sicher und machen den Laden hier dicht."

Sie gingen zu den anderen zurück. Janna übernahm die Führung des Gesprächs. „Herr ... äh."

„Einfach Niklas", erwiderte der junge Mann. Sein weißer Anzug sah makellos aus, trotz der Ausnahmesituation, in der sich gerade alle befanden.

„Okay. Niklas." Sie rollte mit den Augen. „Wenn Phillipp Theisen tot ist, wer ist jetzt für dieses Unternehmen verantwortlich? Wer leitet die Firma?"

„Das sind François Tibault und Lea Gordon. Beide befinden sich momentan im Ausland." Niklas hob entschuldigend die Arme.

„Wer hat dann die Entscheidungsgewalt? Wer ist verantwortlich?" Jannas Fragen waren drängend.

„Nun, wir haben flache Hierarchien und hatten noch nie einen solchen Fall. Ich kann Ihnen hierzu keine Auskunft geben."

„Wie bitte? Ich glaube ich höre nicht richtig." Janna wurde sichtlich ungehalten.

„Professor, wer ist für diesen Laden aktuell verantwortlich?" Sam hatte sich zu Lohbrecht gedreht. Seine Worte waren fordernd.

„Das müsste eigentlich ich sein. Ich ... äh, ich bin mir aber nicht sicher."

„Egal, für diesen Eiertanz haben wir keine Zeit. Wir beschlagnahmen sämtliche Dokumente, Datenträger und Forschungsergebnisse." Janna richtete sich an die beiden Kommissare. „Frau Steinert, Herr Schmid, sie wissen, was wir zuvor besprochen haben. Stellen Sie alles sicher, was für unsere Ermittlungen relevant sein könnte." Janna war schlagartig von einer eigenwilligen Energie erfasst und sie schaffte es, ihre Gefühle hinten anzustellen. Es ging gerade um mehr, als um ihre Beziehungsprobleme. Ihr wurde klar, dass sie diesen Fall lösen musste, damit sie mit Andrea eine Zukunft haben konnte.

„Das können Sie nicht tun?" Niklas androgynes Gesicht hatte einen feindseligen Ausdruck angenommen.

„Wir versichern Ihnen, dass wir das können", mischte sich Steinert ein und streckte ihm den richterlichen Beschluss entgegen.

Widerwillig griff Niklas nach dem Dokument. „Verstehe", antwortete dieser mit emotionsloser Miene. „Leider ist das nicht möglich. Derzeit besteht kein Zugriff auf die Systeme. Und die Labore sind verriegelt. Was denken Sie, warum hier so eine Hektik herrscht." Schwungvoll ließ er seinen Arm durch das Atrium wandern.

Janna glaubte, sich verhört zu haben. Gerade war sie dabei, etwas zu erwidern, da drang die Stimme des Professors an ihr Ohr: „Fallen Eagle."

Janna und Sam blickten den Wissenschaftler mit fragenden Blicken an. Auf seinem Gesicht zeichnete sich ein „Auch das noch" ab.

„Was bedeutet ‚Fallen Eagle'?", wollte Sam wissen. Dringlichkeit lag in seiner Stimme.

„Fallen Eagle ...", beantwortete Niklas die Frage, „... ist ein interner Sicherheitsmechanismus. Bei einer Bedrohungslage für das Unternehmen, wie zum Beispiel Industriespionage oder einem Hacker-Angriff, werden alle Systeme vom Internet getrennt und in einen sicheren, unantastbaren Zustand gebracht." Niklas ratterte den Text herunter, als wolle er einem Kunden die Funktion eines Kaffeeautomaten erklären. „Auch die Labore wurden hermetisch abgeriegelt.

Derzeit ist kein Zugriff auf unsere Forschungsarbeit möglich." Niklas' Blick heftete sich auf den Professor.

„Wie erlangt man wieder Zugriff auf das System?" Janna verlor allmählich die Geduld. Immer, wenn sie glaubte, endlich einen Schritt nach vorne zu kommen, wurden sie wieder kilometerweit zurückgeworfen. In diesem Tempo würden sie die Bedrohung niemals abwenden können.

„Das kann ich Ihnen nicht sagen." Niklas straffte sich. „Tatsächlich hatten wir einen solchen Fall noch nicht. Aber nachdem, was hier los ist", Niklas ließ seinen Arm erneut über die Unruhe im Atrium wandern, „vermute ich nicht, dass es allzu schnell gehen wird."

„Okay. Genug jetzt mit diesem Kindergarten." Sam wurde laut. „Bringen sie uns die Protokolle, die für einen solchen Fall ausgearbeitet wurden. Und holen Sie jemand von Ihrer IT-Abteilung her."

„Wann werden Tibault und Gordon hier sein?" Auch Janna sprach nun mit Nachdruck.

„Wir haben Sie noch nicht informiert. Dazu hatten wir noch keine Zeit." Unbeeindruckt blickte Niklas sie an.

„Ihr Firmenchef ist mutmaßlich tot. Ihre Labore und Datenbanken sind abgeriegelt. Es ist unklar, was in einem solchen Fall zu tun ist. Und sie hatten es nicht für nötig erachtet, die übrigen Vorstandsmitglieder zu informieren." Aus Janna sprach der Zorn. Sie hatte das Gefühl, gewaltig verarscht zu werden.

Niklas ließ sich von ihr nicht beirren. „Wissen Sie, so einfach ist das ..."

„Ersparen Sie mir das", fauchte Sie ihn an. „Frau Steinert, Herr Schmid, schaffen sie sämtliche Personen aus dem Gebäude. Sorgen Sie mit ihren Leuten dafür, dass hier keiner mehr ungefragt rein oder raus geht. Beschlagnahmen sie alles, was auch nur ansatzweise unsere Ermittlungen voranbringen könnte." Dann drehte sie sich zum jungen Mann im weißen Anzug. „Und Sie, Niklas ...", sie machte aus ihrer Abneigung keinen Hehl, „Sie halten sich besser bereit. Wir werden später noch einmal mit Ihnen reden wollen." Janna trat ganz nah an ihn heran. Herausfordernd blickte sie ihm in die Augen. „Haben Sie mich verstanden?"

Ein kaum merkliches Nicken. Feindseligkeit sprach aus seinen Augen. Noch bevor Niklas etwas erwidern konnte, drangen Lohbrechts Worte an Jannas Ohren. „Lassen Sie uns in mein Büro gehen. Vielleicht kann ich noch auf meinen PC zugreifen."

In den Worten des Wissenschaftlers schwang etwas Unausgesprochenes mit. Etwas, dass sich auch in seinen Gesichtszügen verbarg. Doch was mochte es sein? Wusste er vielleicht etwas zu diesem Sicherheitsprogramm, das andere nicht wussten? Und somit auch Niklas nicht? Janna wollte es auf einen Versuch ankommen lassen. „Gut, gehen wir." Sie richtete ihren Blick erneut auf den Assistenten. „Danke, Niklas, für Ihre Unterstützung. Wir kommen wieder auf Sie zurück. Schaffen Sie in der Zwischenzeit die IT-Verantwortlichen der Firma herbei."

Seine Miene verdunkelte sich. Mit einem knappen Nicken löste er sich von der Gruppe und verschmolz kurz darauf mit dem noch immer hektischen Treiben im Atrium.

Wenige Augenblicke später stand Janna gemeinsam mit Sam und Lohbrecht in dessen Büro. Der blickte sich zunächst in seinem Arbeitszimmer um, dann ließ er die Tür ins Schloss fallen und schirmte die Außenwelt ab.

Ohne Umschweife fing er an zu sprechen. „Es gibt einen Weg, die Sicherheitsblockade zu umgehen. Das System stammt noch aus Zeiten, als Josef Theisen die Firma geleitet hatte. Er hatte mir sowie zwei weiteren Personen aus dem engsten Führungskreis des

Unternehmens diese Möglichkeit gezeigt: François und Lea. Für Notfälle."

Neugier spiegelte sich in Jannas Gesicht wider. „Und wie sieht dieser Weg aus?"

„Jeder von uns besitzt zwei Datenschlüssel, und jeweils fünf Sicherheitscodes, mit denen man über den zentralen Server den Zugriff auf sämtliche Daten freischalten und das System zurücksetzen kann. Zwei Personen, also vier Datenschlüssel und zehn Sicherheitscodes, sind erforderlich, um das System neu zu starten."

„Und die beiden anderen sind irgendwo auf diesem verdammten Planeten, aber nicht hier in Kiel." Resignation sprach aus Janna.

„Ja." Lohbrecht ergänzte seine Antwort mit einem Nicken. „François arbeitet am Campus in Marseille, Lea Gordon hält sich meist in San Francisco auf."

Janna massierte ihre Schläfen. Allmählich ging ihr dieses Katz- und Maus-Spiel auf die Nerven. Sie blickte zu Sam. „Unsere Kollegen sollen sich unverzüglich mit den beiden in Verbindung setzen und diese Datensticks an sich nehmen."

Sam nickte zur Bestätigung. „Und Sie händigen uns umgehend Ihre Datenschlüssel und die Sicherheitscodes aus, Professor." Wie üblich war Sams Stimme fest und sein Auftreten von militärischer Autorität geprägt.

Doch Janna bildete sich ein, dass auch er so langsam dabei war, seine stoische Gelassenheit zu verlieren. Seine Gesichtsmuskeln zuckten kaum sichtbar.

Die Sonne war bereits untergegangen, als Janna und Sam zurück in Hamburg waren.

Die Kieler Kollegen hatten den Auftrag erhalten, alle Mitarbeiter von BBT zu befragen, alle brauchbaren Hinweise zu sichern und dafür zu sorgen, dass der

Campus nur noch mit Sondergenehmigung betreten werden durfte.

Während sich Sam mit den französischen Kollegen und seinen Vorgesetzten in Verbindung setzte, um die Sicherstellung der Datenschlüssel in die Wege zu leiten, saß Janna im Besprechungszimmer des Hotels und hielt eine Videokonferenz mit Maik.

„Also, was wissen wir über diesen Flugzeugabsturz?" Janna bemühte sich, konzentriert zu bleiben, doch Maik schien nicht entgangen zu sein, dass es ihr schlechter ging als sonst.

„Janna, ist bei dir alles in Ordnung?"

„Alles bestens."

„Wirkt aber nicht so." Skepsis lag in Maiks Worten.

„Ich hatte eine miese Nacht hinter mir, und einen anstrengenden Tag."

„Komm schon, Janna. Was ist los?"

Sie hatte keine Lust, über ihre Beziehungsprobleme zu sprechen. Aber ihr war klar, dass Maik keine Ruhe geben würde, würde sie nicht unmissverständlich klarstellen, dass sie nicht darüber sprechen wollte. „Mir geht es gut", gab sie energisch wieder.

„Okay! Ich lass' dich in Ruhe." Maik schüttelte den Kopf, was Janna auf dem Monitor deutlich erkennen konnte. „Denk aber daran, dass ich für dich da bin. Wenn du reden möchtest ..."

„Danke", schob Janna hinterher. Und sie war tatsächlich dankbar für das Angebot. Aber sie hatte gerade weder die Kraft, noch die Zeit, sich erneut ins emotionale Chaos zu stürzen, das in ihr herrschte. „Lass uns einfach weitermachen, okay? Also, was ist über den Absturz bekannt?"

„Die Maschine ist am Vormittag von Hamburg gestartet, mit Phillipp Theisen an Bord. Der Flieger war auf dem Weg nach San Diego." Maik räusperte sich. „Nach einer Weile meldeten die Piloten technische

Probleme und den Ausfall einiger Systeme. Da waren Sie bereits weit draußen über dem Nordatlantik. Die Crew steuerte daraufhin zurück und wollte in Vágar auf den Faröer Inseln notlanden. Etwa 20 Minuten vor Erreichen des Flughafens ist der Kontakt abgebrochen. Die Maschine ist daraufhin vom Radar verschwunden."

„Ausfall von Systemen ..." Janna dachte laut nach. „Das klingt nach den Bakterien. Wenn die heimlich im Jet freigesetzt wurden, dann könnten die für die technischen Probleme verantwortlich sein."

„Wäre gut möglich", antwortete Maik. „Vielleicht kommen wir über die Mitarbeiter von BBT an die Täter heran."

„Was hast du alles zur Firma herausgefunden?" Jannas Augen brannten, als sie auf den Monitor ihres Notebooks blickte.

„Die Firma Theisen war ursprünglich auf Spezialchemie ausgerichtet. Vor etwa zehn Jahren wurde mit der Biotechnologie ein neuer Geschäftszweig aufgebaut. Damals hatte man auch mit dem Bau des Kieler Campus' begonnen. Nachdem Phillipp Theisen die Geschäfte übernommen hatte, änderte man dann die Firmenstruktur und hatte das Unternehmen in Baltic Bio Technologies umbenannt. Soweit ich herausgefunden habe, ist die Firma gut vernetzt in Behörden und in der Politik."

„Das ist ja interessant." Neugier machte sich auf Jannas müdem Gesicht breit.

„Ich vermute, dass es dem Unternehmen so gelungen ist, eine Vielzahl an Sondergenehmigung für die Forschungsarbeit zu erhalten." Maik zuckte mit den Schultern. „Eigentlich gelten für Biotechnologie strenge Auflagen. Aber es gibt Wege, die Regeln zu umgehen. So wie es aussieht, hat BBT so ziemlich alle Schlupflöcher genutzt, die existieren."

Erstaunen ergriff Besitz von Janna. „Das untermauert meine These, dass es hier um mehr geht als bloßen Öko-Terrorismus."

„Fun Fact am Rande, ...", ergänzte Maik, „... das Unternehmen steht auch hinter dem Investor, der sich die Nutzungsrechte an dieser Bohrinsel in der Nordsee gesichert hatte."

Jannas graue Zellen begannen zu arbeiten. Da war doch etwas. Sie erinnerte sich daran, vor kurzem davon etwas mitbekommen zu haben. Ihr wollte aber nicht einfallen, was es war.

„Klär mich mal bitte auf, Maik."

„Vor Bremerhaven wurde die Bohrinsel Langlütjen 3 gebaut, die aber nie in Betrieb ging. Die Inbetriebnahme wurde gerichtlich gestoppt. Vor kurzem hatte sich ein Investor die Rechte an der Plattform gesichert und wollte dort maritime Forschung betreiben."

Das war es. In der U-Bahn-Station hatte Janna das vor einigen Tagen auf einer Reklametafel gesehen, dann aber wieder vergessen. Warum sollte ein Unternehmen aus der Bio-Tech-Branche eine solche Plattform erwerben? Janna kam ins Grübeln. Das ergab für sie keinen Sinn.

„Wie sieht es mit der Forschung auf dieser Plattform aus?", wollte sie wissen.

„Soweit ich weiß, wird die Bohrinsel gerade umgebaut. Mehr kann ich bisher nicht sagen. Ich bleibe aber dran." Maik war es sichtlich unangenehm, dass er erst so wenige Ergebnisse präsentieren konnte. Dabei hatte er kaum Zeit gehabt, um das Unternehmen zu durchleuchten. „Aber ich habe zumindest eine Liste der Personen, die für das Unternehmen arbeiten oder in jüngster Zeit gearbeitet haben."

„Okay Maik, das hilft mir auf jeden Fall weiter. Hier setzen wir an." Janna hoffte, auf diesem Weg etwas zu finden.

„Ich schicke dir die Infos per Mail. Hast du in ein paar Sekunden."

„Danke. Bitte überprüfe auch noch, was wir über Phillipp Theisen wissen. Vielleicht bringen uns seine Beziehungen und Kontakte weiter."

Maik nickte zur Bestätigung und beendete das Gespräch.

Ein unaufdringliches Bing kündigte seine E-Mail an.

Umgehend machte sie sich daran, die Informationen zu sichten.

Sie konzentrierte sich zunächst auf die Personen, die mit Alexander Lohbrecht zusammenarbeiteten oder mit ihm in Kontakt standen: Laborteams, Forschungskollegen, Doktoranden, Auszubildende, Verwaltungsmitarbeiter. Es waren eine Menge Leute, zu denen der Wissenschaftler Kontakt hatte. Wie sollte sie so herausfinden, wer möglicherweise für die Erpressung des Professors verantwortlich war?

Janna saß mit schwerem Kopf vor dem Notebook. Sie hoffte, irgendeine Information zu finden, irgendetwas, dass sie weiterbrachte. Doch je tiefer sie eintauchte, desto mehr schwirrten Namen, Berufsbezeichnungen, Geburtsdaten vor ihrem geistigen Auge.

Sie ließ sich gegen die Rückenlehne ihres Stuhls fallen. Mit leichtem Druck massierte sie ihre Schläfen, ihre Augen weiterhin auf den Monitor gerichtet. Die Angaben zu Lohbrechts Kollegen verlangten ihre Aufmerksamkeit. Je mehr sie las, desto mehr brummte ihr der Schädel. Gleichzeitig formierte sich aber ein Gedanke in ihrem Verstand, den sie nicht zu fassen bekam. Irgendetwas übersah sie. Aber was war es nur?

Janna ging die Infos erneut durch. Und ein weiteres Mal.

„Was zum Teufel übersehe ich?", fluchte sie in die Stille des Besprechungsraums.

Sie hatte das sprichwörtliche Gefühl, den Wald vor lauter Bäumen nicht zu sehen. Es lag vor ihr, doch sie kam nicht drauf.

Hastig sprang Janna von ihrem Stuhl auf und ging zügig auf und ab. Es machte sie wahnsinnig, dass ihr nicht einfallen wollte, was es war. Sie wusste zwar, dass es häufig nichts brachte, sich an einen Gedanken zu klammern und ihn erzwingen zu wollen, aber so war ihr Verstand zumindest beschäftigt und ihre Gedanken kreisten nicht um Andrea.

Jetzt benötigte sie mehr denn je Kontrolle über das, was geschah. Zumindest, wenn sie diesen Fall lösen wollte. Verbissen heftete Janna ihren Verstand wieder auf diesen Gedanken, der einfach nicht greifbar wurde. Was auch nicht half, war, dass sie niemand von Lohbrechts Kollegen kannte. Janna hatte bisher nur mit drei Personen von BBT gesprochen. Geistig ging sie die Personen durch, mit denen sie bereits Kontakt hatte. Der Professor wurde erpresst und Phillipp Theisen war das Opfer eines Anschlags, der vermutlich mit den Bakterien durchgeführt wurde. Blieb nur noch Niklas, der sie in Empfang genommen hatte.

Abrupt blieb Janna stehen. Das war es: Niklas. Niklas Irgendwer.

Janna stürmte zurück zum Notebook und ging die Personalbögen ein weiteres Mal durch. Wo zum Teufel war der von Niklas?

Hatte Maik ihn vergessen? War es ein Versehen? Daran wollte sie nicht glauben.

Hastig rief sie zunächst bei Maik an, der ihr bestätigte, dass das alles war, was er bisher finden konnte. Es gab also keine Angaben zu diesem Niklas, er war nicht als Mitarbeiter gemeldet. Warum konnte diese Person einfach so bei BBT ein und ausgehen? Was stimmte hier nicht? Wer war der Kerl, der sich nicht mit Nachnamen bei Janna vorstellte. Einfach Niklas, äffte sie seine Stimme in ihrem Kopf nach.

Sie nahm Kontakt zu Jennifer Steinert auf, der Kieler Kommissarin, die sie auf den Campus begleitet hatte. Vielleicht konnten sie ihn bereits befragen.

„Ich muss wissen, wer dieser Niklas ist. Dieser Kerl im weißen Anzug", begann Janna unvermittelt und ohne lange Ausschweifungen. „Konnten Sie ihn schon vernehmen?"

„Niklas Borrmann heißt er. Er ist seit ein paar Jahren bei der Firma. Wirklich viel konnten wir noch nicht über ihn herausfinden."

„Was hat die Befragung ergeben?"

Steinert zögerte. „Während wir die Mitarbeiter aus dem Gebäude geschafft und den Campus abgeriegelt haben, ist er verschwunden."

„Das ist jetzt nicht ihr Ernst." Janna unterdrückte das Bedürfnis, ins Telefon zu brüllen. „Wie um alles in der Welt konnte das passieren?"

„Es tut mir leid. Aber wir sind personell unterbesetzt und haben nicht genug Beamte. Während wir die Leute rausgebracht haben, wurde es zudem chaotisch und es gab ein Durcheinander. Das hat er vermutlich genutzt."

„Und das erfahre ich erst jetzt?" Nun konnte sich Janna doch nicht mehr zurückhalten und wurde laut. „Diese Person ist nicht unter den Mitarbeitern des Unternehmens aufgeführt. Und doch ist er dort rein und raus spaziert. Wir müssen wissen, wer dieser Mann ist. Und sie lassen ihn einfach so abhauen. Das ist eine Katastrophe."

Während sie auf eine Reaktion von der Kommissarin wartete, nahm sie einen tiefen Atemzug. Jannas Körper bebte.

Doch es gab keine Rückmeldung. Nichts.

„Frau Steinert? Sind sie noch da?"

Keine Antwort.

Janna blickte auf das Display und sah, dass das Gespräch beendet war. Vielleicht wurde es unterbrochen, dachte sie und wählte erneut die Nummer. Doch nichts passierte. Sie startete einen weiteren Versuch. Und blieb erneut erfolglos.

„Was zum Teufel ...", fluchte sie und blickte fragend auf das Display ihres Smartphones. Wieso war die Verbindung unterbrochen?

In diesem Moment wurde es dunkel im Besprechungszimmer. Was war hier los? Sie blickte aus dem Fenster. Und starrte in eine dunkle Stadt. Ein Ziehen meldete sich in ihrer Magengrube. Und da wurde ihr klar, dass dies der Auftakt zu einer weiteren Katastrophe sein würde.

Jedoch hatte Janna keinerlei Vorstellung davon, wie die Welt um sie herum in Kürze aussehen würde.

Teil II

29

Die Techniker des BND hatten es irgendwie geschafft, eine Verbindung aufzubauen und nun beobachteten Janna und Sam ungläubig die Kettenreaktion, die Europa zu verschlingen drohte. Im Schein der Monitore wirkte Jannas Gesichtshaut fahl und kraftlos. Der wenige Schlaf tat sein Übriges.

„Ein koordinierter Angriff auf wichtige europäische Internetknoten in Frankfurt, Amsterdam, Zürich. Alle innerhalb eines Zeitfensters von etwa zwei Stunden", murmelte Sam, den Blick auf den sich schnell aktualisierenden Bildschirm gerichtet.

„Auch das Stromnetz ist zusammengebrochen", ergänzte Maik, der via Video zugeschaltet war und weitere Informationen lieferte. Zumindest hatte man Licht beim Bundesnachrichtendienst, wie Janna im Video erkennen konnte. Vermutlich Notstrom.

„Soweit wir das überblicken können, wurden etwa 20 Umspannwerke in Deutschland angegriffen und sind in einem Zeitraum von etwa einer Stunde vom Netz gegangen." Maiks Ausführungen klangen mechanisch und schwach. „Auch in Österreich, in den Niederlanden und in Dänemark gab es Angriffe auf Schaltanlagen. Die Stromlast im europäischen Verbundsystem war schlagartig zu hoch. Das führte zu einer Kettenreaktion. Die Teilnetze haben sich automatisch abgeschaltet. Große Teile Mitteleuropas, darunter die gesamte Bundesrepublik, liegen im Dunkeln."

„Welche Kanäle stehen uns noch zur Verfügung?" In Sams strengem Gesicht zeichneten sich Furchen ab und spiegelten seine Besorgnis wider.

„Die normalen Kanäle sind ausgefallen. Immerhin funktionieren unsere abgeschirmten Kanäle, die Notfallleitungen, größtenteils. Polizei, Katastrophenschutz und Militär können zudem auf analogen CB-Funk zurückgreifen. Die Bevölkerung zu informieren, wird schwieriger. Im Grunde sind wir blind und taub."

Janna dachte an die Menschen da draußen. Sie drehte den Kopf zum Fenster, durch das die ersten Sonnenstrahlen in den Raum fielen und eine trügerische Idylle zauberten. Die erste Nacht ohne Strom lag hinter ihnen. Wahrscheinlich hatten viele noch gar nicht mitbekommen, dass es einen weiteren Blackout gab. In wenigen Stunden würde das Chaos regieren.

„Es wird zu Unruhen und Plünderungen kommen. Die Stimmung ist ohnehin schon aufgeheizt durch die Ereignisse der vergangenen Tage. Das dauert vier, höchstens fünf Tage und es herrscht Anarchie." Janna bemerkte nicht, dass sie ihre Gedanken laut aussprach.

„Wenn es überhaupt so lange dauern wird." Sam rieb sich das Kinn. Mit strenger, finsterer Miene beobachtete er die Statusmeldungen.

„Ich konnte durch einige Versuchsreihen in etwa nachvollziehen, wie lange es dauert, bis die Bakterien ausreichend Schaden anrichten. War 'ne Heidenarbeit, aber ich denke, dass sie etwa vorgestern zwischen den späten Abendstunden und Mitternacht freigesetzt worden sind." Ein leicht schiefes Lächeln legte sich auf Maiks müdes Gesicht, das jedoch gleich wieder erstarb. „Es dauert zwischen 24 und 36 Stunden, bis die Bakterien ihr zerstörerisches Werk erledigt haben. Wenn wir jetzt noch berücksichtigen, dass es vorgestern am Abend über weite Teile Norddeutschlands Gewitter und starke Regenfälle gab, könnten theoretisch weitere Umspannwerke betroffen sein. Aber der Regen hat die Bakterien möglicherweise abgewaschen."

„Die wussten genau, was sie tun", knurrte Sam.

Janna nickte. „Dann waren die bisherigen Angriffe eine Art Testlauf, um herauszufinden, wie die Bakterien für einen gezielten Angriff einzusetzen sind." Sie fuhr sich durch die Haare. Ein tiefes Ausatmen zeugte von der Anspannung, die sie verspürte.

„Zwar wurde die Polizei darüber informiert, verstärkt die Umspannwerke und Schaltanlagen zu kontrollieren ...", Maik blickte erschöpft aus dem Monitor heraus, „aber so eine Drohne lässt sich von fast überall steuern. Dazu muss man nicht in unmittelbarer Nähe sein. Noch dazu haben wir fast 1.500 solcher Anlagen in Deutschland. Die alle permanent zu überwachen, ist nahezu unmöglich."

„Dieses Chaos zu beenden wird eine Mammutaufgabe", gab Sam zu verstehen.

„Entschuldigt mich einen Moment." Janna hielt es nicht mehr auf ihrem Platz. Wie schon mehrfach in diesem Fall fühlte sie sich zur Untätigkeit verdammt. Diese Terroristen waren ihr immer eine Nasenlänge voraus. Sie erinnerte sich an die mahnenden Worte von Dr. Peters und die Last, die er damit quasi auf ihre Schultern abgeladen hatte. Und nun kam es ihr vor, als würde sie diese Last zu einem diffusen, konturlosen Brei zermahlen.

Sie ignorierte Sams prüfenden Blick und ging hinaus in die Hotellobby, wo unruhiges Treiben herrschte.

Einige Gäste diskutierten heftig mit dem Personal an der Rezeption. Mitarbeiter des Hotels liefen eilig durch die Gänge und verständigten sich über Funkgeräte. Andere Gäste tippten hektisch auf ihren Smartphones herum und waren zornig, dass ihnen der Zugang zur Welt verwehrt wurde. Überall herrschte Stimmengewirr. Unverständliche Anweisungen wurden von irgendwoher gerufen, ohne das Janna erkennen konnte, an wen diese gerichtet waren. Die Stimmung in der Hotellobby war bereits jetzt angespannt, obwohl die Anzahl an Personen überschaubar war.

„Wenn es hier schon so abgeht, wie wird das in ein paar Stunden auf den Straßen sein?", murmelte Janna und die Worte wurden von der Unruhe um sie herum verschluckt.

„Chaos wird ausbrechen", antwortete Sam, der ihr unbemerkt gefolgt war. „So, wie du es prophezeit hast."

„Das Chaos müssen wir stoppen", antwortete Janna und konnte die Müdigkeit nur für einen kurzen Moment niederringen.

„Doch wie stellen wir das an? Irgendwelche Ideen?"

Sie drehte den Kopf zu ihrem Kollegen, der nun neben ihr stand. Je tiefer sie in diesen Fall eingetaucht waren, desto mehr Fragen hatten sich aufgetan, ohne dass es ihnen gelungen war, auch nur eine einzige zufriedenstellend zu beantworten.

Sie wussten fast nichts über Emily Reed. Sie hatten keine Ahnung, wer Green Nemesis finanzierte. Sie wussten nicht, wer für den Angriff auf Phillipp verantwortlich war. Sie hatten lediglich die Vermutung, dass dieser Niklas irgendetwas damit zu tun hat. Außerdem hatten sie keinen Zugriff auf Lohbrechts Forschungsergebnisse. Und wer weiß, wie lange es unter den aktuellen Umständen dauern würde, sich Zugriff zu verschaffen. Jede Minute war kostbar. Als einzigen Erfolg konnte sie verbuchen, Lohbrechts

Sohn in Sicherheit gebracht zu haben. Das war jedoch zu wenig. Janna spürte die Erschöpfung, die sie nach unten zog. Sie fühlte das Ende ihrer Kräfte erreicht.

Sie ließ sich auf einen der loungeartigen Sessel fallen, die überall in der Lobby verteilt waren. Mit dem Kopf im Nacken starrte sie ziellos an die Decke. Die Unruhe um sie herum rückte in weite Ferne. Unter der Last verlor ihr Körper seine Spannung. Ein dezentes Kopfschütteln spiegelte ihre Hilflosigkeit wider.

„Bald werden Ausgangssperren verhängt", prophezeite Sam, der neben Janna Platz genommen hatte. „Truppen werden die Straßen überfluten. Das ist erst der Anfang."

„Werden sich die Menschen überhaupt an die Ausgangssperren halten?" Janna sah keinen Anlass, ihre resignative Körperhaltung aufzugeben.

„Die meisten werden die Ausgangssperre befolgen, zumindest in den ersten Tagen." Mit leerem Blick musterte Sam das Treiben in der Lobby. „Doch je länger es dauert, desto mehr wird die Unzufriedenheit ansteigen, bis die Stimmung kippt." Er drehte seinen Kopf zu Janna und sah sie mit ernster Miene an. „Einige werden sie ohnehin ignorieren. Es wird zu Plünderungen und Unruhen kommen. Und die Sicherheitskräfte können nicht überall sein."

„Sicherheitskräfte." Janna gab ein schweres Raunen von sich. „Du meinst das Militär?"

„Ja. Das Militär wird damit beginnen, strategisch wichtige Punkte zu schützen, die Ausgangssperre überwachen und von der Regierung und den Behörden verhängte Notstandsgesetze durchsetzen."

Janna wusste überhaupt nicht, warum sie gefragt hatte. Ihr war klar, was passieren würde, wenn eine Gefahrenlage solchen Ausmaßes drohte. Die Regierung würde den inneren Notstand ausrufen und neben den Polizeibehörden der Länder und des Bundes auch dem Militär den Auftrag geben, den Erhalt staatlicher Strukturen zu sichern.

„Die Zivilbevölkerung ist auf eine solche Katastrophe nicht vorbereitet. Es gibt zwar Empfehlung, wie sich die Leute auf einen Ernstfall vorbereiten sollen. Aber das machen die wenigsten." Janna löste sich aus ihrer resignativen Haltung. Sie drehte den Kopf zu Sam. „Ich arbeite in einer Anti-Terroreinheit. Mir ist bewusst, dass es durch einen Angriff auf unsere Infrastruktur zu genau so etwas kommen kann. Und selbst ich habe mich nicht darauf vorbereitet."

Nur wenige Stunden nach dem Blackout hatte das Kabinett den Notstand ausgerufen, so wie Janna es vorhergesagt hatte. Mit schweren Sturmgewehren behangene Soldaten rückten in die Stadt ein, schützten strategisch wichtige Punkte und versuchten, eine Notstromversorgung aufzubauen. Zumindest bei den für den Katastrophenschutz wichtigen Einrichtungen. Das Hamburger Rathaus wurde ebenso gesichert, wie alle weiteren Behörden des Senats der Hansestadt. Auch die Hamburg Port Authority sowie weitere wichtige staatliche Einrichtungen erhielten Militärschutz. Zudem patrouillierten Soldaten im Hafen und sicherten auch den Hauptbahnhof.

Um sich selbst ein Bild der Lage zu machen, und weil sie es nicht mehr in dem Hotel aushielt, verließ Janna das Gebäude. Nur wenige Meter entfernt wurde sie selbst Zeuge vom Chaos, das um sie herum zu unbändiger Größe anzuwachsen schien. Das Sirenengeheul und das Tröten der hupenden Autos waren erdrückend. Die Leute wollten in die Stadt, die Leute wollten raus aus der Stadt. Niemand schien es für das Sinnvollste zu erachten, einfach zu Hause zu bleiben.

Die Sonne war von dunklen Wolken verschlungen worden. Ein bedrohliches Knistern lag in der Luft.

Das tiefe Grollen eines nahenden Gewitters mischte sich in den Lärm des zusammengebrochenen Verkehrs.

Die Nerven der Autofahrer lagen blank. Janna sah knallrote Köpfe und weit aufgerissene Augen. Die Menschen gestikulieren wild, rüttelten wie verrückt an ihrem Lenkrad und hämmerten ohne Sinn und Verstand auf die Hupe ein.

Weiter vorne kam es zu einer Auseinandersetzung zwischen einem Fahrradfahrer, der sich geschickt zwischen den Autos hindurch geschlängelt hatte und einem Autofahrer, dem das offenbar ein Dorn im Auge war, dass der Radler schneller als er durch den Verkehr kam.

Janna beobachtete, wie der Autofahrer aus seinem Wagen heraussprang. Seine kleine Statur konnte nicht über den Zorn hinwegtäuschen, der sich auf seinem Gesicht abzeichnete. Wutentbrannt zerrte er an dem Radfahrer herum. Als sich dieser wehrte und versuchte, den Autofahrer von sich wegzustoßen, holte dieser aus und schlug ihm Mitten ins Gesicht. Der Radfahrer taumelte nach hinten und hielt sich kurz darauf die Nase.

Janna sah das Blut, dass ihm am Kinn hinunterlief. Doch der Autofahrer hatte seine Aggressionen noch nicht abgebaut und ging erneut auf den anderen Mann los. Ihr wurde es zu viel. Während andere Personen irritiert, verängstigt oder eingeschüchtert, die Auseinandersetzung verfolgten, ging sie auf die wütende Person zu.

„Hey, hören Sie auf! Lassen Sie das!" Janna richtete ihre Worte gezielt an den wütenden Mann.

Dieser hielt irritiert inne. Für einen Moment war er verdutzt, doch dann fing er an, auf Janna zuzugehen. „Was los Püppchen? Willst du mir etwa sagen, was ich zu tun habe?" Sein Kopf wurde knallrot vor Zorn.

„Bleiben Sie stehen!", brüllte Janna ihm entgegen. Sein Abstand betrug nur noch wenige Meter.

„Ich zeig dir gleich, wer hier stehenbleibt, du dämliche Fotze."

Janna hatte genug. Sie zog ihre Dienstwaffe und streckte sie dem Typen entgegen. „Ich sagte stehenbleiben!"

Noch bevor der Mann reagieren konnte, tauchten mehrere Soldaten auf und hatten ihn bereits zu Boden gedrückt. Einer der Uniformierten brüllte wie wild Kommandos und streckte die Mündung seines Sturmgewehrs in Richtung des wütenden Mannes, der nun wehrlos im Dreck lag.

Janna wurde Zeuge der rohen und plumpen Vorgehensweise der Soldaten, die ihrer Autorität freien Lauf ließen. Für ihr Empfinden traten die Bewaffneten aggressiver als nötig auf, auch gegenüber dem Aggressor. Offenbar wollte die Armee möglichen Protesten und potentiellen Unruhestiftern bereits im Vorfeld mit aller Härte begegnen. Das Militär zeigte ganz deutlich, wer nun das Sagen hatte.

Als sie von einem der Soldaten bemerkt wurde, richtete er hektisch sein Gewehr auf sie. „Waffe fallen lassen", brüllte er.

Sie verstand zunächst nicht, warum sie nun mit einem Maschinengewehr bedroht wurde. Irritation zeichnete sich in ihrem Gesicht ab.

Ein weiterer Soldat trat hinzu und richtete nun ebenfalls sein Gewehr auf sie. In beiden Gesichtern war die Anspannung zu erkennen. Da erst begriff Janna, dass sie selbst bewaffnet war und noch die Pistole in der Hand hielt. Unruhe stieg in ihr auf, dennoch versuchte sie, zu beschwichtigen.

„Ganz ruhig, ich bin vom BND." Ohne Eile hob sie ihre Hände nach oben und achtete darauf, mit ihrer Pistole auf niemanden zu zielen.

Allmählich wurden auch die Außenstehenden auf die Szenerie aufmerksam. Sie spürte die neugierigen Blicke von zig Augenpaaren auf sich und dieser verfahrenen Situation. Eine Szene, die der Normalbürger, und auch sie, nur aus dem Fernsehen kannte.

In Zeitlupe legte sie die Waffe auf ein Fahrzeugdach neben sich ab. Gerade, als sie die Pistole nicht mehr berührte, wurde sie von einem Ruck erfasst. Ihre Arme wurden nach hinten gerissen und sie selbst zu Boden gedrückt. Noch bevor sie reagieren konnte, klebte ihr Gesicht auf dem Asphalt. Sie fühlte den Druck eines Soldaten auf ihrem Rücken. Oder waren es mehrere? Dann der Kabelbinder, der ihr tief ins Fleisch der Handgelenke schnitt.

Ruckartig wurde sie nach oben gerissen und mit ihrem Oberkörper gegen das stehende Fahrzeug gedrückt. Eilige Hände tasteten ihren Körper ab und zogen Jannas Geldbörse aus einer Tasche.

Nun war sie selbst mittendrin und wurde Zeugin der Autorität, von der das Militär nun Gebrauch machte.

„Lassen Sie mich los! Ich bin vom Bundesnachrichtendienst", wiederholte sie, ungehalten von der rohen, unnachgiebigen Behandlung, die sie durch die Soldaten erfuhr.

„Klappe halten", befahl einer der Uniformierten, bevor er einem anderen Soldaten ein Kommando gab. „Abführen!"

Für das Verhalten hatte sie kein Verständnis. Das aggressive Auftreten des Militärs drohte, genau die Menschen zu entfremden, die es in dieser Situation eigentlich beschützen sollte. Für den Moment blieb ihr nichts anderes übrig, als die Gefangennahme zu erdulden, in der Hoffnung, dass sich die Situation in kürze klären und als Missverständnis herausstellen würde.

30

Sam Reigh saß in einem fensterlosen Kellerraum im amerikanischen Generalkonsulat in Hamburg, gemeinsam mit der Konsulin Lea Winston sowie dem Militärattaché Jacobus Smith. Zwar verfügte die Einrichtung über ein Notstromaggregat und versorgte die Anlage mit Strom. Jedoch hatte man sich dazu entschieden, das Gebäude zumindest zum Schein in Dunkelheit zu hüllen, um bei den Einwohnern der Stadt erst gar keine Begehrlichkeiten zu wecken. Die Angst vor einem Ansturm auf das moderne Gebäude am Binnenhafen war zu groß. Das Sicherheitspersonal nahm andere Aufgaben wahr und hatte nicht die Ressourcen, das Gebäude zu sichern. Die Entscheidung, sich zum Schein als vom Blackout betroffen zu tarnen, war daher in Kürze gefasst worden.

Neben der Konsulin und dem Militärattaché nahm an diesem Treffen auch ein unscheinbarer Mann Mitte Fünfzig teil. Er stellte sich als Christian Taylor vom CIA vor. Ebenfalls anwesend war Bennett Williams, was Sam alles andere als Recht war. Die schmierige

Art, mit der er gewöhnlich auftrat, widerte Sam an. Bennett Williams hatte einen zweifelhaften Ruf, den er mit der Art und Weise, wie er ihm diese Nachricht und die Forderung seiner Vorgesetzten überbrachte, bewiesen hatte. Für Sam war Williams ein schleimiges Subjekt und eine Schande für die gesamten Vereinigten Staaten. Und dennoch, er arbeitete für die Regierung und war mit weitreichenden Befugnissen ausgestattet.

Sam wusste, was auf dem Spiel stand, wenn er sich Williams' Forderung nicht fügen würde. Doch die Gefahr, die davon ausging, dem Erpressungsversuch nachzugeben, schätzte er noch größer ein.

Sam hatte sein ganzes Leben dem Dienst an seinem Vaterland verschrieben. Für ihn war die Aussage „Frage nicht, was dein Land für dich tun kann – frage, was du für dein Land tun kannst" nicht bloß eine hohle Floskel aus einer Rede eines ehemaligen Präsidenten. Für Sam Reigh waren die Worte John F. Kennedys ein Aufruf zum Kampf für Freiheit und Gerechtigkeit. Und Sam war diesem Aufruf bereits gefolgt, als er zwölf Jahre alt war. Da hatte er sich dazu entschlossen, genauso wie sein Vater, sein Onkel, sein Großvater und sein älterer Bruder zum Militär zu gehen. Seine jüngere Schwester, ein Cousin sowie eine Cousine wiederum folgten ihm.

Sam kam aus einer Militärfamilie, und für ihn kam kein anderer Karriereweg in Frage. Er wollte für die Freiheit Amerikas und für die Gerechtigkeit unter den Völkern kämpfen.

Doch er war lange genug dabei, um zu wissen, dass der Kampf für die Gerechtigkeit nur stattfand, wenn er Amerikas Interessen dienlich war und er nicht geführt wurde, um Despoten zu stürzen. Der Illusion, dass sein Land für die Freiheit der Unterdrückten und Geknechteten eintrat, gab er sich nicht mehr hin. Aber seine Werte sahen vor, die Unschuldigen zu schützen, wo immer er das konnte. Doch nicht immer war ihm das gelungen.

Darum stand Sam nun mit dem Rücken an der Wand und musste entscheiden. Sollte er die Befehle seiner Vorgesetzten befolgen, ihnen dieses Zeug beschaffen und damit seine eigene Haut retten? Oder sollte er sich widersetzen? Und damit seine Karriere und seine Freiheit opfern, wohl wissend, dass jemand anderes diesen Job ausführen würde.

Darum gab es auch dieses Meeting. Um ihn, Sam Reigh, Captain der US Army, daran zu erinnern, dass er einen Auftrag hatte. Es ging nicht darum, militärstratcgische Details zu besprechen.

„Captain Reigh", begann der Militärattaché, ein Offizier von drahtiger Figur, der höchstens zwei oder drei Dienstgrade über ihm stand. Eine wulstige Narbe zog sich über seinen rechten Handrücken und verschwand unter der Manschette seiner blauen Uniform. „Ich brauche Ihnen nicht zu sagen, wie ernst die aktuelle Lage ist. Und wir gehen davon aus, dass der nächste Anschlag wesentlich weitreichendere Folgen haben wird. Von der Gefahr, dass sich ein solcher Angriff auch bei uns ereignet, einmal abgesehen."

„Entsprechend der bisherigen Entwicklungen ist das nur eine Frage der Zeit", warf die Generalkonsulin ein. Die Frau hatte eine unerwartet tiefe Stimme, was Sam aufgrund ihres zierlichen Körperbaus nicht erwartet hatte. „Zumal wir davon ausgehen müssen, dass solche Anschläge auch bei uns durchgeführt werden."

„Die Chinesen und die Russen beobachten genau, was hier in Europa vor sich geht. Erste geheimdienstliche Informationen legen nahe, dass sie mittlerweile herausgefunden haben, dass diese Bakterien als Waffe verwendet werden." Smiths Miene war wie versteinert. Er steckte seine Hände in die Hosentaschen. Eine für einen Militärangehörigen untypische Geste, was Sam irritierend fand.

„Sie befürchten, dass sie versuchen, an die Bakterien zu kommen, um sie ihren Waffenkammern hinzuzufügen." Sam ließ seinen Blick über die Runde wandern. Insbesondere Williams bedachte er mit einem fordernden, durchdringenden Blick, dem dieser nach wenigen Sekunden nicht standhalten konnte.

„Russland und die Ukraine liefern sich eine erbitterte Materialschlacht", erläuterte die Generalkonsulin.

„Auch die Chinesen weiten ihre Aktivitäten im Pazifik aus und drohen zunehmend Taiwan." Dringlichkeit sprach aus Smiths Stimme. „Zudem treten radikalislamistische Gruppen wieder vermehrt aggressiv auf."

„Wir müssen verhindern, dass die Bakterien in die falschen Hände gelangen", ergänzte Williams die Aussagen seiner Vorredner.

Lea Winston ergriff das Wort: „Es ist dramatisch genug, dass die Bakterien im Besitz dieser Öko-Terroristen sind. In den Händen einer hochgerüsteten Militärmacht, ganz gleich welcher …"

„Ganz gleich welcher?" Sams Worte waren provokant. „Dies gilt demnach auch für uns. Oder verstehe ich Ihre Worte falsch?"

Mit einer mahnenden Geste wendete er sich gezielt zur Konsulin und zum Militärattaché. Williams dagegen ignorierte er. „Diese Bakterien sind gefährlich. Es ist unerheblich, wer sie besitzt."

„Captain Reigh, wir verstehen ihre Bedenken. Unsere Aufgabe ist es aber nicht, über ethische Fragen zu diskutieren, sondern darum, Freiheit und Demokratie zu schützen." Aus den Äußerungen Lea Winstons sprach der Klang jahrelanger diplomatischer Besprechungen. Und dennoch war die Forderung aus jeder Silbe herauszuhören. „Freiheit und Demokratie zu schützen, bedeutet in erster Linie, die nationale Sicherheit der

Vereinigten Staaten zu gewährleisten und damit unsere Vormachtstellung zu sichern. Nur so kann der Westen mit den USA an der Spitze auch in der Zukunft ein nennenswertes Gegengewicht insbesondere zu den Chinesen bleiben."

„Komm schon, Sam. Du weißt, was für dich auf dem Spiel steht." Williams kumpelhafter Ton machte ihn noch abstoßender, als er für Sam ohnehin schon war.

„Die Bakterien in unseren Besitz zu bringen, hat höchste Priorität. Die Operation wurde vom Präsidenten persönlich autorisiert." Lea Winston händigte Sam ein Schreiben aus, mit dem Wappen des Weißen Hauses, unterschrieben von Joseph ‚Joe‘ Robinette Biden, jr., dem 46. Präsidenten der Vereinigten Staaten von Amerika.

Sam blickte auf das Dokument. Seine Miene verfinsterte sich. Sie würden nicht lockerlassen, aber auch Sam wollte sich nicht so ohne weiteres geschlagen geben. „Durch den Tod des Firmenchefs von Baltic Bio Technologies ist der Zugang zu den originalen Forschungsergebnissen nicht möglich. Die Verantwortlichen haben für solche Fälle ein Sicherheitssystem eingerichtet. Es ist einfacher, die Ergebnisse der bisherigen Analysen unserer deutschen Kollegen anzufordern."

„Die haben wir bereits", führte Lea Winston aus. „Aber damit können wir die Züchtung dieser Bakterien nicht rekonstruieren. Das wurde uns vor knapp zwei Stunden bestätigt."

„Da die Deutschen den Zugangsschlüssel dieses Professors nicht herausrücken werden, sind wir gerade dabei, die der anderen beiden Personen zu besorgen." Christian Taylor, der Mitarbeiter vom amerikanischen Geheimdienst äußerte sich nun das erste Mal im Laufe des Gesprächs.

„Denken Sie wirklich, dass sie diese Zugangsschlüssel so einfach erhalten werden?" Eigentlich war es unnötig, diese Frage zu stellen, denn Sam kannte die Antwort darauf längst.

„Captain Reigh, lassen Sie das unsere Sorge sein." Ein zynisches Lächeln umspielte Taylors Mundwinkel.

Für Sam stand fest, dass dem amerikanischen Geheimdienst jedes Mittel Recht war, um die Zugangsdaten zu erhalten. Und dem US-Militär jedes Mittel, um an diese Bakterien zu gelangen. Oder zumindest an die Forschungsergebnisse, die wie ein gut bewachter Schatz in den Laboren von BBT lagerten.

Sam ballte die Fäuste unter der Tischplatte. In seiner Erinnerung wurden Bilder wach. An Afghanistan. An die angsterfüllten panischen Augen dieses Jungen. An seine Leiche. An Sams Versagen, das ihm nun zum Verhängnis wurde.

„Stellen Sie, falls erforderlich, ein Team zusammen, Captain. Wir werden sie informieren, sobald wir diese Schlüssel haben." Durch seinen Tonfall stellte der Militärattaché klar, dass das Gespräch am Ende angelangt war und es keine weitere Diskussion mehr über diese Operation geben würde, „Ich muss sie aber eindringlich darauf hinweisen, diese Operation mit allergrößter Vorsicht durchzuführen." Smiths Augen verengten sich, seine Miene wurde ernst. „Sie agieren auf dem Staatsgebiet eines befreundeten Staats- und Militärpartners."

Sam erwiderte den Blick. Er nickte, sagte aber sonst nichts.

„Gut, meine Herren", warf Lea Winston in den Raum, „hiermit beende ich dieses Treffen, welches offiziell niemals stattgefunden hat."

31

Draußen fiel der Regen in einem unerbittlichen
Strom, überschwemmte die Straßen und begann
allmählich die gesellschaftliche Ordnung wegzuwa-
schen. Der Angriff hatte Deutschland ins Chaos ge-
stürzt. Bereits am zweiten Tag des Blackouts häuften
sich die Berichte von Plünderungen und Überfällen.
Einige Bürger begannen, sich zu bewaffnen. Teils mit
einfacheren Gegenständen wie Spitzhacken oder Base-
ballschlägern. Es gab auch Meldungen über Einbrüche
in Waffengeschäfte.

Über UKW-Radio wurde die Bevölkerung aufgefordert, zu Hause zu bleiben. Auch über Warn-Apps
wurden entsprechende Aufforderungen versendet, obwohl die Chance, möglichst viele Menschen auf diesem
Weg zu erreichen, gering war. Zwar brach das Mobil-
funknetz nach dem Blackout nicht vollends zusammen,
aber das Netz war seither vollkommen überlastet. In
manchen Gegenden informierten Polizei, Feuerwehr
und das Technische Hilfswerk die Bevölkerung mit
Lautsprechern und Megafon. Vielerorts versuchten

die Behörden, mit den Bürgern zusammenzuarbeiten, zu deeskalieren und zur Geduld zu mahnen. Unruhestifter wurden direkt in Sicherheitsgewahrsam genommen, ohne die Chance, sich mit Angehörigen in Verbindung zu setzen oder die eigenen Rechte einzufordern. Ihnen ging es wie Janna, die gemeinsam mit einigen anderen Personen im Kellerraum eines alten Schulgebäudes festgehalten wurde.

Es dauerte glücklicherweise nur wenige Stunden, bis sich die Sache klärte und Janna durch den Einfluss von Dr. Peters aus ihrer Sicherheitsverwahrung entlassen wurde.

Etwa vier Stunden, in denen sie zur Untätigkeit verdammt wurde und nichts tun konnte als warten. Was sie ärgerte und unruhig werden ließ. Noch unruhiger, als sie ohnehin schon war. Seit Tagen versuchte sie, diese Katastrophe zu verhindern. Und nun schlug sie ihr mit voller Wucht entgegen. Gleichzeitig belastete sie Andreas Nachricht. Die Zwangspause führte dazu, dass sie sich notgedrungen mit dem auseinandersetzen musste, was ihre Freundin geschrieben hatte. Es gelang Janna nicht, sich abzulenken oder Andreas Nachricht zu verdrängen.

Mit jedem Wort, das sie geschrieben hatte, hatte sie Recht. Janna hatte sich in ihre Schuldgefühle geflüchtet, weil es einfacher war, darin zu verharren, als Rebecca loszulassen. Sie hatte eine Mauer um sich aufgebaut, womit niemand die Chance hatte, diese Situation zu verändern. Damit hatte sie vor allem Andrea von sich weggestoßen. Nun stand sie vor einem Scherbenhaufen und den wegzuräumen würde eine enorme Kraftanstrengung werden. Aber zunächst musste sie die Katastrophe um sich herum aufhalten.

Sie war dankbar, endlich aus dem kalten Gemäuer herauszukommen, das trotz der sommerlichen Temperaturen nicht richtig warm zu werden schien. Aber vielleicht war es auch nur die menschliche Kälte, die gerade um sich zu greifen schien. Diese Krise würde eine ungeahnte Rücksichtslosigkeit heraufbeschwören, die heftig um sich schlagen würde. Das Recht des Stärkeren würde bald wieder die Regel sein, wenn es nicht gelang, die gesellschaftliche Ordnung zu erhalten.

Nach ihrer Freilassung aus der Haft wurde sie zurück nach Berlin beordert. Mit einem von der Bundeswehr bereitgestellten Sondertransport, der wichtige Personen zwischen den Ministerien in der Hauptstadt und den verschiedenen Einsatzgebieten im Bundesgebiet transportierte, gelangte Janna innerhalb weniger Stunden zurück in die Zentrale des BND.

„Verdammt noch mal", murmelte sie leise und blickte aus der Enge ihres Büros hinaus auf die trostlosen Straßen, durch die das Unwetter peitschte. Sie ballte die Fäuste und fühlte sich machtlos angesichts der Katastrophe, die sich um sie herum abspielte. Immerhin sorgten heftige Gewitter und starke Regenfälle im Norden Deutschlands dafür, dass viele Leute notgedrungen zu Hause blieben. Die Gewitterfront hatte die Menschen aus den Straßen zurück in ihre leeren, dunklen Wohnungen gespült, wo sie zumindest für den Moment festsaßen, sich selbst überlassen, ohne die Möglichkeit, sich mit Fernsehen, Radio und dem Internet abzulenken. Aber auch ohne Chance, an nützliche Informationen zu gelangen.

Die Menschen waren wieder auf sich selbst gestellt. Die Not schien noch nicht so groß zu sein, dass die Bevölkerung auch bei Sturm und Hagel auf die Straße ging. Daher entspannte sich im Norden der Republik die Lage zumindest für den Moment ein wenig und gab den Behörden Zeit, ihre Kräfte zu bündeln.

„Janna, lass das nicht so an dich heran." Maik bemühte sich seiner Kollegin und Freundin gut zuzureden. „Wir haben getan, was wir konnten."

„Ist das so?" Sie schnaubte ungläubig und verdrehte die Augen. „Warum fühlt es sich dann nicht so an? Schau dir die Welt an. Alles bricht auseinander."

„Hey, Prinzessin", Maik hob abwehrend die Hände, „mach mal halblang. Noch ist nichts verloren. Unsere Leute arbeiten daran, weiteren Schaden zu verhindern. Europaweit schützt das Militär nun weitere kritische Infrastrukturen. Und es wird pausenlos daran gearbeitet, die Strom- und Kommunikationsnetze wiederherzustellen."

„Soll ich mich dadurch besser fühlen, Maik?" Ihre Bitterkeit füllte den Raum, während sie in den Sturm hinaus starrte.

„Sag mal, was ist eigentlich los mit dir? So kenne ich dich gar nicht." Seine Worte waren harsch. „Du spielst sonst immer die Taffe, die Starke." Er hatte die Stimme erhoben. „Aber gerade bist du nichts weiter als eine sture Heulsuse. Glaubst du, so wirst du Emily Reed und diese Terroristen zur Strecke bringen?"

Verwundert blickte sie zu ihrem Kollegen. Noch nie hatte sie ihn so verärgert erlebt. Offensichtlich war auch er mit der aktuellen Situation überfordert. Da half es natürlich nicht, wenn sie nun bockig wurde und rumjammerte.

Aber die Situation half ihr zu verstehen, warum er vielleicht woanders hingehen wollte. „Du hattest doch erzählt, vielleicht in eine andere Abteilung zu wechseln. Oder zu einer anderen Behörde, weil du hier nicht genug Action ...", sie rahmte das Wort mit Anführungszeichen ein, die sie mit ihren Fingern machte, „... hast. Du erinnerst dich?"

Maik nickte überrascht und zog eine Augenbraue hoch.

„Von der Enttäuschung mal abgesehen ...", Resignation erfüllte Jannas Blick, „... ich verstehe, wie du dich fühlst. Hier in diesem Büro fühle ich mich so machtlos." Sie legte eine Hand auf Maiks Schulter. „Ich kann mir vorstellen, dass es dir ähnlich geht."

Er nickte. Sein Gesicht wurde ernst. „Danke, Janna. Danke, für dein Verständnis. Aber bei mir ist es noch einmal etwas anderes. Ich bin als Mikrobiologe gezielt für die Arbeit bei einer Einheit für biologische Kriegsführung ausgebildet worden. Für den Außendienst. Ich sollte da draußen sein und nicht nur die Laborratte hier spielen." Verloren blickte er durch den Raum. „Seit meiner Knieverletzung kann ich dankbar sein, dass ich es hier in den vierten Stock über die Treppe schaffe und nicht auf den Fahrstuhl angewiesen bin." Mit leerem Blick starrte er in die Ferne. „Auch wenn ich mich dazu nie äußere. Aber die Schmerzen im Knie erinnern mich jeden Tag daran." Mit zusammengekniffenen Augen wendete er sich wieder zu ihr. „Hör zu, ich weiß, dass du verärgert bist, weil du zurückbeordert wurdest, aber du musst darauf vertrauen, dass wir hier alle auf das gleiche Ziel hinarbeiten", fuhr Maik fort.

Mit einem Male wirkte er so unglaublich erwachsen, was Janna erstaunte. Der naive, joviale Bengel war auf einmal ein Mann, der wusste, wann es darauf ankam, seine flapsigen Sprüche und seine Emotionen hinten anzustellen.

„Ich weiß", seufzte Janna und rieb sich die Schläfen. „Es ist nur ... Es ist schwer, sich zurückzulehnen und zuzusehen, wie alles um uns herum zusammenbricht."

„Komm schon, Janna. Wir wussten beide, dass es nicht einfach sein würde", antwortete Maik und legte ihr eine unterstützende Hand auf die Schulter. „Aber wir werden das gemeinsam durchstehen. Das tun wir immer."

„Es ist nicht nur dieser Angriff." Janna räusperte sich. „Es ist ... Andrea hat Schluss gemacht. Sie will eine Pause. Weil ich so kalt und abweisend zu ihr war ... bin."

Um Himmels Willen. Andrea. Janna riss ihre Augen auf. Sie hatte ihre Freundin nicht erreicht. Keine ihrer Nachrichten kam an. Sie wusste nicht wie es ihr geht. Und nun saß sie hier im Büro. Anstatt nach ihrer Rückkehr nach Berlin direkt nach Hause zu fahren und nach ihr zu sehen. Sie fühlte sich gleichermaßen schuldig wie beunruhigt.

„Janna, es tut mir leid das zu hören. Kann ich etwas für dich ...“

„Ich muss nach Hause. Ich habe seit dem Blackout nichts von Andrea gehört. Ich weiß nicht, wie es ihr geht.“ Eilig kramte Janna ihr Zeug zusammen. Schlüssel, Smartphone, ihre Tasche. „Auch wenn gerade Pause zwischen uns ist, ich muss wissen, ob alles in Ordnung ist.“

Maik nickte ihr verständnisvoll zu. „Dann los. Ich halte hier die Stellung.“

„Sobald ich weiß, dass es ihr gutgeht, komme ich zurück.“

Janna war schon am Gehen, als ihr Maik noch etwas zurief. „Ach, bevor du gehst. Ich habe hier noch etwas für dich. Darum bin ich vorhin eigentlich hergekommen.“

Abrupt und verwundert blieb sie stehen. Fragend schaute sie ihren Kollegen an.

Maik streckte ihr einen braunen Manila-Umschlag entgegen, eine dieser Mappen, die gerne für offizielle Dokumente verwendet wurden. „Das hattest du vor Tagen angefordert, du erinnerst dich? Liegt seit ein paar Tagen auf meinem Schreibtisch.“ Seine Augen nahmen einen konspirativen Glanz an. „War nicht gerade einfach. Und kostet dich mehr als ein Mittagessen.“

Irritiert blickte sie auf den Umschlag. Janna zögerte einen Moment, dann fiel ihr ein, was das war. Rebeccas Autopsiebericht. Doch dafür hatte es jetzt keine Zeit. Andrea hatte Vorrang. Janna hatte sich so lange mit Rebeccas Tod gequält, da würde es nun auf ein oder zwei Stunden länger nicht ankommen.

Hastig griff sie nach dem Umschlag und bedankte sich mit einem flüchtigen Nicken. Dann stürmte sie aus dem Gebäude und eilte durch den schweren Regen nach Hause.

32

Durchnässt bis auf die Haut stand Janna über eine Stunde später vor ihrer Haustür. Die Haare klebten an ihrem Kopf. Die vollgesogene Kleidung tropfte unablässig. Während sie den Schlüssel aus der Hosentasche kramte, bildete sich eine Pfütze auf dem alten Dielenboden im Treppenhaus. Dann endlich konnte sie die Tür öffnen und betrat die Wohnung, in der Hoffnung, Andrea hier vorzufinden.

Die nasse Kleidung spürte sie kaum.

Noch bevor sie nach ihrer Freundin rufen konnte, stand diese bereits im Flur und blickte Janna mit einer Mischung aus Verärgerung und Erleichterung an.

„Was ist los mit dir? Was ist hier überhaupt los? Warum meldest du dich nicht? Es gibt keinen Strom, kein Internet. Die Telefone funktionieren nicht. Ich wusste nicht einmal, ob du noch in Hamburg, wieder in Berlin, oder sonst wo bist? Du hast nicht auf meine Nachricht reagiert. Gar nichts." Andreas Vorwürfe waren mehr als berechtigt, obwohl sie mit den gleichen Einschränkungen zu kämpfen hatte. Dennoch, Janna hatte andere Möglichkeiten, auf die sie hätte in dieser Situation zurückgreifen können. Sie arbeitete schließlich beim Geheimdienst.

Fast schon überstürzt zog Janna ihre Freundin an sich heran und umarmte sie so fest, dass sie gerade noch atmen konnte. „Es geht dir gut. Gott sei Dank." Mit leiser Stimme quälte Janna ein „Tut mir leid" hervor. Einige Tränen lösten sich aus ihren Augen, doch blieben in ihrem regennassen Gesicht unsichtbar. Dann löste sie die Umarmung wieder auf.

Andreas Anspannung zeugte von den Sorgen, Ängsten und der Ungewissheit, die sie vermutlich in den letzten Stunden durchlebt hatte. „Du siehst furchtbar aus", sprach sie mit harten Worten.

„Es schüttet wie aus Kübeln." Janna zwang sich ein Lächeln ab. Erst jetzt spürte sie wieder die nasse Kleidung auf ihrer Haut kleben, während sie den Flur unter Wasser setzte.

„Dann mal raus aus den nassen Klamotten."

Wenige Minuten später saßen beide am Küchentisch und Janna berichtete Andrea von den Anschlägen, den Entwicklungen seither und ihrer Inhaftierung.

„Das ist ja furchtbar." Die Sorge hinterließ tiefe Furchen in Andreas Gesicht. „Wie lange wird das noch so weitergehen?"

„Schwer zu sagen. Ein paar Tage vielleicht ..." Janna versuchte gar nicht erst, Zuversicht und Hoffnung in ihre Worte zu legen, „... vorausgesetzt, die Terroristen verüben keine weiteren Anschläge."

„Glaubst du, die machen das?" Andreas Atem ging schnell.

„Ja, nach allem, was wir bisher wissen, müssen wir davon ausgehen." Janna nippte an ihrem Kräutertee. Immerhin ging der Gasherd noch. „Emily Reed hatte in ihrem Video angekündigt, dass sie die moderne

Gesellschaft zu Fall bringen wolle." Ihr Blick wanderte sorgenvoll durch die Küche. „Wir müssen davon ausgehen, dass das erst der Anfang war."

Andrea legte die Hand auf ihren Mund, ihre Augen waren weit aufgerissen. Sie schien von Verzweiflung und Traurigkeit überwältigt. „Meine Güte, was wird jetzt aus uns?" Tränen liefen über ihr Gesicht.

Janna erkannte die Hilflosigkeit in ihren Augen. Es schmerzte sie, ihre Freundin so voller Verzweiflung zu sehen. Was sollte sie nur tun? Wie konnte sie Andrea trösten? Sie fühlte sich ohnmächtig und überwältigt von den Emotionen ihrer Freundin. Und sie konnte nichts anderes tun, als sie in den Arm zu nehmen und ihr immer wieder zu versichern, dass alles gut werden würde, egal wie furchtbar die Lage gerade war. Dabei zweifelte Janna ihre eigenen Worte an. Glaubte sie selbst, was sie gerade von sich gab? Würden sie es wirklich schaffen, alles wieder in Ordnung zu bringen?

Die Anzeichen standen denkbar schlecht. Die Erfolge, die sie vorzuweisen hatte, waren mau. Da half auch die fünfte Tasse Chakra-Entspannungstee aus Bio-Kräutern nichts. Ihre eigene Frustration war greifbar. Auf ein Wunder zu hoffen, wagte Janna aber nicht. Doch zumindest konnte sie damit beginnen, ein Problem nach dem anderen aus der Welt zu räumen.

„Was du mir geschrieben hattest", mit einer Mischung aus Verständnis und Traurigkeit blickte Janna zu Andrea, „du hattest mit allem Recht. Ich habe niemanden mehr an mich herangelassen. Vor allem dich nicht."

„Ich weiß. Und ich weiß, wie sehr du unter Rebeccas Tod gelitten hast." Ein schweres Schnaufen entwich Andreas Lungen. „Ich habe Rebecca ja selbst gemocht. Und mir war sofort klar, dass dich keine Schuld trifft. Du wolltest schon immer das richtige Tun und hättest niemals jemanden in Gefahr gebracht oder unvorsichtig gehandelt."

„Es tut mir leid", erwiderte Janna mit brüchiger Stimme. „Und wahrscheinlich hast du Recht. Ich sollte mir vielleicht endlich mal professionelle Hilfe suchen."

„Was immer dir hilft." In Andreas Gesicht spiegelten sich Verständnis und Mitgefühl. „Weißt du, ich möchte ein Leben mit dir führen und für dich da sein." Sie betonte das *dich* besonders. „Was ich nicht möchte, ist einfach nur da sein. Das will ich nicht."

Kraftlos nickte Janna zur Bestätigung.

„Sobald wir diese Katastrophe überstanden haben", sie bemühte sich, zuversichtlich zu wirken, „werde ich eine Therapie beginnen."

„Weißt du, du kannst manchmal ganz schön stur und dickköpfig sein?" Herausfordernd blickte Andrea sie an.

„Ist das so?" Ein gequältes Lächeln legte sich auf Jannas Gesicht. Das wusste sie natürlich.

„Ja. Darum hoffe ich, dass deinen Worten Taten folgen. Und dass du das nicht einfach dahinsagst, um mich zu beruhigen."

Janna legte ihre Hand auf Andreas. „Ich verspreche es."

„Okay. Und ich vertraue dir." Andrea erhob sich von ihrem Platz. „Du entschuldigst mich einen Moment?" Worauf sie die Küche verließ und im Badezimmer verschwand.

Janna stieß einen schweren Atemstoß aus. Das würde nicht leicht werden. Aber sie hatte es versprochen und sie würde dieses Versprechen halten.

Während sie alleine in der Küche saß und ihren Gedanken nachging, kam ihr der Umschlag in den Sinn, den ihr Maik in die Hand gedrückt hatte. Ein Prickeln erfasste ihren Körper.

Vorsichtig öffnete sie die beigefarbene Hülle und zog einen Satz Unterlagen hervor: Rebeccas Autopsiebericht.

Die ganze Welt zerbrach und Maik zauberte irgendwo diese Dokumente hervor. Kein Zufall, davon war Janna überzeugt. Dass sie die Dokumente gerade jetzt in der Hand hielt, war für sie eine Bestätigung, dass ein Mysterium Rebeccas Tod umhüllte.

Hastig blätterte Janna durch die Seiten und überflog das Geschriebene. Als Todesursache war Ertrinken aufgrund von Unterkühlung und Entkräftigung angegeben. Das wusste sie bereits. Und auch die Angaben zu Todeszeitpunkt und dem Zeitpunkt, als sie aus dem Wasser gezogen wurde, entsprachen dem, was sie bereits wusste. Der Bericht brachte also nichts Neues zu tage, wie Janna es gehofft hatte. Oder übersah sie etwas?

Warum glaubte sie seit einigen Tagen, an Rebeccas Tod wäre irgendetwas fragwürdig? Hatte sie sich das so sehr gewünscht, in der Hoffnung, endlich von ihrer Schuld befreit zu werden? Hatte sie mögliche Aspekte einfach falsch interpretiert? Phillipps Verhalten bei ihrem gemeinsamen Essen? Dass sein Vater in einem Pflegeheim weit ab von zu Hause untergebracht war? Dafür hätte es vielleicht andere Gründe geben können, die sich Janna nicht erschlossen, oder die sie gar nicht in Betracht gezogen hatte.

Ein weiteres Mal blätterte sie durch die Unterlagen. Was zur Hölle übersah sie?

Sie wünschte sich so sehr, einen Fehler, eine Ungereimtheit, irgendein winziges Detail zu finden, dass sie gar nicht mitbekam, dass Andrea zurück in der Küche war.

„Hey, was ist los?" Andreas Stimme ließ sie zusammenzucken.

Verlegen schaute sie zu ihrer Freundin.

„Ach, nichts." Nachdem sie die Worte aussprach wurde ihr bewusst, dass sie Andrea schon wieder außen vorließ. Sie machte eine entschuldigende Geste. „Tut mir leid Schatz. Wir haben gerade noch darüber gesprochen. Es geht wieder um Rebecca. Das ist ihr Autopsiebericht ...", schwerfällig ließ sie die Luft aus ihren Lungen entweichen, „... ich hatte irgendwie die Hoffnung ... ich weiß auch nicht."

Sie sah die Verärgerung in Andreas Augen. Auch wenn Janna zuvor ein Versprechen gegeben hatte, so war beiden in diesem Moment klar, dass Rebecca noch lange Zeit ein Thema sein würde.

„Darf ich mal sehen?", löste Andrea die kurze Anspannung zwischen ihnen auf.

„Nur zu", erwiderte Janna. Sie lehnte sich gegen die Stuhllehne und schloss die Augen.

Das Rascheln der Dokumente, dass Andrea beim Durchblättern auslöste, begleitete ihre Teilnahmslosigkeit. Erschöpfung überkam sie und meldete sich in jeder Zelle ihres Körpers. Janna wollte einfach nur Ruhe und genoss die Stille, die sie gerade umhüllte. Ihr Brustkorb senkte sich gleichmäßig und ein eigenwilliger Friede durchströmte sie.

Doch die Verschnaufpause währte nur von kurzer Dauer.

„Janna", flüsterte Andrea leiser. Etwas Bedrohliches lag in ihrer Stimme. „Irgendetwas stimmt hier nicht."

33

Mit einem Satz richtete sich Janna auf. „Was? Wirklich?" Mit weit aufgerissenen Augen blickte sie zu Andrea. „Was stimmt nicht?"

„Na, diesem Bericht zufolge wurde ihre Leiche nach fünf Tagen gefunden."

„Ja, richtig", bestätigte Janna. Sie beugte sich näher heran. Die Aufregung erfasste ihren ganzen Körper. „Und? Was bedeutet das?"

„Rebecca wurde fünf Tage nach dem Unfall aus dem Wasser gezogen. Und hier steht, dass sie da etwa 24 Stunden tot war."

Ein Beben erfasste Jannas Körper. Sie ballte ihre Hände zu Fäusten. „Aber ... Das ist unmöglich." Hektisch schüttelte sie den Kopf.

Andrea tippte mit unruhigen Fingern auf den Bericht. „Euer Segeltrip war Mitte April, oder? Da hat die Nordsee sechs, vielleicht sieben Grad."

„Dann hätte Rebecca vier Tage im kalten Wasser überleben müssen." Janna fuhr sich aufgeregt durch die Haare. „Das ist nahezu unmöglich." Sie schüttelte ungläubig den Kopf. „Warum ist mir das nicht aufgefallen?"

Die Spannung schien die Luft zu elektrisieren. Das Schweigen füllte die Küche mit mehr und mehr Fragen.

„Vielleicht ist der Bericht fehlerhaft", mutmaßte Andrea, bevor die Stille unerträglich wurde. Aber die Unsicherheit in ihrer Stimme verriet den Unglauben.

„Oder vielleicht ..." Janna zögerte, Erinnerungen schossen ihr durch den Kopf. Josef Theisens Bemühungen, mehr über Rebeccas Tod zu erfahren. Auch Masouds Worte hallten in ihrem Kopf wider: dass Josef gezielt sediert und ein Kollege zu diesem Zweck wohl bestochen wurde.

Rebeccas Tod umgab ein Geheimnis. Das hatte Janna seit Tagen gespürt. Dass nun auch Phillipp, ihr Bruder, Tod sein sollte, warf noch einmal ein ganz anderes Licht auf die Sache. Vielleicht hatte das eine mit dem anderen nichts zu tun. Aber, was wenn doch?

„Janna?" Andreas Worte holten Sie zurück ins Hier und Jetzt. Ihr Körper wurde geflutet mit Adrenalin. Die letzten Reste ihrer Trägheit fielen von ihr ab und ein Impuls nach dem anderen durchzuckte Jannas Körper.

Hastig griff sie nach den Unterlagen, sprang von ihrem Sitzplatz auf, gab Andrea einen flüchtigen Kuss auf die Stirn und stürmte Richtung Treppenhaus.

„Ich muss zurück an die Arbeit, Schatz", rief sie gehetzt durch die Wohnung, bevor sie zur Haustür hinausstürmte.

In Windeseile war sie zurück an ihrem Arbeitsplatz. Zu ihrem Glück hatte das Unwetter nachgelassen, so dass sie zwar mit zerzausten Haaren, aber nicht mit durchnässter Kleidung am Ziel ankam. Mit einer schwungvollen Bewegung schleuderte sie die Unterlagen auf ihren Schreibtisch.

„Okay, womit fange ich an?", murmelte Janna in die Stille ihres Büros, während sie sich energiegeladen auf ihren Bürostuhl schwang.

Neuer Tatendrang hatte von ihr Besitz ergriffen. Sie ignorierte, dass sie gerade ihren persönlichen Problemen dem Chaos um sie herum den Vorzug gab. Zumal eine geringe Chance bestand, dass es zwischen ihrem Trauma und dem Weltuntergang eine Verbindung gab.

„So, Phillipp, dann schauen wir mal, was wir über dich haben." Janna tippte eilig ein paar Befehle in ihre Tastatur und rief einige Datenbanken auf. Mit hastigem Klick auf die Maus startete sie einen Suchlauf, der zu ihrem Unmut viel langsamer voranging, als es ihr lieb war. Aber die Datenleitungen waren am Limit.

Nur langsam baute sich die Seite mit den Ergebnissen auf. Ihre Entschlossenheit wurde auf eine harte Probe gestellt. Wie zu Zeiten, als das Einwählen ins Internet durch ein verzerrtes Grunzen und Pfeifen des Modems begleitet wurde.

Mit ihren Fingern trommelte Janna auf die Tischplatte, während sie auf dem Stuhl herumrutschte.

„Komm schon", forderte sie den Computer auf, ihre Anspannung nicht noch größer werden zu lassen.

Irgendwo tief in ihrer Magengrube hatte sie schon nach der Verabredung mit Phillipp das Gefühl gehabt, dass etwas nicht stimmte. Und nach dem Gespräch mit Masoud war dieser Eindruck noch stärker geworden. Doch dann überschlugen sich die Ereignisse und sie hatte sich nicht mehr darum kümmern können.

Aber jetzt war es anders. Dieses Gefühl grub sich mit aller Gewalt an die Oberfläche und wollte beachtet werden. Irgendwas war bei den Theisens nicht in Ordnung, davon war Janna nun mehr als überzeugt. Und Phillipp hatte den Schlüssel hierzu in der Hand gehalten. Sie hoffte bloß, dass er diesen Schlüssel nicht mit in sein kaltes, nasses Grab im Nordatlantik genommen hatte.

Während Janna beinahe wahnsinnig wurde vor lauter Warterei, bekam sie überhaupt nicht mit, dass Maik neben ihr stand.

„Hey, auch wieder da? Wie geht es Andrea?"

Janna zuckte zusammen. „Äh, ja ... gut. Danke der Nachfrage. Andrea hatte sich Sorgen gemacht. Und sie ist wegen der aktuellen Lage beunruhigt."

„Ja, verständlich. Aber ich bin froh, dass es ihr gutgeht." Maik warf einen neugierigen Blick auf Jannas Monitor. „Woran arbeitest du gerade?"

Mit überraschten Augen blickte Janna zu ihrem Kollegen. „Ich ... äh, ich bin gerade ..." Sie fühlte sich ertappt dabei, ihre Kompetenzen und Ressourcen für ihre privaten Angelegenheiten zu nutzten. „Ich überprüfe, was wir zu Phillipp Theisen haben. Der ist der Bruder von Rebecca." Janna kniff die Augen zusammen. „Ich werde das Gefühl nicht los, dass ihr Tod und seiner zusammenhängen."

„Phillipp Emmanuel Theisen? Bisher wurde sein Tod noch nicht bestätigt." Maik räusperte sich. „Gut, dass du an dem dran bist. Das scheint ja ein ganz übles Arschloch zu sein."

„Was? Wieso das?"

„Der war nicht nur Chef dieser Bio-Tech-Firma, sondern hatte auch Verbindungen zu einigen demokratiefeindlichen Netzwerken."

„Wie bitte ...? Klär mich auf!"

„Phillipp hatte wohl eine Gruppierung unterstützt, die Schlüsselpositionen in Wirtschaft, Industrie und Politik anstrebt. Das sind keine Nazis, keine Reichsbürger, keine Royalisten. Und die sind mit keiner politischen Partei oder anderen uns bekannten Gruppe verbunden."

„Und, was haben die vor?"

„Schwer zu sagen. Mit den wenigen Informationen, die ich in der aktuellen Lage sammeln konnte, wollen die einen gewaltsamen Systemwechsel herbeiführen. Weg von Demokratie und Pluralismus, hin zu einer Autokratie mit einer starken Führungselite."

„Verdammte sch...", sprach Janna in leisen Worten. Wut und Besorgnis verschmolzen zu einer heimtückischen Einheit. „Und das hast du alles in den letzten paar Tagen herausgefunden, trotz dieser Krise?"

„Unsere befreundeten Geheimdienste haben mir geholfen. Die Briten, die Franzosen, die Amerikaner. Die haben alle Angst, dass denen das gleiche Schicksal droht wie uns und legen alles daran, uns mit sämtlichen Informationen zu füttern, die sie haben oder auftreiben können. Sam hatte dafür gesorgt, dass ich umgehend sämtliche Infos erhalte, die die CIA nur ungern herausgibt."

„Nicht schlecht." Janna nickte anerkennend. „Nun stellt sich für mich aber die Frage, wie diese Öko-Terroristen da hineinpassen."

„Tja, gute Frage." Maik zuckte mit den Schultern. „Vielleicht wollen die eine Öko-Diktatur errichten. Einer wie Emily Reed könnte ich das zutrauen."

„Nein, das passt irgendwie nicht." Janna kniff nachdenklich die Augen zusammen. „Vielleicht haben sich beide Gruppen zusammengetan. Zumindest so lange, bis eine der anderen überdrüssig wird."

„Hältst du das für möglich?" Maik rieb sich das Kinn.

„Vielleicht hat auch die eine Seite, die andere getäuscht und nur vorgegeben, gleiche Interessen zu verfolgen."

„Das Einfachste wäre, diesen Niklas zu fragen. Aber in der aktuellen Situation wird das schwierig." Maik machte ein beinahe enttäuschtes Gesicht.

„Du hast recht." Mit geheimnisvoller Miene musterte sie ihren Kollegen. „Wir können aber jemand anderen fragen. Jemand, der vielleicht Licht ins Dunkel bringen kann und die Geheimnisse kennt, die die Theisens umgeben." Ihre Augen wurden schmal und sie blickte auf Maik mit voller Entschlossenheit. Janna ließ keine Zweifel daran, dass sie einen Plan hatte und bereit war, ihn auch in die Tat umzusetzen. „Wie lange brauchen wir, um in der aktuellen Situation von hier nach Stade zu kommen?"

„Nach Stade?" In Maiks Gesicht zeichnete sich Verwirrung ab.

34

Zu zweit näherten sie sich dem Kieler Campus, der dunkel und wie ausgestorben da lag. Je kleiner das Team, desto einfacher die Mission, war Sams Gedanke.

Sie waren komplett in schwarz gekleidet. Dunkle Schminke kaschierte ihre Gesichter. So bewegten sie sich beinahe unsichtbar und unbemerkt zwischen den Schatten der Anlage und suchten einen Zugang abseits des Haupteingangs und des gewaltigen Atriums. Sam hatte Informationen erhalten, nach denen das Gelände nicht, wie angedacht, von der Polizei abgeriegelt wurde. Offenbar kam dem der Blackout zuvor und die Behörden waren mit der Situation so überfordert, dass sie sich auf andere Dinge wie den Zivilschutz konzentrierten. Oder schlicht nicht über die Ressourcen verfügten. Wie auch immer, Sam hatte dadurch einen Vorteil, den er nutzen wollte.

Sie machten einen Notausgang ausfindig und gelangten ohne Aufsehen zu erregen in das Gebäude. Sam und Warrant Officer Matthew Johnson huschten durch einen Spalt ins Innere des Gebäudes und schlossen geräuschlos die Tür hinter sich. Es galt, so unsichtbar wie möglich zu bleiben.

Mit gezückter Waffe schlich Sam voraus. Johnson folgte ihm. Sein Spezialgebiet waren IT-Systeme und sein Talent lag im Knacken verschlüsselter Systeme. Der richtige Mann für diesen Job, dachte sich Sam, als er ihn für die Mission ausgewählt hatte.

Die Flure waren spärlich mit einem Notlicht beleuchtet. Niemand schien sich im Gebäude aufzuhalten. Eine gespenstische Atmosphäre waberte durch das Innere des Bauwerks. Stille füllte die Korridore. Doch so würden sie jede Person zeitig bemerken und in Deckung gehen können, oder sie beseitigen, wenn es sich nicht vermeiden ließ.

Sam hatte die Pläne und den Grundriss des Gebäudes aufmerksam studiert. Jedes verzeichnete Detail hatte er sich eingeprägt, jeden Lüftungsschacht, jede Tür, ja sogar, wo die einzelnen Feuerlöscher waren. Außerdem war er bereits zweimal hier gewesen und kannte Teile des Gebäudes. Daher ging er zielstrebig voraus und bewegte sich auf Lohbrechts Büro zu. Dort war der Computer, den er benötigte, um den Schatz zu heben, für den sie hier waren.

Vor einer Weggabelung blieben sie stehen. Der Flur zweigte in zwei weitere Richtungen ab. Mit der Taschenlampe leuchtete Sam alle Gänge ab. Im Schein der Taschenlampe sah jeder Winkel des Gebäudes gleich aus. Aber Sam vertraute auf sein Wissen und seine Orientierung.

Also bewegten er und der Warrant Officer sich weiter, immer tiefer in die Dunkelheit hinein. Bis sie schließlich vor dem Büro standen, dass sie erreichen wollten. Ein vorsichtiger Versuch, sich Zutritt zu verschaffen. Doch die Tür war verschlossen.

Sam blickte sich um, leuchtete die Umgebung ab, horchte in die Finsternis. Währenddessen zog Johnson ein kleines Werkzeugset aus der Hosentasche und machte sich am Schloss zu schaffen. Es dauerte nur wenige Sekunden und die Tür sprang auf. Sie huschten geräuschlos in das Büro und schlossen auch diese Tür hinter sich.

Wenn alles so war, wie sie vermuteten, musste das interne Netzwerk über ein Notstromaggregat aufrechterhalten werden, um den Zugang zu den Laboren zu verhindern und die Server am Laufen zu halten. Es würde genügen, den Computer des Professors an ein Notebook anzuschließen. So sollten sie Zugriff auf das Netzwerk erhalten.

Sogleich gingen sie ans Werk. Sam zog ein kleines Notebook aus dem Rucksack, Johnson machte sich am Rechner des Wissenschaftlers zu schaffen. Und wenige Augenblicke später hatten sie die beiden Geräte miteinander verknüpft.

„Wie ich es mir gedacht habe. Das interne Netzwerk hat Strom." Sam hatte Zugriff auf die Benutzeroberfläche. Doch zunächst galt es, sich in das System einzuloggen.

Der Warrant Officer legte los und tippte kryptische Befehle in die Benutzeroberfläche ein. Das Programm erwachte zum Leben. Codezeilen tanzten über den Monitor.

„Wie lange noch?" Sam konnte seine Anspannung nicht vollends verbergen. Obwohl er schon eine Vielzahl heikler Einsätze geleitet und mehrfach bereits Gebäude infiltriert hatte, so war eine solche Operation immer mit Ungewissheiten und Unwägbarkeiten verbunden. Nicht selten stieß man auf ein Problem und musste improvisieren oder zuvor lang geschmiedete Pläne verwerfen. Eine solche Aktion stellte immer ein Risiko dar, weshalb auch die erfahrensten Spezialisten, und zu genau denen zählte er sich, immer etwas nervös waren.

„Das braucht seine Zeit", antwortete Johnson, während er einige Befehle in die Tastatur tippte.

„Die haben wir nicht", drängte Sam zur Eile.

„Sorry, es geht so schnell, wie es geht. Wenn ich einen Fehler mache, sperrt uns das System aus und die ganze Operation war umsonst." Die Anspannung stand ihm ins Gesicht geschrieben. Im Schein des Monitors wirkte seine Gesichtshaut blass und grau.

Dann endlich, nach gefühlt ewig langen Minuten, gab das System den Zugriff frei.

Eilig, aber dennoch fokussiert, gab Sam die Codes ein, die sie vom System hatten. Den einen Schlüssel des Professors. Und den anderen, der ihm von Bennett Williams zugespielt wurde. Zur Frage, wie er daran gekommen war, hatte Williams nur geantwortet, dass ihn das nicht interessieren bräuchte. Den Rest konnte sich Sam denken. Dem Militär und den Geheimdiensten war jedes Mittel recht, wie er selbst vor einigen Tagen erfahren hatte.

Doch es blieb keine Zeit, um sich darüber Gedanken zu machen. Der Computer hatte die Sicherheitscodes akzeptiert. Johnson suchte im System nach den Daten und Forschungsergebnissen, die sie brauchten.

Sam beobachtete den Warrant Officer, der konzentriert auf den Monitor starrte. Ein weiteres Mal musste er sich in Geduld üben. Er war sich sicher, dass Johnson sein Bestes gab, zügig an die Daten zu kommen. Aber es fühlte sich an, als passierte nichts. Die Zeit schien stillzustehen in Lohbrechts dunklem Büro. Das grelle Licht des Notebooks ließ die Finsternis noch bedrohlicher wirken. In den Schatten lauerte die Gefahr, die eine solche Mission platzen lassen konnte. Und Sam hoffte inständig, dass diese nicht über sie beide hereinbrechen mochte.

Dann veränderte sich etwas in Johnsons unbewegter Miene. Nur ein Detail, kaum wahrnehmbar. Doch

Sam erkannte es und wusste sofort, dass sie vor einem Problem standen. „Was ist los?"

Dieser hielt den Blick fest auf den Monitor gerichtet. „Ich weiß es nicht, Captain. Die Dateien sind verschlüsselt, was ich erwartet hatte." Er gab ein paar Befehle über die Tastatur ein. Seine Finger sprangen nun hastiger über die Tasten. „Aber ich verstehe die Struktur der Verschlüsselung nicht."

„Was soll das heißen, sie verstehen die Struktur nicht?" Anspannung lag in Sams Stimme.

„Offenbar ist die Verschlüsselung an eine Anweisung geknüpft, die ..." Noch bevor er es aussprechen konnte, entwickelte der Monitor ein hektisches Eigenleben. Codezeilen huschten über den Bildschirm. Fenster öffneten sich.

„Was zur Hölle ..." Johnson hämmerte wild auf die Tasten ein. Doch das Notebook reagierte nicht mehr „Sir, wir haben ein Problem." Seine Gesichtszüge spiegelten grenzenlose Anspannung wider.

„Was für ein Problem, Junge?"

„Das ist eine Falle."

Kaum hatte Warrant Officer Johnson die Worte ausgesprochen, explodierte ein kreischender Alarm in die Stille des Bauwerks.

„Verdammt." Umgehend befahl Sam den Rückzug.

Hastig sammelten die beiden ihre Ausrüstung zusammen und waren gerade dabei, Lohbrechts Büro zu verlassen, da wurde die Tür mit einem Ruck aufgestoßen.

Sam blickte in den grellen Schein von Taschenlampen. Die Umrisse von mehreren bewaffneten Typen waren zu erkennen.

Johnson riss seine Pistole nach oben und eröffnete das Feuer. Einer der Lichtkegel fiel unter einem schmerzerfüllten Schrei nach hinten.

Im Bruchteil einer Sekunde erfasste Sam die Situation und hechtete zur Seite, raus aus dem Schussfeld in Richtung Sitzgruppe, in der er und Janna noch vor einigen Tagen gesessen hatten.

Die Gegenseite erwiderte umgehend das Feuer. Im gespenstischen Schein der Taschenlampen zuckte Johnsons Körper, als er von Kugeln durchbohrt wurde. Dann fiel der Warrant Officer leblos zu Boden.

Ein kurzer Augenblick der Stille kehrte ein, bevor das Trampeln von schweren Stiefeln durch die Räume hallte. Die bewaffnete Truppe drang in das Büro ein. Noch bevor Sam reagieren konnte, waren sieben Schnellfeuergewehre auf ihn gerichtet. Ein Kampf war aussichtslos. Langsam schob er seine Waffe von sich weg, und kam mit erhobenen Händen wieder auf die Beine.

Zu seiner Verwunderung ging das Licht im Büro an und eine komplett in weiß gekleidete Gestalt erschien hinter den Bewaffneten.

„Mister Reigh, wie schön, dass Sie uns mit ihrer Anwesenheit beehren." Ohne Eile kam Niklas auf Sam zu und starrte ihm fordernd ins Gesicht. „Wir waren schon neugierig, wer für den Tod von François Tibault verantwortlich ist und hier auftauchen würde. Ich nehme an, dass die CIA unseren geschätzten Kollegen auf dem Gewissen hat und Sie nun die Drecksarbeit ausführen dürfen." Niklas knackte mit seinen Handgelenken. Ein Feixen zeichnete sich auf seinem Gesicht ab. „Ich hatte erst die Vermutung, dass sich Ihre deutsche Kollegin hier blicken lässt. Aber eine solche Aktion steht Ihnen tatsächlich besser zu Gesicht, nicht wahr?" Mit unbeeindruckter Miene blickte er zu Johnson. „Schade, um den jungen Mann. Aber er wusste wahrscheinlich überhaupt nicht, was genau die Missionsparameter waren, habe ich Recht?" Niklas blickte wieder zu Sam. „Aber Sie wissen das. Und wahrscheinlich noch eine ganze Menge mehr. Ehrlich gesagt, kommt uns das gerade sehr gelegen. Denn wir sind trotz unseres Netzwerks nicht vollständig darüber im Bilde, was die Behörden bereits über unsere Pläne in Erfahrung gebracht haben." Ein süffisantes Lächeln legte sich auf Niklas' Gesicht. „Sie kommen also wie gerufen."

„Ich werde euch nichts verraten." Sams Stimme war fest und unbeirrt, trotz der ausweglosen Situation, in der er sich gerade befand.

„Wir werden sehen, Mister Reigh." Dann wandte sich Niklas und ging zurück zur Tür.

„Verpasst unserem Gast eine kleine Kostprobe und macht ihn für den Transport bereit."

Nach diesen Worten stürzten die Wachleute auf ihn zu und prügelten wild auf ihn ein.

Für einen Moment konnte Sam dem Trommelfeuer aus Schlägen und Tritten standhalten. Ein gezielter Schlag gegen seinen Schädel sorgte aber dafür, dass er das Bewusstsein verlor.

35

Besonders dort, wo viele Menschen auf engstem Raum lebten, befeuerte der Blackout Wut, Zorn und Angst und entlud sich in heftigen Unruhen. In einigen Städten kam es zu Straßenkämpfen zwischen der Polizei und aufgebrachten Bürgern. Besonders in einigen dicht bewohnten Hochhaussiedlungen, wie sie jede größere Stadt irgendwo weit weg vom herausgeputzten Zentrum hatte.

Bei einer Auseinandersetzung mit der Polizei wurden in München zwei Zivilisten sowie ein Beamter getötet, zwei weitere schwer verletzt. Erst das Erscheinen des Militärs konnte die Situation entschärfen. Vermeintlich subversive Elemente wurden direkt in Sicherheitsgewahrsam genommen, ohne die Chance, sich mit Angehörigen in Verbindung zu setzen oder die eigenen Rechte einzufordern. Das Militär schien zu allem bereit und würde jede erdenkliche Härte an den Tag legen, um diese Krise zu meistern.

In Ludwigshafen stürmte eine Gruppe junger Männer einen Supermarkt. Dies hatte einen Schusswechsel mit einer Bürgerwehr zur Folge, bei der fünf Menschen getötet und vier weitere schwer verwundet wurden.

In Düsseldorf brannte ein ganzer Wohnblock aus, weil die Anwohner keine Möglichkeit hatten, die Feuerwehr herbeizurufen.

Den ersten Gemeinden ging das Trinkwasser aus, da die Pumpen für die Wasserversorgung nicht weiterlaufen konnten. In den Krankenhäusern spielten sich dramatische Szenen ab. Mit aller Kraft kämpften Ärzte und das Pflegepersonal um Menschenleben, während gleichzeitig eine Vielzahl von Menschen minderschweren Verletzungen in die Notaufnahmen drängten. Vielleicht auch nur, weil die Krankenhäuser zu den wenigen Einrichtungen gehörten, die noch Licht hatten. Daher wurden einige bereits vom Militär gesichert.

Überall formierten sich Bürgerwehren und Volksmilizen, besonders auf dem Land. Hier schien man der Überzeugung zu sein, die Ordnung selbst wiederherstellen zu müssen. Dabei ging man vor allem gegen diejenigen vor, die dem eigenen Weltbild am wenigsten entsprachen. Populisten, Nationalisten und Rechtskonservative nutzten die Gunst der Stunde.

In Belgien stand ein Atomkraftwerk kurz vor dem Kollaps, weil verantwortungslose Kraftwerksbetreiber nicht genug Dieselreserven für die Notstromaggregate vorgehalten hatten. Daraufhin stand der Kühlkreislauf still und der Supergau konnte gerade noch so verhindert werden.

Während sich die Lage immer weiter zuspitzte, hatten Janna und Maik das Pflegeheim in Stade erreicht. Die beiden hatten sich entschieden, noch vor Tagesanbruch zu fahren, um möglichst reibungslos an ihr Ziel zu gelangen. Tatsächlich hatten sie auf ihrem Weg kaum Probleme und standen nun, kurz vor neun, vor der Einrichtung.

„Mal schauen, wie wir hineinkommen."

„Durch die Tür, Janna." Er deutete auf den Eingangsbereich. Ein ‚Hä?' zeichnete sich auf seinem Gesicht ab.

„Schon klar. Aber die haben eine elektronische Schiebetür. Für Leute im Rollstuhl. Die wird kaum funktionieren." Ungeachtet ihrer eigenen Worte ging sie auf die Tür zu. Wie vermutet, blieb diese verschlossen. Doch sie erkannte, dass im Foyer Leute waren. Und es dauerte auch nur einen Moment, bis sie entdeckt wurde.

Mit Handzeichen und in durch die Glastür gedämpfte Worte, teilte ihnen eine Person mit, dass sie zu einer anderen Tür gehen sollen, die sich um die Ecke befand.

Gesagt, getan. Dort wurden Janna und Maik von Masoud in Empfang genommen, den sie bereits durch die verschlossene Schiebetür erkannt hatte.

„Hallo, wie geht es Ihnen?", wollte er wissen. Seine Augen wirkten müde, sein Körper ohne Spannung.

„Danke. Und Ihnen? Wie kommen Sie klar?" Janna wusste die Antwort auch so. Seine Erschöpfung war greifbar.

„Die Situation ist schlimm. Ohne Strom ist unsere Arbeit noch viel schwerer. Wir können uns um einige Personen nicht kümmern. Wir können sie nicht versorgen, weil wir nicht richtig kochen können." Verlegen blickte er zu Boden, so als würde er sich schuldig fühlen. „Wir haben Menschen hier, die müssen zur Dialyse. Aber das geht nicht, wenn wir keinen Strom haben. Wir können auch die Familien nicht erreichen."

„Das ist ja furchtbar", war von Maik zu hören.

„Wir tun, was wir können. Aber wir können uns nicht um alle kümmern. Nicht in dieser Situation." Resigniert zuckte er mit den Schultern.

„Ich bin sicher, Sie tun Ihr Bestes, Masoud." Jannas Worte waren aufrichtig. „Und um diese Situation zu ändern, sind wir hier. Wir müssen dringend mit Josef Theisen sprechen. Vielleicht kann er uns helfen, dieses Chaos zu beenden."

„Mit Josef?" Verblüffung zeichnete sich auf Masouds Gesicht ab. Doch dann schien er zu begreifen. Die zu hohe Dosis an Beruhigungsmittel. Die Bestechung, die er beobachtet hatte. Seine Augen wurden groß. Mit geöffnetem Mund stand er da. Ein leichtes Nicken bestätigte Janna, dass er verstanden hatte. „Kommen Sie bitte mit."

Während sie durch die Flure des Pflegeheims liefen, spürte Janna die Anspannung, die in allen Ecken des Gebäudes hauste. Vereinzelt hetzten erschöpfte Pflegekräfte durch die Gänge. Von hier und dort drang wehleidiges Stöhnen an ihre Ohren. Vor einer Zimmertür stand ein Pflegebett. Unter dem weißen Tuch zeichnete sich der Körper einer Person ab. Masoud schaute flüchtig zum Totenbett. Janna bildete sich ein, Verbitterung und Traurigkeit in seinem Gesicht zu sehen.

Dann erreichten Sie das Foyer, wo Janna vor ein paar Tagen schon einmal gestanden hatte.

„Wir müssen da lang", sprach Masoud und zeigte auf einen weiteren Gang.

„Hey, was geht hier vor?" Energisch rief eine Stimme durch den Vorraum. „Masoud, was soll das?"

Eine Frau mit strenger Kurzhaarfrisur und einer auffälligen Brille kam auf Janna und die anderen zu.

„Moment. Ich kenne Sie. Sie waren vor ein paar Tagen schon einmal hier."

„Das ist richtig, Frau Schmitz. Und wie vor ein paar Tagen, muss ich mit Herrn Theisen sprechen. Dringender, denn je." Janna hielt ihre Hände vor den Körper, um ihre Worte zu verstärken.

„Ich habe Ihnen damals gesagt, dass das nicht möglich ist. Und jetzt verschwinden Sie. Oder ich rufe die Polizei."

„Wenn Sie die erreichen ... Viel Erfolg." Ein dezentes Nicken. Janna zog ihren Dienstausweis aus der Hosentasche. „Ich bin vom Bundesnachrichtendienst. Das ist mein Kollege, Maik Ammer."

Er streckte ihr ebenfalls seinen Ausweis entgegen.

„Wir müssen dringend mit Herrn Theisen sprechen, wenn Sie nichts dagegen hätten." Bis auf wenige Zentimeter trat Janna an die Mitarbeiterin heran.

Aus zusammengekniffenen Augen sprach ihre Wut. Geräuschvoll atmete sie aus. „Folgen Sie mir bitte." Ihre Worte waren vergiftet von Abneigung.

Janna saß in einem Sessel und trommelte ungeduldig mit den Fingern auf der Armlehne. Maik ging im Raum auf und ab, seine nervöse Energie war spürbar.

Es hatte mehrere Stunden gedauert, doch nun ließ die Wirkung der Beruhigungsmittel allmählich nach und Theisens Verstand klärte sich. Kraftlos richtete er sich auf, suchend und fragend wanderte sein Blick durch den Raum. „Wo bin ich? Wer sind Sie?"

„Hallo Herr Theisen. Wie fühlen Sie sich?"

Seine Augen verengten sich. Forschend blickte er auf Janna „Ich ... Ich kenne dich."

„Ich bin's, Janna. Janna Petrusch."

„Janna?"

Mit einem leichten Nicken bestätige sie, dass sie es tatsächlich war.

„Bist du wegen Rebecca hier?" Hoffnung, als auch Traurigkeit lagen in seiner Stimme.

„Ja. Und weil wir Ihre Hilfe brauchen", antwortete sie. Wehmut mischte sich in Ihre Stimme. „Können Sie uns erzählen, was Sie noch über Rebecca wissen?"

„Meine Hilfe?", fragte er mit schwacher Stimme.

„Ich erläutere es Ihnen später. Für langwierige Erklärungen haben wir leider keine Zeit." Sie verschränkte die Arme vor der Brust. „Für den Moment müssen wir alles wissen, was Sie uns zu Rebecca und Phillipp sagen können."

Theisen löste seinen Blick und ließ ihn ziellos durch das Zimmer wandern. Sein Geist war auf Wanderschaft und versuchte, sich zu erinnern. Zumindest vermutete das Janna, die ihn nicht aus den Augen ließ.

Nach ein paar Minuten stieß Josef einen angestrengten Atemzug aus und begann zu sprechen: „Ich war damals auf Geschäftsreise in den USA, als ich die Nachricht vom Segelunglück erhielt. Ich habe mich natürlich gleich auf den Rückweg gemacht, saß dann aber erst einmal am Flughafen fest. Wegen eines Unwetters hatten sich die Flüge verspätet. Während ich warten musste, bekam ich einen Anruf, dass man eine Person aus dem Wasser gerettet hätte. Sie litt wohl unter Gedächtnisverlust. Aber Rebeccas Beschreibung passte auf diese Person." Er hielt inne und hustete schwach. „Ich bat Phillipp, ins Krankenhaus zu fahren. Zwei Stunden später ging dann endlich mein Flug. Kurz vorher hatte sich mein Sohn gemeldet und behauptet, er wäre im Krankenhaus gewesen, aber die gerettete Person sei nicht Rebecca gewesen."

„Sondern? Wer war es dann?" Mit einem Ausdruck von Skepsis folgte Janna Theisens Ausführungen.

Josef nahm einen tiefen Atemzug und musste husten. Dann fuhr er fort. „Ich ... aus irgendeinem Grund wollte ich das nicht glauben, wollte mich selbst davon überzeugen. Nach meiner Landung in Hamburg bin ich umgehend ins Krankenhaus gefahren, um die Person zu treffen, die aus dem Wasser gezogen wurde." Sein Atem beschleunigte sich. „Ich hatte gebetet, dass sich Phillipp irrt, dass es noch Hoffnung gibt."

„Und dann?" Janna bemühte sich, nicht zu fordernd zu klingen.

„Im Krankenhaus sagte man mir, dass die Person, die man aus dem Wasser gezogen hatte ...", gequält blickte er zu Boden, „... sie war verschwunden. Niemand wusste, wohin."

„Verschwunden?" Entsetzen erfasste Janna. In ihrem Verstand zeichnete sich allmählich ab, wie sich die Sache zugetragen haben musste.

„Ich bin davon überzeugt, dass diese Person Rebecca war. Und das Phillipp gelogen hatte."

Janna bekam glasige Augen. Oh, Rebecca, durch welche Hölle musst du gegangen sein? Die Frage zerrte an ihr, so als wollten sie sie in Gänze nach innen reißen. So wie ein schwarzes Loch, das Licht nach innen sog und nie mehr losließ. Ihr Herz pochte. Das Schicksal hatte überhaupt nicht nach Rebeccas Leben getrachtet. Es war dieser Kerl, es war Phillipp. Es konnte gar nicht anders sein. Er nutzte die Situation zu seinem Vorteil, um Rebecca loszuwerden, aus welchen kranken Gründen auch immer. Darum hatte er nur behauptet, Rebecca sei nicht im Krankenhaus gewesen, sondern es sei jemand anderes gewesen. Darum war diese Person plötzlich verschwunden. Darum war auch der Autopsiebericht falsch. Phillipp hatte dafür gesorgt.

Der Schmerz brannte entsetzlich in Jannas Blut. Nicht vor der tosenden See hätte sie Rebecca schützen müssen, sondern vor diesem Widerling. Salzige Tränen liefen ihre Wangen hinunter. All die Jahre hatte sie versucht, stark zu sein und sich keine Schwäche eingestanden. Hatte behauptet, sie käme klar mit dem Verlust und würde keine Hilfe benötigen. Und nun wurde ihr mit einem Schlag klar, wie wenig Schuld sie tatsächlich am Tod ihrer besten Freundin hatte.

Sie spürte Maiks Arm, der sich auf ihre Schulter legte und ihr versicherte, dass jedes Gefühl okay war. „Alles okay?"

Auf Maik war Verlass. Er versuchte gar nicht, sie zu beruhigen, sondern war einfach für sie da.

„Geht es wieder?" Josef schien sichtlich besorgt um Janna.

Sie nickte mit schwachen Bewegungen. „Was ist passiert, nachdem sie im Krankenhaus waren?"

„Wie gesagt, ich war überzeugt, dass die unbekannte Person im Krankenhaus Rebecca war. Die Beschreibung der Krankenschwestern passte zu ihr. Dann beschlich mich der Verdacht, dass Phillipp dahintersteckte. Darum hatte ich einen Privatdetektiv auf den Fall angesetzt."

„Und was hatte der herausgefunden?" Maik blickte Josef fragend an.

„Zu viel." Er nahm einen kraftvollen Atemzug und erhob sich aus dem Bett. Nur mühevoll konnte er sich auf den Beinen halten, dennoch lehnte er jede Unterstützung von Janna und Maik ab. „Ich wusste, dass Phillipp irgendwelchen Verschwörungsideologien nachhing und einen Hang zum Größenwahn hatte. Ich weiß nicht, wie er da reingeraten ist. Keine Ahnung, was ich bei der Erziehung falsch gemacht habe." In seinen gealterten Gesichtszügen spiegelten sich die Selbstvorwürfe wider. „Darum sollte er unter keinen Umständen die Firma leiten. Ich wollte meiner Tochter die Kontrolle über das Unternehmen übertragen." Wut lag in seiner Stimme. „Ich musste verhindern, dass Phillipp es für seine kranken Überzeugungen missbrauchte."

„Phillipp hat Verbindungen zu einem autoritären, demokratiefeindlichen Netzwerk", warf Maik ein und nagte nervös an seiner Unterlippe, als er sich an die Informationen erinnerte, die sie vor kurzem erst entdeckt hatten.

„Gott ..." Theisen schloss die Augen. Er ballte die Fäuste. „Das hatte der Privatdetektiv auch herausgefunden." Zorn blitzte aus seinen zusammengekniffenen Augen. „Die Gruppe plante einen Systemwechsel in ganz großem Stil. Und Phillipp hatte heimlich Gelder der Firma abgezweigt und sich mit irgendwelchen Terroristen eingelassen."

„Und dann?" Nun stand auch Janna.

„Dann hatte man die Leiche des Privatdetektivs gefunden. Und kurz danach ließ Phillipp mich in diesem Altersheim einsperren und mit Drogen vollpumpen."

„Verdammt." Janna ballte die Fäuste. Ihre Gesichtszüge verhärteten sich.

„Aber warum? Das ergibt keinen Sinn", zweifelte Maik an. „Warum sollte er sie hier einsperren, wenn er sie einfach hätte aus dem Weg räumen können?"

Mit tadelndem Blick durchbohrte Janna ihren Kollegen. „Maik, bitte."

Erschrocken über ihren harschen Tonfall zuckte er zusammen.

„Schon gut", beschwichtigte Theisen, „er hat ja Recht." Für einen Moment schloss er die Augen und atmete schwer ein und aus. „Ich denke, dass er mir ganz am Ende vor Augen führen wollte, was er mit dem Unternehmen, dem Vermögen und seinen größenwahnsinnigen Plänen erreicht hatte. Als letzte Demütigung, weil ich ihn für ungeeignet hielt, dass Unternehmen zu führen."

„Das würde einmal mehr für seinen Größenwahn sprechen." Maik verschränkte seine Arme.

„Darum bin ich mir auch sicher, dass Phillipp die Firma für seine Pläne nutzt, nicht nur das Vermögen." Sein Blick verfinsterte sich. „Und ich habe auch eine Idee, wo er seine Aktionen plant." Die Verwandlung war abgeschlossen. Keine Spur mehr vom senilen, orientierungslosen Greis.

„Okay, sagen Sie uns wo und wir schicken ein Team hin." Doch Janna kannte seine Antwort. Ihr war klar, dass er diese Sache persönlich nahm und sie nicht alleine der Polizei überlassen würde.

„Nur über meine Leiche. Ich werde sie begleiten." Mit durchdringendem Blick sah er zunächst Janna, und dann Maik an.

„Herr Theisen. Bevor wir losfahren ... Sie sollten da noch etwas wissen, was Phillipp betrifft." Janna hasste es, die Überbringerin der schlechten Nachrichten zu sein.

36

Beinahe regungslos saß Niklas Tristan Borrmann am Schreibtisch und starrte auf den Monitor des Computers. Die Mundwinkel bildeten ein diabolisches Grinsen. Die sich ständig aktualisierenden Meldungen zu den Schäden erfüllten ihn mit einem Gefühl des Triumphs.

Niklas war bestens darüber informiert, dass Deutschland und die Nachbargebiete nun schon den dritten Tag in Folge im Dunklen lagen. Und welche dramatischen Konsequenzen das hatte. Die Investitionen in Elon Musks satellitengestütztes Internet machten sich in dieser Situation mehr als bezahlt.

Viele Menschen hielten sich nicht an die Ausgangssperren. An zahllosen Stellen brach die öffentliche Ordnung zunehmend auseinander. In den Großstädten kam es immer häufiger zu Vandalismus, Plünderungen und bürgerkriegsähnlichen Zuständen. Die Behörden waren heillos überfordert, immer öfter entglitt ihnen die Kontrolle. Und es blieb nicht nur bei den Auswirkungen in Deutschland und Europa.

Die Börsen zitterten unter dem Blackout, die Weltwirtschaft geriet ins Schlingern. Die Verteidigungsminister der NATO-Staaten trafen sich zu einer eiligen Sondersitzung in Madrid. Ebenso hatte die UN eine Sitzung einberufen. Europaweit wurden die Streitkräfte in Alarmbereitschaft versetzt.

Das Chaos war perfekt und Niklas gefiel, was er sah. Die Zeit war gekommen, die nächste Stufe des Plans einzuleiten: dafür zu sorgen, dass diese Katastrophe nicht allzu schnell vorbeigehen würde. Obwohl es bereits zu Auseinandersetzungen kam, war die Mehrheit der Bevölkerung noch ruhig und fügte sich ihrem Schicksal, hielt sich an die Ausgangssperren und leistete den Anweisungen der Sicherheitskräfte folge. Das genügte noch nicht für einen Systemwechsel. Erst, wenn die Leute überhaupt keine Lebensmittel mehr hatten, das Wasser zur Neige ging und die gesellschaftlichen Strukturen zusammengebrochen waren, könnten er und sein Auftraggeber dafür sorgen, dass Deutschland zu neuer Stärke geführt würde.

Damit dies überhaupt möglich war, war es unumgänglich, auch den Rest Europas erzittern zu lassen. Alleine schon, um Hilfe von außen zu verhindern.

Niklas löste seinen Blick vom Monitor und blickte zu einem kleinen Glasröhrchen, das auf dem Schreibtisch stand.

„Das so etwas Kleines so mächtig sein kann." Seine Stimme war gleichermaßen erfüllt von Ehrfurcht wie von Bewunderung. Mit seinen feingliedrigen Händen griff er nach dem Gegenstand. Ein dunkler Schein schimmerte durch das Glas, als er es gegen das grelle Licht des Monitors hielt.

„Dank dir wird unsere Vision bald Wirklichkeit werden."

Ein Klopfen holte Niklas aus seinen Gedanken in die Gegenwart zurück. Langsam blickte er zur Tür, während er den kleinen Glasbehälter gemächlich in Richtung Tischplatte sinken ließ.

„Reinkommen", befahl er mit autoritärer Stimme.

Ein junger Mann mit kurz geschorenen Haaren und Maschinenpistole kam zur Tür herein. Er trug die Arbeitskleidung des Rettungsdienstes. Seine kurzen, dunkelblonden Haare lagen perfekt auf dem Kopf.

„Die Fahrzeuge stehen bereit, Niklas. Wir können los, wenn du soweit bist."

„Okay, ich bin in wenigen Minuten da. Ich muss hier nur noch etwas erledigen." Mit einem kurzen Nicken forderte er den jungen Kerl auf, draußen zu warten.

Als dieser das Büro verlassen hatte, streifte Niklas sich die Jacke über und verwandelte sich ebenfalls in einen Rettungssanitäter. Sein Plan war einfach perfekt. Wer würde in der aktuellen Lage schon einen Krankenwagen anhalten und kontrollieren. Eine bessere Tarnung, um unauffällig von A nach B zu kommen, gab es nicht.

Ein selbstgefälliges Lächeln umschmeichelte seine Lippen. So viele Jahre harte Arbeit, immer mit der Gefahr, zu früh aufzufliegen. Doch nun standen sie kurz vor dem Ziel. Die Anstrengungen, die Entbehrungen, die Investitionen, die Opfer, die sie erbringen mussten. Alles schien sich nun auszuzahlen.

Er nahm einen tiefen Atemzug und spürte das Gefühl von tiefer Zufriedenheit, dass seinen Körper durchströmte.

Sein Blick wanderte durch das Büro. Mit einem leichten Nicken bestätigte er sich selbst, dass es jetzt an der Zeit war, alles hinter sich zulassen. Mit ruhiger Hand griff er zu einem Funkgerät, das auf seinem Schreibtisch lag. „Bringt mir das Mädchen", gab er den Befehl.

Wenige Augenblicke später ging die Tür auf und ein massiger Hüne schleppte die zu einem Rollbraten verschnürte Frau in das Büro. Er hatte ihren gefesselten Körper über die Schulter geworfen und ganz offensichtlich keine Mühe mit ihr. Auch nicht, obwohl sie heftig zappelte. Doch gegen die Fesseln, die ihren ganzen Körper umschlungen, hatte sie ebenso keine Chance, wie gegen die gewaltigen Pranken des Mannes, der sie fest auf seinem Oberkörper hielt.

Schwungvoll schleuderte er das zappelnde Bündel zu Boden. Das gedämpfte Stöhnen der Frau zeugte von den Schmerzen, die sie hatte, als ihr Rücken auf den harten Boden aufschlug.

Noch bevor der Kerl begriff, was passierte, schlug Niklas ihm mit voller Wucht ins Gesicht. Ein Schwall von Blut lief aus der zertrümmerten Nase.

„Du Arschloch hast mir die Nase gebrochen", stöhnte der Kerl mit röchelnder Stimme, während er sich das Gesicht hielt.

In einer schwungvollen Bewegung zog Niklas eine Pistole aus seiner Jacke und streckte sie dem Kerl ins Gesicht. „Behandelt man so seine Gäste?"

Niklas blickte in erschrockene, angsterfüllte Augen, die nun weitaufgerissen seinem ausgestreckten Arm folgten. Dann durchschlug die Kugel den Schädel. Mit einem dumpfen Poltern prallte der Körper des kräftigen Kerls auf den Boden und blieb direkt neben der jungen Frau liegen.

Mit Entsetzen blickte diese auf den zerfetzten Klumpen Fleisch, der bis vor wenige Sekunden noch der Kopf eines Mannes war. Ein ersticktes Grummeln durchdrang den Knebel zwischen ihren Kieferknochen.

Niklas atmete tief aus und verstaute seelenruhig seine Pistole im Halfter, den er unter seiner Jacke trug.

„Entschuldigung, das war nicht beabsichtigt. Aber niemand hat das Recht, unseren Stargast so ruppig zu behandeln." Ein schiefes Lächeln legte sich auf sein Gesicht. Mit erschreckender Langsamkeit beugte er sich hinunter, packte die Frau an den Schultern und zog sie in Richtung Schreibtisch. Dort lehnte er ihren Oberkörper gegen die Rückwand.

Aus einer Schublade zog er eine Rolle Klebeband, mit der er seine Geisel an das Möbelstück fesselte.

„Ich weiß, das ist nicht sonderlich bequem", sprach er mit beinahe fürsorglicher Stimme, „aber mach dir keine Sorgen. Nicht mehr lange, und das wird dich nicht mehr stören", sprach er mit ruhiger Stimme.

Tränen liefen der Frau über das Gesicht. Aus ihren Augen sprach die pure Verzweiflung, die ein Mensch in einem Leben empfinden konnte. Ihr Blick flehte um Gnade, bat darum, sie zu verschonen und endlich laufen zu lassen.

„Weißt du, du wirst deinen Tod eigentlich gar nicht mitbekommen. Es gibt einen kurzen Knall. Und noch ehe dein Körper in der Lage ist, dir das Gefühl eines Schrecks zu vermitteln, ist es auch schon vorbei." Das künstliche Kreischen des Klebebands bildete einen schmerzlichen Kontrast zu seiner absurd sanften Stimme. Doch allmählich wurde die Rolle kleiner und nach wenigen Augenblicken war er bis zur Papprolle vorgestoßen, die nun nackt in seinen Händen lag.

„Das war es, leider", sprach er mit gespielter Enttäuschung und zuckte mit den Schultern.

Darauf erhob er sich und griff nach einem großen Metallkoffer, der hinter seinem Schreibtisch stand. Beinahe liebevoll hob er den Koffer nach oben und platzierte ihn direkt vor die gefesselte Frau. Er wollte, dass sie sah, was es war, dass sie in den letzten Augenblicken ihres Lebens vor Augen hatte.

Ein leises, metallisches Klicken erfüllte den Raum. Der Inhalt des Koffers wurde freigegeben. Zum Vorschein kamen eine große, schwarze Anzeige und ein Dickicht an bunten Drähten.

„Du weißt was das ist, nicht wahr?"

Die junge Frau schüttelte den Kopf so heftig, wie es ihre Fesseln zuließen. Ihre aufgequollenen Augen spiegelten ihre Hoffnungslosigkeit und ihre Todesangst wider.

„Ja, du weißt es." Ein Lächeln zeichnete sich in Niklas androgynem Gesicht ab.

Sanft, beinahe schon zaghaft drückte er auf einen kleinen Knopf und die Anzeige erwachte zum Leben. Ein glühendes Rot hob sich vom schwarzen Hintergrund ab und schleuderte die bedrohliche Botschaft ins Büro: 05:00:00. Fünf Stunden.

Mit einem weiteren Druck auf den Knopf begann die Zeit, langsam und gleichmäßig Richtung Null zu laufen.

Mit erschreckender Ruhe setzte sich Niklas neben seine Geisel und betrachtete gelassen die sich permanent verändernden Ziffern. Die junge Frau weinte und wimmerte und versuchte vergebens, sich von Klebeband und Fesseln zu befreien.

„Weißt du was, wir machen es noch etwas spannender", sprach ihr Peiniger und drehte den Kopf zu ihr. Seine Lippen formten ein beängstigendes Grinsen. Dann richtete er sich mit einem Satz auf, schnappte sich das kleine schwarze Glasröhrchen auf seinem Schreibtisch und bewegte sich langsam zur Bombe. Ohne Hast schraubte er das Röhrchen auf und schüttete die Flüssigkeit über das Innere des Metallkoffers.

„Was denkst du: was passiert als erstes? Läuft die Zeit ab? Oder fressen sich die Bakterien durch die Elektronik?" Mit einem Schulterzucken beantwortete er seine eigene Frage. „Ist ja auch egal. Das, was als erstes eintritt, wird für ein fulminantes Feuerwerk sorgen. Und du bist mittendrin, meine Liebe."

Dann machte er sich auf den Weg, den alten Firmensitz der Theisens hinter sich zu lassen. Es konnte nicht mehr lange dauern, bis die Behörden hier aufkreuzen würden. Darum war es an der Zeit, hier ein paar Beweise zu vernichten.

Er richtete einen kurzen Blick auf die Geisel. „Leb wohl, Emily."

Dann zog er die Tür hinter sich zu und ließ die international gesuchte Topterroristen alleine mit einer Leiche, einer Bombe und der Aussicht auf ein grauenhaftes Ende zurück.

37

Die warme Nachmittagssonne schuf eine trügerische Atmosphäre von Leichtigkeit und Gelassenheit. Verlassen lag der Gebäudekomplex zwischen Getreidefeldern und einem kleinen Waldstückchen und schien nicht so recht ins ländliche Idyll zu passen. Hier draußen war vom Chaos in der Welt fast nichts zu spüren. Harmlose Wolken zauberten kleine Flecken in den sonst leuchtenden Mittagshimmel.

„Da ist es. Das alte Firmengelände. Hier waren die Produktion, die Verwaltung und die Büros." Wehmut lag in Theisens Stimme.

Janna bildete sich ein, eine Spur Verbitterung herauszuhören. Trotz der Nachricht von Phillipps Tod war er fest entschlossen gewesen, hierher mitzukommen. Er hatte die Nachricht beinahe unbeeindruckt zur Kenntnis genommen. Ein diffuses Zucken in seinem Gesicht, eine weitere Reaktion hatte es nicht gegeben. Janna war es nicht gelungen, zu deuten, was er empfunden hatte.

„Als die Firma anfing zu expandieren, hatten wir den Standort in Kiel aufgebaut. Eine Weile lief die Produktion hier noch weiter. Doch kurz vor Rebeccas Tod hatten wir den Standort komplett aufgegeben."

Janna blickte zur Fabrik, die vermutlich noch etwa einen Kilometer entfernt war, ohne auf Theisens Worte einzugehen.

Für sie stand fest, dass Phillipp für Rebeccas Tod verantwortlich war. Auch wenn ihr noch nicht ganz einleuchten wollte, wie er es angestellt hatte. Unmut erfasste sie, weil sie vielleicht keine Möglichkeit haben würde, ihn dafür zur Rechenschaft zu ziehen. Gleichzeitig ertappte sie sich dabei, dass sie fast froh war, dass jemand einen Anschlag auf ihn verübt hatte. Zumindest musste sie nach aktuellem Kenntnisstand davon ausgehen, auch wenn dies noch nicht offiziell bestätigt wurde. Und irgendwie konnte sie das Gefühl nicht abschütteln, dass auch Phillipps Tod von einem Geheimnis umgeben war, dass sich nicht so ohne weiteres offenbaren würde.

Sie löste sich aus den Gedanken und ging zu Jennifer Steinert und Felix Schmid, den beiden Kieler Kripo-Beamten, die sie bereits bei ihrem Einsatz auf dem Kieler Campus begleitet hatten. „So, nun haben Sie die Möglichkeit, Ihren Fehler wieder gutzumachen."

Verärgerung war in Steinerts Gesicht zu erkennen. „Sparen Sie sich Ihre Kommentare, Frau Petrusch." Sie stemmte die Hände in ihre Hüften. „Ich hoffe, an der Sache ist was dran. Wir haben wirklich wichtigeres zu tun."

„Wichtiger als das? Wichtiger, als die Terroristen zu stoppen, die dieses Chaos verursacht haben?" Janna verschränkte die Arme. „Wichtiger, als diesen Niklas Tristan Borrmann festzunehmen, den sie haben so freimütig untertauchen lassen?"

Steinert presste die Lippen aufeinander.

„Wir beobachten das Gelände seit einiger Zeit. Und nichts ist passiert. Ich denke, dass dort niemand ist." Schmid blickte zu Janna. In seinem Gesicht zeichnete sich ab, dass auch er verärgert über ihren Vorwurf war. „Oder niemand mehr."

„Ja, sehe ich auch so." Maik hatte sich zu ihnen gestellt. „Gehen wir hin und suchen nach Beweisen."

„Das machen wir", bestätigte Janna ihrem Kollegen, bevor sie sich wieder an die Beamten der Kieler Kripo wendete. „Sind ihre Leute einsatzbereit?"

Steinert nickte. „Ja, wir sind bereit."

Die große Einfahrt zum Werksgelände stand weit offen. Janna hielt den Wagen direkt hinter der Einfahrt, etwa 100 Meter von den Gebäuden entfernt. Ihr Blick wanderte über das weitläufige Gelände und den vor ihnen liegenden Gebäudekomplex. Im Augenwinkel nahm sie das Fahrzeug von Steinert und Schmid war, welches nun ebenfalls zum Stehen kam. Der Plan war, dass Janna und Maik mit den beiden Kieler Kollegen von vorne auf die Gebäude zugingen, um die Aufmerksamkeit auf sich zu lenken, während die anderen vier Personen unbemerkt über die Rückseite in das Gebäude eindrangen.

„Rechts ist die Verwaltungseinheit mit Büros und Besprechungsräumen. Links davon sind die Lagerhallen." Theisen hatte sie bisher begleitet. Bereits vor der Ankunft hatte Janna ihm unmissverständlich zu verstehen gegeben, dass er unter allen Umständen im Wagen bleiben würde. Obwohl er heftig protestiert hatte, musste er sich selbst eingestehen, dass er für eine solche Aktion weder ausgebildet war, noch dass er überhaupt über die nötige Kraft verfügte.

Janna verließ das Fahrzeug. Zunächst warf sie einen Blick zu den Büros, dann zu den Hallen, die durch eine Reihe von großen Rolltoren sowie einer Verladerampe markiert wurden. In den Asphalt davor eingelassen waren Bahngleise, die vermutlich irgendwo hinter dem Gebäude das Werksgelände verließen und sich auf eine Bahnstrecke einfädelten. An einigen Stellen wucherten Brombeerhecken. Holunderbüsche und Birken begannen zaghaft, das Gelände von der Umzäunung aus im Namen der Natur zurückzuerobern.

„Etwas verwildert", stellte Maik fest, „aber wie ein Lost Place sieht das hier nicht aus. Keine Graffitis und Schmierereien, die Scheiben sind nicht zerbrochen und die Rolltore nicht aufgebrochen."

„Offensichtlich wurde das Areal bis vor kurzem tatsächlich genutzt. Das Gelände wurde auch nicht als illegale Müllkippe missbraucht", merkte Janna an, die sich regelmäßig darüber ärgerte, wenn Leute ihren Abfall heimlich in der Natur entsorgten. Oder eben verlassene Gebäude für das Abladen ihres Unrats verwendeten.

Während sie noch diesen Gedanken verfolgte, sah sie im Augenwinkel, wie Maik einige Schritte nach vorne trat und zum Boden schaute. Sein kritischer Blick war auf eine schlammige Stelle am Boden gerichtet. Er ging in die Hocke, seine rechte Hand wanderte zum Schmutz.

„Noch frisch", gab er wenige Sekunden später zu verstehen. Da erst erkannte auch Janna die Reifenspuren, die sich in den Schlamm gegraben hatten.

„Wer immer hier war, ist noch nicht lange weg", ergänzte Maik.

„Vielleicht sind auch noch gar nicht alle ausgeflogen." Mit zusammengekniffenen Augen scannte Janna das Gelände.

Aber alles war friedlich. Nirgendwo gab es Anzeichen, dass noch jemand hier war. Lediglich das leise Rascheln der Blätter und das Zirpen der Grillen war zu hören. Selbst das stete Brummen der technikgetriebenen

Gesellschaft war verstummt. Keine Maschinen, keine Autos, Lkws oder Züge. Kein Verkehr. Der Blackout sorgte für eine eigenwillige, nie gekannte Stille, wie sie vermutlich das letzte Mal in der Mitte des 19. Jahrhundert zu hören war.

Doch Janna wollte sich nicht davon blenden lassen. Diese Ruhe mochte trügerisch sein. Vielleicht hatte man ihr Kommen bemerkt und würde gleich aus dem Hinterhalt die Hölle auf sie niederregnen lassen.

„Sind Sie bereit?" Steinerts Stimme war fest und bestimmend. „Dann lassen Sie uns reingehen. Wir gehen vor. Sie folgen uns."

„Bitte", antwortete Janna und deutete zur Eingangstür des Bürobereichs.

Langsam näherten sie sich der Eingangstür. Alle blickten suchend nach links und rechts, in der Hoffnung, einen möglichen Gegner rechtzeitig zu erkennen. Die Tür war nur angelehnt. Vorsichtig schob Steinert sie auf und richtete ihre Pistole in die Tiefe des dahinterliegenden Flures. Doch da war nichts.

01:26:47. Noch fast neunzig Minuten. Emily blickte panisch auf die roten Ziffern. Ihre Tränen waren versiegt und die Hoffnung gestorben. Beinahe neunzig Minuten. Das konnte eine gefühlte Ewigkeit sein. Oder ein Wimpernschlag in der Unendlichkeit. Die Zeit brannte sich in Emilys Verstand ein. Der Countdown zu ihrem Ende. Welcher Mensch wusste schon seinen Todeszeitpunkt? Ging es Menschen so, die zum Tode verurteilt wurden? Emilys Hirn schlug die wildesten Kapriolen. Sie hörte das Rauschen ihres Blutes, das Pfeifen ihrer Nerven in den Ohren, das Wummern ihres Herzens. Eine Geräuschkulisse, die sich gegen die gewaltige Stille stemmte, die hier herrschte, seit Niklas mit seinen Leuten verschwunden war. Ihr ganz eigenes Requiem.

In Emilys Verzweiflung verfluchte sie alles, was jemals in ihrem Leben geschehen war. Sie hasste sich für jede Entscheidung, die sie getroffen und letztendlich hierhergeführt hatte. Könnte sie doch nur die Zeit zurückdrehen. Oder das Geschehene ungeschehen machen.

Doch was war das? Ein Fahrzeug? Hörte sie da ein Auto? Ganz leise, kaum wahrnehmbar. Und doch durchdrang es die Stille. Kamen sie etwa zurück? Tristan hatte doch diese Bakterien über die Bombe geschüttet. Oder war es nur wieder einer seiner diabolischen Tricks gewesen?

Kam jemand zu ihrer Rettung? Aber niemand wusste, dass sie hier war. Sollte sie auf sich aufmerksam machen? Oder sich besser still verhalten? Aber, was hatte sie zu verlieren? Ihr Leben wäre ohnehin in ein paar Minuten zu Ende. Vielleicht gab es noch den Hauch einer Chance.

Ein Rest Hoffnung erwachte in Emilys geschundenem Körper. Die letzten Kraftreserven brachten ihre Muskeln in Bewegung. Sie zuckte und zappelte, windete sich in ihren Fesseln. Dann plötzlich, der Schreibtisch machte einen Satz. Nur leicht, aber er hatte sich ein paar Millimeter bewegt. Wie hatte sie das gemacht? Irgendwie hatte sie sich mit ihren Beinen nach hinten gedrückt und gleichzeitig ihren Körper nach rechts gezogen.

Sie versuchte es noch einmal. Doch nichts geschah. Noch einmal. Aber wieder nichts. Verdammt.

Doch jetzt wollte sie nicht mehr aufgeben. Ihr Lebenswille kehrte zurück. Sie probierte es weiter. Und weiter, immer weiter. Nach einer gefühlten Ewigkeit wusste sie endlich, wie sie die Muskeln anspannen musste, um den Tisch zu bewegen.

Der Schreibtisch hüpfte erneut ein paar Millimeter nach hinten. Noch ein paar. Und wieder ein paar. Emily nahm all ihre verbliebenen Kräfte, drückte und windete sich so energisch, wie es die Fesseln erlaubten. Der Schreibtisch rumpelte, als er sich einige Zentimeter nach hinten bewegte.

Ein schmerzliches Krachen zerriss die Stille. Mit einem lauten Poltern schlug der Monitor neben ihr auf den Boden.

„Was war das?" Janna stockte der Atem.

„Das kam aus dem Raum am Ende des Flurs." Steinert zeigte auf eine Tür.

Leises Poltern drang an ihr Ohr. Janna atmete tief ein, dann nickte sie kurz.

Sie bewegten sich vorsichtig zur Tür. Die Beamtin der Kieler Kripo machte einige Zeichen. Dann riss Schmid die Tür auf und Steinert stürmte in den Raum. Janna folgte ihr. Sie richtete die Pistole in das große Büro, das nun vor ihr lag. Mit festem Schritt stürmte sie Steinert hinterher. Maik folgte, ebenfalls mit nach vorne gerichteter Waffe.

Im Bruchteil einer Sekunde erfasste Janna die Szene. Die gefesselte Frau, die an den Schreibtisch fixiert war, die Leiche eines Rettungssanitäters, die vor ihr lag, das schwarze Display, das 01:19:28 anzeigte.

Janna ließ die Waffe sinken.

„Okay. Schaffen wir sie hier raus", hörte sie die Kollegin der Kripo sagen. „Sucht nach einer Schere oder etwas anderem."

„Bleibt ruhig und seid wachsam, wir haben noch etwas Zeit." Janna blickte in das Gesicht der Geisel, die mit weit aufgerissenen Augen dumpfe Laute durch den Knebel zwang und hektisch den Kopf schüttelte. Doch Janna konnte ihre Nachricht nicht deuten.

„Beruhigen Sie sich. Wir holen Sie hier raus", sprach sie mit ruhiger Stimme. Doch die gefesselte Frau wollte sich nicht beruhigen lassen. Sie windete sich nur um so stärker.

Für einen Moment war Janna irritiert, dann machte sie sich aber daran, den Schreibtisch nach etwas abzusuchen, womit sie das Klebeband durchtrennen konnte. Ein Brieföffner, eine Schere, ein Messer, irgendetwas. Auch Steinert und Schmid machten sich auf die Suche.

Janna zog nach und nach die Schubladen auf, doch wurde nicht fündig.

„Was ist das?", murmelte Maik in den Raum. Die Worte kamen kaum bei Janna an. Im Augenwinkel nahm sie wahr, wie er sich nach unten bückte. Doch sie ignorierte ihren Kollegen und fokussierte sich darauf, eine Schere oder etwas ähnliches zu finden.

Erst als Maik ein erschrockenes „O nein" ausstieß, erreichte sie die Last seiner Worte. Sie drehte sich um und blickte ihrem Kollegen in die aufgerissenen Augen.

Es dauerte einen kurzen Moment. Aber dann begriff sie, in welcher Gefahr sie schwebten. Das Glasröhrchen zwischen Maiks Fingern. Die Bakterien.

„Okay, schnell. Wir müssen sie losbinden und sofort von hier verschwinden." Hektisch durchwühlte sie die Regale hinter dem Schreibtisch.

„Was ist los?" Die Irritation in Steinerts Tonfall füllte den Raum.

„Keine Zeit für Erklärungen. Wir müssen sofort hier raus." Maik wurde ebenfalls hektisch und half, das Büro nach einem scharfen Gegenstand abzusuchen.

„Hab was", rief Janna und hielt einen großen Brieföffner in der Hand. Eilig stürzte sie zur Geisel. Hektisch pfriemelte sie Löcher in das Klebeband. Maik pulte mit seinen Fingern in den Löchern und versuchte sie zu vergrößern. Allmählich gelang es ihm, Streifen für Streifen abzuziehen. Doch sie kamen nicht schnell genug voran.

„Das dauert zu lange, Janna." Maiks Atem ging heftig.

„Ich weiß, aber ich habe nichts anderes gefunden", entschuldigte sich Janna mit angespannter Stimme.

„Hier", hörte sie Schmids Stimme von hinten rufen, der ihr eine Schere entgegenstreckte. „Die habe ich im Raum nebenan gefunden."

Hastig griff Janna danach und arbeitete sich jetzt schneller durch die Plastikfolie. Aber sie blieb immer wieder stecken, weil die Klingen durch das Panzertape verklebten.

Die Sekunden wurden zu Minuten. Unnachgiebig lief der Countdown weiter. Doch schließlich hatten sie das verschnürte Bündel endlich vom Schreibtisch gelöst.

„Okay, jetzt aber raus", rief Janna.

Maik hakte sich unter den Armen der Geisel ein, Janna griff nach ihren Beinen. Um sie komplett von den Fesseln zu befreien, blieb keine Zeit mehr.

Schmid stürmte voraus und sicherte den Weg. Steinert zückte ihr Funkgerät und brüllte hinein: „Rückzug, sofort!"

Im Angesicht der Gefahr wirkte der Flur unendlich lang. Janna hatte das Gefühl, dass sie sich wie in Zeitlupe bewegten und sich nur langsam der Eingangstür näherten, durch die das warme Licht verheißungsvoll in den dunklen Korridor fiel.

Janna stolperte. Die Beine der Geisel entglitten ihr und schlugen polternd auf dem Boden auf. Ein Stöhnen drang durch den Knebel.

„Scheiße", fluchte sie, rappelte sich wieder auf und schon waren sie wieder auf dem Weg in die Freiheit. Nur noch wenige Meter trennten sie von der rettenden Außenwelt.

Dann endlich überschritten sie die Türschwelle und wurden von der warmen Sommerluft in Empfang genommen. Die Gruppe eilte zurück zu den Fahrzeugen, wo Janna und Maik die Gefangene sachte zu Boden legten.

„Runter", befahl sie den Kieler Kollegen, die nur langsam in die Hocke gingen.

Ihr Atem ging heftig. Die Anspannung wollte nicht von ihr ablassen.

Sie blickte am Fahrzeug vorbei zum grauen Gebäudekomplex.

„Warum plötzlich diese Hektik? Was zum Teufel sollte ..."

Noch bevor Janna oder ihr Kollege Steinerts Frage beantworten konnten, zerriss ein ohrenbetäubender Knall die ländliche Stille. Der Boden vibrierte und eine Welle aus Feuer bohrte sich in den abendlichen Himmel.

Janna spürte die Hitze, die nach ihnen zu greifen schien. Die vier zuckten erschrocken zusammen. Jannas Herz blieb für einen Moment stehen, während sie das dramatische Ende des Gebäudes miterlebte. Ätzender Geruch von Flammen und Vernichtung umhüllte das Gelände.

Als die Wucht der Explosion abgeebbt war, erhob sich Janna und betrachte die Trümmerwüste, aus der die Flammen schlugen.

38

Janna hatte alle Mühe, ihrem Vorgesetzten zu erklären, warum sie sich wieder in Hamburg befand und eigenmächtig eine solch riskante Aktion in die Wege geleitet hatte. Dr. Peters hätte sie am liebsten direkt von ihren Aufgaben entbunden. Aber sie hatten nun einmal Emily Reed aufgespürt, oder vielmehr von ihrem Martyrium erlöst. Gerade weil nun klar war, dass sie selbst Opfer der Terroristen wurde, war sie eine wichtige Zeugin.

Man hatte sie medizinisch versorgt und ihr etwas Ruhe gegeben. Eine Psychologin mahnte zwar, dass sie zunächst etwas Zeit benötigen würde, um das Trauma zu verarbeiten, doch Zeit war das letzte, was die Ermittler gerade hatten. Immerhin konnte sie durchsetzen, dass sie nicht umgehend befragt wurde, sondern ihr zumindest ein paar Stunden Schlaf zugestanden wurde. Da Reed keine größeren körperlichen Verletzungen aufwies, gestatteten die Ärzte eine Befragung in einem Vernehmungsraum bei der Polizei, unter der Bedingung, dass die Psychologin mit im Raum sein würde, um darauf zu achten, dass die Zeugin unter der bevorstehenden Befragung nicht kollabierte.

Janna betrat den Raum in Begleitung eines Mannes Anfang 40. Er hatte eine Glatze und einen ungepflegten Drei-Tage-Bart. Sein Sakko saß an Schultern und Oberarmen etwas zu eng.

Kühles Neonlicht strahlte gegen die stumpfen Betonwänden und mischte sich mit dem bleichen Tageslicht, das durch eine schmutzige Fensterscheibe fiel. Ein übergroßer, abgewetzter Holztisch dominierte den Raum.

„Guten Tag. Entschuldigen Sie, dass Sie warten mussten." Mit einem verhaltenen Nicken grüßte Janna die Zeugin, bevor sie sich an den Tisch setzte. Ihr Begleiter tat es ihr nach. „Geht es Ihnen gut? Konnten Sie sich ein wenig erholen?"

Mit ausdrucksloser Miene wurde sie von Reed angestarrt. Ein Schulterzucken signalisierte Janna, dass sie auf diese Frage keine Antwort erhalten würde.

„Das ist Samuel Haas vom Verfassungsschutz. Wie sie sich sicherlich denken können, sind nicht nur wir, sondern auch unser Inlandsgeheimdienst an dem interessiert, was sie uns zu berichten haben."

Die Befragung wurde mit einer Videokamera in einen Nachbarraum übertragen. Während Janna versuchte, Reed alle relevanten Informationen zu entlocken, beobachteten zwei Beamte des BKA sowie Viktoria Nolte vom Verfassungsschutz das Gespräch auf den Monitoren.

Ebenso war Maik anwesend, der seine Aufregung darüber nur schwer verbergen konnte, hier dabei zu sein, anstatt noch immer der unbekannte Dritte im Hintergrund zu sein, der Daten von links nach rechts schob. Das hier war echt. Und er war dabei. Ein verhaltenes Grinsen umschmeichelte seine Lippen, was natürlich vollkommen unprofessionell war. Aber ganz konnte er die Freude über dieses Abenteuer nicht unterdrücken.

Nur einer fehlte. Zumindest aus Jannas und Maiks Sicht: Sam. Maik hatte, während Janna festgehalten wurde, in Erfahrung gebracht, dass der Amerikaner eine Spezialmission zu erledigen hatte. Seither hatten sie keinen Kontakt mehr zu ihm.

Reed saß eingesunken auf ihrem Stuhl. Ihr Gesicht war blass und gezeichnet. Ihre roten, verquollenen Augen zeugten vom Martyrium, dass sie sich die letzten Stunden aus dem Leib geheult hatte. Selbst die Ruhe der letzten Nacht änderten nichts an ihrem vernichtenden Erscheinungsbild. Diese Frau war durch die Hölle gegangen. Und man würde ihr das noch eine ganze Weile ansehen.

Nervös pfriemelte sie mit ihren Händen an der Kaffeetasse herum, die vor ihr auf dem Tisch stand.

„Ich hatte Phillipp über ein Forum im Darknet kennengelernt. Vor Jahren schon." Emilys Stimme war leise und emotionslos. „Wir merkten schnell, dass wir die gleiche Abneigung gegen die herrschenden Verhältnisse hatten und wir etwas ändern wollten. Er hatte angeboten, meine Ideen mit allen erdenklichen Mitteln zu unterstützen. Er war davon überzeugt, dass ein Systemwechsel erforderlich ist. Genau wie ich." Mit zittrigen Lippen nippte sie am Kaffee. „Damals war mir nicht bewusst, was er damit meinte. Was er wirklich damit meinte."

„Was genau war das?" Janna ließ sie nicht aus den Augen.

„Ich … ich dachte, er wollte die Menschen zu einem Umdenken bewegen. So wie ich." Mutlos ließ sie den Kopf sinken. „Seine demokratiefeindliche Agenda habe ich nicht erkannt."

Janna nahm einen tiefen Atemzug. „Aber als Sie das hatten ...“

„... war es bereits zu spät. Noch bevor ich mich absetzen konnte, hatten mich seine Handlanger gefangen genommen.“ Mit leeren Augen starrte Reed auf die Tischplatte. „Danach habe ich ihn nie wieder gesehen. Nur noch diesen Tristan.“ Wut zeichnete sich in ihrem Gesicht ab.

Janna zog ein Foto aus einer Mappe und legte es ihr hin. „Ist er das?“

Ein schwaches Nicken. „Diese Missgeburt“, zischte Reed.

„Das ist Niklas Tristan Borrmann. Ist kurz vor dem Blackout untergetaucht.“

„Erzählen Sie uns von Phillipps Plänen, von seiner rechtsradikalen Ideologie“, forderte Samuel Hass sie auf.

„Ich ... ich weiß nicht viel. Er hat über die Jahre ein Netzwerk aus Gleichgesinnten aufgebaut, die unbemerkt wichtige Ämter in Wirtschaft und Politik besetzt haben.“ Reed blickte aus hilflosen Augen zu Janna. „Die wollen das Chaos und die Verunsicherung nutzen, um die Demokratie auszuhebeln. Und um eine neue Regierung zu installieren.“

„Aber ... das geht doch nicht so einfach.“ Maiks Kommentar zog die Blicke der Anwesenden auf sich. „Wir sind ein Rechtsstaat. Es gibt Regeln, Gesetze.“ Mit zusammengekniffenen Augen blickte er auf den Monitor.

„Herr Ammer“, mahnte Viktoria Nolte, „wir haben eine Notlage. Der Katastrophenfall wurde ausgerufen, Notstandsgesetze wurden verabschiedet. Die Zivilgesellschaft bricht gerade auseinander. Regeln und Gesetze gelten nicht mehr, wenn Menschen um das Überleben kämpfen.“

Maik bekam große Augen, sein Mund stand offen. „Natürlich. Die werden die Bevölkerung so lange mit den Bakterien terrorisieren, bis sie sich gegen die Behörden und die Politik wendet." Maik drehte den Kopf zu Nolte. „Die Behörden werden ihrerseits von allen Möglichkeiten Gebrauch machen, um die öffentliche Ordnung zu wahren."

„Das geht so lange, bis dieses Land unregierbar wird. Und wir uns in einem Bürgerkrieg befinden." Die Frau vom Verfassungsschutz sah angestrengt auf die Monitore.

„Und diese Truppe übernimmt den Laden." Maik verstand nun auch, was auf dem Spiel stand.

„Die planen sicher schon die nächsten Anschläge. Phillipp gibt sich nicht mit dem Chaos zufrieden, das er bisher angerichtet hat. Da bin ich sicher."

„Werden sie bitte konkreter", forderte Janna mit kräftiger Stimme.

„Ich weiß nicht, was sie planen. Glauben Sie, die haben mich gefangen gehalten, um mich detailliert in ihre Pläne einzuweihen?" Reed nahm einen Schluck Kaffee. „Er ist da, wo er die Bakterien züchtet."

„Auf dem Kieler Campus?" Janna zuckte mit den Schultern. „Hören Sie mir zu. Sie wissen noch nicht alles." Sie lehnte sich über den Tisch. „Phillipp Theisen ist tot. Er ist mit seinem Privatjet abgestürzt. Wir vermuten dahinter ein Attentat aus seinen eigenen Reihen. Möglicherweise ihr Peiniger."

In Emilys geschundenem Gesicht zeigte sich keine Regung.

„Sein Tod macht den Zugriff auf die Forschungsergebnisse unmöglich. Was sich möglicherweise als Glücksfall rausstellen könnte. So hat Niklas Borrmann ebenfalls keinen Zugriff."

„Es sei denn ..." Janna wurde nachdenklich.

„Wir haben in diesem ganzen Chaos das Offensichtlichste übersehen." Maik blickte die anderen aus weit geöffneten Augen an.

„Würden Sie uns bitte aufklären!" Fordernd hafteten Noltes Augen auf ihm. Das Klackern ihres Kugelschreibers mahnte zur Eile.

„Phillipp Theisens Privatjet ist am Tag vor dem Anschlag abgestürzt. Wer immer dafür verantwortlich ist, hatte vorausgesehen, dass wir den Zugriff auf die Forschungsergebnisse haben wollen, um diese Krise einzudämmen." Maik fuhr sich durch die Haare. „Diese Person hat Vorkehrungen getroffen, natürlich."

Reed richtete sich in ihrem Stuhl auf und schleuderte Janna einen strafenden Blick entgegen. „Glauben Sie, diese Leute hätten das alles machen können, ohne einen Plan zu haben. Ihre Worte hatten einen vergifteten Tonfall.

Janna schnappte nach Luft. Sie war im Begriff, die Zeugin für ihre unverschämten Worte zu maßregeln, aber dann hielt sie inne. Reed hatte recht. Alles war genau geplant. Die Angriffe, die zunehmend intensiver wurden. Der Anschlag auf das Kreuzfahrtschiff, der irgendwie nicht ins Bild passte. Phillipps vermutlich fingierter Tod nachdem Lohbrecht mit ihnen zusammenarbeitete, um den Zugriff auf die Forschungsergebnisse zu verhindern. Und der Blackout, der genau in diesem Moment herbeigerufen wurde.

Und immer schien es, als wären die Angreifer einen Schritt voraus.

Beunruhigt musterte Janna den Kollegen vom Verfassungsschutz, die Psychologin, Reed und starrte dann in die Kamera, welche die Befragung nach wie vor in den Nachbarraum übertrug.

War jemand von ihnen vielleicht Teil dieses autoritären, demokratiefeindlichen Netzwerks?

Jannas Hände schwitzten, während ihr gleichzeitig eiskalt wurde.

Auf einmal hatte sie das Gefühl, nur noch von Verrätern umgeben zu sein, die mit Niklas gemeinsame Sache machten.

39

Wieder einmal fand sich Janna in einer Videokonferenz mit ihrem Vorgesetzten wieder. Nachdem die Befragung zu Ende war, erstatteten sie und Maik umgehend Bericht an Dr. Peters. Sein strenger Blick verriet, dass er sich noch immer darüber ärgerte, dass sie sich über seine Anweisungen hinweggesetzt hatten und zurück nach Hamburg gekehrt waren.

Janna vermutete jedoch, dass es mehr darum ging, Autorität auszustrahlen, denn ihre eigenmächtige Aktion hatte ihnen einen Vorteil verschafft. Immerhin hatten sie nun mit Emily Reed eine wichtige Zeugin in Gewahrsam und kannten die Pläne der Terroristen.

Janna und Maik blickten auf den Monitor. Das Bild ruckelte und war krisselig. Die Verbindung war alles andere als stabil, aber sie hatten eine Verbindung. Noch waren nicht alle Kanäle zusammengebrochen, daher hoffte Janna umfassenden Zugriff auf eine Vielzahl von Datenbanken und auf die Ermittlungsakten zum Todesfall von Rebecca zu erhalten. Ihr Instinkt und ihr eigenmächtiges Handeln hatten sich als richtig erwiesen.

Doch Dr. Peters sah das anders. „Petrusch, auch wenn Ihre beste Freundin mit Phillipp Theisen verwandt war, so haben Sie noch immer keine Beweise, dass ihr Tod mit dessen verschwinden zusammenhängt. Ich denke, Sie steigern sich da in etwas hinein und möchten einen Schuldigen für das Unglück finden."

„Ich glaube, ich habe mich verhört." Wut stieg in Janna auf. Sie wollte sich keine Gefühlsduselei unterstellen lassen. Und erst recht nicht ihre Kompetenz in Frage stellen lassen.

„Sie haben mich schon verstanden." Dr. Peters Miene verfinsterte sich. „Das letzte, was ich aktuell benötige, sind Leute, die eigenmächtig und von Emotionen getrieben handeln. Eigentlich müsste ich Sie beide direkt zurück nach Berlin beordern und umgehend vom Dienst freistellen."

„Das ist nicht ihr Ernst. Niemand kennt diesen Fall so gut, wie wir beide." Janna protestierte energisch.

„Wir beide. Und Sam", ergänzte Maik.

„Und genau das ist das Problem. Wann haben Sie das letzte Mal etwas von Captain Reigh gehört? Von unseren amerikanischen Kollegen habe ich erfahren, dass er in den Campus eingedrungen war und überwältigt wurde."

Janna zog überrascht die Augenbrauen nach oben. Mit dieser Nachricht hatte sie nicht gerechnet. Warum sollte Sam dort eindringen? Welchen Grund konnte er dafür haben? Hatte er womöglich die Zugangsschlüssel erhalten, um wieder auf das System zuzugreifen? Janna wurde aus dieser Nachricht nicht schlau. Sie fand diese Information vielmehr irritierend. Neben der Tatsache, dass Sam dort versucht hatte, einzudringen, störte sie an dieser Neuigkeit etwas anderes. Aber sie konnte nicht sagen, was es war.

„Nur, weil ich jede Person da draußen brauche, erhalten Sie beide die Genehmigung, weiterzuarbeiten", fügte Dr. Peters noch hinzu.

„Danke. Sehr gnädig." Jannas Worte waren schnippisch.

„Petrusch, ersparen Sie sich ihre dummen Kommentare. Sagen Sie mir lieber, wohin sich die Terroristen zurückgezogen haben. Sie haben es gerade selbst gesagt: Niemand kennt den Fall so gut wie Sie. Also, wo sind sie?" Dr. Peters blickte mit autoritärer Entschlossenheit aus dem Notebook heraus. „Finden Sie heraus, wo sich diese Typen aufhalten. Und erstatten Sie mir umgehend Bericht." Woraufhin die Videokonferenz zu Ende war.

Janna stand von ihrem Stuhl auf und ging ziellos durch den Raum. Sie musste nachdenken. Wo um alles in der Welt könnte sich diese Truppe verstecken? Viele Optionen gab es schließlich nicht. Der alte Firmensitz war nur noch eine Trümmerwüste. Und der Kieler Campus schied allerspätestens nach Sams missglücktem Versuch, dort einzudringen, aus.

„Wo steckt ihr Arschlöcher?" Janna grummelte vor sich hin, während sie auf und ab ging.

„Das Versteck muss groß genug sein, um die Bakterien herzustellen und auch Waffen und Equipment zu lagern. Eine Garage in einem Hinterhof wird es nicht sein." Maik hatte die Hände im Nacken verschränkt und starrte an die Decke. „Ich denke, das Versteck ist etwas abseits vom Schuss. Und wahrscheinlich auch nicht so einfach zu erreichen."

„Wie meinst du das?", fragte Janna, noch immer halb in ihren Gedanken vertieft.

„Na ja. Einfach vorbeilaufen, klingeln und ‚Hallo' sagen wird wohl nicht möglich sein."

„Das ist jetzt aber keine besondere Erkenntnis, Maik."

„Das weiß ich auch. Ich denke nur laut nach."

„Ist ja gut", beschwichtigte Janna. „Du hast ja Recht. Die Terroristen müssen sich an einem Ort befinden, an dem sie möglichst wenig Aufmerksamkeit auf sich ziehen, der aber gleichzeitig groß genug ist."

Sie blieb stehen. Suchend blickte sie auf den Boden.

Im Augenwinkel nahm sie wahr, dass sich Maik wieder aufrichtete und hastig auf die Tastatur des Notebooks tippte, dass vor ihm stand. Seine Augen sprangen suchend und analysierend über den Monitor.

„Maik?" Etwas ging in ihrem Kollegen vor. Das erkannte sie in seinem Gesicht. Janna trat neben ihn.

Er ließ sich wieder gegen die Rückenlehne fallen. Die Arme vor der Brust verschränkt drehte er seinen Kopf zu Janna. „Das muss es sein."

Sie las die Informationen auf dem Monitor mehrmals. Und mit jedem Mal ergab es mehr Sinn. Es konnte gar nicht anders sein.

Teil III

40

Nur wenige Stunden, nachdem sie Langlütjen 3 als Versteck der Terroristen ausgemacht hatten, wurden Janna und Maik eilig nach Wilhelmshaven gebracht, wo Vertreter des US-Militärs auf dem Marine-stützpunkt Heppenser Groden ihre Kommandozentrale bezogen hatten und ihre deutschen Verbündeten bei der Bewältigung der Krise unterstützten.

Der Blackout band fast alle Kräfte, die Polizeibehör-den und Militär zu bieten hatten. Daher hatte Dr. Peters Amtshilfe bei den Amerikanern angefordert. So wur-den Janna und Maik eingewiesen, eine Spezialeinheit des US-Militärs zur Plattform zu begleiten, dort nach Hinweisen zu suchen oder Verstärkung anzufordern, sollten sich die Terroristen tatsächlich dort verstecken.

Sie mussten sich mit den aufwändigen und komple-xen Bauplänen der Plattform vertraut machen. Mit der notwendigen Ausrüstung und Tarnkleidung ausge-stattet, stellte man sie schließlich Lieutenant General Alexander Han vor, einem jungen Halb-Asiaten, der die Operation leiten würde. Mit seinen kurz geschorenen

Haaren, der straffen Körperhaltung und den markanten Gesichtszügen verkörperte er den Prototyp eines Navy Seals.

Janna musterte Han und sie hegte vom ersten Moment an Misstrauen ihm gegenüber. Sie hatte genug von diesen kalten, emotionslosen Militär-Typen und würde ihn auf jeden Fall im Blick behalten.

In einem Schlauchboot, im Schutz der Dunkelheit, näherte sich das Team langsam der Plattform. Von Schilling aus, einem Badeort nördlich von Wilhelmshaven, hatte das Team Kurs auf die Bohrinsel im Wattenmeer genommen. Die Gruppe passierte die unbewohnte Insel Mellum nördlich und fuhr ihr Ziel von der offenen See an, um möglichst unbemerkt anlegen zu können.

Es wäre einfacher gewesen, die Plattform von vorne anzufahren. Der integrierte Hafen für Versorgungsschiffe hätte ein Anlegen der Schlauchboote erleichtert, da dort der kürzeste Weg lag, der zu den Technikräumen und zur Leitwarte führte, die man als Herzstück der Plattform ansah. Doch da diese Stelle vermutlich am besten bewacht war, entschied sich die Führungsriege dazu, das Versteck von der offenen See her zu infiltrieren. So konnten sie die gerade auflaufende Flut nutzen, um sich möglichst geräuschlos der Plattform zu nähern.

Nach so vielen Jahren wieder auf dem Meer zu sein, sorgte bei Janna für eine Anspannung, auf die sie gerne verzichtet hätte. Als etwa eine Seemeile vor dem Ziel der Motor gedrosselt wurde, ergriff eine eigenwillige Unruhe von ihr Besitz. Obwohl es für Janna keinen Grund mehr gab, sich für Rebeccas Tod verantwortlich zu fühlen, war die Beklemmung noch immer da. Aber jetzt ging es darum, diese Terroristen und das Chaos, das sie verursacht hatten, aufzuhalten. Janna schob ihre Emotionen beiseite.

Langsam näherte sich das Boot der Plattform, die sich nur spärlich beleuchtet vom finsteren Horizont absetzte.

Janna hatte vermutet, dass wenigstens die Seezeichen und Leuchttürme funktionieren würden, die überall an der Küste und entlang der Schifffahrtsrouten lagen. Doch es herrschte schwere Dunkelheit. Einzig die Sterne und eine tiefstehende Mondsichel sorgten für ein wenig Licht. Janna schmeckte die salzige Luft auf ihren Lippen. Ein leichtes Frösteln ergriff Besitz von ihr.

Schließlich erreichte das Team eine Stelle, wo sie laut Karten und Bauplänen der Plattform möglichst unbemerkt anlegen konnten. Zwei Teammitglieder bildeten eine Vorhut. Die beiden kletterten geräuschlos eine Steigleiter nach oben, bis sie die erste Zwischenebene erreichten, während die anderen auf ein Zeichen warteten.

Was würde sie da oben erwarten? Hatte sie tatsächlich die richtige Eingebung gehabt? Oder war das bloß eine weitere Sackgasse und sie hatten sich umsonst hieraus gewagt? Noch bevor Janna ihre Gedanken zu Ende führen konnte, signalisierten die Vorhut mit einem Laserpointer, dass die Luft rein war. Das restliche Team folgte daraufhin geräuschlos.

Oben angekommen, befanden sie sich etwa 15 Meter über der Wasseroberfläche. Ein frischer Wind wirbelte ihr durch die Haare. Schwaches Licht erhellte die Wege, die außen um die Plattform herumgingen.

„Okay. Bis jetzt war es ein Kinderspiel. Macht euch aber darauf gefasst, dass das nicht so bleiben wird." Der Sergeant blickte in die Runde, bedachte jedes Teammitglied mit einem fordernden Blick. „Jackson, Sullivan, Rogers. Sie drei gehen voraus. Und sie beide ...", er richtete sich an Janna und Maik, „sie bleiben dicht bei mir. Haben Sie das verstanden?"

Janna nickte kaum merklich, erwiderte sonst aber nichts.

Die drei Auserwählten bewegten sich den Weg entlang, bis sie eine Abzweigung erreichten. Sie hielten kurz inne. Ein kurzes Zeichen signalisierte der Nachhut, zu warten.

Janna sah, wie Jackson, Sullivan und Rogers reglos an der Ecke standen, ihre Körper gegen die Metallwand pressten und offenbar sogar mit dem Atmen aufgehört hatten. Für eine gefühlte Ewigkeit passierte nichts.

Dann wurde es für einen Moment hektisch. Die drei bewegten sich ebenso ruckartig wie lautlos und hatten nur wenige Sekunden später zwei bewaffnete Wachen überwältigt.

Auf ein kurzes Zeichen rückte das restliche Team nach.

„Okay", gab Han zu verstehen, „wir haben schätzungsweise zehn Minuten, bis die merken, dass die beiden fehlen. Eher weniger. Bis dahin müssen wir bei der Leitwarte sein. Von dort aus können wir alles kontrollieren und rufen Verstärkung."

So arbeitete sich das Team tiefer und tiefer in das stählerne Ungetüm hinein. Nur ein weiteres Mal stieß das Team auf Wachen, die man ebenfalls im Handumdrehen überwältigt hatte.

Das machte Janna allmählich misstrauisch. Für sie lief das alles zu glatt. Sie hatte mit mehr Schwierigkeiten gerechnet. Und mit wesentlich mehr Wachen. Hatte sich Niklas womöglich doch nicht hierher zurückgezogen? War das Versteck doch woanders? Aber wieso patrouillierten hier dann Wachen, wenn auch nur wenige? Das sprach doch dafür, dass hier irgendetwas verborgen bleiben sollte. Was also war hier los?

Noch bevor Janna eine Antwort auf ihre Frage fand, hatte das Team die Leitwarte erreicht, die als

Herzstück der Plattform angesehen wurde. Darum gingen die Strategen der Armee auch davon aus, dass von hier aus die Produktion der Bakterien gesteuert würde. Hier sollten sie die Beweise finden, die sie brauchten, um die Bohrinsel durch das Militär besetzen zu lassen und die Produktion zu beenden.

Sergeant Han gab ein kurzes Handzeichen. Daraufhin riss ein Teammitglied die Tür auf und die ganze Gruppe stürzte in die Leitwarte. Überraschung und Verwirrung machte sich bei den Technikern breit. Hektik brach aus. Die Crew in der Leitwarte begriff überhaupt nicht, was geschah. Erst als Han die Aufforderung brüllte, die Hände über den Kopf zu nehmen und sich von den Kontrollinstrumenten zu entfernen, lösten sich die vier Techniker aus ihren Sesseln. Mit wenigen Handgriffen wurden die vier Personen gefesselt und in eine Ecke des Raums verfrachtet.

„Sind vor Ort. Suchen nach Beweisen", hörte Janna Sergeant Han in ein Funkgerät sprechen, dass er am Körper trug.

„Roger. Warten auf ihre Bestätigung", war die kratzige Antwort, die sich in der Leitwarte ausbreitete.

Damit ging die Mission jetzt richtig los. Nun galt es, Beweise dafür zu finden, dass Niklas und seine Komplizen tatsächlich hier auf dieser Bohrinsel waren und die Bakterien hier züchteten.

Während sich die amerikanischen Soldaten daran machten, Unterlagen zu sichten, die Techniker zu befragen und sich Zugriff auf die Computer der Leitwarte zu verschaffen, wuchs Jannas Misstrauen über den bisher reibungslosen Ablauf immer weiter.

„Maik", flüsterte sie ihrem Kollegen zu, „irgendetwas stimmt hier nicht."

„Wie meinst du das?" Maiks Blick war skeptisch.

„Das läuft alles zu gut." Janna kniff die Augen zusammen. „Das passt nicht."

„Ja, da hast du Recht", flüsterte er. Seine Miene verfinsterte sich. „Unwahrscheinlich, dass die Terroristen uns einfach so hier herumspazieren lassen."

Währenddessen verteilte Han Befehle. Rogers wies er an, die Monitore, welche abwechselnd Bilder einiger Überwachungskameras zeigten, im Blick zu behalten, worauf dieser seinen massigen Körper vor den Bildschirmen positionierte. Die Hände verschränkte er hinter dem Rücken und blickte unbeirrbar auf die Monitore. Mit lockerem Wurf beförderte Han ein kompaktes, schwarzes Notebook in Jacksons Richtung.

Der fast zwei Meter große Soldat pickte das Gerät ohne Anstrengung aus der Luft.

„Machen Sie sich an die Arbeit, Soldat."

Daraufhin stellte Jackson eine Verbindung zwischen dem Notebook und den Computern der Leitwarte her. Seine langen Finger tanzten über die Tastatur. Fokussiert blickte er auf den Monitor, während Janna das Geschehen misstrauisch begutachtete.

„Was wird das hier?" Mit kritischem Blick taxierte sie den Sergeant.

„Wir führen unsere Mission zu Ende." Der Teamleiter bedachte Janna mit einem flüchtigen Blick und richtete sein Augenmerk wieder auf Jackson, der gerade in die digitalen Tiefen der Bohrinsel vordrang.

Janna begriff, was gerade vor sich ging. „Ihnen geht es um die Bakterien. Sie wollen dieses Zeug für ihre Waffenkammer. Habe ich Recht?"

„Ich habe meine Befehle. Einer davon lautet, Informationen zu sichern." Der Sergeant drehte sich zu Janna. Mit unbewegter Miene musterte er sie. „Und Ihnen rate ich, sich zu beruhigen."

„Ihre Befehle interessieren mich einen Scheiß, Sergeant." Janna wurde laut. Sie fühlte sich benutzt und hintergangen.

„Petrusch, reißen Sie sich zusammen. Sie gefährden unsere Mission." Nun erhob auch Han seine Stimme, seine Gesichtszüge erhärteten sich. Feindseligkeit sprühte aus seinen Augen.

Mit einem Mal lag ein bedrohliches Knistern im Raum, wie kurz vor einem Blitzschlag. Die Stimmung heizte sich auf.

„Was glauben Sie, wer sie sind? Ich bin deutsche Staatsbürgerin. Und keiner ihrer gehirngewaschenen Soldaten." Janna spürte die Wut, die aus ihr herausbrechen wollte. „Ich lasse mir von Ihnen nicht sagen, dass ich mich zusammenreißen soll."

„Okay. Sie haben es nicht anders gewollt." Mit forderndem Gesichtsausdruck blickte er zu Sullivan und Rogers. „Sorgen Sie dafür, dass diese Zivilistin ...", er bedachte Janna mit einem geringschätzigen Blick, „... endlich Ruhe gibt. Wenn nötig schaffen Sie sie mir aus den Augen."

In Sullivans gelbgrünen Augen spiegelte sich Gehorsam und Untergebenheit wider. Umgehend packte er Janna am Arm, doch die riss sich umgehend wieder los, wirbelte herum und stieß den Ami von sich. Überrascht taumelte er ein paar Schritte zurück.

Dafür packte er sie an den Schultern, riss sie herum und schleuderte eine seiner Pranken so heftig in ihr Gesicht, dass sie fast von den Beinen gerissen wurde.

Erst jetzt schien Maik zu begreifen, was gerade im Gange war und ging auf die Soldaten zu. „Hey, was soll das? Sie haben wohl einen Dachschaden."

Noch bevor er sie erreichte, zückte Han seine Pistole und richtete sie auf Maik. „Keinen Schritt weiter oder sie verlassen diese Plattform als Leiche."

Abrupt blieb er stehen und hielt inne. Langsam hatte sich Janna wieder gefasst. Ein schmerzerfülltes Stöhnen entwich ihren Lippen. Ihre Wange pochte und wurde heiß.

„So. Jetzt beruhigen sich alle." Der Sergeant hielt nach wie vor die Waffe auf Maik gerichtet. „Wenn Sie beide lebend von dieser Plattform herunterkommen wollen, dann machen Sie jetzt genau was ich sage. Haben Sie mich verstanden?"

Janna und Maik tauschten mit Han Blicke aus. Die Feindseligkeit zwischen beiden Parteien füllte den Raum.

„Ob sie verstanden haben? Antworten Sie", befahl der Sergeant mit lauter Stimme.

Aus schmalen Augen fixierte Janna den Amerikaner.

„Gut!" Der Sergeant ließ seine Waffe sinken. „Stellen Sie sich in die Ecke zu den Technikern. Ich will von Ihnen nichts mehr hören und sehen, bis wir hier fertig sind."

Widerwillig bewegten sich Janna und Maik zur Crew, ohne dass sie die Amis aus den Augen ließ.

Sie kochte vor Wut und ärgerte sich maßlos über das Verhalten der Soldaten und die Handgreiflichkeiten, die sie erfahren hatte. Darüber vergaß sie beinahe, dass ihre rechte Wange schmerzte, als wäre sie von einer Straßenbahn angefahren worden.

In ihrer Wut bemerkte sie zunächst nicht, was auf den Monitoren zu sehen war. Doch als sie ihren Blick gezielt darauf richtete, hatte es auch Rogers bereits erkannt. „Sergeant, wir haben ein Problem."

41

Auf den Monitoren war zu erkennen, dass es Bewegung in den Gängen gab. Immer wieder sah sie kleine, bewaffnete Gruppen, die sich eilig durch den Stahlkoloss arbeiteten. Die Bilder wechselten viel zu schnell, als dass Janna hätte sagen können, wie viele Leute es waren. Doch sie war sich sicher: sie kamen wegen ihnen. Wegen ihr und Maik, und den Amerikanern.

Auf Rogers Warnung hin blickte der Sergeant auf die Bilder der Überwachungskameras. Im Bruchteil einer Sekunde erfasste Han die Situation.

„Wo ist das? Wo sind die Typen?" Seine Worte waren fest, doch er konnte nicht verbergen, dass ihn die Entwicklung beunruhigte. In einer schwungvollen Bewegung griff er den erstbesten Techniker an der Schulter und zerrte ihn zu den Monitoren.

„Wo ist das? Wo sind Ihre Leute?", brüllte Han den Mann an.

Der zuckte zusammen, eingeschüchtert vom rabiaten Verhalten. Die Körperhaltung gekrümmt, stammelte er ein paar unverständliche Laute.

„Nochmal! Wo ist das?", brüllte der Sergeant und presste dem Techniker seine Pistole an den Kopf.

„Stopp. Hören Sie auf." Janna wurde laut. Auf diese Weise würde der Sergeant überhaupt nichts erfahren. Der Techniker wirkte verstört und geschockt und war gar nicht in der Lage, zu antworten.

„Wollen Sie ihn vielleicht zum Reden bringen?", giftete er und warf Janna einen vernichtenden Blick zu.

Die Stimmung im Raum war zum Bersten gespannt und würde augenblicklich in einer Katastrophe münden. Sie musste etwas tun. Aber was?

Ein kurzes metallisches Klicken fuhr Janna in die Knochen. Han hatte seine Waffe entsichert.

„Ein letztes Mal. Wo sind ihre Leute?", schrie der Sergeant und drückte die Waffe fest gegen den Schädel des Technikers.

Doch nun hatte Janna genug. Sie sprang auf den Sergeant zu, riss die Waffe vom Techniker weg. Ein Schuss löste sich und durchschlug Jacksons Notebook. Dieser zuckte unter dem Schreck heftig zusammen. Gleichzeitig riss Rogers seine Maschinenpistole hoch und versuchte, auf Janna zu zielen.

Währenddessen stürzte sich Maik auf den überraschten Sullivan, rammte seinen Ellenbogen in dessen Gesicht und nahm ihm blitzschnell die Waffe ab. Während Han Janna blitzschnell überwältigt hatte und sie nun mit aller Kraft auf das Pult des Leitstands drückte, wirbelte Rogers zu Sullivan herum. Doch Maik rammte ihm bereits die Schulterstütze der Waffe in die Magengruppe. Rogers krümmte sich zusammen. Ein gurgelnder Laut entfuhr ihm und Maik konnte auch ihn entwaffnen. Jackson hatte sich von seinem Schreck erholt und war dabei, seine Waffe zu ziehen. Da schlugen mehrere Kugeln direkt vor ihm in die Instrumententafel.

„So, genug jetzt. Ihre amerikanische Geheimmission ist beendet." Maik richtete eine Maschinenpistole auf Jackson, eine auf den Sergeant, während er im Augenwinkel auch die anderen beiden Soldaten im Blick behielt. Sein Gesicht war von einer ungekannten Strenge erfüllt.

Langsam verringerte Han den Druck auf Janna. Offenbar hatte er begriffen, dass sich ihre Lage gerade dramatisch geändert hatte.

Allmählich richtete sich auch Janna wieder auf und schritt langsam zu Maik. Sie bedachte Han mit einem wütenden Blick.

„So, jetzt beruhigen sich alle erst einmal." Maiks Stimme war ungewohnt hart.

„Sie beide sind nicht ganz bei Trost", spottete der Sergeant. „Sie bringen uns alle in Gefahr."

„Das haben Sie bereits getan. Mit ihrer idiotischen Operation. Und weil sie einen Zivilisten bedroht haben", gab Janna zu verstehen, bevor sie sich in der Leitwarte umblickte. Dann ging sie auf den Techniker zu, den der Lieutenant gerade noch bedroht hatte.

„Wie weit sind die Leute noch von der Leitwarte entfernt?" Janna sprach in ruhigen, aber bestimmten Worten.

Seine Augen sprangen heftig zwischen den Monitoren und Janna hin und her. „Ich ... Ich weiß ... äh. Die sind gleich da. Ein oder zwei Minuten."

„Okay." Janna nickte zur Bestätigung. „Und aus welcher Richtung kommen sie?"

„Von überall." Der Techniker sah beunruhigt aus. „Sie können da nicht mehr hinaus."

42

„Großartig!" Jede Faser von Hans straffem Körper war vergiftet von Feindseligkeit. „Ihr mitleidiges Getue hat uns wertvolle Zeit gekostet." Verachtungsvoll spie er die Worte in den Raum. Zorn loderte in seinen Augen.

„Halten sie ihre Klappe, Sergeant." Maiks Worte waren scharf wie eine frisch gewetzte Klinge. „Janna hat in fünf Sekunden mehr erfahren, als sie mit ihrer Drohkulisse zuvor." Er drehte sich dem Techniker zu. „Wo ist die Notleiter zur Evakuierung?"

Dessen Blick richtete sich für einen Moment an eine unscheinbare Wandtafel. „Da ist eine Brandschutztür. Dahinter."

„Rogers, Sullivan. Öffnen sie die Tür!", kommandierte Maik, der in seiner Rolle als selbsternannter Anführer dieser Spezialeinheit regelrecht aufzugehen schien.

Gleichermaßen verärgert und irritiert blickten die beiden zu Han. Dieser nickte knapp, woraufhin sie die schwere Brandschutztür zur Seite schoben.

Unter einem metallischen Quietschen öffnete sich die Tür und ein schmaler Schacht mit einer Steigleiter kam zum Vorschein.

„Han, schicken Sie ihre Männer runter", wies Maik Sergeant Han an, woraufhin die Amerikaner eilig eine Ebene tiefer kletterten. „Und machen Sie da unten keinen Blödsinn. Dafür haben wir keine Zeit", rief er in mahnendem Tonfall hinterher. Dann drehte er sich zu seiner Kollegin: „Los Janna."

Woraufhin auch sie nach unten stieg. Dann drehte Maik der Leiter den Rücken zu und richtete die Waffen Richtung Tür.

Mit vorsichtigen Schritten lief er rückwärts, dabei wanderte sein Blick zu den Monitoren. In der Hoffnung, dass es kein Back Up für die Videoüberwachung gab, feuerte Maik eine Ladung zu den Bildschirmen, die unter tosendem Lärm zu Boden krachten und ihre Arbeit einstellten.

Zeitgleich schwoll vor der Tür das dumpfe, metallische Hämmern von Stiefeln an. Sie waren da. Da gab Janna das Zeichen, das sie unten war. Keinen Moment zu spät.

Nur sechs oder sieben Meter waren es nach unten. Doch zum Hinunterklettern hatte Maik keine Zeit mehr. Er hoffte, dass sein linkes Knie den Fall irgendwie überstehen würde. Mit geöffneten Beinen positionierte er sich über der Öffnung und presste die beiden Arme an seinen Körper. Da flog schlagartig die Tür auf. Mit einem leichten Sprung nach oben löste sich Maik vom Boden, schlug die Beine zusammen und fiel kerzengerade nach unten. Das letzte, was er sah, waren unzählige bewaffnete Typen, die in die Leitwarte stürmten. Maik spürte noch das Surren der Gewehrsalven über seinem Kopf.

Dann landete er hart auf dem Metallboden. Ein stechender Schmerz explodierte in seinem linken Knie, das ihm die Luft abschnürte. Ein ersticktes Röcheln, mehr bekam er nicht hervor. Maik konnte sich nicht auf den Beinen halten.

Eilig wurden Kommandos gerufen, die kaum noch bei ihm ankamen.

Noch bevor sein Verstand den Schmerz verarbeitet hatte, zogen ihn Sullivan und Rogers bereits unter der Öffnung fort. Han und Jackson griffen nach den Waffen. Jackson stürmte unter die Öffnung der Steigleiter und feuerte eine Salve nach oben. Die Kugeln verursachten stählerne Schläge und Funken.

„Rogers, Sullivan. Helfen Sie dem Kerl. Wir müssen hier weg." Han übernahm wieder die Führung. „Petrusch, ich hoffe, Sie können damit umgehen."

Noch bevor Janna begriff, was er wollte, flog ihr bereits die Pistole des Sergeants entgegen. Gerade noch rechtzeitig gelang es Janna, die Waffe zu fangen.

Rogers und Sullivan hatten sich zwischenzeitlich bei Maik untergehakt und ihn wieder auf die Beine gestellt, was dieser mit einem qualvollen Gurgeln quittierte.

Janna blickte sich um. Sie waren in einem größeren Raum gelandet, in dem Paletten, Transportcontainer und riesige Kartons standen. Offenbar ein Lager. Schummeriges Licht beleuchtete die Umgebung und warf düstere Schatten, in denen alle erdenklichen Bedrohungen zu lauern schienen. Doch es half nichts. Sie mussten hier weg.

Sowohl auf der linken, als auch auf der rechten Seite gab es eine Tür. Die rechts schien näher zu sein.

„Han", rief sie dem Sergeant zu und deutete mit einem Nicken zur Tür.

„Bewegung", rief der Befehlshaber. „Nach rechts." Rogers und Sullivan zogen Maik so schnell zur Tür, wie es ihnen möglich war. Dieser quittierte das mit einem schmerzerfüllten Gesicht. Janna folgte, dann eilte Han hinterher. Als sie die Tür erreicht hatten, drehte er sich um. „Jackson, Rückzug", brüllte er dem Soldaten entgegen, der noch immer die Gegner auf der oberen Ebene in Schach hielt.

Dieser drehte sich ruckartig um und sprintete zu den anderen.

Er hatte es fast geschafft, doch dann flog die linke Tür auf. Sofort wurde das Feuer eröffnet. Der Körper des Soldaten zuckte, als ihn die Kugeln durchhämmerten. Blut spritzte. Dann schlug Jacksons lebloser Körper auf dem Boden auf.

Janna wollte zu dem gefallenen Soldaten eilen, doch Han hielt sie zurück. „Dafür ist es zu spät."

„Aber ..." Janna wollte das nicht glauben, doch in den Augen des Sergeants sah sie, dass er recht hatte.

Hastig schlüpfte die Gruppe durch die Tür.

Han drückte sie eilig zu, als alle durch waren. „Schnell. Wir brauchen etwas, womit wir die Tür blockieren können."

Rogers drückte sich ebenfalls gegen die Tür, während Sullivan Janna bei der Suche nach einem Gegenstand unterstützte, den sie vor die Tür schieben konnten. Sie liefen suchend zwischen Paletten hin und her. Große, massive Kartons standen darauf. Viel zu schwer, um sie zu bewegen, dachte Janna.

„Beeilen Sie sich", brüllte Han. Die Gegner waren längst auf der anderen Seite angelangt, und pressten sich mit aller Kraft gegen die Tür. Nur unter Aufbietung aller Kräfte gelangen es dem Sergeant und Rogers, die Angreifer davon abzuhalten, durchzustoßen.

Für Janna stand fest, dass weglaufen nicht mehr möglich war. Würden die Gegner durchbrechen, wären sie verloren. Verdammt. Sie mussten diese beschissene Tür blockieren.

Da fiel ihr Blick auf den Hubwagen, der wenige Meter entfernt stand. „Sullivan", mit ihrem Kopf deutete sie auf das Gerät, „können Sie damit umgehen?" Mit einem Nicken bestätigte er und eilte zu der Transporthilfe.

Gekonnt manövrierte er sie zu einer der Paletten, schob den Hubwagen darunter, hob die Last ein Stück weit nach oben und beförderte die Einheit Richtung Tür. Was schwieriger war, als gedacht. Der Hubwagen ließ sich auf dem Metallboden nur schwer bewegen und durch die Last auch nur schwer lenken.

„Ich brauche Sie hier", rief er Janna zu. „Helfen Sie mir, dass Ding vor die Tür zu rollen." Umgehend machte sie sich daran, Sullivan zu unterstützten. Nun kamen sie schneller voran. Doch es dauerte noch immer eine nicht enden wollende Ewigkeit, die 10 Meter zurückzulegen, die noch zwischen ihnen und der Tür bestanden.

„Schneller, verdammt noch mal." Der Sergeant hatte einen hochroten Kopf.

Den Gegnern auf der anderen Seite war es bereits gelungen, die Tür ein kleines Stück zu öffnen.

Dann endlich hatten Janna und Sullivan den Hubwagen nahe genug an die Tür befördert, so dass nur noch ein schmaler Spalt blieb, in dem Han und Rogers die Stellung hielten.

„Jetzt", rief Janna.

Die beiden schlüpften aus der Lücke, umgehend flog die Tür einige Zentimeter auf, schlug aber gegen den Hubwagen. Eine Waffe wurde durch den nun größeren Spalt gestreckt. Schüsse wurden wild und ohne Plan abgefeuert.

Doch Han und Rogers waren bereits hinter der Palette mit dem großen Karton, die einen gewissen Schutz bot.

Zu viert drückten Sie die Einheit gegen die Tür. Und aufgrund des größeren Gewichts schob sich die Tür langsam wieder zu. Ein Schrei von der anderen

Seite ertönte, die Waffe viel zu Boden. Offenbar hatten sie den Arm des Gegners eingeklemmt.

Als Sullivan an einem Hebel zog, wurde das Gewicht abgelassen und die Tür war blockiert.

Die beiden Soldaten schnappten Maik, der noch benommen an der Seite stand, aber seinen Schock überwunden hatte. Das Team ließ die Tür hinter sich, ging um eine Ecke und blieb dort stehen.

Die Spannung entwich aus Jannas Körper und sie atmete hörbar aus. Sie waren in Sicherheit. Zumindest für einen kurzen Augenblick.

43

„Wir sind nicht weit entfernt vom Schaltraum." Maik hatte sich wieder aufgerichtet, doch es hatte ihm sichtlich Mühe und Schmerzen bereitet. Aber er ließ sich dadurch nicht beirren. „Dort ist die Stromversorgung untergebracht." Seine krampfhafte Körperhaltung verriet, dass sein ganzes Gewicht auf dem rechten Bein ruhte, um das linke Knie zu entlasten. Seine Sätze klangen kurzatmig. „Da können wir den Strom abstellen." Mit einem leidvollen Krächzen ließ er die Luft aus seinen Lungen entweichen. „Die Plattform hat dann nur noch Notbeleuchtung."

„Das sollte uns einen Vorteil verschaffen", kommentierte der Sergeant.

„Den nutzen wir, um Sam zu befreien", erwiderte Maik.

„Sam ist hier?" Janna mischte sich ins Gespräch ein.

„Woher wissen Sie, dass Captain Reigh hier gefangen gehalten wird?" Han musterte ihn mit zusammengekniffenen Augen.

„Das habe ich auf den Monitoren gesehen. Kurz bevor ich sie mit der Maschinenpistole zerstört hatte."

„Sam hatte den gleichen Auftrag wie sie und sollte die Bakterien sicherstellen. Dabei wurde er gefangen genommen", gab Janna geringschätzig zu verstehen.

„Und jetzt wird er hier festgehalten", ergänzte Maik unter schwerem Schnaufen. „Sollten Sie also jemals Zweifel an der Sinnhaftigkeit Ihrer Mission gehabt haben, ist jetzt der richtige Zeitpunkt, sich das einzugestehen."

Ein Hauch von Irritation legte sich auf das kantige Gesicht des Sergeant: „Woher wissen Sie von Captain Reighs Auftrag? Das ist streng geheim."

Mit Verwunderung blickte Janna zu Han. Wenn das so geheim war, warum wusste sie dann davon? Und woher wusste sie das? Es wollte ihr nicht einleuchten. Und im Moment war nicht der richtige Zeitpunkt, sich darüber den Kopf zu zerbrechen. Sie mussten Sam befreien und von dieser Plattform runter. Und dabei noch irgendwie die Terroristen aufhalten. Janna ließ die Frage des Sergeant unbeantwortet und drehte sich zu Maik. „Hast du eine Ahnung, wo Sam gefangen gehalten wird?"

„Vermutlich in einem der weiteren Technikräume." Er schien sich seiner Sache sicher zu sein. „Im Hintergrund waren Anlagen zu sehen, die für die Wasseraufbereitung zuständig sein könnten."

„Wie stellen Sie sich das vor? Sollen wir jeden Raum absuchen, in der Hoffnung, Captain Reigh zu finden?" Han verschränkte die Arme vor seiner Brust.

„Nein. Die Technikräume sind alle nebeneinander. Wenn ich Recht habe, sollten wir Sam zügig finden." Schwere, gepresste Atemzüge begleiteten Maiks Ausführungen. „Zunächst einmal stellen wir den Strom ab, dann sehen wir weiter." Maik ließ keinen Zweifel daran, dass er von seiner Idee überzeugt war. „Wir sollten uns ohnehin weiterbewegen. Es kann nicht lange dauern, bis diese Typen hier sind."

Daraufhin griff Maik nach einem Besen, der in einer Ecke stand, legte seinen Arm über die Seite mit den Borsten und improvisierte so einen Krückstock. Mit zusammengepresstem Kiefer humpelte er in die Richtung, in der er den Schaltraum vermutete. Als Janna und einer der Soldaten helfen wollten, lehnte er ab. Maik biss die Zähne zusammen.

Nur kurz darauf hatten sie ihr nächstes Ziel erreicht. Ein Schild mit schwarzem Blitz in einem gelben Dreieck sowie ein weiteres mit der Aufschrift *Zutritt für Unbefugte verboten* verrieten, dass sie richtig waren. Maik hatte sich die Pläne der Bohrinsel tatsächlich perfekt eingeprägt und wurde dadurch, trotz seiner Verletzung, unverzichtbar für das Team.

Janna drückte die Türklinke nach unten. Doch nichts passierte. „Verschlossen, verdammte Scheiße."

„Lassen Sie mich mal", sagte Sullivan und zog ein kleines Etui aus der Hosentasche. Sogleich machte er sich mit Dietrich und feinen Metallstiften am Schließzylinder zu schaffen. Seine Lippen spitzen sich. Mit schmalen Augen fokussierte er das Schloss.

„Das dauert einen Moment." Ruhig friemelte er die filigranen Stifte in den Zylinder.

„Wir haben aber keine Zeit", gab Janna zu verstehen.

Tatsächlich hallten lauter werdende Schritte durch die Anlage. Auch Stimmen waren jetzt zu hören, das Rufen von Kommandos und Befehlen. Noch waren sie unverständlich. Doch sie wurden kräftiger und kamen näher. Das stumpfe Scheppern von Stiefeln auf Metall wurde bedrohlicher. Die Gegner waren nur noch wenige Meter entfernt.

Die Anspannung unter den Teammitgliedern wuchs. Janna wurde ungeduldig. Han positionierte sich mit der Waffe in die Richtung, aus der die Angreifer kamen. Die dumpfen Schritte waren nun direkt hinter der Ecke.

Da flog die Tür auf und das ganze Team huschte geräuschlos in den Technikraum. Han zog die Tür hinter sich zu und positionierte sich mit der Maschinenpistole am Anschlag davor. Rogers tat es ihm gleich. Jeder, der versuchte, hier einzudringen, würde zuerst mit einer Ladung Blei Bekanntschaft machen.

Die Schritte waren nun deutlich hörbar vor der Tür. Stumpf und gedrungen. Nur eine dünne Schicht Metall stand zwischen den Flüchtigen und ihren Verfolgern. Doch die Angreifer hatten sie nicht bemerkt und schienen vorbeizulaufen. Die Geräuschkulisse ebbte ab.

Noch einen Augenblick verharrten sie regungslos, dann löste sich die Spannung.

Janna atmete erleichtert aus. „Bevor wir den Strom abstellen, klären wir das weitere Vorgehen."

Nickend stimmten Maik und Han ihr zu. „Sobald der Strom weg ist, wissen die, wo wir sind. Wir müssen dann schleunigst von hier verschwinden", ergänzte Maik die Ausführungen seiner Kollegin.

„Alle schauen sich um", fügte der Sergeant hinzu. „Wenn es hier etwas gibt, dass uns nützlich sein kann, dann sollten wir es auch finden."

Gesagt, getan. Alle waren damit beschäftigt, den Raum zu inspizieren. Die Mitte wurde von einem massiven Tisch dominiert, an den zwei einsame Stühle standen. An der Wand lehnte ein Regal, gefüllt mit Ordnern und technischen Dokumenten. Ringsherum waren graue Metallschränke verbaut. Einige hatten Instrumente und Kontrollleuchten, an anderer Stelle waren Knöpfe, Hebel und Schalter angebracht. In einer Ecke stand ein Computer, der in einem tiefen Schlaf verharrte. Und überall warnten Schilder vor den Gefahren von Elektrizität und Spannung.

Gegenüber der Eingangstür befand sich eine weitere Tür. Dort befestigt war ein Flucht- und Rettungsplan, wie er bei Industrieanlagen vorgeschrieben war.

Kritisch beäugte Maik den Plan, in der Hoffnung, dass er ihnen einige nützliche Informationen liefern könnte. „Okay", rief er schließlich in die Runde, „alle herkommen."

Nachdem sich das Team bei Maik versammelt hatte, fing er an, weitere Instruktionen zu geben.

„Wir sind hier." Maik deutete auf eine Stelle auf dem Plan. „Und ich vermute, dass Sam hier festgehalten wird. Das sind nur etwa 25 Meter. Das sollte klappen."

Ein knappes Nicken von Janna.

Stille erfüllte den Raum, während sich Maik und der Sergeant an den Schaltschränken zu schaffen machten.

Rogers und Sullivan bewachten die Tür, bereit, sofort das Feuer zu eröffnen, wenn es erforderlich sein würde. Maik mahnte zur Eile, während er sich auf dem Besenstiel abstützte. Janna und Han legten sämtliche Schalter um und schickten die Plattform Schritt für Schritt in einen düsteren Schlaf. Das Deckenlicht erstarb und das Brummen von Pumpen und Generatoren, welches wie eine Glocke über der Insel hing, verstummte. Augenblicklich flackerte die Notbeleuchtung auf und warf bedrohliche Schatten an die Wände.

Janna stieß einen Seufzer der Erleichterung aus. Doch die Erlösung war nur von kurzer Dauer.

„Schnell jetzt, wir müssen Sam finden", drängte Maik und schob die Tür auf.

Das Team trat hinaus in den dunklen Gang. Das Licht der Notbeleuchtung zuckte unruhig an den Wänden. Doch das Geländer gegenüber der Tür war deutlich zu erkennen. Janna konnte nicht sagen, wie tief es auf der anderen Seite hinunterging. Vielleicht sechs oder sieben Meter.

Die Schritte der Gruppe hallten gedämpft auf dem Metallboden. Hoffentlich klappt das, dachte Janna, während sie sich langsam vorwärtsarbeiteten. Die

Anspannung der Teammitglieder stieg. Ein Kribbeln jagte ihr bedrohliche Schauer durch den Körper. Ihre Nerven waren zum Zerreißen gespannt, während sie weiter nach vorne stießen.

Und plötzlich durchzuckte ein lauter Knall die Stille, gefolgt von einem erstickten Schmerzensschrei. Noch bevor Janna richtig verstand, was gerade passierte, war Maik über das Geländer geschleudert worden.

„Nein", brüllte Janna in die Finsternis und stürmte zum Geländer. Schockiert starrte sie in die Tiefe. Leblos lag er auf dem Rücken.

Vom Chaos um Sie herum bekam Janna in ihrem Entsetzen nichts mehr mit. Han und Rogers erwiderten das Feuer. Der Lieutenant griff nach Janna, die überhaupt nicht verstand, was gerade passierte, und schleifte sie vom Geländer weg. Gewehrsalven zerschnitten die Luft, das Trampeln schwerer Stiefel war zu hören, Rufe, Schreie. Wie in Trance wurde Janna von der erschreckenden Dynamik mitgerissen. Ihre Gedanken waren bei Maik. Der Anblick seines leblosen Körpers. Ihr Verstand hämmerte. Schrie. Versuchte aus diesem Albtraum zu erwachen.

„Verdammt, es sind zu viele", fluchte Han. Immer weiter kämpfte er gegen die Angreifer an.

Die Kugeln heulten durch die Gänge. Funken regneten von den Wänden, Querschläger jaulten durch die Luft. Ein Schrei durchschnitt das Feuergefecht. Sullivan sank zu Boden, begleitet von einem letzten Keuchen.

Erst jetzt begriff Janna, was gerade vor sich ging. Sie waren in eine Falle geraten. Die Verzweiflung brannte in ihrer Brust. Sie hatten nicht den Hauch einer Chance, hier noch rauszukommen. Allmählich ging ihrem Team die Munition aus.

44

Zorn war es, den Janna verspürte, als sie endlich begriff, dass sie verloren hatten. Diese Mission, an der sie unbedingt teilnehmen wollte, lief von Beginn an schief. Warum war sie eigentlich hier? Warum waren sie und Maik Teil dieser Operation, wenn es darum ging, dass die Amerikaner ihrem Waffenarsenal ein neues Sammlerobjekt hinzufügen wollten. Und erst in zweiter Linie darum, diese Bedrohung zu stoppen. Diese Fragen bohrten sich tief in ihren Verstand, während die Terroristen sie, Han und Rogers in einen anderen Teil der Plattform führten, weg von den Technikräumen.

Nachdem alle Munition verschossen gewesen war, hatten die Gegner leichtes Spiel und konnten Janna und die anderen problemlos überwältigen. Nun liefen sie mit im Nacken verschränkten Händen durch die Gänge, während eine Vielzahl von Waffen auf sie gerichtet waren. Die Situation war ausweglos und Janna spürte, dass die letzten Minuten ihres Lebens angebrochen waren.

Sie hatte sich ihr Ende anders vorgestellt. Sie hatte gehofft, Antworten auf die Fragen zu finden, mit denen sie sich seit Jahren quälte. Doch noch mehr beschäftigte sie, warum sie in dieser ausweglosen Situation war und welche Dinge zusammenspielen mussten, dass es überhaupt dazu kam. Nach und nach formte sich ein Bild in ihrem Verstand und sie begriff allmählich. Die Antwort lag vor ihr, zum Greifen nah. Doch aktuell sah es danach aus, als würde sie diese Erkenntnis mit ins Grab nehmen und nichts tun können, um irgendetwas zu ändern.

„Vorwärts", rief eine tiefe Männerstimme. „Mit dem Rücken zur Wand aufstellen. Hände bleiben oben!"

Janna schritt zur Wand und drehte sich um. Han und Rogers taten es ihr nach.

Sieben in dunkle Kleidung gehüllte Männer standen ihnen gegenüber, nur wenige Meter entfernt. Die Gesichter waren in der schummrigen Notbeleuchtung kaum zu deuten. Einige zielten mit Maschinengewehren auf sie.

„Gebt dem Boss Bescheid, dass wir die Eindringlinge haben. Und bringt den Ami her?"

Der Ami? Sam, vermutete Janna. Und der Boss? War das Niklas? Hatte er wenigstens den Mut, ihr in die Augen zu schauen, bevor er ihre Hinrichtung befahl? Nicht, dass das irgendetwas ändern würde. Für Niklas zählten Menschenleben nicht. Er würde nicht zögern, sie töten zu lassen. Janna hoffte gar nicht darauf, dass er so etwas wie ein Einsehen haben oder Gnade walten lassen würde. Er hatte mit allen gespielt und seinen Partner für seine kranken Überzeugungen geopfert, eine Öko-Terroristin manipuliert und ein potentes, hochgefährliches Bakterium auf die Welt losgelassen. All das, um seine ideologische Wahnvorstellung Wirklichkeit werden zu lassen.

Mit diesem Wissen fiel die Verzweiflung von Janna ab. Sie hatte alles getan, was nötig war. Sie hatte die

Hinweise gefunden, dass Phillipp für Rebeccas Tod verantwortlich war. Und nicht sie. So oft hatte sie diesen Albtraum durchlebt und von dem Gefühl gequält, ihre beste Freundin nicht gerettet zu haben. Dieser Fall aber führte sie zurück in die Vergangenheit und ein kleines Detail nach dem anderen offenbarte sich. Es konnte gar nicht anders sein. Sie war nicht für den Tod von Rebecca verantwortlich, sie war es nie gewesen.

Und jetzt, in diesem Moment, wie aus dem nichts, fühlte sich Janna befreit und mit allem im Reinen, mit dem sie so lange gehadert und woran sie solange gezweifelt hatte. Janna straffte ihren Körper und nahm einen tiefen Atemzug. Ein kaum merkliches Lächeln legte sich auf ihre Lippen.

Aus dem Schatten tauchte eine weitere Gestalt auf. Der aufrechte Gang hatte etwas Großspuriges. Der feste Blick war auf sie gerichtet. Selbst in diesem düsteren Licht erkannte sie diese kalten, blauen Augen.

Das war nicht Niklas, sondern Phillipp.

„Hallo, Janna. Wie schön, dich wieder zu sehen. Wer hätte gedacht, dass du es bis hierher schaffen würdest." Ein diabolisches Grinsen zeugte von Arroganz und dem Gefühl, den Behörden, dem Militär, einfach allen überlegen zu sein.

„Spar dir deine Sprüche." Janna war ein wenig irritiert, aber nicht wirklich geschockt, ihn hier zu treffen. Sie hatte mehrmals daran gedacht, dass er noch Leben könnte. Und es gab einige Indizien, die dafürsprachen.

„Na, wirklich erstaunt scheinst du ja nicht zu sein, mich wieder zu sehen." Phillipp zuckte mit den Schultern. „Tut mir leid, dass ich dir keine bessere Überraschung bieten konnte." Er steckte die Hände in die Hosentasche. Mit einem abschätzigen Blick musterte er Rogers, Han, und schließlich Janna.

„Da du ja offenbar deine Klappe nicht halten wirst ..." Der Zorn ließ ihre Stimme beben „Eine Sache verstehe ich nicht. Wieso diese Sache mit Green Nemesis? Wieso hast du mit diesen Ökos und mit Emily zusammengearbeitet?"

„Na, die Schlauste scheinst du ja nicht zu sein."

Phillipp sog tief die Luft ein. „Ich erkläre es dir. Vor uns liegen Wochen und Monate voller Chaos. Und für die braucht es einen Sündenbock. Wer ist da besser geeignet, als ein paar übergeschnappte Ökos. Ökos, die es auf Rentner abgesehen haben, die sich nach einem Leben harter Arbeit endlich die lang erträumte Kreuzfahrt leisten konnten. Ökos, die die Zivilbevölkerung drangsalieren, indem sie sie der Errungenschaften der Moderne berauben."

„Und du inszenierst dich selbst als Opfer." Jannas Stimme hallte in dem Stahlkoloss wider. „Aufgrund eines dummen Zufalls warst du nicht an Bord des Privatjets, als dieser abstürzte. Das wird deine Geschichte sein, nicht wahr?"

Phillipp nickte anerkennend. „Nicht schlecht. Wie ich sehe, hast du deine grauen Zellen doch ein wenig angestrengt."

„Und wie stellen Sie sich das vor? Sie bringen uns jetzt um, und das war es dann? Und im Anschluss führen Sie ihren totalitären Staatsstreich in Ruhe fort?" Han klang unbeeindruckt.

„Ich bitte Sie. Staatsstreich. Wir wollen doch nicht gleich so dick auftragen." Mit seinen Armen machte Phillipp eine beschwichtigende Geste. „Wir führen diese Gesellschaft zurück zu neuer Stärke."

„Indem du und deine Leute unseren Rechtsstaat aushebeln und eine Diktatur aufbauen? Worin liegt denn diese Stärke, wenn du alle unterdrücken und terrorisieren musst. Das ist verrückt, Phillipp."

„Das ist nicht verrückt. Hast du dich in der letzten Zeit einmal umgesehen. Hast du gesehen, wie wir als Gemeinschaft vor die Hunde gehen, weil jeder nur noch an sich denkt? Es gibt keinen Gemeinschaftssinn mehr. Individualität ist für die meisten erstrebenswerter als Zugehörigkeitsgefühl und Zusammenhalt. Gleichzeitig bringen die Chinesen, die Russen, ihre Leute auf Linie. Kein Wunder, dass wir immer mehr ins Hintertreffen geraten." Phillipp straffte seinen Körper. Seine Augen hatten einen fanatischen Glanz angenommen.

Ein kalter Schauer lief Janna über den Rücken. Hörte sie gerade eine verschollene und wiederentdeckte Rede von Joseph Goebbels?

Sie kannte solche Parolen aus den Medien und dem Internet. Aber jemanden vor sich zu haben, der solche Worte voller Überzeugung von sich gab, war etwas gänzlich anderes.

Dieses Arschloch war dabei, in wenigen Tagen alles zu zerstören, wofür viele Menschen Jahre und jahrzehntelang unter Entbehrungen gekämpft hatten. Sie wusste, dass Phillipp nicht der Einzige war, der sich nach einem starken Staat mit einem starken Anführer sehnte. Er würde mehr als genug Sympathisanten finden, die der Demokratie feindselig gegenüberstanden.

„Du bist wahnsinnig geworden, Phillipp." Janna presste die Lippen aufeinander.

„Ich bin nicht wahnsinnig!" Er machte einen Satz nach vorne und stand nur noch wenige Zentimeter von ihr entfernt. „Merk dir das, du Schlampe. Ich bin nicht wahnsinnig."

Speichel hatte sich in seinen Mundwinkeln gesammelt. Janna spürte die Hitze, die sein Körper ausstrahlte. Die Adern an seinem Hals pulsierten wie wild.

Sein Wutausbruch wirkte für einen Moment einschüchternd auf sie. Doch Janna wich keinen Millimeter zurück. Sie zwang sich, unbeirrt stehenzubleiben.

„Aber, um ihre Frage zu beantworten ...", abschätzig blickte Phillipp zu Han und ging wieder ein paar Schritte zurück, „... ja, ungefähr so stelle ich mir das vor." Siegessicher und mit geschwellter Brust musterte er den Sergeant.

„Das ist Selbstmord", warf Janna bestürzt ein. Andere Nationen werden Deutschland den Krieg erklären, wenn ihnen klar wird, über welche Waffe ihr verfügt und die anderen sich bedroht fühlen." Ungläubig starrte sie zu Phillipp.

Doch dieser war sich seiner Sache sicher. Daran gab es keinen Zweifel. „Wer versucht, uns aufzuhalten, wird den Preis bezahlen." Phillipp legte den Kopf zur Seite. Erneut zeichnete sich ein diabolisches Grinsen um seine Mundwinkel ab. „Entweder gewinnen wir, oder alle verlieren."

Die Luft wurde zäh vor Spannung. Jannas Muskeln waren zum Zerreißen gespannt, ihr Puls wurde schneller. „Du hast aber etwas Wichtiges übersehen." Sie presste die Lippen zusammen.

„Ist das so?"

„Und ob. Wir haben eine wichtige Zeugin, die euch gefährlich werden kann. Egal, wie das hier ausgeht." Sprach da Wut oder die Gleichgültigkeit aus ihr? Sie konnte es nicht mit Sicherheit sagen. „Ob du uns tötest, oder nicht, es wird also nichts ändern."

Phillipp legte den Kopf zur Seite. „Meine liebe Janna. Du kommst dir so schlau vor, nicht wahr? Du denkst, du hast alles unter Kontrolle." Seine kalte Stimme hallte durch das Stahlmonster. Ein mitleidiger Ausdruck breitete sich auf Phillipps Gesicht aus. „Emily Reed." Belangloses Schulterzucken. „Es ist euch gelungen, sie zu retten."

Wie konnte er das Wissen? Diese Info war streng vertraulich. Niemand war eingeweiht. Es musste einen Verräter in den eigenen Reihen geben. So wie sie es zuvor schon vermutet hatte. Die Antwort auf die Frage, die sich vor Phillipps Auftauchen in ihrem Verstand aufgebaut hatte.

Phillipp näherte sich Janna bis auf einen halben Meter. „Du dachtest, niemand wüsste davon, richtig? Du dachtest, du hättest noch einen letzten Trumpf in der Hand, nicht wahr?"

Ihr Magen verkrampfte sich unter der Erkenntnis, die nun so glasklar vor ihr lag. Darum hatte Han auch gefragt, woher sie von Sams Auftrag wusste, obwohl dieser so geheim war. Jemand wusste, dass Sam gefangen genommen wurde. Jemand, der einen engen Kontakt zu den Terroristen hatte. Jemand aus den eigenen Reihen.

„Hast du aber nicht, liebe Janna. Und du hast Recht, wenn du sagst, dass es nichts ändern wird." Seine Überheblichkeit sprach aus jeder Faser seines Körpers. „Dass du Glück hattest und Emily retten konntest, das wird nichts ändern."

Janna hörte seinem Geschwätz gar nicht mehr richtig zu. Zornig starrte sie in Phillips Augen, während sie begriff, wie nah ihr der Gegner immer war. Die Vermutung, dass es einen Verräter in den eigenen Reihen gab, war zur Gewissheit geworden und brannte wie Feuer in ihr. Ein Feuer, dass sie wohl mit ins Grab nehmen und sie für alle Zeiten quälen würde.

„Aber, genug geredet. Leider habe ich noch ein paar Dinge zu erledigen. Ich muss diesen Kontinent mit Chaos überziehen." Mit einem unmerklichen Nicken wendete sich Phillipp an einen seiner Leute. „Macht sie kalt, sobald der andere Ami hier ist."

45

Etwa zwanzig Minuten zuvor

Die Finsternis legte sich wie ein schwerer Mantel auf den leblosen Körper. Die Geräusche ebbten ab und es wurde still. Die Zeit schien stillzustehen. Niemand nahm mehr Notiz von ihm, scherrte sich um ihn, kam, um ihn zu bedauern. Das Leben hatte sich in eine unendliche Leere verwandelt, gleichgültig und emotionslos.

Schlagartig durchzuckte ein bohrender Schmerz Maiks Körper. Ein lautloser Schrei drang aus seiner Kehle, gefolgt von einem schmerzhaften Röcheln, als er mit einem Mal aus seiner Ohnmacht hochschreckte. Seine Brust brannte vom Bedürfnis nach Luft. Seine Lungen glühten, als wären sie mit heißer Asche gefüllt. Ruckartig setzte seine Atmung ein. Flach, hastig, gepresst. Er riss die Augen auf. Ein stechender Schmerz strahlte in jeden Nerv seines Körpers aus.

Seine Hand wanderte an den Brustkorb und ertastete den schützenden Stoff seiner schusssicheren Weste. Und die Kugel, die beim Einschlag einen unbeschreiblichen Schmerz verursacht hatte. Aber dann entwich ein erleichtertes Stöhnen seinen Lippen. Er war noch am Leben. „O Mann. Ich werde zu alt für diesen Scheiß", kommentierte Maik seine Wiedergeburt.

Vorsichtig drehte er den Kopf und ließ seinen Blick durch die Umgebung wandern. Es gab keine Anzeichen von Gefahr. Die Gegner waren verschwunden, die Geräusche des Feuergefechts verstummt. Stattdessen waberte eine gefährliche Stille um ihn.

Mit kraftlosen Händen drückte er seinen Rücken vom Boden weg, rollte sich über den rechten Arm und brachte seinen Körper auf die zittrigen Beine. Das linke Knie quittierte das sofort mit weiteren Schmerzen, die Maik erneut die Luft abschnürten. Übelkeit überkam ihn. Für einige Sekunden breitete sich bedrohliches Schwarz vor seinen Augen aus. Seine Beine sackten weg und er landete erneut auf dem Boden. Aber sein Verstand klärte sich langsam und er zwang sich zurück auf die schwachen Beine. Er ignorierte das Zittern der Muskeln, ignorierte die Schmerzen in seinem geschundenen Körper. Das Herz schlug wild und pumpte das Adrenalin in die Blutbahnen. Die Entschlossenheit wuchs mit jeder Sekunde und rang die Qualen nieder. Endlich gelang es ihm, sich auf den Beinen zu halten.

Sein Kampf war noch nicht vorbei. Da man ihn vermutlich für tot hielt – sonst wären sie sicherlich gekommen und hätten dafür gesorgt, dass er es definitiv blieb – war er nun im Vorteil. Aber Maik musste zunächst von hier weg. Außerdem benötigte er eine Waffe.

Langsam und ohne Hektik belastete er seine Beine. Das rechte konnte er problemlos bewegen. Doch das linke schickte eine Welle des Schmerzes nach der anderen durch seinen Körper.

Maik biss die Zähne zusammen und verzog das Gesicht unter Qualen. Wenigstens ließ sich das Knie beugen. Es tat weh, aber er konnte es bewegen. Was bedeutete, dass er damit auch laufen konnte. Langsam, aber er würde vorankommen.

Aber wohin sollte er? Er hatte die Orientierung verloren. Zuerst weg von diesem Ort, war er sich sicher. Maik humpelte los und suchte Schutz in den Schatten. Dort, wo kaum Licht hinfiel, war er sicher, konnte für einen Moment verweilen und sich orientieren. Er lauschte immer wieder in die Dunkelheit und wenn er überzeugt davon war, dass auf den nächsten Metern keine Gefahr drohte, lief er weiter.

In einigen Metern Entfernung entdeckte Maik ein sonderbares, grünliches Glühen, das die Finsternis durchdrang. Wie von einem Leitstrahl angezogen, bewegte er sich auf das Leuchten zu, dass aus einem Türspalt in die Finsternis drängte.

Mahnend prangten Gefahrensymbole an der Tür. Ein Labor, vielleicht sogar das Labor, in dem die Bakterien entwickelt und gezüchtet wurden. Maik war überzeugt, dass es sich auf der Plattform befinden musste.

Für einen Moment zögerte er, horchte in die Dunkelheit, die geräuschlos und schwer durch den Metallkoloss strömte. Doch da war nichts außer Stille.

Abstoßend und anziehend zugleich strömte das giftige Glühen durch den Türspalt. Vorsichtig schob er die Tür auf und betrat den Raum. Gespenstisches Licht flackerte aus Röhren, die neongrün leuchteten und sich an den Wänden entlang schlängelten und in drei großen Glastanks mündeten. Maiks Aufmerksamkeit wurde sofort eingefangen von der sonderbaren, grünlichen Flüssigkeit, die hypnotisch darin umherwaberte. Die Gefäße wirkten wie überdimensionierte Lavalampen.

Ein Gefühl der Beklemmung drückte auf Maiks Brust. Die Anordnung wirkte bedrohlich und furchteinflößend. Er war sich sicher, dass er die Bakterien gefunden hatte. Als könnte er eine Verbindung zu ihnen aufbauen, legte er seine rechte Hand auf einen der

Kolben. Gleichermaßen beeindruckt wie verängstigt verharrte er so für einen Moment. Sein Gesicht spiegelte sich in der Glashülle und schien fahl vom aggressiven Leuchten.

Als wollte sie ihn für immer verschlingen, schien die giftgrüne Bedrohung förmlich nach ihm zu greifen. Ehrfurcht und Unbehagen kämpften in Maik um das Gefühl der Vorherrschaft. Das hypnotische Wabern hielt ihn eine gefühlte Ewigkeit gefangen. Doch schließlich gelang es ihm, sich aus dem Anblick zu lösen und seine Hand wegzuziehen.

Erschöpft griff er nach einigen Dokumenten auf dem Tisch, der vor den Glastanks stand. Seine Augen wanderten über das Geschriebene. Zahlen, Daten, Messwerte, alles wirkte kryptisch und ergab zuerst keinen Sinn. Doch je mehr er las, desto klarer wurde das Bild, dass ihm die Angaben lieferten.

Konnte das sein? Ein Ziehen meldete sich in seiner Magengruppe und das Herz raste vor sich hin. Die schlimmsten Befürchtungen schienen gerade wahr zu werden. Mit Entsetzen wanderte sein Blick zurück zu den drei Glaskolben und deren gefährlichen Inhalt.

Stimmten die Informationen auf den Dokumenten, hatte der Inhalt dieser Kolben das Potenzial, jede andere Bedrohung in den Schatten zu stellen. Dagegen war die Katastrophe, mit der sie aktuell kämpften, nur ein harmloser Strandspaziergang.

Maiks Verstand fuhr Achterbahn, als er überlegte, wie er diese Bedrohung ausschalten könnte. Und da gab es nur eine Variante: Volles Risiko. Er würde eine Probe benötigen und dann von der Plattform schaffen müssen.

Mit einer eiligen Bewegung griff er nach einem kleinen Proberöhrchen, das er im Labor fand und spannte das Röhrchen in eine Apparatur ein, die sich neben den Glastanks befand.

Wie von Geisterhand wurde die Vorrichtung nach hinten gezogen, eine Sicherheitsglasscheibe schloss sich und das Glasröhrchen wurde automatisch mit einer Probe aus den Tanks befüllt, verschlossen und versiegelt. Nicht einmal eine Minute später öffnete sich die Glasscheibe wieder und das Röhrchen war zugänglich.

„In der Hoffnung, dass wir das niemals benötigen", sagte Maik und war gerade dabei, nach dem Röhrchen zu greifen. Da wurde er von einem Geräusch aufgeschreckt. Ein unmissverständliches Klicken durchschnitt die Stille des Raumes. Langsam drehte sich Maik herum und blickte in den Lauf einer entsicherten Pistole. Das metallische Schnappen der Sicherung, kalt, mechanisch, präzise, war wie die Ankündigung eines Todesurteils.

„Faszinierend, nicht wahr?" Das androgyne Gesicht war ausdruckslos. Auf dem perfekt sitzenden Anzug schimmerte das Licht der Glaskolben aggressiv und stumpf. „Wer hätte gedacht, dass diese kleinen Dinger so mächtig sind."

Maik analysierte die Situation, in der er sich befand. Es war offensichtlich, dass dieser Typ mehr als nur einer der Wachen war, die hinter dem Team und ihm her waren. Eine Ruhe umgab diesen Mann, eigenwillig und abstoßend. „Sie sind Niklas. Habe ich Recht?"

Ein anerkennendes Nicken.

„Ich habe den Bericht auf dem Tisch gelesen." Während Maik versuchte, Zeit zu gewinnen, ging er seine Optionen durch. „Was haben Sie vor? Wollen Sie die ganze Welt vernichten?"

Anerkennend zog Niklas seine Augenbrauen hoch. „Offensichtlich haben Sie Ahnung von der Materie."

„Ja, das habe ich." Zwei Schritte, wenn er die Zähne zusammenbeißen und sein hämmerndes Knie ignorieren würde.

„Dann können Sie sich vielleicht vorstellen, warum wir es hergestellt haben."

„Sie wollen die Demokratie abschaffen und dieses Land zu seiner angeblich alten Stärke zurückführen." Maik musste ihn zum Plaudern bringen und hoffen, dass Niklas für einen Bruchteil einer Sekunde die Aufmerksamkeit auf etwas anderes richtete. „Aber mit diesen Bakterien in den Tanks werden Sie alles vernichten. Das ergibt keinen Sinn."

„Sie haben Recht. Diese Bakterien würden sich ungehemmt vermehren und über die ganze Welt ausbreiten. So lange, bis es kein Plastik mehr gibt." Ein Hauch von Bewunderung legte sich auf Niklas ansonsten emotionsleeres Gesicht.

„Aber so würde doch auch Ihr eigener, größenwahnsinniger Plan scheitern." Maik schüttelte ungläubig den Kopf, während sein Verstand hoch konzentriert war. Er hatte bereits jede Faser seines Körpers angespannt, um loszuschlagen.

„Noch ist Deutschland militärisch viel zu schwach, um zu erneuter Stärke zurückzufinden. Darum haben wir diese Waffe in der Hinterhand. Das ist unsere Versicherung, für den Fall, dass jemand von außen unsere Pläne vereiteln will." Seine Augen fingen an zu glänzen. Ein Glanz, der den ganzen Größenwahn und Fanatismus zum Ausdruck brachte, der in diesem Kopf herrschte. „Besiegt im Ersten Weltkrieg, besiegt im Zweiten. Wir würden eher alles in den Abgrund reißen, als uns ein drittes Mal einer solchen Demütigung zu unterziehen."

„Wie bitte?"

„Glauben Sie wirklich, wir machen an Deutschlands Grenzen Halt?" Feixend schüttelte Niklas den Kopf. „Dafür haben wir sie nicht geschaffen."

Die Bewunderung über seine Schöpfung zog Niklas' Blick für einen kaum wahrnehmbaren Moment zu den Glastanks. Doch das war es, der Moment, auf den Maik gewartet hatte.

Er hechtete los, zwei schnelle Schritte. Das Adrenalin raste durch seinen Körper, die Schmerzen in dem verletzten Knie waren in dieser Sekunde das Unwichtigste der Welt. Er nutzte Niklas' Überraschung und riss ihn von den Beinen.

Niklas schlug mit dem Rücken auf. Maik presste sein ganzes Gewicht auf den Körper. Ein Schuss löste sich aus der Waffe. Die Kugel schlug irgendwo im Labor ein. Sein Gegner versuchte die Pistole zu Maiks Kopf zu ziehen, doch er presste den Arm zum Boden. Ein heftiger Zweikampf. Maik musste seinen Gegner ausschalten. Aber Niklas bot alle Kräfte auf. Er zwang sich, wieder auf die Beine zu kommen. Der Kerl hatte Kraft, was Maik nicht erwartet hatte. Außerdem kamen die Schmerzen durch. Das Pochen verstärkte sich. Maiks Konzentration litt. Niklas Arm löste sich vom Boden und wanderte zu Maiks Kopf. Langsam, und doch viel zu schnell.

Maik geriet ins Hintertreffen. Er würde nicht mehr lange Widerstand leisten können. Darum ging er zum Äußersten.

Schlagartig verringerte er den Druck auf Niklas. Dessen Arm wanderte nun ruckartig nach oben, ein weiterer Schuss löste sich. Doch Maik zog den Körper rechtzeitig nach rechts und schleuderte nun seinen Kopf in einer schwungvollen Bewegung gegen Niklas' Schädel. Eine Welle aus Schmerz explodierte hinter Maiks Stirn. Gleichzeitig sackte der Körper unter ihm zusammen. Ein schwaches Stöhnen entwich seinem Gegner.

Kurz nachdem der Schmerz abgeflaut war, griff Maik nach der Pistole und rappelte sich mit einem verzerrten Gesicht auf.

Sein Blick wanderte zu Niklas, doch seine Aufmerksamkeit wurde von den Flammen eingefangen, die in einer Ecke des Labors loderten.

„Die Schüsse ...", fuhr es ihm durch den Verstand. Irgendetwas hatten sie getroffen. Gierig fraßen sich die Flammen an der Wand entlang. Die Hitze legte sich auf Maiks Gesicht. Da entdeckte er die beiden Gasflaschen, die in einer Ecke standen. „War ja klar ...", murmelte er alarmiert in die Stille, die nur durch das Knistern des Feuers gestört wurde.

Maik hatte genug gezögert. Er ging zurück zu dieser Apparatur und griff nach dem Röhrchen mit den Bakterien. Doch er hatte seinen Gegner aus den Augen gelassen, der sich lautlos wieder aufrappelte und Maik einen kräftigen Schlag in die Seite verpasste. Maik zuckte zusammen, ihm blieb die Luft weg. Die Waffe glitt ihm aus der Hand. Bevor er reagieren konnte, ließ sein Gegner einen weiteren Schlag folgen. Doch Maik warf sich erneut auf ihn. Die beiden landeten einmal mehr auf dem Boden. Diesmal aber presste Maik beide Hände auf den Hals des Gegners. Sein ganzes Gewicht lag auf seinen Armen. Niklas verdrehte die Augen. Ein ersticktes Japsen entfuhr seinem Mund. In Panik griff er nach Maiks Unterarmen, versuchte sich zu befreien, strampelte wie wild mit den Beinen. Sein Körper zappelte, zuckte, wandte sich unter ihm.

Doch allmählich flachten die Bewegungen ab. Dann endlich entwich jegliches Leben aus dem Körper seines Gegners und Maik konnte endlich den Druck verringern. „Scheiße, Alter. So eine verdammte Scheiße", fluchte er und fühlte sich schuldig, weil er einem anderen Menschen das Leben genommen hatte.

Mit der rechten Hand schloss er sanft die Augen seines leblosen Widersachers. Dann stemmte er sich nach oben, ließ das Glasröhrchen vorsichtig in seine Jackentasche gleiten und schnappte sich erneut die Pistole.

Die Flammen hatten mittlerweile das halbe Labor verschlungen und züngelten bereits an den Gasflaschen.

Ein leichter Knall und ein Funkensprühen mahnten Maik zur Eile. Das Feuer hatte einen Monitor zum Bersten gebracht.

„Jetzt aber raus", drängte er sich selbst und hastete mit schmerzverzerrtem Gesicht aus dem Labor. Der Schweiß stand ihm auf der Stirn. Der Geruch von verbranntem Plastik bohrte sich in Maiks Nase. Doch er lief, so schnell er konnte. Er war schon einige Meter vom Labor entfernt, da entdeckte er eine weitere Tür. Hektisch zog er daran. Die Tür flog auf. Maik huschte durch den Türrahmen.

Gerade noch rechtzeitig. Ein ohrenbetäubender Knall ließ die Plattform erbeben.

46

Der Geruch von Farbe und Lösemittel stieg Sam in die Nase, als er über das metallene Deck der Bohrinsel geführt wurde. Der Stahl unter seinen Füßen erzeugte tiefe, dumpfe Töne die bedrohlich durch die Stille hallten. Zwei grimmig dreinblickende Typen mit Maschinenpistolen im Anschlag liefen dicht hinter ihm. Er spürte ihre Blicke, die wachsam und unerbittlich auf ihm klebten. Die rauen Kanten der Handschellen, mit denen seine Hände vor dem Körper gefesselt waren, drückten und schnitten in die Haut.

Sams Blick war fest und nach vorne gerichtet. Er zwang sich zur Konzentration. Gleichzeitig tobten die Erinnerungen durch seinen Kopf, die seit der Befreiungsaktion von Lohbrechts Sohn in seinem Verstand auflebten und ihn nicht mehr losließen. Erinnerungen an Afghanistan. Diese Augen. Panisch. Angsterfüllt. Wenige Millisekunden, bevor er starb. Ein Junge, kaum älter als Paul Lohbrecht.

Sam konnte die trockene Hitze und den Staub spüren. Das Funkgerät knisterte. Schweiß stand ihm auf der Stirn. Er war sich sicher, dass er ein Versteck der Taliban ausfindig gemacht hatte. Dann ging einfach alles schief. Er hatte sich geirrt, hatte die Männer in ihren traditionellen Gewändern für ihre Gegner gehalten. Sie stürmten das Gebäude. Sam erkannte zu spät, dass er die Lage falsch eingeschätzt hatte und die vermeintlichen Gegner fast noch Kinder waren.

Eine Untersuchung hatte später ergeben, dass die Taliban die fünf Jungen als Geisel genommen hatten, mit dem einzigen Ziel, die Amerikaner zu täuschen. Keiner der fünf Jungs hatte den Angriff überlebt.

Sams Vorgesetzten hatten die Sache vertuscht und Sam dieses Desaster verdrängt, viele Jahre lang. Doch nun suchte es ihn heim. Die Führungsebene hatte sich gegen ihn gestellt.

„Wir wollen es haben", waren Bennett Williams Worte. Als Sam sich weigerte, drohten sie damit, die missglückte Operation in Afghanistan publik zu machen und ihm ganz alleine die Schuld dafür zu geben.

Man hätte ihn unehrenhaft aus der Armee entlassen. Der Ruf seiner Familie wäre ruiniert gewesen. Eine lange Haftstrafe wäre die Folge. Während er mit seinem eigenen Schicksal haderte, nagte gleichzeitig die Erinnerung an den toten Zivilisten an ihm. Ein unnötiges Opfer. Genau wie Matthew Johnson, der junge Informatiker, der bei BBT sein Leben lassen musste.

Dass diese Bakterien existierten, beschwor mehr und mehr Katastrophen herauf, als diese Öko-Terroristen alleine hätten ausrichten können. Sam schwor sich, dass ER die Sache ans Licht bringen würde. Er müsste nur einen Weg hier rausfinden.

Plötzlich zerriss eine gewaltige Explosion die bedrohliche Stille. Das Metall bebte. Mit einem Mal fühlte sich die Luft heiß und stickig an. Überrascht vom dunklen Schlag, der durch das stählerne Ungetüm rollte, waren die beiden Wachen einen flüchtigen Moment abgelenkt.

Lange genug für Sam. Mit einem kraftvollen Tritt in die Hüfte des einen Wachmanns verlor dieser das Gleichgewicht und ging zu Boden. Ehe der zweite Mann reagieren konnte, hatte Sam mit seinen gefesselten Händen die Waffe gepackt und rammte sie ihm ins Gesicht. Ein dumpfer Knall, ein ersticktes Gurgeln als Blut in einem Schwall umherspritzte. Der Gegner taumelte zurück.

Sam richtete die Waffe auf seine Gegner. Und drückte ab.

Einen kurzen Augenblick stand er reglos da. Dann tastete er nach dem Schlüssel und befreite seine Handgelenke. Seine Hände fühlten sich schwer an, als sich das enge Metall löste und das Blut wieder ungehindert fließen konnte. Schmerz pulsierte, aber Sam ignorierte ihn. Er schnappte sich die andere Maschinenpistole, blickte suchend durch die Umgebung und atmete schwer.

Was immer diese Explosion ausgelöst hatte, die Situation war vorteilhaft für ihn. Aber die Zeit drängte. Er musste einen Ausgang finden, runter von diesem stählernen Koloss.

Die gewaltige Explosion fuhr Janna durch die Glieder und ließ sie zusammenzucken.

Geistesgegenwärtig stürzten sich Han und Rogers auf die überraschten Wachen. Chaos brach aus. Gewehrsalven waren zu hören, Schreie, lautes Poltern.

Janna hatte Schutz hinter ein paar Metallboxen gesucht, die sich unweit von ihr befanden. Mit hektischen Augen beobachtete sie das Durcheinander. Ein Gegner ging zu Boden, nur wenige Meter von ihr entfernt. Leblos blieb der Körper liegen. Sollte sie versuchen, an seine Waffe zu kommen? Sie zögerte. Unter dem Rattern der automatischen Waffen zuckte sie immer wieder zusammen.

Als sie aber erkannte, dass Phillipp dabei war, in den dunklen Gängen zu verschwinden, wurde sie von einer glühenden Entschlossenheit gepackt. Sie würde ihn nicht so einfach davonkommen lassen. Schwungvoll schnappte sie sich die Waffe und eilte ihm hinterher. Ihre Augen verengten sich. Sie hatte nicht mehr damit gerechnet, doch nun würde sie diese offene Rechnung begleichen. Koste es, was es wolle.

Die Flucht durch die verschachtelten Korridore wurden von weiteren Explosionen begleitet. Was immer passiert war, Janna war überzeugt, dass ihr nicht viel Zeit blieb, um Phillipp zu stellen. Zielstrebig folgte sie ihm durch die Gänge. Bis er an einer Tür scheiterte, die sich nicht richtig öffnen ließ.

Der Hubwagen, fiel Janna ein. Diese Tür hatten sie vor kurzem erst blockiert.

Sie zog die Pistole und feuerte einen Warnschuss ab. Der Knall dröhnte durch das metallene Skelett. Janna spürte das Blut durch die Adern rauschen. Sie näherte sich ihrem Widersacher, bereit, Vergeltung für das Leid zu fordern, dass er ihr und Millionen anderen Menschen bereitet hatte.

Wie in Zeitlupe drehte sich Phillipp um.

„Sag mir, was hast du mit Rebecca getan?" Jannas Atem ging heftig.

„So lange hast du geglaubt, dass du für ihren Tod verantwortlich warst, nicht wahr?" Seine Augen verengten sich.

„Mittlerweile habe ich kapiert, dass du es warst. Ich will nur wissen, wie du es getan hast."

„Und dann? Was willst du dann tun? Mich erschießen?" Phillipp straffte seinen Körper. Seine Lippen formten ein herausforderndes Lächeln. „Das tust du nicht, Janna. Das passt nicht zu dir."

„Hör auf mit der Scheiße." Janna feuerte einen weiteren Schuss ab, direkt an Phillipp vorbei.

Die Kugel schlug eine Delle in die Tür hinter ihm.

Ein Zucken war in seinem Gesicht zu erkennen. „Dass du an dem Tag dabei warst, war reiner Zufall. Rebecca sollte alleine raussegeln."

„Phillipp", schrie Janna mit Nachdruck. Sie richtete die Waffe auf seinen Kopf. „Wie hast du es getan?"

Belanglos zuckte er mit den Schultern, während er noch einen weiteren Schritt nach vorne ging. „Du gibst ja doch keine Ruhe." Sein Blick verfinsterte sich. „Rebecca war im Weg. Mit ihrer liberalen Einstellung ...", Verachtung spiegelte sich auf Phillipps Gesicht wider, „versuchte sie, mich aus der Firma zu drängen und unseren Vater gegen mich aufzubringen. Da hatte Lohbrecht einen Durchbruch bei den Bakterien. Genau zur rechten Zeit."

„Du hast das Boot mit diesen Bakterien manipuliert, nicht wahr? Darum ist die Takelage gerissen. Darum wurde das Segel vom Sturm zerstört. Darum hat das Funkgerät versagt." Jannas Körper bebte. „Und dann? Im Krankenhaus. Was hast du mit ihr gemacht?"

„Als ich erkannte, dass sie ihr Gedächtnis verloren hatte, kam mir diese geniale Idee. Ich hatte behauptet, es sei nicht Rebecca. Dann habe ich sie unbemerkt aus dem Krankenhaus verschwinden lassen, zurück zur Nordsee gebracht und dafür gesorgt, dass sie dieses Mal dort auch wirklich den Tod findet." Phillipps Gesicht erhärtete sich.

Janna blickte fassungslos zu ihrem Gegenüber. Dieses miese Schwein. Ihre Gedanken wollten nicht akzeptieren, was sie gerade gehört hatte.

Auf einmal stürzte sich Phillipp auf sie. Noch in Gedanken wurde Janna von den Beinen gerissen und auf den Rücken geschleudert. Sein Gewicht lag auf ihr. Mit aller Kraft drückte er ihre Schultern nach unten. Seine Mimik hatte sich zu einer Fratze verzogen, die Augen waren erfüllt von stumpfem Hass.

Ruckartig löste er seinen linken Arm und holte zum Schlag aus. Gerade noch rechtzeitig zog Janna ihren Kopf zur Seite. Seine Faust donnerte ungebremst auf den unnachgiebigen Metallboden. Ein lauter Schrei entwich seiner Kehle, begleitet von einer Speichelfontäne. Der Druck ließ nach. Reflexartig zog Janna ihrem Gegner die Waffe über den Schädel. Dabei wurde ihr die Pistole aus der Hand geschleudert und fiel hinter ihrem Widersacher auf den Boden. Phillipps Körper erschlaffte für einen Moment und Janna gelang es, sich zu befreien. Sie hatte sich fast aufgerappelt und wollte die Flucht antreten, da griff er nach ihrem Bein. Sie fiel der Länge nach hin und konnte sich gerade noch mit den Händen abfangen. Sie drehte sich schnell auf den Rücken. Phillipp packte sie an den Knöcheln, versuchte sie, wieder zu sich zu ziehen, aber Janna landete einen schmerzhaften Tritt gegen seinen Kiefer. Der Griff löste sich. Jetzt war sie frei und rappelte sich auf. Sie rannte los, wollte nur noch weg von diesem Arschloch.

Ein Schuss war zu hören. Noch einer. Die Kugel surrte an ihrem Ohr vorbei. Ein dritter Knall war zu hören. Janna wurde von den Beinen gerissen und landete unsanft auf den Boden. Doch es war kein Treffer. Sie war gestolpert. Über irgendetwas. Janna begriff nicht sofort, befürchtete, tot zu sein. Dann sah sie Jacksons Leiche. Unbehagen überkam sie, als sie seine offenen, leblosen Augen sah, die an die Decke starrten. Janna war über seine Beine gestolpert. In der Panik hatte sie seinen Körper nicht bemerkt.

Sie drehte sich auf den Rücken, sah Phillipp, das blutüberströmte Gesicht, seine Augen, hinter denen ein vernichtendes Feuer wütete, die Pistole, die er auf sie gerichtet hatte.

Jetzt also würde sie sterben. Doch es passierte nicht. Sie verstand erst gar nicht, dass Phillipp zwar feuerte, aber nichts geschah. Keine Munition mehr.

„Scheiße", brüllte Phillipp und schleuderte die Waffe in Jannas Richtung. „Ich mach dich kalt, du Schlampe."

Dann hechtete er los. Sein Gesicht, blutverschmiert, hatte alles Menschliche verloren. Hass trieb diesen Körper Janna entgegen.

Im Augenwinkel erkannte Janna Jacksons Maschinenpistole. Hastig tastete sie danach, bekam sie zu greifen, friemelte daran herum, zielte auf Phillipp, der bedrohlich schnell auf sie zukam. Sie zog den Abzug, nichts passierte. Panik stieg in ihr auf. „Komm schon, komm schon", brüllte sie der Waffe entgegen, aber nichts passierte. Gar nichts. Phillipp war da, hatte sie erreicht, setzte zum Sprung an, wollte sich auf sie stürzen.

Ein Schuss durchschnitt die elektrisierte Luft, traf Phillipp. Janna erschrak. Noch ein Schuss. Noch ein Treffer. Jannas Gegner sackte in vollem Lauf zusammen, sein Körper schlug neben ihr auf und blieb liegen.

Mit erschrockenen Augen starrte sie auf ihn, begriff gar nicht, was passiert war. Hektisch schob sie sich von Phillipp weg.

Dann nahm sie Bewegung in ihrem Augenwinkel wahr. Ruckartig drehte sie den Kopf.

Mit schweren, festen Schritten näherte sich Sam und streckte ihr einen Arm entgegen. „Wir müssen hier weg. Sofort."

Mit aufgerissenen Augen blickte sie zum Amerikaner. Alles ging zu schnell. War Phillipp wirklich tot? Janna schaffte es nicht, die letzten Sekunden einzuordnen.

„Komm schon Janna, beweg dich", mahnte er zur Eile.

Da erst bemerkte Janna den beißenden Rauch, der die Plattform einhüllte. Das zerstörerische Brodeln der Flammen drang an ihre Ohren.

Hastig griff sie nach Sams Arm, der sie schnell nach oben zog. Janna war wieder auf den Beinen. Eilig machten sie sich auf den Weg raus aus diesem Labyrinth. Ein weiterer Schlag ließ die Bohrinsel erzittern.

Janna und Sam eilten durch die Gänge, versuchten rauszukommen aus dieser Hölle.

Ein Fluchtweg nach dem anderen wurde durch herabfallende Trümmer versperrt. Die Hitze war überall spürbar. Metallisches Dröhnen ringsherum. Die Flammen verformten das Metall.

Sie erreichten eine Abzweigung.

„Nach links ...", brüllte Janna gegen den Lärm an. Sie rannte um die Ecke. Dann hörte sie eine Stimme.

„Janna, Sam ..."

Sie blickten sich um. Erstaunen ergriff Besitz von Janna. Konnte das möglich sein? Damit hatte sie nicht gerechnet. „Maik. Ich dachte, du wärst ..."

„Noch nicht." Keuchend kam er auf die beiden zu. „Kann aber noch werden, wenn wir nicht schleunigst hier verschwinden."

„Wie kommen wir hier raus?" Sam drängte sie, in Bewegung zu bleiben.

„Da vorne, da geht es nach links." Maik deutete den Korridor entlang. „Dann müssten wir draußen sein."

Ein heftiger Schlag brachte die Plattform zum Beben. Janna zuckte vor Schreck zusammen.

„Wir müssen weg von hier." Dringlichkeit lag in Sams Stimme. „Los jetzt."

Daraufhin hakte er sich bei Maik unter und die drei eilten durch den langen Gang.

Noch eine Explosion. Weiter entfernt. Trotzdem waren die Vibrationen deutlich zu spüren.

„Wo ist Han? Wo ist der Rest des Teams?", wollte Maik wissen.

„Keine Ahnung", gab Janna zu verstehen. „Wir wurden getrennt."

„Hoffen wir, dass sie es schaffen. Wir haben keine Zeit, sie zu suchen."

Eine weitere Explosion riss sie fast von den Beinen. Das Kreischen von sich verbiegendem Metall hallte in Jannas Ohren. Nur wenige Meter entfernt schossen Flammen in die Höhe.

„Schnell", befahl Maik, „da lang. Da geht es nach draußen." Ohne zu überlegen, liefen sie in die Richtung und erreichten den Rand der Plattform. Der Rauch mischte sich mit frischer Seeluft. Ein Weg führte außen herum. Ein Geländer begrenzte die Bohrinsel. Dahinter tat sich das düstere Wattenmeer auf. Das Wasser in der Tiefe leuchtete in dramatischem Orange. Bedrohliche Lichter tanzten auf der Wasseroberfläche.

Maik warf einen Blick in die Tiefe, dann nach rechts, nach links und schaute zurück. „Etwa 25 Meter. Ich hoffe, das Wasser ist mittlerweile hoch genug." Er zuckte mit den Schultern. „Aber wir haben keine Wahl. Wir müssen springen, wenn wir nicht geröstet werden wollen."

Sam nickte fast unmerklich. Und während Maik bereits dabei war, seinen lädierten Körper über das Geländer zu hieven, ergriff Furcht Besitz von Janna. In diese Dunkelheit sollte sie sich stürzen? Ihr Atem ging heftig. Die Erinnerungen kamen zurück. Die Segeltour, das beschädigte Segelboot, der Sturm, Rebeccas panische Augen.

Ihre Muskeln krampften, die Hände umfassten mit unvorstellbarer Kraft das Geländer. Ihre Beine wurden schwach, ein Zittern durchrollte ihren Körper.

„Janna", brüllte Maik. „Wir müssen hier weg."

Wie aufgescheucht schaute sie zu ihm. Hektisch wanderten Ihre Augen umher. In die glühende Dunkelheit. Auf das bedrohlich leuchtende Wasser. Zurück zu den Flammen.

Die Feuerwand fräste sich immer weiter zu ihnen. Eine erneute Explosion brachte das Metall zum Beben.

Und dann schloss Janna ihre Augen. Mit einem tiefen Zug sog sie Luft in ihre Lungen und ließ sie ohne Druck wieder entweichen.

„Ich kann das", sprach sie zu sich selbst. „Nicht die See hat mir Rebecca genommen. Phillipp war es."

Janna verstand, dass sie sich endlich von diesem Trauma lösen musste und das nur tun konnte, in dem sie sich selbst rettete.

Mit zittrigen Beinen stieg sie über das Geländer, blickte ein letztes Mal zurück in das Chaos, dann in die Tiefe. Janna schloss ihre Augen und ließ das Geländer los.

47

Nur wenige Tage nach den Ereignissen auf Langlütjen 3 fand sich Janna einmal mehr in einer
der zahllosen Besprechungen, Konferenzen und Kri-
sensitzungen, die für ihren Geschmack mittlerweile
überhandnahmen.

„Wir konnten mittlerweile sieben Zellen ausfindig
machen." Ein Mitarbeiter des Verfassungsschutzes un-
terrichtete die Anwesenden. Ein junger Mann, höchstens 22 oder 23, schätzte Janna. Nervös nestelte er an
seinen Unterlagen herum und traute sich kaum, den
anderen Personen in die Augen zu schauen.

Sie vermutete, dass er das erste Mal an einer solchen
Besprechung teilnahm. Vielleicht war er sogar noch in
der Ausbildung. Auffällig fand sie, dass sich seine Vor-
gesetzte, Viktoria Nolte, dezent im Hintergrund hielt.
Mit vor der Brust verschränkten Armen ließ sie ihren
Mitarbeiter die Arbeit machen. Ihre aschgrauen Haare
hatte sie heute zu einem Pferdeschwanz gebunden.

„Wir, äh … wir gehen davon aus, dass die Gruppe
um Phillipp Theisen diese Zellen gewaltsam aufgelöst

hatte, bevor sie im großen Stil unsere Infrastruktur angegriffen haben." Der junge Mann griff zum Wasserglas und nahm einen großen Schluck. „Die Zellen befanden sich alle in Norddeutschland. Soweit wir das überblicken können, sind die meisten Getöteten Emily Reeds Anhänger."

„Die wollten Mitwisser ausschalten", spottete Maik. „Alle, die nicht diese verrückte Gesinnung hatten und zu den Behörden gerannt wären, sobald klar wurde, was wirklich vor sich ging."

„Das wissen Sie nicht mit Sicherheit, Ammer." Dr. Peters sah ihn strafend an.

„Da haben Sie bestimmt recht. Wir werden es auch nie ganz sicher wissen. Aber soweit wir die Lage überblicken können, müssen wir davon ausgehen, dass es so ist." Unbeirrt erwiderte Maik den Blick seines Vorgesetzten.

Janna erinnerte sich daran, wie unsicher ihr Kollege noch vor kurzem Dr. Peters gegenüber war, insbesondere, nachdem er in ein riesiges Fettnäpfchen getreten war. Doch davon war nichts zu spüren. Maik wirkte reifer, erwachsener, als noch vor wenigen Tagen. Dieser Fall hatte dazu geführt, dass er sich weiterentwickelte. So wie sie sich selbst weiterentwickelt hatte. Gemeinsam mit Joseph Theisen hatte sie wenige Tage nach den Ereignissen auf Langlütjen 3 das Grab von Rebecca besucht. Und nunmehr hatte sie das Gefühl, das Trauma hinter sich lassen zu können. Sie war endlich in der Lage gewesen, sich von Rebecca zu verabschieden.

„Immerhin konnten wir diese Bedrohung ausschalten." Dr. Peters Gesicht sah zerknittert aus. Er schien viele schlaflose Nächte hinter sich zu haben, was Janna von sich nicht behaupten konnte. Seit Ewigkeiten schlief sie wieder wie ein normaler Mensch. Die Albträume hatten sich verabschiedet und plagten sie nicht länger.

„Ja, Sie haben Recht", stimmte der junge Mitarbeiter des Verfassungsschutzes zu. „Es ist aber so ... also ... Es gibt noch immer dieses Netzwerk, das angeblich Behörden und ...", er nahm erneut einen Schluck Wasser, „... das angeblich Behörden und die Wirtschaft durchsetzt."

„Ich bitte Sie, wie realistisch ist das? Wie wahrscheinlich ist es, dass diese Truppe überall Gleichgesinnte einschleusen konnte?" Dr. Peters schüttelte entschieden den Kopf. „Ein Ammenmärchen, wenn Sie mich fragen."

„Sollte es ein solches Netzwerk geben, werden wir es finden. Wir werden die Mitglieder mit allen erdenklichen Mitteln unseres Rechtsstaats zur Verantwortung ziehen." Mit undurchdringlicher Miene stützte sich Viktoria Nolte auf dem Konferenztisch ab. „ICH werde alle Mitglieder dieses Netzwerks zur Verantwortung ziehen."

Diese Frau ließ keinen Zweifel an ihrer politischen wie professionellen Einstellung. Sie war Demokratin durch und durch und hatte ihr Leben dem Einsatz für den Rechtsstaat verschrieben.

Interessiert beäugte Janna ihren Vorgesetzten. Unsicher schob er seinen Stuhl ein wenig vom Tisch weg. Als wolle er auf Distanz zu Nolte gehen.

„Ich verstehe ihr Misstrauen gegenüber Emily Reeds Behauptung, es gebe ein solches Netzwerk." Janna lehnte sich nach vorne. „Allerdings sind wir der Auffassung, dass es gar nicht anders sein kann."

„Petrusch, ich bitte Sie." Vehementes Kopfschütteln „Sie haben die Ereignisse noch nicht richtig verarbeitet. Sie hatten mehrfach um das Überleben gekämpft. Bitte lassen Sie umgehend prüfen, ob Sie vielleicht unter einer posttraumatischer Belastungsstörung leiden."

„Wenn Sie so sehr an meinem Sachverstand zweifeln, warum haben Sie mich dann für diesen Fall ausgewählt?"

„Was soll das, Petrusch? Ich darf Sie daran erinnern, wen Sie vor sich haben." Feindseligkeit blitzte in Dr. Peters Augen auf.

„Sie haben mich für diesen Fall ausgewählt, weil sie vom Trauma wussten, das ich aufgrund Rebeccas Theisen Tod hatte." Janna hielt es nicht mehr in ihrem Stuhl. „Sie hatten angenommen, dass ich dieser Sache nicht gewachsen bin. Habe ich Recht?"

„Ich verbitte mir dieses Verhalten, Petrusch."

„Als wir den Terroristen zu nahekamen, haben sie versucht, mich von den Ermittlungen vor Ort abzuziehen und mich zurück nach Berlin beordert."

Jannas Vorgesetzter erhob sich ebenfalls aus seinem Stuhl. „Ihnen ist klar, dass Sie gerade einem Amtsträger weitreichende Vorwürfe machen. Sie sind hiermit vom Dienst freigestellt."

„Nicht so schnell. Ich möchte das hören." Noltes Worte durchschnitten den Raum.

Wie in Zeitlupe wandte sich Dr. Peters der Frau vom Verfassungsschutz zu. Allmählich schien er zu begreifen, dass er auf verlorenem Posten stand.

„Während unserer Operation auf der Bohrinsel haben wir von Sergeant Han erfahren, dass die Mission von Captain Reigh, sowie die Informationen über seine Gefangennahme, streng vertraulich waren. Nur die Amerikaner wussten davon." Janna zog die Augenbrauen nach oben. „Die Amis. Und Sie." Sie verschränkte die Arme. „Woher, wenn nicht von den Terroristen selbst, hätten Sie das wissen sollen?"

Die Augen von Peters weiteten sich.

„Bereits da wurde ich misstrauisch. Doch dass wir einen Verräter ganz oben in den eigenen Reihen haben mussten, wurde mir klar, als Phillipp Theisen offenbarte, dass er von Emily Reeds Rettung wusste."

Mit versteinerter Miene starrte Dr. Peters zu Janna. Dann hechtete er schlagartig zum Ausgang. Mit einem

Satz hatte er ihn erreicht und zog ruckartig die Tür auf. Doch zwei uniformierte Beamte in voller Montur stoppten den Fluchtversuch des Verräters.

Erschrocken stierte Peters auf die beiden Polizisten. Nur langsam fand er die Worte wieder.

„Lassen ... lassen Sie mich durch."

„Tut uns leid. Wir haben den Befehl, niemanden rauszulassen", erwiderte einer der Beamten.

„Niemand wusste, dass wir diese Frau in Gewahrsam hatten." Janna hatte sich hinter Peters positioniert. „Niemand außer den Anwesenden in diesem Raum."

„Kilian, warum?" Mit festem Schritt und verärgertem Gesichtsausdruck umrundete Viktoria Nolte den großen Konferenztisch. „Seit 15 Jahren arbeiten die Abteilungen unserer Behörden zusammen, arbeiten wir zusammen. Du hast unser vertrauensvolles Verhältnis ausgenutzt. Warum um alles in der Welt?"

Peters stieß einen schweren Seufzer aus. Ohne Eile drehte er sich zu Janna und zu Viktoria Nolte. „Weil ich es satthabe, dabei zuzuschauen, wie die Despoten der Welt die Vorherrschaft auf diesem Planeten an sich reißen. Und wir geraten ins Hintertreffen, weil wir uns mit Individualismus, Wokeness und Work-Life-Balance beschäftigen." Verbitterung lag in seiner Stimme. „Glaubst du, darauf nehmen die Russen oder die Chinesen Rücksicht? Glaubst du, die interessiert das? Die Lachen sich kaputt über unser verweichlichtes Gebaren, während sie die Welt unter sich aufteilen." Aus zusammengekniffenen Augen bedachte er alle Anwesenden mit einem vernichtenden Blick. „Ich habe es satt, dabei zuzusehen, wie wir unter die Räder geraten. Ich habe es so satt, Viktoria. Du kannst dir das nicht vorstellen."

Mit unverständigem Kopfschütteln wandte sich Nolte an die beiden Polizeibeamten. „Meine Herren, führen Sie Herrn Peters ab."

48

Fünf Wochen später

B is sich alles normalisiert hat, wird es noch ein paar Wochen dauern." Gemächlich lief Janna durch den Tiergarten, die Hände in den Hosentaschen. Der Kies knirschte unter ihren Schuhen.

„Zum Glück ist es gelungen, nur wenige Tage nach dem Blackout die Stromversorgung schrittweise wiederherzustellen." Maik begleitete sie durch den Park. Eine Knieschiene umschloss sein linkes Bein. Trotzdem humpelte er. Das Laufen strengte ihn sichtlich an. Sein Gesicht verriet die Schmerzen, die er noch immer hatte.

Janna nickte. „Stimmt. Trotzdem sind die Schäden gewaltig. Sechs Tage ohne Strom haben gereicht, um die Wirtschaft aus den Angeln zu heben und die Gesellschaft an den Rand des Zusammenbruchs zu bringen. Verrückt, oder?"

Durch den Blackout kam es in der Weltwirtschaft zu einer tiefen Krise. Und dass nur, weil vor allem der deutsche Markt für wenige Tage nicht am Handel teilnehmen konnte. Ein Sturm auf die Banken fand statt, als diese wieder ihre Arbeit aufnahmen. Die Menschen deckten sich mit Bargeld ein und räumten ihre Konten leer. In der Bevölkerung griff Angst um sich. Alle waren getrieben von der Furcht, dass sich die zurückliegenden Ereignisse in Kürze wiederholen würden.

Eine Vielzahl von Firmen standen kurz vor der Pleite. Es kam zu massenhaften Entlassungen. Der Einzelhandel musste empfindliche Einbußen hinnehmen. Obwohl nur wenige Tage nach dem Blackout der Strom wiederhergestellt war, fanden die Menschen nicht zu ihrer Konsum- und Kauflaune zurück, sondern begannen, Lebensmittel und Vorräte zu horten. Aus verschwendungssüchtigen Hedonisten wurden über Nacht paranoide Prepper – Menschen, die Vorräte und Schutzräume anlegten, um sich für zukünftige Katastrophen zu wappnen.

„Was sagen eigentlich die Ärzte?" Mitfühlend blickte Janna zu ihrem Kollegen. „Wegen des Knies, meine ich."

Melancholie legte sich auf Maiks Gesicht. Sein Blick verlor sich irgendwo in der Weite des Tiergartens. „In zwei Wochen ist die nächste Operation. Mal schauen." Dabei wusste Maik längst, dass die Prognose nicht günstig war. Die Ärzte hatten ihr Bestes gegeben, doch Maik würde sein Knie vermutlich niemals wieder vollständig bewegen können. Wenn es blöd lief, wäre er für immer auf eine Gehhilfe angewiesen.

„In drei Wochen fliegen Andrea und ich nach Madeira. Sobald ich zurück bin, kümmere ich mich um dein ramponiertes Bein."

Maik brachte ein gequältes Lächeln hervor. „Ich werde nicht weglaufen. Wahrscheinlich bin ich für die nächste Zeit erst einmal an den Schreibtisch gefesselt." Wehmut lag in seiner Stimme. „Wird wohl nichts damit, dass ich der deutsche James Bond werde."

„Nun ja, du kannst dich nicht beschweren, du hättest bei unserem Abenteuer nicht genug Action gehabt." Janna versuchte es mit einem aufmunternden Lächeln.

„Das stimmt. Und ich möchte nicht eine Minute davon missen." Das Gemüt von Jannas Kollegen hellte sich wieder etwas auf. „Und du wohl auch nicht."

„Wie meinst du das?"

„Warum sonst solltest du dich nun, nach fünf Jahren, wieder in die Fluten stürzen? Ihr beide fliegt jetzt nicht nach Madeira, um faul am Strand zu liegen. Das kannst du mir nicht erzählen. Dazu kenne ich dich zu gut." Feixend blickte Maik zu Janna.

„Seit Rebecca ums Leben gekommen ist, war ich nicht mehr surfen." Überrascht stellte Janna fest, wie leicht ihr diese Worte von den Lippen gingen. Sie fühlte die Traurigkeit, wenn sie an Rebecca dachte. Aber auch Erleichterung. „Surfen war immer meine Leidenschaft. Außerdem hatten wir uns auf Madeira kennengelernt. In einem kleinen Fischerdorf. Paúl do Mar heißt es. Andrea hatte mich damals aus dem Nichts angesprochen. Und ich war sofort hin und weg."

„Traust du dir das wirklich zu? Auf Madeira soll es heftige Wellen geben."

„Ich muss das einfach tun. Aber ich werde es langsam angehen, keine Sorge. Und ich bin ja nicht alleine." Jannas Augen glänzten. Ihre Mundwinkel bildeten ein dezentes Schmunzeln.

Ohne etwas zu sagen, gingen beide weiter. Der Wind raschelte in den Bäumen. Das Laub hatte sich verfärbt und leuchtete in den spektakulärsten Farben. In den Nächten war es bereits kühl und die frühen Morgenstunden frisch. Doch tagsüber zauberte die Sonne angenehme Temperaturen. Ein goldener Oktober, der sich nun auch allmählich dem Ende entgegen neigte.

„Ich habe vor ein paar Tagen mit Josef Theisen gesprochen. Er hat die Firma und das Vermögen an eine

Stiftung überführt, die sich um den Schutz der Meere kümmert. Er meinte, Rebecca hätte das gefallen." Melancholie ergriff Besitz von Janna. „Josef möchte Kenntnisse aus Lohbrechts Forschung nutzen, um die Weltmeere vom Plastikmüll zu befreien."

„Nicht schlecht." Maik nickte anerkennend, ohne dass er zu ihr blickte. „Was ist eigentlich mit Lohbrecht? Denkst du, er muss ins Gefängnis?"

„Auf jeden Fall hat sich seine Frau von ihm scheiden lassen. Das hat mir Josef mitgeteilt." Janna dachte kurz nach. „Ich denke, das Lohbrecht mit einer milden Strafe davonkommt, auch wenn er die Terroristen unterstützt hatte, so wurde er dennoch erpresst. Ich bin gespannt."

Für einen Moment drehte sie den Kopf zu ihrem Kollegen. Er schien ihr gar nicht richtig zuzuhören.

Nach einigen wortlosen Minuten blieb Maik stehen. Überrascht tat Janna es ihm gleich. Kritisch blickte er nach allen Seiten. Mit analytischem Blick musterte er die Personen, die im Tiergarten unterwegs waren. Großeltern mit ihren Enkelkindern, Touristen, Leute aus nahegelegenen Büros, die ihre Mittagspause hier verbrachten. Aber alle kamen und gingen, ohne wirklich Notiz von ihm oder Janna zu nehmen. „Da ist noch etwas. Etwas, worüber du Bescheid wissen solltest."

Fragend beäugte Janna ihn. „Und das wäre?"

„Sollten wir es nicht schaffen, dieses Netzwerk komplett auszuhebeln und diese Terroristen fangen wieder von vorne an, dann wäre es gut, wenn wir eine Rückversicherung hätten. Nur für alle Fälle." Maiks Miene wurde Ernst.

„Da gebe ich dir Recht." Janna verschränkte die Arme. „An was dachtest du?"

„Ich konnte eine Probe der Bakterien von der Bohrinsel schaffen. Wahrscheinlich von deren aggressivstem Zeug."

Erstaunen. Jannas Augen weiteten sich. Der Kerl verblüffte sie immer wieder aufs Neue. „Ist nicht dein Ernst?"

„Doch. Aber ich hatte nichts gesagt, weil ich ständig das Gefühl hatte, das wir bespitzelt werden."

„Darum wolltest du den Spaziergang im Tiergarten machen." Anerkennendes Nicken bei Janna. „Und wo sind die Bakterien jetzt?"

„Lagern bei mir im Keller, in einer Ladung flüssigem Stickstoff." Belangloses Schulterzucken. „Ich hatte mich noch nicht rangetraut, weil wir überhaupt nicht wissen, auf wen wir uns tatsächlich verlassen können. Und wer ein Verräter ist." Aus unsicheren Augen blickte er zu Janna. Ein Hauch von Besorgnis zeichnete sich auf seinem Gesicht ab. „Und weil ich Angst habe, die Büchse der Pandora zu öffnen."

„Maik, das ist unglaublich leichtsinnig", erwiderte sie mit tadelnden Worten. „Dieses Zeug gehört in einem Labor aufbewahrt, dass über entsprechende Sicherheitsmaßnahmen verfügt. Du kannst das nicht einfach bei dir im Keller lagern, wie Konservenbüchsen und Getränkekisten."

„Das weiß ich." Er spitzte die Lippen. „Aber wem können wir vertrauen? Wo können wir es sicher lagern, ohne Gefahr zu laufen, dass es unseren Gegnern in die Hände fällt. Ich bin für Vorschläge offen."

Janna nickte. Doch sie erwähnte nichts.

„Ich würde diese Probe lieber vernichten, als sie bei mir zu Hause zu haben. Aber dann stehen wir im schlimmsten Fall ohne irgendetwas da." Mit einem schweren Seufzer ließ Maik die Luft aus den Lungen entweichen. „Ich hoffe so sehr, dass wir niemals auf diese Probe zurückgreifen müssen, dass ich sie vergesse und irgendwann in 20 oder 30 Jahren beim Aufräumen durch Zufall wieder finde. Und sie dann in einem Lagerfeuer entsorge."

„Lass uns eine bessere Lösung finden. Wir arbeiten immerhin beim Geheimdienst", war Jannas mahnende Antwort. „Und lass uns hoffen, dass wir sie niemals brauchen werden."

Wortlos setzten die beiden ihren Spaziergang fort.

49

Beinahe beiläufig ließ Julia Moore den Löffel in ihrer Kaffeetasse kreisen. Ihr Blick ging nach draußen auf das Rollfeld. Ein Regenschauer ging über *O'Hare International* nieder, dem größten Flughafen von Chicago und einem der größten der Welt. Trotz des Regens ging das typische Gewusel vor dem Terminal weiter. Flugzeuge wurden be- oder entladen. Andere wurden aus der Parkposition geschoben. Servicefahrzeuge waren mit unbekanntem Ziel unterwegs. Und gerade war eine Maschine der Lufthansa angekommen und rollte gemächlich an eines der Gates.

Die regsame Geschäftigkeit vor der Glasfront ließ nicht darauf schließen, dass vor kurzem ein heftiger Blackout die Mitte Europas erschüttert hatte. Trotzdem ließ sich das nicht verleugnen. Diese Krise hatte solch dramatische Auswirkungen, dass die Amerikaner wochenlang über nichts anderes mehr sprachen. Wo sie sonst doch nur beiläufig über die Geschehnisse in Europa und dem Rest der Welt berichteten. Aber das hier war anders. Nach dem Terrorangriff auf die

Infrastruktur folgte eine Wirtschaftskrise, die auch die USA nicht verschonte.

Die Arbeitslosigkeit schoss in die Höhe und die Kauflaune flaute ab. Die Amis taten plötzlich etwas, was sie sonst nie taten. Sie horteten ihr Geld, anstatt ihre Kreditkarten zum Glühen zu bringen und es freudig und kopflos auszugeben. Plötzlich hatten alle Angst vor neuem Terror. Wie in Europa hatte die Prepper-Szene ungeheuren Zulauf. Menschen legten Vorräte an und deckten sich mit dem Notwendigsten ein. Während die Wirtschaft sich allgemein in einer Rezension befand, hatten Firmen, die Bunker für vermögende Privatpersonen bauten, schlagartig mit Aufträgen zu tun, die sie in den nächsten zehn Jahren nicht abarbeiten können würden. Gleichzeitig kam es zu einem Run auf die Waffengeschäfte und jeder schien sich eine Pistole, ein Gewehr oder irgendetwas anderes zuzulegen, mit dem man einen Gegner sofort ins Jenseits befördern konnte. Die National Rifle Association NRA – die amerikanische Schusswaffenvereinigung – hatte den größten Zulauf seit vielen Jahren. Die Hersteller von Handfeuerwaffen waren die einzigen, die aktuell ungeahnte Umsätze verzeichnen konnten. Ihre Aktienkurse schossen durch die Decke, wo andere Unternehmen herbe Kursverluste hinnehmen mussten. Irgendjemand profitierte eben immer von Krisen und Katastrophen.

Eine andere Branche erfuhr ebenfalls einen Boom. Die Hersteller von Desinfektionsmitteln konnten sich nicht vor Nachfrage retten. Seit klar war, dass Terroristen ihre Anschläge mit Bakterien ausgeführt hatten, desinfizierten die Amerikaner beinahe alles, was sich desinfizieren ließ. Ein ohnehin schon paranoides Land war noch paranoider geworden.

Und als sei die Lage nicht schon angespannt genug, musste Julia Moore nun erst einmal verdauen, was ihr Gesprächspartner ihr gerade anvertraut hatte. Sie wusste, dass diese Enthüllung weitreichende Konsequenzen haben würde. Die Medien würden sich darauf stürzen, die Verantwortlichen kämen in Erklärungsnot. Köpfe würden rollen und die Wiederwahl des US-Präsidenten wäre, gelinde gesagt, gefährdet.

Damit könnte Julia umgehen. Damit musste sie sogar umgehen. Es war ihr Job als Journalistin, solche Dinge ans Licht zu bringen und mit den Konsequenzen klar zu kommen. Das war der Preis, den man zahlte, wenn man es sich zur Aufgabe gemacht hatte, den Mächtigen auf die Finger zu schauen. Selbst in einem Land wie den USA versuchten einflussreiche Personen Druck auf Journalisten auszuüben. Und hatten gelegentlich auch keine Skrupel, zu unpopulären Methoden zu greifen. Julia Moore wusste, worauf sie sich einließ, als sie diese Berufswahl getroffen hatte.

Aber das hier war anders. Es betraf sie. Ihre Familie. Ihren Bruder.

Geistesabwesend nippte sie an ihrem Cappuccino.

„Was denkst du?" Ihr Gegenüber musterte sie mit emotionsloser Miene.

„Was soll ich denken, Sam?" Zögerlich stellte Julia die Tasse ab. „Ich bin Journalistin geworden, um genau solche Dinge ans Tageslicht zu bringen." Melancholie zeichnete sich auf ihrem Gesicht ab. „Ich hätte nur nie gedacht, dass eine solche Geschichte jemals unsere Familie auseinanderreißen würde."

Mit ihren feingliedrigen Fingern griff sie noch einmal nach dem Erpresserbrief, der an Sam gerichtet war. Und der die Insignien der US-Regierung trug.

„Wir müssen das nicht tun." Sams Worte klangen beiläufig.

Julia ließ sich in ihren Stuhl sinken. Sie legte den Kopf in den Nacken. Ihr Blick verlor sich in der strukturlosen Deckenverkleidung. Für mehrere Minuten verharrte sie in dieser Position. In ihrem Verstand pulsierten die Informationen, die sie von ihrem Bruder erhalten hatte.

Das Gesprächsprotokoll von Sams Unterhaltung mit diesem schleimigen Typen. Wie war sein Name? Bennett Williams? Der Brief, den er ihm ausgehändigt hatte. Dann die Aufzeichnung der Besprechung im Konsulat in Hamburg, die ihr Bruder heimlich gemacht hatte. Und die Informationen zur misslungenen Operation bei diesem Bio-Tech-Unternehmen sowie die Flucht von der Bohrinsel. Unter dem Eindruck der Heftigkeit des Terrorangriffs in Europa hatten Sams Enthüllungen eine Tragweite, die nicht ignoriert werden durfte.

Schwungvoll löste sich Julia aus ihrer lethargischen Position. „Doch Sam, wir müssen das tun." Entschlossenheit ergriff Besitz von ihr. „Du und ich, wir beide haben uns Idealen und Werten verschrieben. Wenn wir das jetzt unter den Tisch fallen und die Arschlöcher davonkommen lassen, würden wir genau diese Werte verraten. Wir würden uns selbst verraten. Und damit könnte ich nicht leben." Scharf zog sie Luft in ihre Lungen. „Und du könntest es auch nicht."

Verhaltenes Nicken. Ein Hauch von Bedauern legte sich auf Sams Gesicht.

„Was ist los?" Julia kannte ihren Bruder zu gut. Jede noch so kleine emotionale Regung nahm sie wahr. Sie wusste, wann ihn etwas beschäftigte oder berührte, egal wie unbewegt seine Miene blieb.

„Du hast Recht. Ich habe es probiert. Aber ich konnte es nicht mit mir vereinbaren." Sam räusperte sich. „Während meiner Gefangenschaft auf der Bohrinsel hatte ich Zeit zum Nachdenken. Der Tod von Matthew Johnson war absolut sinnlos. Der Junge wusste nicht einmal, was unser genauer Auftrag war. Dass es um eine hochgefährliche biologische Waffe ging."

„Die Welt muss davon erfahren", pflichtete Julia bei.

Ihr Bruder nickte. Er war sich seiner Sache sicher. Auch wenn es bedeutete, dass sie sich für eine wahnsinnig lange Zeit nicht mehr sehen würden. Vielleicht nie mehr.

„In zehn Minuten beginnt das Boarding, Julia. Ich muss los."

Schwerfällig erhob sie sich aus ihrem Stuhl. „Lass dich noch einmal drücken, Bruderherz."

Gesagt, getan. Zärtlich lagen sich die beiden in den Armen. Eine letzte Umarmung. Eine unter vielen. Doch Julia hätte diese am liebsten nicht enden lassen wollen. Sam war ihr großer Bruder, der immer auf sie aufgepasst hatte. Und nun würde er sich mit unbekanntem Ziel absetzen und aus ihrem Leben schreiten. Was bleiben würde, wäre die Erinnerung an diese letzte Umarmung.

„Josh wird dich vermissen. Die Jungs werden dich vermissen." Mit zittriger Stimme sprach Julia die Worte.

„Sag meinem Schwager und den Kids Grüße." Dann löste sich Sam aus der Umarmung, beförderte schwungvoll seine Tasche über die Schulter und ging zu seinem Gate. Ohne sich noch einmal umzudrehen, ließ er seine Schwester stehen und wurde eins mit der Menschenmasse, die durch die Gänge des Flughafens strömte.

Traurig blickte Julia ihrem Bruder hinterher, als sie ihn längst nicht mehr sehen konnte.

Sie wusste, dass es das einzig Richtige war. Auch wenn ihr Bruder nun ein Staatsfeind war und gerade Hochverrat begangen hatte.

Zu guter Letzt

Vielen Dank, dass du diesen Thriller gelesen hast. Ich hoffe, du hattest ordentlich Spaß und ein paar nervenaufreibende Stunden.

Dir hat Plastic Fallout gefallen? Dann freue ich mich über deine Rezension bei Amazon, Thalia, Lovelybooks oder auf einem anderen Buchportal. Dadurch hilfst Du mir, auch weiterhin Bücher zu schreiben und zu veröffentlichen.

Als Dankeschön habe ich noch ein kleines Geschenk für Dich. Einige Kapitel haben es leider nicht in das Buch geschafft. Sie sind aber zu schade, um ein Dasein als digitale Altlast auf einer Festplatte zu fristen. Daher kannst Du die **Outtakes** herunterladen und erhältst noch etwas Lesevergnügen. Der QR-Code weißt dir den Weg.

Dort kannst Du auch das **Leseding vom Schreiberling** abonnieren und erhältst regelmäßig meine Insider-Updates mit spannenden und interessanten Infos zu meinem Autoren-Alltag. Das wäre echt super von Dir.

Bis zum nächsten Buch
Sascha

Proband 63

Eine alte Freundin tot. Ein vermeintlicher Selbstmord. Ein tödliches Geheimnis.

Kommissarin Tonja Könrig kann nicht glauben, dass Luci sich das Leben genommen haben soll. Die Beweise sprechen dafür – doch Tonjas Instinkt sagt etwas anderes. Als sie entdeckt, dass Luci an einer mysteriösen klinischen Studie teilgenommen hat, häufen sich die Ungereimtheiten. Die Probanden wurden skrupellos getäuscht, und Tonja stößt auf eine ungeheuerliche Wahrheit: Die Studie verfolgt einen erschreckenden Plan. Ein weiterer Teilnehmer schwebt in tödlicher Gefahr – und Tonja wird selbst zur Zielscheibe.

Plötzlich kämpft sie nicht nur um ihr eigenes Leben, sondern um das Schicksal von Millionen. Kann sie die Drahtzieher stoppen, bevor es zu spät ist?

Packend, erschreckend, atemlos – ein Thriller, der Dich bis zur letzten Seite fesseln wird.

„Dieser Thriller ist spannend und beängstigend. Und passt auch irgendwie zur aktuellen Zeit. Super Debüt."
Sandy Mercier, Bild Bestseller Autorin

Mit seinem Debüt **Proband 63** hat sich Sascha unter die Autoren gewagt und einen langen gehegten Jugendtraum wahr werden lassen. Zum Glück, muss man sagen. Denn die Idee zu **Plastic Fallout** hatte er bereits 2016. Und Sascha hat spannende Ideen für viele weitere, packende Thriller parat.

Die Frage „Was wäre, wenn ..." ist die Basis seiner Geschichten. Dabei verknüpft er wissenschaftliche Fakten mit Fiktion zu packenden Storys, in denen mehr als nur das Schicksal der Hauptfigur auf dem Spiel steht.

Wenn Sascha nicht gerade den nächsten packenden Thriller schreibt, macht er als Parkour-Athlet die Stadt unsicher oder genießt das Leben bei einem Glas Pfälzer Weißwein.

Kontakt
Webseite: **sascha-braun.net**
Instagram: **sascha.braun.autor**
Mail: **kontakt@sascha-braun.net**